HEYNE<

Sylvia Day

DARK NIGHTS

Gefährliche Liebe

Roman

WILHELM HEYNE VERLAG
MÜNCHEN

Titel der amerikanischen Originalausgabe
A HUNGER SO WILD – RENEGADE'S ANGELS 2
Deutsche Übersetzung von Sabine Schilasky

Verlagsgruppe Random House FSC®N001967

Deutsche Erstausgabe 03/2016
Redaktion: Uta Dahnke
Copyright © 2012 by Sylvia Day
Copyright © 2016 der deutschsprachigen Ausgabe by
Wilhelm Heyne Verlag, München,
in der Verlagsgruppe Random House GmbH
Printed in Germany
Umschlaggestaltung: Nele Schütz Design, München
Satz: KompetenzCenter, Mönchengladbach
Druck und Bindung: GGP Media GmbH, Pößneck

ISBN: 978-3-453-54583-0

www.heyne.de

*Für all jene Leser, die den ersten Band
so begeistert angenommen haben.
Eure Unterstützung und Begeisterung bedeuten mir alles.
Danke!*

Geh, verkünde den Wächtern des Himmels, die den hohen Himmel, die heilige ewige Stätte verlassen, mit den Weibern sich verderbt, wie die Menschenkinder tun, getan, sich Weiber genommen und sich in großes Verderben auf der Erde gestürzt haben: Sie werden keinen Frieden noch Vergebung finden. So oft sie sich über ihre Kinder freuen, werden sie die Ermordung ihrer geliebten Söhne sehen und über den Untergang ihrer Kinder seufzen; sie werden immerdar bitten, aber weder Barmherzigkeit noch Frieden erlangen.

Buch Henoch, 12, 5-7

Prolog

Fingerspitzen, die über ihr Rückgrat glitten, weckten Vashti aus ihrem Schlummer. Wohlig schnurrend bog sie sich der vertrauten Berührung entgegen, und ein Lächeln erschien auf ihrem Gesicht, als sie richtig wach wurde.

»*Neshama*«, murmelte ihr Gefährte.

Meine Seele. Genau wie er ihre Seele war.

Ohne die Augen zu öffnen, rollte sie sich auf den Rücken, streckte sich und hob Charron ihre nackten Brüste entgegen.

Als seine Zunge samtig über ihre Brustwarze fuhr, erschauderte sie, sodass sie nach Luft schnappte und auf die Matratze zurücksank. Sie öffnete gerade rechtzeitig die Augen, um zu sehen, wie sich seine schönen Lippen um die harte Brustspitze schlossen und sich seine Wangen beim festen Saugen nach innen wölbten. Ihr Körper reagierte sofort auf den Mann, für den Vashti atmete, und sie stöhnte.

Sie wollte seinen goldblonden Kopf fester an ihre Brust drücken, doch er richtete sich auf. Erst jetzt bemerkte sie, dass er neben dem Bett stand, nicht in ihm lag.

Er beugte sich über ihren ausgestreckten, entblößten Leib und sah sie mit glühenden Augen an. Bei seinem verwegenen Lächeln waren seine Reißzähne zu sehen, was

Vashti verriet, dass auch er erregt war, weil er sie so geweckt hatte.

Bei diesem Lächeln raste Vashtis Herz. Ihre Brust schmerzte von den Gefühlen, die er in ihr wachrief. Sie hatte alles verloren; manchmal spürte sie noch das Reißen an ihrem Rücken, wo ihr die Flügel abgetrennt worden waren, aber Char hatte die Leere in ihr gefüllt. Jetzt war er ihr ein und alles, der Grund, warum sie jeden Tag aufstand.

»Merk dir, wo wir stehen geblieben waren«, raunte er mit seiner tiefen Stimme. »Ich stille deinen Hunger, wenn ich zurück bin.«

Vash stützte sich auf die Ellbogen auf. »Wo willst du hin?«

Er schnallte sich die Katanas über Kreuz auf den Rücken. »Wir haben eine Streife, die sich nicht zurückgemeldet hat.«

»Ice?«

»Fang gar nicht erst an.«

Sie seufzte. Ihr war klar, wie viel Zeit Char in die Ausbildung seines Neulings gesteckt hatte, aber der Junge schien keine Befehle befolgen zu können.

Char blickte zu ihr, bevor er das Waffenhalfter an seinem Oberschenkel befestigte. »Ich weiß, dass du denkst, er hätte bisher nicht genügend Verantwortungsbewusstsein gezeigt.«

Sie schwang die Beine über die Bettkante. »Das denke ich nicht bloß. Er hat es *bewiesen*. Mehrmals.«

»Er will dich beeindrucken, Vashti. Er ist ehrgeizig, und er verlässt seinen Posten nicht, um zu spielen. Er geht, weil er glaubt, dass er anderswo nützlicher sein kann. Wenn sich eine Gelegenheit bietet, Eindruck auf dich zu machen, versucht er es. Wahrscheinlich verfolgt er jetzt gerade einen Wahnsinnigen oder bemüht sich, Lykaner zu belauschen.«

»Ich wäre beeindruckt, würde er gehorsam seine Befehle befolgen.« Vash stand auf, streckte sich erneut und seufzte, als ihr Gefährte zu ihr kam und seine Hänatn seitlich an ihrem Oberkörper entlanggleiten ließ. »Und er reißt dich aus unserem Bett. Mal wieder.«

»*Neshama*, jemand muss mich da rausreißen, sonst würde ich es nie verlassen.«

Sie schlang die Arme um ihn und presste das Gesicht an die Lederweste, die seine harte Brust verhüllte. Während sie seinen Geruch einatmete, dachte sie wieder, dass er es wert war, dass sie für ihn gefallen war. Wäre sie noch einmal vor die Wahl zwischen ihren Flügeln und ihrer Liebe zu Charron gestellt, würde sie ohne jeden Zweifel und ohne zu zögern ihren »Fehler« wiederholen. Der Fluch des Vampirismus war ein geringer Preis für ihn. »Ich komme mit dir.«

Er neigte den Kopf zur Seite und schmiegte seine Wange an ihr Haar. »Torque hat Nein gesagt.«

»Darüber bestimmt nicht er.« Sie wich zurück und sah ihn skeptisch an. Torque war Syres Sohn, aber sie war die führende Offizierin des Gefallenen. Wenn es um Gefallene und ihre Minions ging, nahm sie einzig von Syre Befehle entgegen. Selbst Char musste ihr gehorchen, was er recht gefasst tat für einen Mann, der von Natur aus andere kommandierte.

»Er hat ein Dämonenproblem.«

»Verdammt. Das sollte er in den Griff bekommen können.« Ja, Dämonen zu jagen, die es auf Vampire abgesehen hatten, war ihr Job. Keiner war besser darin als sie, aber sie konnte nicht überall gleichzeitig sein.

»Sie ist noch eine von Asmodeus.«

»War ja logisch. Verdammt! Dreimal innerhalb von zwei Wochen? Der verarscht uns.« Damit veränderte sich alles. Einen Dämon aus der direkten Linie eines Höllenkönigs zur Strecke zu bringen, war eine politische Angelegenheit. Vash war so etwas wie Syres Joker, denn sie konnte sich ins Gefecht stürzen, ohne auch nur den Hauch eines Schattens auf ihn und seine Nachkommen zu werfen. Und nun war sie genervt genug, um sich selbst um die Angelegenheit kümmern zu wollen. Sie mochten gefallen sein, aber sie waren keine leichten Ziele.

Char drückte ihr einen Kuss auf die Stirn und ließ sie los. »Ich bin vor Einbruch der Dunkelheit zurück.«

»Vor Einbruch der Dunkelheit...?« Sie blickte zum Schlafzimmerfenster und begriff. »Der Morgen dämmert gerade.«

»Ja.« Seine Miene war so ernst wie ihre wohl auch.

Ice war keiner von den Gefallenen, wie Charron und sie es waren. Er war ein Sterblicher, der verwandelt wurde, was bedeutete, dass er lichtempfindlich war. Auch ohne seine Neigung zum Übereifer hätte er sich vor Sonnenaufgang zurückmelden müssen. Nun würde er sich bis zur Abenddämmerung oder zumindest bis Char ihn fand irgendwo verkriechen müssen. – Schon einige Schlucke von Chars mächtigem Gefallenenblut würden ihn vorübergehend gegen das Sonnenlicht immun machen, sodass sie ihn auch tagsüber würden nach Hause schaffen können.

»Hast du bedacht«, begann sie und trat eine Schritt zurück, »dass es klüger sein könnte, ihn schmoren zu lassen? Wie soll er jemals dazulernen, wenn er nie die Folgen seines Ungehorsams zu spüren bekommt?«

»Ice ist kein Kind.«

Vash sah ihn ungläubig an. Ice mochte beinahe so groß und kräftig sein wie ihr Gefährte, aber ihm mangelte es an Chars eiserner Selbstbeherrschung, was ihn so impulsiv wie ein Kind machte. »Ich denke, du projizierst Wesenszüge auf ihn, die er nicht besitzt.«

»Und ich denke, es wird Zeit, dass du meinem Urteil vertraust.« Sein Blick war herausfordernd.

Solch einen Blick würde kein anderer ihr gegenüber riskieren, und das nicht allein wegen ihres Rangs. Und obwohl er ihren Trotz provozierte, schätzte sie die Bereitschaft ihres Partners, ihr Kontra zu geben, wenn er von etwas überzeugt war. Es bewies seine Fähigkeit, zwischen seinem Verhalten ihr gegenüber als Lieutenant und ihr gegenüber als Frau zu unterscheiden; als die Frau, in der er erstmals tiefere Gefühle geweckt hatte, zu einer Zeit, in der die Menschheit, die zu bewachen sie gesandt worden war, sie allmählich angesteckt hatte.

Sie konnte nicht sagen, wann genau es angefangen hatte. Ehedem war Charron nur ein Engel und Wächter wie sie gewesen, einer der Seraphim, die zur Erde geschickt wurden, um dem Schöpfer vom Fortschritt der Menschen zu berichten. Und dann geschah es auf einmal, dass sein Lächeln ihr den Atem raubte und der Anblick seines starken schönen Körpers dafür sorgte, dass sich etwas tief in Vashs Bauch zusammenzog. Seine goldene Schönheit – die goldenen und cremeweißen Flügel, die goldblonden Haare und der gebräunte Teint, die durchdringenden, flammenblauen Augen – hatten sich von einem bloßen Zeugnis der Kunst ihres Schöpfers zu einer unwiderstehlichen Verlockung für ihr neu erwachtes weibliches Begehren gewandelt.

Es war eine Qual gewesen, sich die Anziehung nicht anmerken zu lassen, die Charron auf sie ausübte. Dennoch hatte sie es eine Weile lang getan. Sie hatte sich für ihre Schwäche geschämt und ihn nicht damit beschmutzen wollen. Als es ihm gelang, sie in die Enge zu treiben und zu verführen, tat er es mit glühender Entschlossenheit, und sie war im vollen Bewusstsein der Konsequenzen vor Gott in Ungnade und in Charrons Arme gefallen. Sie hatte keine einzige Träne vergossen, keinen Laut von sich gegeben, als die Hüter ihr die Flügel aus dem Rücken rissen und sie zu der blutsaugenden Gefallenen machten, die sie heute war. Allerdings hatte sie um Gnade für Charron gebettelt und gefleht, und es hatte ihr das Herz gebrochen, als sie auch ihm seine fantastischen Flügel nahmen.

Seine Berührung an ihrer Wange holte Vash aus ihren Erinnerungen zurück in die Gegenwart und zu dem Mann, dessen Augen inzwischen den Bernsteinglanz derer eines seelenlosen Vampirs aufwiesen. »Wohin driftest du ab«, fragte er leise, »wenn du auf einmal so weggetreten bist?«

Sie verzog den Mund. »Ich habe mir nur gesagt, wie blöd es ist, mich über dein Mitgefühl und deinen Wunsch zu ärgern, andere auszubilden, wo es doch unter anderem genau diese Züge waren, in die ich mich einst verliebt habe.«

Char vergrub eine Hand in ihrem langen Haar und hob

die roten Strähnen an seine Lippen. »Ich erinnere mich an dich, wie du geflogen bist, Vashti. Wenn ich meine Augen schließe, kann ich bis heute sehen, wie die Sonne auf deinen Rücken scheint und ihr Licht von deinen smaragdgrünen Federn reflektiert wird. Für mich warst du ein Schmuckstück mit deinem rubinroten Haar und deinen saphirblauen Augen. Ich begehrte dich, wann immer ich dich sah. Das Verlangen, dich zu berühren, zu schmecken und in dir zu versinken, war ein physischer Schmerz.«

»Poesie, mein Liebster?«, neckte sie ihn, auch wenn man ihr ihre Gefühle deutlich anhörte. Er kannte sie so gut, las ihre Gedanken so leicht. Er war ihre andere Hälfte, in vielem besser als sie. Während sie launisch und unberechenbar war, war er vernünftig und verlässlich. Während sie ungeduldig und reizbar war, war er ruhig und vorausschauend.

»Du bist mir heute sehr viel kostbarer und erscheinst mir noch begehrenswerter, als du es damals warst«, sagte er und lehnte seine Stirn an ihre. »Weil du jetzt mein bist, ganz und gar. So wie ich dein bin, mit all meinen Fehlern und Eigenheiten, die dich nerven.«

Sie legte ihm ihre Hand in den Nacken, zog ihn an sich und küsste ihn so leidenschaftlich, dass sich ihre Zehen krümmten und ihr Atem schneller ging.

»Ich liebe dich.« Die Worte sprach sie an seinen Lippen und umklammerte ihn mit der Kraft der unbändigen Freude, die in ihr war. Manchmal war es zu viel, sodass ihr Freudentränen kamen und sich ihr die Kehle zuschnürte. Die Intensität ihrer Gefühle für ihren Partner war schon beinahe beschämend. Er war immerzu in ihren Gedanken, ob sie wach war oder schlief.

»Ich liebe dich, teuerste Vashti.« Er drückte ihren nackten Körper an sich. »Ich weiß, dass du mir, was Ice angeht, eine Menge Freiheit gelassen hast, und das, obwohl du nicht meiner Meinung warst. Es ist wohl an der Zeit, dass ich es dir vergelte, indem ich deinen Rat befolge und ihn zügele.«

Auch das bewunderte sie an ihm: seinen Sinn für Fairness und die Bereitschaft, sich zu beugen, wenn es angebracht war. »Kümmere du dich um ihn, ich nehme mich Torques Problem an, und heute Abend werden wir uns für ein paar Tage zurückziehen. Wir haben beide sehr viel gearbeitet in letzter Zeit. Wir haben eine Pause verdient.«

Er legte seine Hand sanft an ihren Hals und lächelte. Seine Augen leuchteten vor Zuneigung und sinnlichem Versprechen, als er murmelte: »Bei solch einer Aussicht werde ich mir verdammt große Mühe geben, früh wieder zu Hause zu sein.«

»Warten wir ab, wie kooperativ Ice ist. Er könnte sich in dem abgeschiedensten Winkel versteckt haben, um seinen Arsch zu retten.«

Char hob eine Braue. »Nichts wird mich aufhalten.«

»Das will ich hoffen.« Sie drehte sich weg und wackelte mit ihrem Hintern. »Ihr wollt beide nicht, dass ich euch suchen komme ...«

Am Mittag schlenderte Vashti mit einem Andenken von ihrer jüngsten Jagd in der Hand in Syres Büro. Der Anführer der Vampire war nicht allein, doch Vashti hatte keinerlei Skrupel, ihn zu stören. Die Frau bei ihm war eine von zahllosen Menschenfrauen, die Syres flüchtige Aufmerksamkeit erregten. Es war egal, ob sie vorgewarnt waren oder nicht; sie glaubten sowieso nie, dass er unerreichbar war, bis sie am eigenen Leib erlebten, wie er sie einfach fallen ließ. Syre war ein leidenschaftlicher Mann, doch seine körperliche Zuneigung war keineswegs ein Indiz für tiefe Empfindungen. Syre hatte seine Flügel für die Liebe verloren, und dann verlor er die Frau, für die er sie aufgegeben hatte.

»Syre.«

Er sah sie mit jenem halb verschleierten Blick an, der Frauen wahnsinnig machte. Mit verschränkten Armen, eine Hüfte an das niedrige Bücherregal hinter seinem Schreibtisch gelehnt, stand er da. Zu seiner maßgeschneiderten schwarzen Hose trug er ein blütenweißes Hemd und eine schwarze Seidenkrawatte, was ihn ebenso elegant wie umwerfend attraktiv machte. Sein pechschwarzes Haar und seine karamellbraune Haut ließen ihn auf eine Weise exotisch erscheinen, die sich unmöglich einem Land zuordnen ließ. Syre war einst vom Schöpfer bevorzugt und sehr geliebt worden. Deshalb, glaubte Vashti, wurde sein Fall so hart bestraft – schließlich stürzte er von einem sehr hohen Podest.

»Vashti«, begrüßte er sie. Seine Stimme war kehlig und warm wie Whiskey. »Läuft alles gut?«

»Natürlich.«

Die Blondine, die seine Gastfreundschaft offenbar schon überstrapaziert hatte, schoss Vashti tödliche Blicke zu. Das taten die meisten seiner Geliebten. Sie verstanden die Beziehung zwischen ihr und ihrem obersten Vorgesetzten falsch und hielten sie für weit mehr, als sie tatsächlich war.

Ihr Verhältnis war persönlich und von unschätzbarem Wert, jedoch weder intim noch romantisch. Vash würde, ohne zu zögern, ihr Leben für ihn geben, doch die Liebe, die sie für ihn empfand, entsprang einzig ihrer Hochachtung, ihrer Loyalität und dem Wissen, dass er ebenso bereitwillig für sie sterben würde.

Sie warf der Frau ein mitfühlendes Lächeln zu, sagte allerdings so unverblümt wie eh und je: »Ruf ihn nicht an; er ruft dich an.«

»Vashti«, schalt Syre warnend. Er war viel zu sehr Gentleman, um klare Schnitte zu machen, die ihm einiges an lästigen Konfrontationen ersparen würden.

Derlei Hemmungen plagten Vash nicht. »Er wollte dich, er hatte dich, und du hast deinen Spaß gehabt. Mehr gibt es nicht.«

»Was bist du?«, konterte die reizende Blondine. »Seine Zuhälterin?«

»Nein. Eher würde ich von dir als seiner Hure sprechen.«

»Das reicht, Vashti.« Syres Stimme war wie ein Peitschenknall.

»Du bist ja nur eifersüchtig«, fauchte die Blondine, deren vollkommene Züge sich vor Wut und Gekränktheit verzerrten. Ihr emotionaler Ausbruch stand in scharfem Gegensatz zu ihrer perfekten Erscheinung. Der glatte Chignon, der modische Pillbox-Hut und das feminine Kostüm passten nicht zu ihrer hitzigen Reaktion. »Du hältst es nicht aus, dass er mit mir zusammen ist.«

Weiter hätte sie kaum danebenliegen können. Vash würde alles bis auf Charron aufgeben, um ihren Anführer wieder glücklich zu sehen. Würde sie sich irgendwas davon versprechen, hätte sie sofort gesagt, was für ein umwerfendes Paar die beiden abgaben – die majestätische Blonde und der höfliche dunkle Prinz. Doch das Herz, das Syres sterbliche Frau in ihm zum Leben erweckt hatte, war mit ihr gestorben.

»Ich versuche dich nur vor wochenlanger Selbsterniedrigung zu bewahren.«

»Fick dich.«

»Diane«, sagte Syre streng, richtete sich auf und ging zu ihr, um ihren Ellbogen zu umfassen. »Es tut mir leid, dass ich unsere angenehme Zusammenkunft so abrupt beenden muss, aber ich erlaube nicht, dass jemand so mit Vashti spricht.«

Dianes kornblumenblaue Augen weiteten sich, und ihr geschminkter Mund stand vor Erstaunen offen. Sie stolperte neben ihm her, als er sie aus dem Raum führte. »Aber du erlaubst ihr, dass sie so mit mir redet? Wie kannst du nur?«

Als Syre allein zurückkehrte, sah er Vashti finster an. »Du hast heute miserable Laune.«

»Ich habe dich soeben vor einer Woche oder mehr Betteln und Flehen bewahrt. Gern geschehen. Und du brauchst eine Mätresse.«

»Meine sexuellen Neigungen gehen dich nichts an.«

»Deine geistige Gesundheit aber sehr wohl«, konterte sie. »Such dir eine, deren Gesellschaft du genießt, und halte sie dir warm. Lass sie sich ein bisschen um dich kümmern.«

»Ich brauche keine Komplikationen.«

»Es muss nicht kompliziert sein.« Sie sank auf einen der Stühle vor seinem Schreibtisch und strich ihre enge Baumwollhose glatt. »Ich spreche von einem geschäftlichen

Arrangement. Auch wenn ich es selbst nicht verstehe, gibt es einige Frauen, die Sex nur um des Vergnügens willen haben können. Kauf einer von denen eine nette Wohnung und zahl ihr den Lebensunterhalt.«

Syre schüttelte den Kopf. »Du wirst tatsächlich für mich zur Kupplerin.«

»Vielleicht brauchst du eine.«

»Allein die Vorstellung, eine Frau zu vögeln, weil sie sich verpflichtet fühlt, sich mir zu fügen, empfinde ich als Beleidigung.«

Vashti sah ihn fragend an. »Es gibt keine einzige Frau, die es als Belastung sehen würde.« Nicht einmal Vashti, die glücklich mit der Liebe ihres Lebens vereint war, konnte sich als immun gegen Syres Sexappeal bezeichnen. Er war ein Mann, der jede Frau dahinschmelzen ließ: sinnlich, verführerisch, hypnotisierend.

»Du wirst aufhören, mich darauf anzusprechen.«

»Nein, werde ich nicht. Du brauchst jemanden, dem du etwas bedeutest, Samyaza.«

Dass sie seinen Engelsnamen benutzte, signalisierte ihm, wie ernst es ihr war. Sein Blick wurde stechend, und seine Augen verengten sich, als er auf den Stuhl hinter seinem Schreibtisch sank. »Nein.«

»Ich rede nicht von einer Frau, die dich *liebt*. Sie muss dich nur *mögen* und dir morgens deinen Kaffee so kochen, wie du ihn brauchst, mit dir Wiederholungen von Serien im Fernsehen angucken, solche Sachen. – Einfach jemand, der da ist, dich kennt und sich wünscht, dass es dir gut geht.«

Er ließ sich gegen die Rückenlehne sinken, stützte die Ellbogen auf die Armlehnen und legte die Fingerspitzen zusammen. »Manchmal werde ich gebeten zu erklären, was du für mich bist. Bisher ist mir die richtige Antwort noch nicht eingefallen. Du bist meine direkte Untergebene, aber zugleich mehr als nur eine untergeordnete Offizierin. Wir sind mehr als Freunde, und dennoch sehe ich dich nicht als Schwester. Ich liebe dich, bin aber nicht in dich verliebt. Ich bin mir deiner Schönheit bewusst, wie es jeder Mann wäre, doch habe ich kein Interesse daran, mit dir zu schlafen. Du bist die wichtigste Frau in meinem Leben, ohne dich wäre ich komplett verloren, und trotzdem würde ich nie mit dir zusammenleben wollen. Was bist du für mich, Vashti? Was gibt dir das Recht, solche persönlichen Angelegenheiten mit mir zu besprechen?«

Sie runzelte die Stirn. Noch nie hatte sie zu definieren versucht, was sie einander waren. Für sie war ihre Beziehung ... einfach das: ihre Beziehung. Sie war auf so vielfältige Weise sein verlängerter Arm.

»Ich bin deine rechte Hand«, entschied sie und warf ihm zu, was sie mitgebracht hatte.

Er fing den Gegenstand mühelos auf, denn seine Reflexe waren verteufelt gut. »Was ist das?«

»Die Hälfte eines Amuletts, das ich einer aus Asmodeus' Gefolge abnahm. Die andere Hälfte ließ ich auf dem Aschehaufen zurück, zu dem sie wurde, als ich sie tötete. Als es noch ganz war, trug es Asmodeus' Emblem.«

»Du forderst ihn heraus.«

Vash schüttelte den Kopf. »Drei in zwei Wochen? Das ist kein Zufall. Er erlaubt seinen Untergebenen, mit uns zu spielen, ermuntert sie womöglich dazu. Wir sind wie Freiwild – Engel, die wie Unrat weggeworfen wurden.«

»Wir haben schon so genug Feinde.«

»Nein, wir haben Kerkermeister – die Hüter und ihre Lykaner. Die Dämonen werden nur dann zu Feinden, wenn wir sie nicht in ihre Schranken verweisen. Wir müssen klar Position beziehen.«

»So möchte ich es nicht geregelt haben.«

»Doch, möchtest du. Deshalb hast du es mir übertragen, mich um das Dämonenproblem zu kümmern.« Sie schlug ihre Beine übereinander. »Einen Waffenstillstand kannst du jederzeit mit der anderen Hand besiegeln. Ich bin die Hand, die sie bekämpft.«

Geräusche draußen am Eingang ließen Vashti schnell auf die Füße kommen. Mit übernatürlicher Geschwindigkeit war sie an der offenen Tür, nur eine Millisekunde vor Syre.

Angesichts dessen, was sie sah, gefror ihr das Blut in den Adern.

Raze und Salem trugen jemanden allzu Vertrauten ins Haus, brachten ihn ins Esszimmer und legten ihn auf den langen ovalen Tisch.

»Was zur Hölle ist passiert?«, fragte Vashti, als sie den Raum betrat, und starrte Ice' regungslose Gestalt an. Die Haut des Minions war stellenweise schwarz verbrannt und überall voller Blasen. Blut tränkte sein T-Shirt und die Jeans bis zu den Knien, und die Risse in seiner Kleidung stammten eindeutig von Wolfskrallen.

Blitzschnell griff seine Hand nach Vashtis Handgelenk. Er öffnete die blutunterlaufenen Augen. »Char… Hilf…«

Einen Moment lang drehte sich ihr der Raum vor Augen, dann nahm alles eine entsetzliche Klarheit an. »Wo?«

»Alte Mühle. Lykaner … Hilf ihm …«

Vash riss eine von Raze' Waffen aus der Scheide auf seinem Rücken, machte auf dem Absatz kehrt und war schon auf dem Weg.

1

Elijah Reynolds stand nackt auf einem Felsen in dem Wald, der das Gelände des Navajo-Lake-Rudels umgab, und beobachtete, wie seine Träume zusammen mit dem Außenposten dort unten von den Flammen verschlungen wurden. Beißender schwarzer Rauch stieg in dicken Säulen auf, die über Meilen zu sehen sein dürften.

Die Engel würden von dem Aufstand erfahren, lange bevor sie die Ruinen erreichten.

Um ihn herum kläfften die Lykaner freudig, doch Elijah empfand keinerlei Freude. Er war innerlich kalt und tot, das Leben, das er gekannt hatte, verbrannte dort unten mit seinem ehemaligen Zuhause. Elijah war nur in einem gut: Vampire zu jagen. Und er hatte es tun können, indem er für die Hüter arbeitete – die elitärsten aller Kriegerengel. Ihnen zu dienen mochte aufreibend gewesen sein, aber dafür durfte er machen, was er gern tat. Leider dachten nur sehr wenige Lykaner so, und deshalb war es hierzu gekommen. Alles, was Elijah etwas bedeutete, würde bald in Schutt und Asche liegen, und übrig blieb ein Kampf um Unabhängigkeit, den er nicht mit dem Herzen führte.

Aber es war passiert und ließ sich nicht mehr ungeschehen machen. Er musste damit leben.

»Alpha.«

Elijah biss die Zähne zusammen, als er mit dem Titel angesprochen wurde, den er nie gewollt hatte. Er sah zu der nackten Frau, die sich ihm näherte. »Rachel.«

Sie senkte den Blick.

Er wartete, dass sie etwas sagte, doch dann wurde ihm klar, dass sie umgekehrt dasselbe tat. »Willst du *jetzt* Befehle befolgen?«

Sie verschränkte die Hände hinter dem Rücken und ließ den Kopf sinken. Verärgert über ihren Mangel an Überzeugung, wandte er sich ab. Er hatte ihr gesagt, dass eine Revolte Selbstmord wäre. Die Hüter würden sie jagen und auslöschen. Der einzige Existenzgrund der Lykaner war der, den Engeln zu dienen; wenn sie das nicht mehr taten, gab es für sie keinen Platz mehr auf der Welt. Aber Rachel hatte nicht auf ihn hören wollen. Sie und ihr Gefährte Micah, Elijahs bester Freund, hatten die anderen zu diesem Akt schierer beschissener Blödheit angestachelt.

Elijah spürte, dass sich ihnen ein Lykaner näherte, noch bevor er ihn hören konnte. Er drehte sich um und sah den goldenen Wolf näher kommen, der mitten im Lauf die Gestalt eines großen blonden Mannes annahm.

»Ich habe alle, denen ein gewisser Selbsterhaltungstrieb geblieben ist, zusammengetrommelt, Alpha«, sagte Stephan.

Was Elijahs Verdacht bestätigte, dass einige aus der Schlacht geflohen waren, ohne an die brutalen Tage zu denken, die ihnen zweifellos bevorstanden. Vielleicht waren aber auch einige von den Klügeren zu den Hütern zurückgekehrt. Elijah würde es ihnen nicht verübeln.

»Montana?«, fragte Rachel hoffnungsvoll.

Elijah schüttelte den Kopf. Er erinnerte sich daran, dass er Micah an dessen Sterbebett versprochen hatte, für sie zu sorgen. »So weit würden wir es niemals schaffen. Die Hüter werden uns binnen Stunden dicht auf den Fersen sein.«

Ein weiblicher Hüter war während des Kampfes davongeflogen, mit weit ausgebreiteten blauen Flügeln, um den Aufstand zu melden. Die anderen waren geblieben und hatten gekämpft, auch wenn ihnen ihre rasiermesserscharfen Flügel wenig Schutz gegen das große Navajo-Lake-Rudel boten, das schon seit Monaten hätte verkleinert werden müssen. Obwohl sie viel zu wenige waren, hatten die Hüter bis aufs Blut gekämpft, wie es ihr Captain, Adrian, selbst getan hätte und von ihnen erwartete. In den Wochen, die Elijah zu Adrians Rudel gehört hatte, hatte er mit eigenen Augen sehen können, wie beharrlich und verlässlich der Anführer der Hüter war. Nur eine Person konnte Adrian ablenken, doch nicht einmal ihr gelang es, den Killerinstinkt des Engels zu schwächen.

»Es gibt ein Höhlensystem in der Nähe des Bryce Canyon«, sagte Elijah und kehrte dem Außenposten Navajo Lake endgültig den Rücken zu. »Da verstecken wir uns, bis wir uns neu gruppiert haben.«

»In Höhlen?«, fragte Rachel verdrossen.

»Dies hier war kein Sieg, Rachel.«

Sie zuckte zusammen, weil er so unüberhörbar zornig klang. »Wir sind frei.«

»Wir waren Jäger, und jetzt sind wir Beute. Das ist keine Verbesserung. Wir haben die Hüter getreten, als sie schon am Boden lagen. Sie waren uns im Verhältnis von eins zu zwanzig unterlegen, wurden überraschend angegriffen und hatten Adrian nicht bei sich, der gerade so viel Scheiße an den Hacken hat, dass er kaum klar denken kann. Das war hinterhältig.«

Rachel straffte ihre Schultern, sodass ihre kleinen Brüste sich hoben. Lykanern machte Nacktheit nichts aus; für sie waren Haut oder Fell ein- und dasselbe. »Wir haben unsere Chance genutzt.«

»Ja, habt ihr. Und jetzt wollt ihr, dass ich den Rest für euch regle.«

»Micah hat es so gewollt, El.«

Elijah seufzte, als seine Wut von einer Mischung aus Bedauern und Kummer geschluckt wurde. »Ich weiß, was er wollte: ein Haus in einem Vorort, einen Bürojob, Fahrgemeinschaften und Spielenachmittage für die Welpen. Ich würde alles tun, um dir diesen Traum zu erfüllen – wie auch jedem anderen Lykaner, der sich das wünscht –, aber es ist unmöglich. Ihr habt mir eine Aufgabe aufgebrummt, an der ich nur scheitern kann.«

Und sie ahnten alle nicht, was ihn dieses Scheitern kosten würde. Er würde es auch niemals sagen. Vielmehr musste er das Beste aus dem machen, was er hatte, und versuchen, diejenigen, die nun von ihm abhängig waren, am Leben zu erhalten.

Er sah Stephan an. »Ich möchte, dass Zweierteams zu den anderen Außenposten geschickt werden. Vorzugsweise Paare.«

In einem Paar beschützten Partnerin und Partner einander bis zum Letzten, und in Zeiten wie diesen, in denen sie gejagt werden könnten, während sie noch von ihrem Rudel getrennt waren, mussten sie so stark sein, wie es nur ging.

»Wir müssen so viele Lykaner wie möglich benachrichtigen«, fuhr er fort und ließ seine Schultern kreisen, um die Verspannung in seinem Nacken zu lockern. »Adrian wird sämtliche Kommunikation zu den Außenposten kappen – die Mobiltelefone, das Internet, die herkömmliche Post. Also müssen die Teams versuchen, die anderen direkt zu erreichen, von Angesicht zu Angesicht.«

Stephan nickte. »Ich kümmere mich darum.«

»Jeder soll so viel Geld abheben, wie er kann, ehe Adrian die Konten einfriert.« Als »Angestellte« von Adrians Firma, Mitchell Aeronautics, bekamen sie ihren Lohn auf Konten einer Genossenschaftsbank für Mitarbeiter überwiesen, über die Adrian die volle Kontrolle hatte.

»Die meisten haben das schon getan«, sagte Rachel leise.

Also hatten sie wenigstens so weit vorausgedacht. Elijah schickte sie los, die anderen zusammenzurufen; dann wandte er sich wieder Stephan zu. »Ich brauche die zwei Lykaner, denen du am meisten vertraust, für einen Spezialauftrag: Sie sollen Lindsay Gibson suchen. Ich will wissen, wo sie ist und wie es ihr geht.«

Stephan machte große Augen, als der Name von Adrians Gefährtin fiel.

Elijah rang mit dem dringenden Wunsch, sich selbst auf die Suche nach Lindsay zu begeben. Sie war eine Sterbliche, in der er eine Freundin sah – und seit Micahs Tod hatte er keine anderen Freunde mehr. Lindsay war ihm in vielerlei Hinsicht ein Rätsel. Sie war ohne Vorwarnung in ihrer aller Leben gestolpert und hatte Fertigkeiten bewiesen, die keine bloße Sterbliche hätte haben dürfen. Noch dazu hatte sie die Aufmerksamkeit des Anführers der Hüter in einer Art auf sich gelenkt, wie Elijah es noch nie erlebt oder auch nur gehört hatte.

Anders als die Gefallenen, die ihre Flügel verloren hatten, weil sie sich mit Sterblichen eingelassen hatten, waren die Hüter über jeden Tadel erhaben. Fleischeslust und auch alle wankelmütigen menschlichen Empfindungen lagen ihnen völlig fern, weshalb Elijah nie gesehen hatte, dass ein Hüter auch nur einen Anflug von Begehren oder Verlangen zeigte ... bis Adrian einen einzigen Blick auf Lindsay Gibson warf und sie mit einer Entschlossenheit für sich beanspruchte, die alle sprachlos machte. Der Anführer der Hüter hatte ihr Leben besser geschützt als sein eigenes, indem er Elijah zu ihrem Leibwächter bestimmt hatte, obwohl er wusste, dass Elijah einer jener raren, anomalen Alphas war, die gewöhnlich sofort aus den Lykaner-Rudeln entfernt wurden.

Und während Elijah Lindsay schützte, hatte sich zwischen ihnen eine Freundschaft entwickelt. Ihre unbeschwerte Kameradschaft reichte tief genug, dass sie füreinander sterben würden. *Ich würde mir eine Kugel für dich einfangen*, hatte sie ihm einmal gesagt. Nur wenige hatten solche Freunde, und Elijah hatte nun keinen mehr außer ihr. Er mochte offiziell zum Alpha geworden sein, würde jedoch nie aufhören, sich um Lindsays Sicherheit zu sorgen. Sie war aus der Obhut der Hüter verschleppt worden, und Elijah würde nicht eher ruhen, als bis er wusste, dass mit ihr alles in Ordnung war.

»Ich will, dass sie unversehrt gefunden wird«, sagte er nun, »mit allen Mitteln, die nötig sind.«

Stephan nickte, und erstmals schöpfte Elijah Hoffnung,

dass sie vielleicht doch noch eine winzige Chance hatten, diesen Mist zu überleben.

»Ach du Scheiße!« Vash beäugte den Ganzkörper-Schutzanzug in ihrer Hand, und ihr wurde eiskalt.

Dr. Grace Petersen rieb sich eines ihrer müden Augen mit der Faust. »Wir wissen noch nicht genau, wie diese Krankheit übertragen wird, und Vorsicht ist besser, als krank zu werden, glaube mir. Das ist eine ganz üble Geschichte.«

Vash schlüpfte in den Schutzanzug und zwang sich, ihre Panik im Zaum zu halten. Sie konzentrierte sich darauf, all ihr Wissen und ihre Fähigkeiten wachzurufen, mit denen sie einst als Hüterin auf die Erde geschickt wurde. Es war lange her, dass sie irgendetwas nicht als Kriegerin angegangen war, wie sie es sich als Vampirin angeeignet hatte. Aber dies war ein Kampf, den sie weder mit Reißzähnen noch mit Fäusten austragen konnte.

»Du hast echt Nerven wie Drahtseile, Grace«, sagte sie in das Mikro ihres Headsets.

»Und das höre ich von der Frau, die es mit Gegnern von der Größe eines Doppeldeckerbusses aufnimmt.«

Vollständig verhüllt betraten sie den Vorraum des Quarantäneraums und gingen durch ins Krankenzimmer, sobald das grüne Licht der Schleuse aufleuchtete. Drinnen lag ein Mann auf der Untersuchungsliege, als würde er schlafen. Seine Züge waren vollkommen friedlich und entspannt. Einzig die Infusionsschläuche in seinen Armen und sein viel zu rasch gehender Atem verrieten, dass er krank war.

»Was gibst du ihm?«, fragte Vash. »Ist das Blut?«

»Ja, er bekommt eine Transfusion. Und wir haben ihn in ein künstliches Koma versetzt.« Grace sah hinter der Maske zu Vash auf. Sie wirkte erschöpft und sehr ernst. »Sein Name ist King. Als er sterblich war, hieß er William King. Er war bis heute Morgen mein leitender Assistent. Dann biss ihn einer der infizierten Vampire, die wir gestern fingen.«

»Bricht die Infektion so schnell aus?«

»Kommt drauf an. Nach den vorläufigen Berichten, die wir vom Außendienst haben, sind manche Vampire immun. Bei anderen dauert es Wochen, bis sie Symptome entwickeln. Häufig sind allerdings Fälle wie King, bei denen es binnen Stunden zum Ausbruch der Infektion kommt.«

»Und was genau sind die Symptome?«

»Irrsinniger Hunger, grundlose Aggressivität und eine unnatürlich hohe Schmerztoleranz. Sie sind nur noch ein Schatten ihres früheren Selbst. Das Licht brennt, aber es ist niemand zu Hause, sozusagen. Ihr Verstand und ihre Persönlichkeit sind futsch, aber ihre Körper sind noch voll dabei. Diejenigen, die ich länger als eine Handvoll Tage am Leben halten konnte, verlieren allerdings die Pigmente in ihrem Haar und ihrer Haut. Sogar die Iris wird grau. Und sieh dir das an.«

Grace strich King mit zitternder Hand das Haar aus der Stirn. »Entschuldige«, flüsterte sie, bevor sie nach einem verkabelten Gerät griff, das wie ein Waren-Scanner aussah, wie sie an Supermarktkassen benutzt wurden. Sie hielt Kings Handgelenk umfasst und zielte mit dem Gerät auf seinen Unterarm, bevor sie einen blassblauen Strahl aktivierte. Ultraviolettes Licht.

Vash neigte sich vor und sah sich die Haut an, die das Ding bestrahlte. Sie wölbte sich zuckend, als würde der Muskel darunter krampfen, aber das war auch schon alles. »Ach du meine Güte! Lichtunempfindlichkeit?«

»Nicht ganz.« Grace schaltete das Gerät aus und legte es beiseite. »Es ist keine echte Unempfindlichkeit, denn die Haut verbrennt trotzdem noch, sie heilt nur sehr viel schneller als gewöhnlich. Die beschädigten Hautzellen regenerieren sich so schnell, wie sie zerstört wurden. Folglich gibt es keine sichtbaren oder bleibenden Wunden. Ich habe einige Tests an zwei anderen Betroffenen vorgenommen, die wir hier hatten. Da war es dasselbe.«

Sie sahen einander an.

»Jedenfalls sollte man sich nicht zu früh freuen«, murmelte Grace. »Diese Zellerneuerung ist es, die alle anderen Symptome verursacht. Der unstillbare Hunger wird durch den enormen Energieumsatz hervorgerufen, der für die Erneuerung nötig ist. Und die Aggressivität wiederum rührt daher, dass sie die ganze Zeit diesen enormen Hunger haben. Es muss sich permanent wie Verhungern anfühlen. Die hohe Schmerztoleranz verdankt sich zweifellos der Tatsache, dass sie an nichts anderes denken können als den Drang, sich zu nähren. Sie können anscheinend überhaupt nicht mehr *denken*. Hast du mal einen Infizierten in Aktion gesehen?«

Vash verneinte stumm.

»Die sind wie durchgeknallte Zombies. Alle höheren Hirnfunktionen werden von purem Instinkt überlagert.«

»Und du gibst ihm Transfusionen, weil er ohne ständige Blutzufuhr sterben würde?«

»Ja, das habe ich auf die harte Tour herausgefunden. Zwei der Gefangenen hatte ich sediert, um sie untersuchen zu können – man kann ihnen näher kommen, wenn sie nicht voll reaktionsfähig sind –, und die haben sich verflüssigt. Ihr Stoffwechsel ist derart erhöht, dass ihre Körper sich quasi selbst verzehren. Sie werden zu einem Haufen Schleim. Das ist nicht schön.«

»Kann es sein, dass Adrian den Erreger in irgendeinem Labor zusammenbrauen ließ?« Der Hüter leitete die Eliteeinheit der Seraphim, die den Gefallenen die Flügel abnahm. Mit seinen Lykanern verhinderte Adrian, dass die Vampire in dichter besiedelte Gegenden expandierten. So verhinderte er sowohl ihre geografische Ausbreitung als auch ihr finanzielles Vorankommen.

»Alles ist möglich, aber so weit würde ich nicht gehen.« Grace wies auf King. »Ich kann mir nicht vorstellen, dass Adrian das war. So etwas ist nicht sein Stil.«

Wenn sie ehrlich sein sollte, konnte Vash es sich genauso wenig vorstellen. Adrian war ein Krieger durch und durch. Wenn er einen Kampf wollte, würde er die direkte Auseinandersetzung wählen. Aber er hatte eine Menge zu gewinnen, sollten die Vampire ausgerottet werden. Sein Auftrag wäre erledigt, und er könnte die Erde mit all ihrem Schmerz, Elend und Dreck hinter sich lassen. Vorausgesetzt, er würde noch wegwollen, jetzt, da er Lindsay hatte, die er nicht würde mitnehmen können.

Vashs Stimme klang mitfühlend und sanft, als sie sagte: »Das mit deinem Freund tut mir sehr leid, Grace.«

»Hilf mir, ein Heilmittel zu finden, Vash. Hilf mir, ihn und die anderen zu retten.«

Deshalb hatte Syre sie hergeschickt. Von überall im Land kamen Berichte über Infizierte, und mittlerweile konnte man von einer Epidemie sprechen. »Was brauchst du?«

»Mehr Infizierte, mehr Blut, mehr Ausrüstung und mehr Leute.«

»Ist schon so gut wie erledigt. Gib mir einfach eine Liste.«

»Das ist der einfache Teil«, sagte Grace, verschränkte die Arme vor der Brust und blickte wieder zu King. »Ich muss wissen, wo das Virus zum ersten Mal aufgetreten ist, und zwar den Bundesstaat, die Stadt, die Straße, das Haus und das Zimmer in dem Haus. Bis ins kleinste Detail. War das erste Opfer männlich oder weiblich, jung oder alt, welche Hautfarbe? Und dann muss ich wissen, wer Nummer zwei war. Haben sie im selben Haus gelebt? Sich ein Bett geteilt? Oder war die Verbindung flüchtiger? Waren sie verwandt? Dann finde Nummer drei, vier und fünf. Ich brauche genug Daten, um den Ursprung und das Muster zu erkennen.«

Plötzlich hatte Vash das Gefühl, in dem Anzug zu ersticken. Sie ging zur Tür, und Grace folgte ihr, um den Code einzutippen, der die Sperre aufhob.

»Wir reden hier über einen riesigen Personalstab«, murmelte Vash, die es Grace nachmachte und sich in einen aufgemalten Kreis stellte. Irgendeine Substanz wurde aus Düsen über ihr herabgesprüht und umgab ihren Anzug mit einem feinen Nebel.

»Weiß ich.«

Es gab Zehntausende Minions, nur waren sie alle durch ihre Lichtempfindlichkeit erheblich in ihrem Handlungsspielraum eingeschränkt. Die ursprünglichen Gefallenen betraf es zwar nicht, doch waren sie insgesamt nicht mal mehr zweihundert und damit viel zu wenige, um hinreichend Blut zu spenden, damit die Minions vorübergehend immun gegen Licht wurden, um all die Lauferei, die nötig sein würde, in kurzer Zeit zu erledigen.

Vash stieg aus dem Overall, ließ die Schultern kreisen und überlegte. Die ersten Berichte von der Krankheit waren gleichzeitig mit Adrians verlorener Liebe aufgetaucht. Eine genaue Zeitachse würde ihnen bei der Entscheidung helfen, ob der Anführer der Hüter schuldig war oder nicht.

»Ich werde es irgendwie möglich machen.«

»Ja, das weiß ich.« Grace wuschelte ihr kurzes blondes Haar durch und musterte Vash. »Du trägst immer noch Trauer.«

Vash blickte hinab zu ihrer schwarzen Lederhose und der Weste und zuckte mit den Schultern. Auch nach sechzig Jahren war der Schmerz nach wie vor da und erinnerte sie daran, dass sie Charrons brutale Ermordung rächen musste. Eines Tages würde sie einen Lykaner finden, der ihr einen Hinweis auf Chars Mörder liefern würde. Sie konnte nur hoffen, dass das rechtzeitig geschehen würde, bevor die Verantwortlichen vor Altersschwäche oder bei der Jagd starben. Im Gegensatz zu Hütern und Vampiren lebten die Lykaner nicht ewig.

»Machen wir diese Liste fertig«, sagte sie streng und begann, sich der gewaltigen Aufgabe anzunehmen, die ihr bevorstand.

Syre sah sich das Video zu Ende an und stand dann mit einer geschmeidigen Bewegung auf. »Was hältst du davon?«

Vash saß auf dem Stuhl gegenüber von seinem Schreibtisch und hatte die Beine unter sich angezogen. »Wir sind im Arsch. Wir haben zu wenige Leute, um schneller zu handeln, als sich dieses Virus ausbreitet – uns fehlen schlicht die Ressourcen.«

Syre fuhr sich mit der Hand durch sein dichtes dunkles Haar und fluchte. »Wir dürfen nicht so zugrunde gehen, Vashti. Nicht nach allem, was wir durchgemacht haben.«

Der Schmerz des Gefallenen war beinahe mit Händen zu greifen. Wie er so vor dem Fenster stand und auf die Main Street von Raceport, Virginia, blickte, einer Stadt, die er hatte errichten lassen, schien das Gewicht der Welt auf seinen Schultern zu lasten. Er war in tiefer Trauer um seine Tochter, die er verloren hatte, nachdem er jahrhundertelang um ihre Rückkehr gebetet hatte. Und der Verlust hatte ihn verändert. Bisher bemerkte es noch niemand, doch Vash kannte ihn zu gut. Etwas in ihm war anders, als hätte jemand einen Schalter umgelegt. Er war härter, weniger flexibel, und das spiegelte sich auch in den Entscheidungen, die er traf.

»Ich werde mein Bestes geben«, versprach sie. »Das werden wir alle. Wir sind Kämpfer, Syre. Keiner von uns gibt auf.«

Er wandte sich ihr zu. Seine schönen Züge waren verhärtet. »Ich hatte einen interessanten Anruf, während du bei Grace warst.«

»Ach ja?« Sein Tonfall und das Glitzern in seinen Augen ließen sie aufmerken. Sie kannte diesen Blick und wusste, dass er bedeutete, dass Syre zu etwas entschlossen war, jedoch mit Widerstand rechnete.

»Die Lykaner haben rebelliert.«

Vashs Rücken versteifte sich unangenehm, wie immer, wenn sie über die Hunde der Hüter sprachen. »Wie? Wann?«

»Letzte Woche. Ich vermute, dass sie die Gelegenheit für günstig hielten, weil Adrian wegen meiner Tochter abgelenkt war.« Er verschränkte die Arme, wobei sich seine starken Oberarmmuskeln wölbten. Adrian hatte es zunächst zu Lindsay Gibson gezogen, weil sie die jüngste Reinkarnation von Shadoe war, Syres Tochter und Adrians großer Liebe. Am Ende jedoch hatte Lindsay sowohl Adrians Herz als auch das Recht auf ihren eigenen Körper gewonnen, was Syre in tiefe Trauer um das verlorene Kind gestürzt und Adrian ein wenig aus der Bahn geworfen hatte. »Die Lykaner werden uns brauchen, wenn sie frei bleiben wollen, und anscheinend brauchen wir sie genauso dringend.«

Vash sprang auf. »Das kann nicht dein Ernst sein!«

»Mir ist bewusst, was ich von dir verlange.«

»Ist es das? Ebenso gut könntest du mich bitten, mit Adrian zusammenzuarbeiten, wohl wissend, dass deine Tochter seinetwegen tot ist. Oder mir sagen, ich solle mich mit dem Dämon zusammentun, der deine Frau umbrachte.«

Sein Brustkorb dehnte sich, als er langsam tief einatmete. »Wenn das Schicksal aller Vampire auf der Welt davon abhinge, würde ich es tun.«

»Fick dich und deine Schuldgefühle!« Die Worte waren ihr herausgerutscht, bevor sie sich bremsen konnte. Was immer Syre ihr auch bedeutete, er war vor allem ihr kommandierender Offizier. »Ich bitte um Verzeihung, Commander.«

Er winkte ungeduldig ab. »Mach es wieder gut, indem du den Alpha der Lykaner ausfindig machst und ihm eine Allianz anbietest.«

»Es gibt keine Alphas unter den Lykanern. Dafür haben die Hüter gesorgt.«

»Es muss einen geben, sonst wäre es nie zu der Rebellion gekommen.«

Vash begann, auf und ab zu gehen, sodass die Absätze ihrer Stiefel einen schnellen Rhythmus auf den Holzboden schlugen. »Schick Raze oder Salem«, schlug sie vor. Ihre beiden besten Captains. »Oder beide.«

»Nein, du musst es sein.«

»Warum?«

»Weil du die Lykaner hasst und dein Widerwille unsere Verzweiflung nicht durchklingen lassen wird.« Er kam um den Schreibtisch herum, setzte sich halb auf die Kante und schlug die Beine an den Fußgelenken übereinander. »Wir dürfen ihnen keinen Vorteil gewähren. Sie müssen glauben, dass sie uns dringender brauchen als wir sie. Und du bist meine rechte Hand. Dich zu schicken ist eine deutliche Botschaft, wie ernst ich die angebotene Allianz nehmen würde.«

Der Gedanke, mit Lykanern zu kooperieren, erregte solche Wut in ihr, dass ihr die Sicht verschwamm. Was war, wenn sie unwissentlich Seite an Seite mit einem der Lykaner arbeiten müsste, die Charron in Fetzen gerissen hatten? Was, wenn sie einem von ihnen das Leben rettete, weil sie ihn für einen Verbündeten hielt? Das war so pervers, dass

Vash schlecht wurde. »Gib mir erst mal Zeit, in der ich versuche, ob wir es irgendwie allein hinbekommen. Wenn ich innerhalb der nächsten paar Wochen keine ausreichenden Fortschritte mache, können wir wieder reden.«

»Bis dahin könnte Adrian die Lykaner ausgelöscht haben. Wir müssen jetzt handeln, solange alles noch in der Schwebe ist. Überleg mal, wie schnell wir suchen könnten, wenn wir Tausende von Lykanern zur Verfügung hätten!«

Sie schritt den Raum nach wie vor in einem Tempo ab, angesichts dessen Sterblichen schwindlig geworden wäre. »Sag mir, dass deine Bitte nichts mit deinem Hass auf Adrian zu tun hat.«

Syres Mundwinkel hob sich. »Du weißt, dass ich das nicht kann. Ich will Adrian treten, solange er am Boden ist, klar. Aber das allein würde kaum ausreichen, um dich hierum zu bitten, weiß ich doch, wie viel es dich kostet. Du bedeutest mir weit mehr als das.«

Vash blieb abrupt stehen, bevor sie auf ihn zuging. »Ich werde es tun, weil du es mir befiehlst. Allerdings verzichte ich nicht auf die Vergeltung, die mir zusteht. Vielmehr werde ich die Gelegenheit nutzen, um diejenigen zu finden, die für Charrons Tod verantwortlich waren. Und wenn ich die Information habe, übernehme ich keine Verantwortung für die Folgen. Falls das für dich nicht akzeptabel ist, überbringe ich dein Angebot und gehe anschließend meiner Wege.«

»Das wirst du nicht.« Trotz des ruhigen Tonfalls war es eine eindeutige Warnung. »Ich unterstütze dich, Vashti, und das weißt du auch. Aber zu diesem Zeitpunkt muss die Behebung der Notlage der Vampire an erster Stelle stehen.«

»Ist gut.«

Er nickte. »Die Revolte begann im Außenposten Navajo Lake. Fang in Utah mit der Suche an. Sie können nicht weit gekommen sein.«

2

»Wir müssen herausfinden, ob es noch andere Alphas gibt.« Elijah sah den Lykaner neben sich an und staunte, wie schnell Stephan die Rolle des Beta übernommen hatte.

Ihre Instinkte hatten enormen Einfluss auf alles, was sie als neues Rudel taten, und das beunruhigte Elijah. Ihm wäre es lieber gewesen, ihr Schicksal würde von ihnen selbst bestimmt statt von dem Dämonenblut in ihren Adern.

Aber als er den langen Gang hinunterschritt, waren die zahllosen grünen Augen, die ihn anstarrten, ein schlagkräftiger Beweis dafür, wie dominant die niederen Instinkte der Lykaner waren. Jeder von ihnen hatte die leuchtend grüne Iris einer Mischlingskreatur. Sie reihten sich zu Hunderten entlang der Wände auf und bildeten eine Gasse in den roten Felsenhöhlen, die Elijah als sein Hauptquartier ausgewählt hatte. Sie alle hielten ihn für ihren Erlöser, für den Lykaner, der sie in ein neues Zeitalter der Unabhängigkeit führen konnte. Was sie nicht begriffen, war, dass ihre Erwartungen und ihre Hoffnung auf Freiheit sein Gefängnis waren.

»Ich habe es zur obersten Priorität gemacht«, versicherte Stephan. »Aber die Hälfte der Lykaner, die wir ausgesandt hatten, ist nicht zurückgekehrt.«

»Vielleicht haben sie sich wieder in die Obhut der Hüter begeben. Was die Lebensqualität angeht, hatten wir es besser, solange wir für die Engel arbeiteten.«

»Ist irgendein Preis zu hoch für die Freiheit?«, fragte Stephan. »Wir alle wissen, dass die Hüter keine Chance haben, wenn wir in die Offensive gehen. Es existieren keine Zweihundert mehr von ihnen, und wir sind mehrere Tausend.«

Die dezente Aufforderung, aktiv zu sein, statt nur zu reagieren, entging Elijah nicht. Er spürte um sich herum die knisternde Energie der Lykaner, die bereit und gewillt waren zu jagen. »Noch nicht«, sagte er. »Dies ist noch nicht der richtige Zeitpunkt.«

Ein Arm schnellte vor und packte ihn. »Worauf verdammt noch mal wartest du?«

Elijah blieb stehen und wandte sich dem stämmigen Mann zu, dessen Augen im Schatten der Höhle glühten. Der Lykaner war aufgebracht und schon halb verwandelt, seine Arme und sein Nacken von gräulichem Pelz bedeckt.

Die Bestie in Elijah knurrte eine Warnung, doch er hielt sie im Zaum. Diese Selbstkontrolle war es, die ihn zu einem Alpha machte.

»Forderst du mich heraus, Nicodemus?«, fragte er gefährlich ruhig. Hierauf hatte er gewartet, er hatte gewusst, dass es kommen würde. Es würde nur die Erste von vielen Provokationen sein, bis er seine Dominanz bewiesen hätte, gestützt auf seine physische Überlegenheit wie auch den instinktiven Wunsch der Lykaner, einem Anführer zu folgen.

Die Nasenflügel des Lykaners bebten, und seine Brust wölbte sich, als er gegen die Bestie in seinem Innern kämpfte, doch da ihm Elijahs Selbstkontrolle fehlte, konnte Nic nur verlieren.

Elijah löste die Hand des Mannes von seinem Arm und sagte: »Du weißt ja, wo du mich findest.«

Dann kehrte er ihm den Rücken zu und ging weg, womit er die Bestie in Nic bewusst provozierte. Je eher sie dies hinter sich brachten, desto besser.

Nic hatte ihn gefragt, worauf er warten würde. Nun, er wartete auf Geschlossenheit, Vertrauen, Treue, auf ebenjene Grundlagen, die alle Rudel zusammenhalten würden. Ob sie in der Überzahl waren oder nicht, sie konnten unmöglich gegen eine eng befehligte militärische Eliteeinheit wie die Hüter bestehen, wenn sie nicht zusammenarbeiteten.

Eine Lykanerin kam sichtlich angespannt auf Elijah zugelaufen. »Alpha«, begrüßte sie ihn und stellte sich rasch als Sarah vor. »Du hast Besuch. Eine Vampirin.«

Er zog die Brauen hoch. »*Eine* Vampirin? Ohne jede Begleitung?«

»Ja. Sie fragt nach dem Alpha.«

Das war wahrlich interessant. Die Lykaner waren von den Hütern zu dem einzigen Zweck geschaffen worden, Vampire zu jagen und in ihre Schranken zu weisen. Die Tatsache, dass sich die Lykaner gegen die Hüter aufgelehnt hatten, hieß nicht, dass sie ihren tief verwurzelten Hass auf die Blutsauger vergessen hatten. Es war selbstmörderisch für einen Vampir, sich allein in eine ihrer Höhlen zu wagen.

»Bring sie in die große Höhle«, sagte er.

Sarah drehte sich um und lief in die Richtung zurück, aus der sie gekommen war. Elijah und Stephan folgten ihr langsamer.

Stephan schüttelte den Kopf. »Was soll das denn?«

»Die Vampirin ist aus irgendeinem Grund verzweifelt.«

»Und warum ist das unser Problem?«

Achselzuckend antwortete Elijah: »Es könnte von Vorteil für uns sein.«

»Wollen wir jetzt etwa eine Auffangstelle für blutsaugende Loser werden?«

»Verstehe ich das richtig? Wir rebellieren und sind dadurch angeblich so viel besser dran, aber ein Vampir, der sich auflehnt, ist ein Loser?«

Stephan runzelte die Stirn. »Du weißt genauso gut wie ich, dass das Rudel keine Vampire aufnehmen wird.«

»Die Zeiten haben sich geändert. Falls es dir nicht aufgefallen ist: Wir sind auch ziemlich verzweifelt.«

Elijah trat in die große Höhle, als er ein Knurren hinter sich hörte. Mit einem Satz nach vorn nahm er Wolfsgestalt an, noch ehe seine Pfoten wieder auf dem Felsboden landeten. Er wirbelte in dem Augenblick herum, in dem sich Nicodemus auf ihn stürzte und ihn in die Seite traf, dass Elijah die Luft wegblieb. Er rollte sich herum und kam rechtzeitig wieder auf die Pfoten, um seinen Angreifer mitten im Sprung an der Kehle zu packen. Mit einem Schwenk seines Kopfes schleuderte Elijah den anderen Lykaner quer durch den Raum. Dann heulte er vor Zorn, dass es von den hohen Felsenwänden nur so hallte.

Nic schlitterte über den Boden, bis seine Pfoten Halt fanden, und griff erneut an. Elijah sprang ihm entgegen, um ihn abzufangen.

Sie kollidierten mit brutaler Wucht, und beide schnappten kräftig zu. Nic erwischte Elijahs Vorderbein und biss zu. Elijah zielte auf Nics Flanke und schlug seine Zähne tief in sie hinein. Die Bestie in ihm knurrte, als sie das warme Blut schmeckte.

Elijah trat seinen Angreifer weg, wobei er ihm einen Brocken Fleisch aus der Flanke riss. Nic winselte und kam wieder angehumpelt. Elijah duckte sich sprungbereit, als sich ein Duft von reifen Kirschen in seine Nase stahl und seine Sinne gefangen nahm. Der Geruch befeuerte sein Blut und seine Aggressivität.

Schlagartig war er das dämliche Spiel mit Nicodemus leid. Er schoss nach vorn, drehte sich in der Luft, um Nics gefletschten Zähnen auszuweichen, und landete auf dem Rücken des Lykaners. Dann packte er ihn an der Gurgel und zwang ihn zu Boden, wobei er fest genug zubiss, um den Angreifer zu verletzen und zu warnen, ihn jedoch nicht zu töten. Noch nicht. Ein klein wenig mehr Druck würde Nic die Luft abschneiden.

Nic zappelte noch eine Weile lang mit den Beinen, um seinen Gegner abzuschütteln. Schließlich raubten ihm der Blutverlust und die Erschöpfung die Kraft. Als er wimmerte, ließ Elijah ihn los.

Sein tiefes Knurren vibrierte durch den Raum. Er wandte sich um und sah jeden der anderen Lykaner direkt an. Sie standen im Kreis um ihn herum, senkten allerdings sofort unterwürfig den Blick.

Nachdem er vorläufig zufrieden war, wechselte Elijah die Gestalt und wandte sich dem gewölbten Eingang der Höhle zu. Seine Aufmerksamkeit wurde von dem süßen Duft angelockt, der seinen Schwanz hart machte.

»Bringt mir frische Sachen«, befahl er. Ihm war egal, wer

es tat, Hauptsache, es passierte. »Und ein nasses Handtuch.«

Kaum hatte er ausgesprochen, erschien sie. Sie sah genauso aus, wie er sie in Erinnerung hatte: hohe schwarze Stiefel, ein hautenger schwarzer Lycra-Anzug, der jede ihrer Kurven betonte, feuerrotes Haar bis zur Taille und perlweiße Reißzähne. Sie sah wie ein zum Leben erwachter feuchter SM-Traum aus, und Elijah wollte sie beinahe ebenso dringend vögeln, wie er sie töten wollte. Seine Lust stellte sich instinktiv ein und war höchst unwillkommen, zumal sein Zorn auf sie von Kummer und Schmerz durchwirkt war. Sie hatte seinen besten Freund einen langsamen, qualvollen Tod sterben lassen, weil sie hinter Elijah her gewesen war. Und das nur, weil sie irrtümlich glaubte, dass Elijah ihre Freundin Nikki getötet hatte, eine Vampirin und Syres Schwiegertochter.

Sei vorsichtig mit dem, was du dir wünschst, Schlampe.

Elijah bleckte die Zähne zu einem falschen Lächeln. »Vashti.«

Sie verengte die Augen, als sie seinen Geruch wahrnahm. »Du!«

Scheiße.

Vash starrte den nackten, blutbefleckten Lykaner an, der ihr in einigem Abstand gegenüberstand, und ballte die Fäuste. Es hatte sie ohnehin schon genervt, dass sie nicht wie üblich ihre Schwerter auf dem Rücken trug, doch jetzt machte es sie richtig sauer.

Er hatte ihre Freundin umgebracht, und dafür würde er büßen.

Sie trat langsam näher, ihre Stiefelabsätze knallten auf den unebenen Steinboden. Sie lebten in einer verfluchten Höhle und kloppten sich untereinander wie die Tiere. Beschissene Köter! Tagelang hatte sie versucht, Syre zu erklären, was für ein blöder Plan das war, doch er ließ sich nicht beirren. Er glaubte an den alten Spruch »Der Feind meines Feindes ist mein Freund«. Dem hätte Vash vielleicht sogar zugestimmt, wäre es nicht um Lykaner gegangen.

»Mein Name ist Elijah«, sagte er und beobachtete sie mit dem Blick des geborenen Jägers, der seine Beute ins Visier nahm.

Ein anderer Lykaner näherte sich ihm mit einem Handtuch in der einen Hand und Kleidung in der anderen. Elijah nahm das Handtuch und fing an, sich das Blut von Mund und Wangen zu wischen. Ohne Vash aus den Augen zu lassen, rieb er sich die Brust und die Arme ab.

Vashs Blick wurde unwillkürlich von dem weißen Frottee auf seiner goldenen Haut angezogen. Von Kopf bis Fuß durchzogen starke Muskeln seinen Körper, und sie waren auf eine Art definiert, die Vash nicht anders als schön nennen konnte. Nirgends war auch nur ein Gramm überflüssiges Fett, und seine Männlichkeit stünde auch ohne die Zurschaustellung seines eindrucksvollen Schwanzes außer Frage. Sein Geruch lag in der Luft, eine erdige und zugleich berauschende Note von Nelke und Bergamotte, angereichert mit männlichen Pheromonen.

Er gab dem Lykaner neben ihm das Handtuch zurück und fuhr sich mit der Hand von der Wurzel bis zur Spitze über den langen, dicken Penis.

»Gefällt dir, was du siehst?«, fragte er mit einer tiefen, rauen Stimme, die ihr bis ins Mark ging. Blut sickerte aus einer hässlichen Risswunde an seiner Wade, und der Duft war so köstlich, dass Vash der Mund wässrig wurde.

Sie zwang sich, den Blick von seinen Lenden zu lösen. »Ich wundere mich nur, dass du nicht wie ein nasser Hund riechst.«

Seine Nasenflügel bebten. »Du riechst nach Opferlamm.«

Vash lachte leise. »Ich bin hier, um dir zu helfen, Lykaner. Solange ihr unter der Erde seid, seid ihr sicher. Aber irgendwann müsst ihr auftauchen, und unter freiem Himmel schlachten euch die Engel ab. Da ihr euch jetzt schon untereinander prügelt, habt ihr ohne Verbündete nicht den Hauch einer Chance gegen Adrians Hüter.«

Ein angewidertes Raunen ging durch die Höhle, woraufhin Vash die Stimme erhob und zu ihnen allen sagte: »Ich stimme euch vollkommen zu. Ich will auch nicht mit euch zusammenarbeiten.«

»Dennoch bist du gekommen, da Syre dich geschickt hat«, sagte Elijah und schlüpfte in eine weite Jeans. »Auf seinen Befehl hin bist du direkt in eine Wolfshöhle marschiert.«

Trotzig reckte sie ihr Kinn. »Wir sind zivilisierter als ihr, Lykaner. Wir wissen den Wert von Hierarchien zu schätzen.«

Barfuß und mit der Geschmeidigkeit eines Raubtiers kam er näher. Die Muskeln an seinem Bauch bewegten sich mit jedem Schritt und lenkten Vashs Blick wieder nach unten. Eine Hitzewelle überkam sie, als sein Duft intensiver wurde.

Mist! Sie lebte schon zu lange enthaltsam, wenn ein Lykaner sie scharf machen konnte.

Ihre Hände ballten sich zu Fäusten, als er vor ihr stehen blieb. Zu dicht vor ihr. Er rückte ihr auf die Pelle und versuchte, sie mit seinem starken Körper und seiner unverhohlenen Gier einzuschüchtern. Sie sah das Verlangen in seinen Augen und roch die verlockenden Pheromone in der Luft um ihn herum. Er hasste sie, und doch begehrte er sie.

Trotz ihrer Größe und der hohen Absätze musste Vash den Kopf heben, um zu ihm aufzusehen. »Sag mir einfach, dass ich mich verpissen soll, und ich bin weg. Ich habe lediglich zugestimmt, dir das Angebot zu unterbreiten, und, ehrlich gesagt möchte ich nicht, dass du es annimmst.«

»Ah, aber ich habe nicht vor, es abzulehnen. Nicht, bevor ich Einzelheiten kenne.« Er griff nach einer ihrer Locken und rieb sie zwischen seinen Fingern. »Und ich möchte dein Gesicht sehen, wenn du herausfindest, dass ich deine Freundin nicht getötet habe.«

Ihr stockte der Atem. Sie sagte sich, dass es vor Überraschung war und nicht daher rührte, dass seine Fingerknöchel ihre Brust streiften. »Mein Geruchssinn ist fast so gut wie deiner.«

Sein einer Mundwinkel hob sich zu einem grausamen Lächeln. »Hast du meine Blutprobe auf Gerinnungshemmer untersuchen lassen?«

Rasch machte sie einen Schritt zurück. Sie wusste, dass die Hüter Blutproben von sämtlichen Lykanern in Kryoanlagen auf den Geländen der Außenposten der Lykaner verwahrten, hatte aber nicht bedacht, dass diese Proben auch leicht missbraucht werden könnten. »Was soll das heißen?«

»Ich wurde fälschlich beschuldigt. Du hingegen bist sehr wohl schuldig, was den Tod meines Freundes angeht. Hoffentlich erinnerst du dich an ihn, denn seine Ermordung besiegelte dein Todesurteil. Der Rothaarige, den du an einen Baum genagelt und halb tot zurückgelassen hast?«

Er ging gemessenen Schrittes um sie herum. Dutzende smaragdgrüne Augen beobachteten sie mit offener Feindseligkeit. Vashs Chancen, lebend aus dieser Höhle herauszukommen, tendierten gegen null.

»Wenn du mich jetzt tötest«, sagte sie warnend, »hast du sowohl die Vampire als auch die Hüter im Nacken.«

»Das ist problematisch«, murmelte er und ging weiter.

»Aber es gibt etwas, was ich mehr will als mein Leben. Wenn du mir hilfst, es zu bekommen, darfst du mich so töten, dass es aussieht, als hättest du es in Notwehr getan.«

Elijah blieb wieder vor ihr stehen. »Ich höre.«

»Schick die anderen raus.«

Stumm bedeutete er den anderen, die große Höhle zu verlassen.

»Alpha?«, fragte Stephan.

»Schon gut«, sagte Elijah. »Mit ihr werde ich fertig.«

Sie schnaubte. »Kannst es ja mal versuchen, Welpe. Vergiss nicht, dass ich dir einige Jahrtausende voraushabe.«

Innerhalb von weniger als einer Minute war die Höhle leer.

»Ich warte«, sagte er, und seine Augen funkelten gefährlich.

»Ein paar deiner Hunde haben meinen Gefährten getötet.« Die vertraute Wut und der Schmerz strömten wie Gift durch ihre Adern. »Wenn du für schlimm hältst, was ich mit deinem Freund getan habe, kann ich nur sagen, dass es nichts im Vergleich zu dem war, was Charron angetan wurde. Hilf mir, die Verantwortlichen zu finden und zu töten, dann gehöre ich ganz dir.«

Er wurde misstrauisch. »Wie willst du diese Lykaner finden? Wonach suchst du?«

»Ich habe Datum, Uhrzeit und Ort, also muss ich noch in Erfahrung bringen, wer sich da in der Gegend aufhielt. Danach kann ich die Zahl selbst eingrenzen.«

»Welch blutrünstige Treue.«

Sie sah ihn an. »Dasselbe könnte ich dir unterstellen.«

»Du würdest bei mir bleiben müssen«, erklärte er. »Ich erwarte, dass ich bei jeder Befragung eines Rudelmitglieds durch dich anwesend bin. Das könnte Tage, vielleicht Wochen dauern.«

Der Duft seiner Lust wurde beständig stärker, und sie war nicht immun dagegen – verdammt.

»Ich suche schon seit Jahren, also bringen mich ein paar Wochen mehr nicht um.«

»Nein, aber ich werde es am Ende tun. Bis dahin muss ich dich nicht mögen«, sagte er leise, »um dich ficken zu wollen.«

Sie schluckte und verfluchte ihren zu schnellen Puls, den er natürlich hörte. »Selbstverständlich nicht. Du bist ein Tier.«

Wieder umkreiste er sie, neigte sich zu ihr und holte tief Luft. »Und wie lautet deine Entschuldigung?«

Sie hatte keine, was sie irre machte. In all den Jahren seit

Charrons Ermordung war das Verlangen nach Sex kaum mehr als ein schwacher Juckreiz gewesen. Doch sie würde dem Lykaner nicht gestehen, dass er sie auf eine Weise körperlich ansprach, wie es seit ihrem Gefährten kein Mann mehr getan hatte. Vor allem nicht, weil sie sicher war, dass es weniger mit ihm zu tun hatte als mit ihrer eigenen Angst, unbewaffnet in einem Höhlensystem voll der verhassten Kreaturen zu sein. Mit ihren Reißzähnen und Klauen könnte sie ein halbes Dutzend Lykaner zur Strecke bringen; mit Charrons beiden Katanas könnte sie sich gegen eine Armee behaupten. Im Schwertkampf hatte es höchstens Charron mit ihr aufnehmen können. »Ich brauche keine Entschuldigung. Ich bin eine heterosexuelle Frau, und du bist ein Exhibitionist, der gern mit seinem großen Schwanz spielt. Die Show hat ihre Vorzüge.«

Er bleckte die Zähne, was wie ein vage angedeutetes Lächeln aussah, und verschränkte seine Arme. »Was will Syre im Gegenzug für den Schutz vor den Hütern?«

Vash entging nicht, dass er die Beine leicht ausgestellt hatte und das Kinn gereckt, stark und geerdet wirkte. Fast konnte Vash sich vorstellen, wie er inmitten eines Tornados nicht mal ins Schwanken geriet. Obwohl sein Zorn deutlich zu spüren war und mit derselben Beharrlichkeit auf ihre Sinne einwirkte wie sein Verlangen, waren seine schönen grünen Augen von Kummer überschattet. Was immer Elijah sonst noch sein mochte, er war loyal. Falls er darüber hinaus noch vertrauenswürdig war, könnte er ein Zugewinn für die Vampire sein. Und für Vash.

Sie imitierte seine Geste, indem sie gleichfalls die Arme verschränkte. Dabei bemerkte sie, dass sein Blick zu ihrem

V-Ausschnitt wanderte und er die Zähne zusammenbiss. Er wollte sie nicht begehren. Vash musste ein Grinsen unterdrücken. Ja, sie setzte ihre Sexualität als Waffe ein, seit Charron gestorben war, und mit dieser Waffe war sie genauso tödlich wie mit einer Klinge.

Wie Elijah noch am eigenen Leibe erfahren würde.

»Du wirst mich töten«, sagte Vash leise, »aus Rache für deinen Freund, der sterben musste, weil ich Rache für Nikki wollte. Nein ... lass mich ausreden. Ich werde mich an unsere Abmachung halten. Wenn alles vorbei ist, tust du mir damit sogar einen Gefallen, und ich werde meinen Kopf freiwillig auf einen Klotz legen, um es dir leichter zu machen.«

Der Lykaner war skeptisch. »Worauf willst du hinaus?«

»Ich will kein Mitleid von dir, aber ich möchte, dass du in mir dieselbe Treue erkennst, die ich in dir sehe. Ich lasse mich mit allem, was ich habe, auf dieses Bündnis ein. Tu du das auch, und wir werden am Ende beide bekommen, was wir wollen.«

»Werden wir das?« Sein Tonfall war ruhig und vertraulich, was nicht zu der Wut passte, die sein hübscher verkniffener Mund signalisierte.

»Sofern du deine Wünsche auf einem realistischen Level hältst«, ergänzte sie trocken.

»Du weichst meiner Frage aus, Vashti. Was erwartet sich Syre von dieser Abmachung?«

»Es ist sozusagen ein fairer Tausch.« Sie fuhr sich mit einer Hand durch ihr rotes Haar, was Elijah sehr genau beobachtete. Eigentlich wollte sie ihn mit dem necken, wonach er gierte, stellte jedoch fest, dass ihr allein von seinem Blick schon heiß wurde. Das Verlangen eines solch umwerfenden, maskulinen Tiers von einem Mann war an sich bereits eine Verführung. »Wir beide brauchen zahlenmäßig Unterstützung.«

»Ich führe die Lykaner nicht in einen Krieg gegen die Hüter.«

»Ach nein? Hängst du im Geist immer noch an der Leine?«

»Ich habe nicht vergessen, dass die Hüter einem Zweck dienen«, erwiderte er. »Sie werden gebraucht, um die Wahnsinnigen im Zaum zu halten. Deshalb, denke ich, ist Adrian nicht so gefallen wie du, obwohl er dieselbe Grenze übertreten hat. Er ist entscheidend für das Gleichgewicht, und das macht ihn zu wichtig.«

Vash biss die Zähne zusammen und verdrängte die wütenden Gedanken an den Anführer der Hüter, weil sie einen klaren Kopf behalten musste. »Ihr braucht auch Geld, da ihr jetzt alle arbeitslos seid. Die Vampire haben beachtlichen Reichtum angehäuft.«

»Ihr wollt mich im Nachteil sehen, damit ich euch dankbar bin.« Er löste die Arme und strich sich mit einer Hand über die Brust und den schönen straffen Bauch. Ja, er stellte seinen verlockenden Körper zur Schau, spielte Vashs Spiel. Seine Stimme war rau und zugleich weich wie Samt, der Vash streifte wie eine Zunge. »Ich ordne die Rudel keinem unter. Wir sind gleichgestellt oder gar nichts.«

Sie schmunzelte. »Du kannst es dir nicht leisten, dass der Deal platzt.«

»Ich weiß, was ich mir leisten kann und was ich zu zahlen bereit bin. Ich habe nichts mehr zu verlieren, aber das macht mich nicht verzweifelt. Nimm an oder lass es.«

»Ich komme morgen wieder. Dann solltest du bereit sein, zum Geschäftlichen zu kommen.« Sie wandte sich zum Gehen.

»Vashti.«

Sie blickte sich zu ihm um und stellte fest, dass er sich nicht einschüchtern ließ. Zwischen Adrian und Syre in die Enge getrieben, könnte und würde er es zweifellos mit jeder der Seiten aufnehmen, falls nötig. Die Unterwürfigkeit, die Vash von anderen Lykanern kannte – und verachtete –, fehlte diesem Alpha vollkommen. Trotzdem hatte Adrian ihn in seinen Diensten behalten, was für ihn erstaunlich war, da er Alphas sonst immer direkt von den anderen getrennt hatte. Und nicht nur das, sondern der Anführer der Hüter hatte Elijah sogar Lindsays Leben anvertraut. »Ja?«

»Spiel nicht mit mir«, sagte er warnend, sodass Vash eine Gänsehaut bekam. »Ich gebe zu, dass ich dich will, aber ich lasse mich nicht von meinem Schwanz leiten. Zu diesem Spiel gehören zwei. Und ich werde nicht vergessen, dass du mich auch willst. Das brauchst du nicht zu sagen, denn ich rieche es.«

»Ich hasse Lykaner«, sagte sie seelenruhig. Es war eine simple Tatsache, die sie am besten gleich klarstellte, falls er es noch nicht mitbekommen hatte. »Bei dem Gedanken, einen von ihnen zu vögeln, wird mir schlecht.«

»Aber der Gedanke, mich zu ficken, macht dich feucht.« Sein Tonfall war so emotionslos wie ihrer. »Lass uns mit offenen Karten spielen. Ich werde dich um all deinen Saft bringen, und du wirst den letzten Tropfen aus mir herausmelken, und trotzdem können wir uns am nächsten Morgen noch hassen. Nichts wird etwas daran ändern, wie sich diese Zusammenarbeit entwickelt.«

Nun war sie wirklich amüsiert. »Gut zu wissen.«

Sein Blick fiel auf ihren Hals. »Und wer immer sich an dir genährt hat, ist passé. Die einzigen Lippen, die deine Haut berühren, werden meine sein. Ich teile nicht.«

Unwillkürlich hob sie die Hand zu den beiden punktuellen Wunden, die ungewöhnlich langsam heilten. Lindsay hatte sie nach Syres gescheitertem Versuch, die Seele seiner Tochter Shadoe zurückzubekommen, gebissen. Erst jetzt wurde Vash wieder bewusst, dass sie Elijah erstmals mit Lindsay zusammen gesehen hatte, als er Adrians Gefährtin mit seinem eigenen Leben schützte. »Nicht dass es dich etwas anginge, aber es wird nicht wieder vorkommen.«

Sie machte sich auf den weiten Weg zum Höhlenausgang und fühlte sich so beunruhigt wie schon lange nicht mehr ... nein, wie noch nie. Elijah würde ihr helfen, die Lykaner zu finden, die sie suchte. Und so widersinnig ihre »Allianz« auch sein mochte, vertraute sie darauf, dass er sich an die Abmachungen halten würde, und sei es auch nur, um am Ende seine Rache zu bekommen. Eigentlich sollte ihr das ein gutes Gefühl bescheren, was die künftige Zusammenarbeit betraf. Stattdessen machte es sie hochgradig nervös.

Sie musste sich nun auf die Vertrauenswürdigkeit einer Kreatur verlassen, deren Art sie von jeher wegen ihrer Falschheit verachtet hatte. Die Lykaner waren einst Wächter gewesen. Doch statt dieselbe Strafe hinzunehmen wie der Rest ihrer Brüder und Schwestern und Vampire zu werden, hatten sie die Hüter um Gnade angefleht. Adrian hatte sie ihnen im Tausch gegen ihre Dienste als Lykaner gewährt. Mit der Übertragung des Werwolfsbluts hatten sie ihre Flügel verloren, ihre Seele hingegen behalten ... und waren sterblich geworden. Sie lebten, bekamen Welpen und starben als Sklaven, was das Mindeste war, was sie verdienten.

Aber jetzt hatten sie die Hüter verraten – genau wie seinerzeit die Gefallenen –, indem sie abermals die Seite wechselten.

Vash wollte verdammt sein, sollten die Hunde Gelegenheit bekommen, den Gefallenen ein zweites Mal untreu zu werden. Deshalb würde sie dafür sorgen, ganz gleich mit welchen Mitteln, dass, falls jemand ein Messer in den Rücken bekam, es ein Lykaner wäre.

3

»Ich habe das Recht, sie zu töten«, fauchte Rachel, deren Augen vor Zorn glühten. »Das kannst du mir nicht verwehren!«

Elijah stand da, die Hände flach auf seinen Schreibtisch gestützt. Sein Blick blieb auf die Schaltpläne vor ihm gerichtet und folgte den roten Linien der Kabel, die Strom aus den Generatoren in die verschiedenen Höhlen leiteten. »Ich kann dieses Recht vorübergehend außer Kraft setzen, und das tue ich.«

Weil sie nicht die Einzigen waren, die es auf Vashtis reizvollen Hals abgesehen hatten. Auch Lindsay hatte einen geliebten Menschen an die Vampirin verloren.

»Micah hätte dich gerächt, El. Vergiss nicht, dass er starb, um dich zu schützen. Vashti hat ihn getötet, weil sie herausfinden wollte, wo du bist.«

Um Nikkis Tod zu rächen, nachdem sein Blut von irgendwem am Tatort platziert worden war, damit alles auf ihn als Täter hinwies. Dennoch blieb er der Grund, warum Micah hatte sterben müssen. »Micah hatte keine Tausende von Lykanern, die sich auf ihn verließen, Rach. Wir brauchen diese Allianz, um zu überleben.«

»Zum Teufel damit. Du bist scharf auf sie!«

Nun hob er den Kopf und sah sie an.

»Versuch nicht, es zu leugnen.« Sie hielt seinem Blick stand. »Es ist offensichtlich.«

»Trotzdem wird er mich töten«, mischte sich Vashti ein, die gerade hereinkam.

Alle Augen wandten sich dem gewölbten Eingang zu, durch den die Vampirin die Höhle betrat. Anders als gestern erschien sie heute bis an die Zähne bewaffnet. Sie hatte zwei Katanas über Kreuz auf den Rücken geschnallt, sodass sich die Gurte zwischen ihren großen Brüsten kreuzten, und trug zwei Messer an ihren schmalen Oberschenkeln. Außerdem hatte sie einen kleinen Seesack bei sich. Ihre Schritte waren lang und fest, ihr Kopf hoch erhoben. Wie immer war sie von oben bis unten in Schwarz, diesmal allerdings in einer hautengen Baumwollhose und einer Lederweste, die vorn mit Messingschnallen verschlossen war. Ihr Haar hatte sie zu einem Knoten gedreht und anscheinend mit dünnen Wurfmessern festgesteckt.

Wie beim ersten Mal, als Elijah sie auf einem Parkplatz in Anaheim gesehen hatte, traf ihn ihr Anblick wie ein Hieb in die Magengrube. Seine Reaktion auf sie war so stark, dass Elijah tief Luft holen und sich zwingen musste, langsam wieder auszuatmen.

Rachel knurrte, und er warf ihr einen Blick zu. Ihre verächtliche Grimasse galt sicher ihm, und er würde in ihrer Lage auch nicht anders empfinden.

»Vashti.« Er richtete sich auf. »Das ist Rachel, die Gefährtin des Lykaners, den du umgebracht hast. Rach, das ist Vash, Syres rechte Hand.«

Er beobachtete die beiden Frauen aufmerksam und war

sich schmerzlich bewusst, wie schwer es für Rachel sein musste, vor der Mörderin ihres Gefährten zu stehen und von dem Mann daran gehindert zu werden, Micah zu rächen, der mit zu dessen Tod beigetragen hatte. Er rieb sich die Brust, weil ihn der Schmerz kurzatmig machte.

Vash ließ ihren Seesack vor seinem Schreibtisch auf den Boden fallen. »Es wird dich nicht trösten, wenn ich dir sage, dass ich weiß, wie du dich fühlst, Rachel, aber das tue ich. Mein Gefährte wurde von Lykanern getötet.«

»Wurde er tödlich verletzt und über Tage liegen gelassen, um qualvoll zu sterben?«, fragte Rachel verbittert.

»Nein. Er wurde bei lebendigem Leib ausgeweidet und durfte noch miterleben, wie seine Organe gefressen wurden.«

»Du lügst«, entgegnete Rachel scharf. »So jagen Lykaner nicht.«

»Sicher. Wenn du meinst.«

Elijah wies auf seinen Beta, der an dem Schreibtisch neben seinem an einem Laptop arbeitete. »Das da drüben ist Stephan.«

»Hi, Beta«, begrüßte Vash ihn und ergänzte auf seinen verwunderten Blick hin: »Tja, kennt man einen, kennt man alle.«

Stephan grüßte sie mit einem kurzen Nicken.

Vashti trat gegen einen Stein auf dem Boden. »Mir gefällt, was du aus dieser Höhle gemacht hast, El. Das verleiht dem Begriff ›rustikaler Charme‹ eine völlig neue Dimension.«

Sein Blick sagte ihr, was er von ihrem Sarkasmus hielt.

Sie trat näher, blickte auf die Schaltpläne und verzog den

Mund. »Niedlich, aber die kannst du wieder wegpacken. Wir bleiben nicht hier.«

Elijah sank auf seinen Stuhl, lehnte sich zurück und wartete.

Sie setzte sich halb auf den Schreibtisch. »Ich schicke meine Leute nicht auf Höhlenwache. Sie sind so schon nicht glücklich über diese Allianz. Außerdem brauchen wir mehr Energie, als Generatoren produzieren können. In diesem Erdloch habt ihr garantiert weder Internet noch Handyempfang, und ihr braucht beides, um die nötigen Informationen und Kommunikationsmittel zu haben, um die Rudel zusammenzutrommeln. Ich genauso, damit ich jederzeit weiß, wo meine Männer sind und welche Fortschritte mein Projekt macht.«

»Das da wäre?« Elijah sah zu Rachel, und seine Stimme wurde sanfter. »Sag den anderen Bescheid, dass wir demnächst weiterziehen.«

»Einfach so?«, fragte sie entsetzt. »Sie sagt: ›Spring!‹, und du springst?«

»Sieh es, wie immer du willst.« Er bedauerte zwar, dass er sie in diese Lage bringen musste, doch er würde sich mit niemandem auf Diskussionen einlassen. Sein Wort musste Gesetz sein, wenn sie dies hier überleben wollten. »Du kannst hierbleiben, wenn dir das lieber ist. Das gilt auch für die anderen, also sag es ihnen bitte. Es ist ihre Entscheidung.«

Stephan stand auf, als Rachel aus der großen Höhle stürmte. »Ich kümmere mich darum, Alpha.«

»Später. Vorerst möchte ich dich bei diesem Gespräch dabeihaben.«

Vash schüttelte den Kopf. »Hoffentlich bekommst du dieses Drama in den Griff. Wir haben schon genug Probleme.«

»Zum Beispiel? Es wird Zeit, dass du die Karten auf den Tisch legst.«

Sie zögerte einen Moment und schürzte nachdenklich die Lippen. »Wir befinden uns in einer schwierigen Lage.«

»Ja, das dachte ich mir bereits. Sonst wärst du kaum hier.«

»Ich muss einige Nachforschungen anstellen, und dazu brauche ich Leute, die sich tagsüber draußen bewegen können. Meine Gefallenen reichen nicht aus, um alle Wege in der Zeit zu erledigen, die wir zur Verfügung haben.« Sie trommelte mit den Fingern auf dem Schreibtisch, was ihre Nervosität verriet. »Ich halte euch den Rücken frei und biete den Lykanern sicheres Geleit, die aus den anderen Außenposten fliehen. Im Gegenzug teilst du mir Lykaner für die Hilfe bei den Nachforschungen zu.«

Elijah wartete, dass sie das näher ausführte. In der Zwischenzeit musterte er sie. Ihm fiel auf, wie glatt ihre cremeweiße Haut war und wie dicht ihre dunklen Wimpern waren. Das Bernsteinbraun ihrer Augen, die klassische Farbe aller Vampire, kam durch die auffällige Haarfarbe sehr gut zur Geltung. Unweigerlich fragte Elijah sich, wie sie mit den strahlend blauen Augen eines Seraphs ausgesehen haben mochte. Wie eine Porzellanpuppe, dachte er. Sie besaß eine Eleganz und Zerbrechlichkeit, die man nicht auf Anhieb an ihr wahrnahm und aus der Distanz schon gar nicht. Ihr Faible für schwarzes Leder und Lycra lenkte davon ab, wie weich und feminin sie eigentlich war.

Seufzend kapitulierte sie und zog einen USB-Stick aus

ihrem Dekolleté. »Dies hier erklärt es besser, als ich es kann.«

Stephan holte seinen Laptop von dem anderen Tisch und stellte ihn vor Elijah, der den Stick hineinschob. Bald erschien eine Videoaufnahme. Es war eindeutig die Aufzeichnung einer Überwachungskamera, die eine Zelle zeigte, in der ein Vampir mit Schaum vor dem Mund und blutunterlaufenen Augen zu sehen war, wie er seinen Kopf gegen die Steinmauer knallte, bis er aufplatzte.

»So einen infizierten Vampir habe ich schon mal gesehen«, sagte Elijah.

»Hast du?« Vash richtete sich auf und sah ihn an. »Wann? Wo?«

Er lehnte sich wieder zurück. »Das erste Mal in Phoenix, ungefähr vor einem Monat. Ich glaube, sie war die Freundin, die du rächen willst – brünett, zierlich, eine Pilotin.«

»Nikki.« Vash holte tief Luft. »Oh Mann, ich dachte, Adrian hätte einen Haufen Scheiße erzählt, als er sagte, dass sie völlig durchgedreht war.«

»Zwei Tage später haben wir ein Nest in Hurricane ausgehoben, in Utah. Die Hälfte der Bewohner dort hatte ebenfalls diesen Schaum vorm Mund.«

Vash bückte sich, kramte in ihrem Seesack und zog ein iPad heraus. Während sie sprach, tippte sie. »Wir haben keinen Schimmer, was das für eine verfluchte Krankheit ist, wie schnell sie sich ausbreitet oder wo sie angefangen hat. Das müssen wir herausfinden, und dafür brauchen wir euch. Wir müssen Tag und Nacht arbeiten, also in Schichten.«

»Vielleicht entsteht das bei Überbevölkerung.«

Sie hob den Kopf. »Verarsch mich nicht. Ich kann auch unangenehm werden.«

»Wurden irgendwelche Gefallenen infiziert?«

»Nein.« Sie legte ihm ihr Tablet hin. Auf dem Display war eine Karte von Nordamerika mit verschiedenfarbigen Punkten zu sehen. »Die roten Punkte markieren die ersten Berichte. Wie du siehst, gehörte Nikkis Auftauchen in Phoenix zur ersten Welle. Orange steht für die zweite und Gelb für die jüngste Welle.«

Stephan beugte sich vor. »Die sind überall.«

»Stimmt. Man würde eher mit einem Punkt rechnen, von dem aus es sich strahlenförmig ausgebreitet hat, aber wie es aussieht, ging es an vier Punkten los, und die lagen weit auseinander, sodass durch die Verbreitung schneller ein größeres Gebiet abgedeckt war. Wir wissen, dass die Hüter ein Nest außerhalb von Seattle ausgehoben haben, und wie ihr seht, gab es dort die ersten bekannten Fälle.«

Elijah schüttelte den Kopf, denn er ahnte, worauf sie hinauswollte. »Adrian hat hiermit nichts zu tun.«

»Bist du sicher?«

»Ja. Was nicht heißen soll, dass kein Hüter dahintersteckt, aber Adrian hat das nicht veranlasst.«

»Mist.« Vash begann, vor dem Schreibtisch auf und ab zu gehen, und Elijah war kurzfristig von ihren anmutigen Bewegungen abgelenkt. »Und die Hüter machen nichts ohne seinen Befehl, womit wer bliebe? Dämonen? Ein Lykaner?«

»Schließ die Hüter nicht gleich aus.«

Sie erstarrte und sah ihn fragend an. »Warum nicht?«

»Eine Frau wurde aus Angels' Point entführt, während sie unter dem Schutz der Hüter stand.«

»Dann haben sie zugelassen, dass es geschah.«

»Nicht bei dieser Frau. Eher hätte Adrian den Weltuntergang herbeigeführt.«

»Ach ja? Hm ...« Sie machte auf ihren Stilettoabsätzen kehrt und verließ das Höhlengewölbe.

Elijah war direkt hinter ihr und folgte ihrem Kirschduft. Ihm war schon beinahe schwindlig, bis sie die Oberfläche erreichten, und sein Brustkorb weitete sich, als er die frische Luft einsog, um sein lustbenebeltes Hirn freizubekommen. Er sah, wie Vash ein iPhone unter dem roten BH-Träger hervorzog und eine Kurzwahl antippte. Einen Moment später erschien der Anführer der Vampire auf dem Display.

»Vashti«, begrüßte Syre seine rechte Hand warmherzig. »Geht es dir gut?«

Elijah antwortete: »Das hat dich nicht interessiert, als du sie allein und unbewaffnet hergeschickt hast.«

»Lass mich ihn sehen«, sagte Syre zu Vash, damit sie das iPhone in Elijahs Richtung drehte. »Ah, der Alpha-Lykaner. Du bist genau so, wie ich es erwartet hatte.«

»Ich hingegen hatte erwartet, dass du klüger bist«, konterte Elijah und verschränkte die Arme.

»Du wärst ein Idiot, wenn du meinem Lieutenant etwas angetan hättest. Ich hätte dich gejagt und dein Fell als Kaminvorleger benutzt.«

»Demnach ist meine Haut so viel wert wie ihre?« Elijah sah zu Vash und war verärgert, weil es ihn überhaupt kümmerte, wie viel oder wenig Respekt ihr Commander ihr zollte.

»Wärst du imstande gewesen, sie im Kampf zu schlagen,

ja. Sie ist eine verflucht gute Kriegerin, mit oder ohne Waffen.«

Vash drehte das Telefon wieder zu sich. »Wie hast du Lindsay in die Finger bekommen?«

Die Haare an Elijahs Armen und in seinem Nacken stellten sich auf, als er plötzlich wütend wurde. Er packte die Vampirin am Hals und rammte sie mit dem Rücken gegen den nächsten Baum, noch bevor sie wusste, wie ihr geschah.

Vash fand sich auf einmal von einem rund einen Meter neunzig großen und zweihundertzwanzig Pfund schweren knurrenden Lykaner platt gegen die raue Rinde eines Baumstamms gedrückt. Ihre Wut, weil er sie hatte übertölpeln können, wurde noch durch ihre Verärgerung darüber gesteigert, dass Elijah offenbar starke Gefühle für Lindsay Gibson hegte.

»Was?«, fragte sie provozierend und umfasste seine Handgelenke, die momentan direkt an ihrem Hals waren. Er hatte einen seiner muskulösen Schenkel zwischen ihre geschoben, und seine Hüfte drückte auf eine Weise gegen ihre, die ihr Herz zum Rasen brachte. »Stehst du etwa auf Adrians Frau?«

»Wo ist sie?«

Sie lächelte spöttisch. »Was interessiert dich das?«

»Lindsay hat mir das Leben gerettet.«

»Wusste ich's doch, dass es einen Grund gibt, weshalb ich die Schlampe hasse.«

Sie ist bei Adrian!

Elijah drehte sich zu dem iPhone auf der Erde um, auf

dessen Display Syres harte Züge zu erkennen waren. »Ist sie unverletzt?«

»Falls sie noch lebt, ist sie gesünder denn je.«

Ein eisiger Schauer lief Elijah über den Rücken. Er sah wieder zu Vashti, deren Augen blitzten. Während eine Sterbliche inzwischen schon das Bewusstsein verloren hätte vor Sauerstoffmangel, war die Vampirin nur ein wenig errötet, was sie noch schöner machte. »Was habt ihr mit ihr gemacht?«

»Was sie wollte«, antwortete Syre. »Lass meine rechte Hand los, Alpha, bevor ich beschließe, dass du mehr Mühe machst, als du wert bist.«

»Noch nicht.« Vielleicht nie, sollte sich sein Verdacht erhärten. Vor Angst krampfte sich sein Bauch zusammen.

Vash lächelte. »Wie hast du sie bekommen, Syre?«

»Sie wurde mir von den Mitgliedern der Kabale von Anaheim gebracht.«

Elijah knurrte. »Es gibt ein Vampirnest in Südkalifornien?«

»Wir ziehen die Bezeichnung ›Kabale‹ oder ›Zirkel‹ vor«, korrigierte ihn Vashti, »je nach Größe.« Sie blickte zum iPhone. »Haben sie dir erzählt, wie sie Lindsay aus Angels' Point herausbekommen haben?«

Es war kein Geheimnis, dass es sich bei Angels' Point, Adrians Anwesen in den Anaheim Hills, um eine Festung handelte. Angels' Point lag hoch über der Stadt und wurde von Hütern und Lykanern bewacht – vor der Revolte – wie auch von der besten elektronischen Überwachung, die für viel Geld zu haben war.

»Nein.« Syre war deutlich anzuhören, dass er nachdachte.

»Ich nehme an, sie konnten sie irgendwo zwischen ihrem Arbeitsplatz und Angels' Point abfangen.«

»Wir müssen mit ihnen reden. Sie haben Kontakt zu einem Seraph, von dem sie nichts verraten.«

»Ich erledige das. Und ich habe die Blutprobe des Alphas von Nikkis Entführungsort losgeschickt, damit sie auf Gerinnungshemmer untersucht wird, wie du gesagt hattest. Ich lasse dich die Ergebnisse wissen, sowie ich Bescheid bekomme.« Er machte eine kurze Pause. »Geht es dir gut, Vashti?«

Sie nahm die Hände von Elijahs Handgelenken und fuhr mit ihnen über seine Arme wie eine Geliebte, um ihn herauszufordern. »Natürlich.«

»Melde dich regelmäßig, damit ich sicher bin.«

»Ja, Syre.«

Ja, Syre. Elijah wollte unbedingt, dass sie sich ihm gegenüber so gefügig gab ... während sie unter ihm war und die harten, tiefen Stöße seines schmerzenden Schwanzes empfing. Dass er sie nehmen und zugleich umbringen wollte, war kompletter Irrsinn. Rachels Schmerz schnürte ihm das Herz ab, Lindsays Mutter war brutal von Vashti ermordet worden, und dennoch wollte er die Vampirin mit einer Dringlichkeit, die ihn erschütterte.

Sie drückte seine Schultern mit ihrer Vampirkraft, was sich zufällig exakt so anfühlte, wie Elijah es am liebsten hatte. Ihre Hände glitten massierend seinen Rücken hinab, bevor sie sich auf seinen Hintern legten und zudrückten. Dabei benetzte sie ihre vollen Lippen mit der Zungenspitze. »Dir ist ja wohl klar, dass du Lindsay nicht haben kannst. Sie ist völlig verrückt nach Adrian und hat ihr Leben für ihn aufgegeben.«

Elijah wehrte sich gegen ihre Verführungskunst. »Was habt ihr mit ihr gemacht, Vashti?«

»Du warst jahrelang ein Hüterhund, und ich wette, du hattest noch nie gesehen, dass Adrian eine Frau eines zweiten Blickes würdigt. Warum sie? Was ist so besonders an ihr?«

»Komm endlich auf den Punkt.«

»Sie ist ... na ja, sie *war* Syres Tochter.«

Elijah erstarrte, und vor Schreck lockerte sich sein Griff um Vashs Hals. »Ausgeschlossen.«

Keiner der Vampire konnte sich fortpflanzen. Seelenlose Kreaturen konnten kein Wesen mit einer Seele zeugen. Aber ... Lindsay hatte fast von Anfang an anomale Züge gezeigt.

»Sie wurde mit einer zweiten Seele in sich geboren, mit der wiedergeborenen Seele von Syres Naphil-Tochter, die er gezeugt hatte, bevor er fiel.«

»Was habt ihr gemacht, Vashti?«, wiederholte er.

»Was gemacht werden muss, damit eine Seele eine andere besiegen kann.«

Eine brennende Wut stieg in ihm auf, und er legte seine Hände wieder fester um ihren Hals. In diesem Moment war er kurz davor, ihr den Kopf abzureißen.

»Ihr habt sie in eine Vampirin verwandelt?«, flüsterte er und kämpfte gegen den Gestaltwechsel an, der sich ankündigte. »Habt ihr ihren Geist umgebracht? Ist Lindsay tot?«

Zum ersten Mal zeigte sich Angst in ihrem Blick und ließ ihre Lippen erblassen. Als sich seine Krallen verlängerten und in ihre helle Haut gruben, liefen kleine Blutrinnsale über ihre Brüste. »Sie ist immer noch Lindsay. Shadoes

Seele war verloren, als Syre die Verwandlung zum Abschluss gebracht hat. Und er hat nicht gelogen. Lindsay wollte es.«

»Schwachsinn! Deinetwegen hat sie Vampire gehasst. Weil du ihre Mutter umgebracht hast. Sie wäre nie freiwillig zu einem Blutsauger geworden.«

Eine steile Falte erschien zwischen Vashs Brauen. »Wovon zur Hölle redest du?«

»Vor zwanzig Jahren. Eine hübsche kleine Fünfjährige und ihre Mutter, die ein Picknick im Park machten ... bis ein paar Vampire beschlossen, sich eine Zwischenmahlzeit zu gönnen.«

»Nein.« Die Falte verschwand, und sie sah ihn eindringlich an. »Das ist nicht mein Stil. Und wenn du mir nicht glaubst, kannst du sie fragen. Sie muss es begriffen haben, als sie mir die Löcher in den Hals biss und in meine Erinnerungen sah. Sie hatte mich schon am Boden und einen Holzpflock in Reichweite. Da hätte sie mich vernichten können, tat es aber nicht.«

Weil er eindeutige Antworten brauchte, löste Elijah sich von ihrem üppigen Körper. Im Geiste verfluchte er sich, weil er ihr glauben wollte. »Ich muss wissen, dass es ihr gut geht. Sorg dafür.«

»Du hast ganz andere Sorgen!«

Er drückte sie erneut gegen den Baumstamm und funkelte sie wütend an. »*Jetzt*, Vashti.«

Fluchend hob sie ihr Telefon auf und scrollte durch ihre Kontakte. Einen Augenblick später war ein Verbindungsaufbauton zu hören, gefolgt von der Stimme der Empfangsdame bei Mitchell Aeronautics. »Verbinden Sie mich bitte mit Adrian Mitchell. Sagen Sie ihm, hier ist Vashti.«

Elijah wartete, während er bei dem Gedanken halb durchdrehte, dass die Vampire Lindsay in ihren Klauen gehabt hatten und sie zu Adrian zurückgelassen hatten. Das war ihm unbegreiflich. Warum sollten sie der einzigen Schwäche des obersten Hüters nachgeben?

»*Vash*.« Adrians kräftige sonore Stimme erklang aus dem Telefon, aber der Bildschirm blieb leer.

»Wie geht es der neuen Liebe deines Lebens, Adrian?«, fragte Vash, wobei sie leicht verbittert klang. »Hat sie es geschafft?«

»Ihr geht es ausgesprochen gut. Wie geht es deinem Hals?«

»Noch hält er Kopf und Rumpf zusammen.«

»Ihr habt immer mehr Wahnsinnige in euren Reihen, Vashti?« Trotz der unbarmherzigen Worte blieb die Stimme des Hüters so ruhig und sanft wie immer. »Wir werden sie jagen müssen.«

Alle Hüter bewiesen diese eiserne Selbstbeherrschung und emotionale Neutralität, aber Elijah hatte Adrian mit Lindsay sprechen hören und wusste, dass der Engel sehr wohl zu tiefen Gefühlen fähig war.

Vashti schnaubte. »Wie ich höre, tanzt bei euch auch der eine oder andere aus der Reihe.«

»Halt dich von Lindsay fern. Sie geht dich und Syre nichts mehr an.«

Vash sah zu Elijah. »Sie ist ein Vampir, Adrian. Das macht sie zu einer von uns.«

»Sie ist meine Gefährtin, was sie zu der meinen macht. Solltest du das vergessen, wird dein Hals sehr bald nicht mehr seinen vorgesehenen Zweck erfüllen.«

»Ich liebe es, wenn du solche Sachen zu mir sagst«,

schnurrte sie. »Richte Lindsay herzliche Grüße von mir aus.« Damit beendete sie das Gespräch und wählte wieder. Der Bildschirm wurde aktiviert, und Syres Gesicht erschien. »Lindsay geht es gut. Und Adrian hat mich gewarnt, was sie betrifft, also beschützt er sie immer noch. Sie ist in liebevollen Händen, Samyaza.«

Elijah trat näher zu ihr und sah den gequälten Ausdruck in den Augen des Anführers der Vampire. Einen Moment später schluckte Syre angestrengt und atmete hörbar aus. »*Todah*, Vashti.«

»Gern geschehen«, sagte sie, und ihre Züge wurden weicher. »Ich hätte schon vorher nachfragen sollen. Tut mir leid, dass ich nicht daran gedacht habe.«

Die beiden Vampire schienen sich stumm zu verständigen, und ihre Blicke sprachen für eine lange Beziehung und tiefes Mitgefühl. Elijah dachte unweigerlich über sein eigenes Bild von Vashti nach, das sich allmählich änderte – er hatte den Eindruck, dass sie jemand war, der unter der harten Schale ein weiches Herz verbarg.

Sie beendete auch das zweite Telefonat und sah ihn an. »Fühlst du dich jetzt besser?«

»Vorerst ja.« Er wäre erst richtig beruhigt, wenn er selbst mit Lindsay gesprochen hätte, aber wenigstens wusste er, dass sie bei Adrian war, der für sie sterben würde. Seine Freundin war bis auf Weiteres in Sicherheit.

»Und weniger geneigt, mich zu töten?«

Lächelnd bleckte er die Zähne.

Sie zuckte mit den Schultern. »War ja nur eine Frage.«

4

Als Vash die Heckklappe ihres Jeeps öffnete, fühlte sie Elijahs Blick in ihrem Rücken.

Etwas zwischen ihnen hatte sich verändert. Das spürte sie, auch wenn sie es nicht benennen konnte.

»Was machst du?«, fragte er, und seine raue Stimme bewirkte, dass Vash die Augen schloss und tief einatmete.

Das Schlimmste am Übergang von der Wächterin zur Gefallenen war der Verlust ihrer Flügel gewesen. Mit ihm war ihre zuvor unantastbare Gefasstheit bis ins Mark erschüttert worden. Seit Charron war der einzige Segen, den sie kannte, jene Taubheit, die mit einer alles verschlingenden Wut einherging. Dass ausgerechnet ein Lykaner, eine jener Kreaturen, die den Vampiren seit ihrem Fall die Hölle heiß machten, derjenige sein sollte, der ihren Schutzschild durchdrang, kam einer besonders fiesen Ironie des Schicksals gleich.

»Dies hier sind Überwachungskameras.« Sie zog eine der langen Stangen, an deren Ende eine Kamera war, hervor. »Die musst du von deinen Leuten in stufenweise größer werdenden Abständen aufstellen lassen und dann ein Team für die Auswertung der Aufnahmen einteilen.«

Sie trat zurück, damit er sehen konnte, dass sie Dutzende Kameras mitgebracht hatte.

»Wow, du gehst gleich in die Vollen, was?«, fragte er und sah sie mit seinen leuchtend grünen Augen an.

Sie stellte die Stange mit der Kamera auf den Boden und stützte sich darauf. Syre wollte nicht, dass die Lykaner schon erfuhren, wie dringend sie gebraucht wurden, aber es tauchten jetzt schon zu viele Leichen in irgendwelchen Kellern auf. Bedachte man, wer sie beide waren – Jäger von oberstem Rang in ihren jeweiligen Fraktionen –, dürfte es garantiert noch mehr Übertretungen geben, für die sie einander hassen würden. Doch beide konnten sie es sich nicht leisten, das gemeinsame Projekt nur mit halber Kraft anzugehen. So wenig, wie sie es sich erlauben konnten, allzu tief in ihre Vergangenheit einzutauchen. Dies war eine aus der Not geborene Allianz, und ungeachtet all der Feindseligkeit zwischen ihnen, brauchten sie einander jetzt. Geheimnisse auszugraben würde alles nur schwieriger machen und nichts an dem ändern, was nun zu tun war.

Vash sah ihn an. »Welche Wahl haben wir?«

»Stimmt.« Aber sein Mund wirkte nicht mehr ganz so verkniffen.

»Es sind nur vorläufige Sicherheitsmaßnahmen. Wir fangen damit an, dass wir deine Leute morgen früh hier herausbringen. Ich weiß, dass ihr euch gern in ländlichen Regionen aufhaltet, aber wir brauchen eine Kommandozentrale mit direkter Verkehrsanbindung. Ich habe mir die Unterlagen von ein paar Grundstücken schicken lassen, die beides bieten. Geld ist kein Problem.«

Er verlagerte sein Gewicht von einem Bein auf das andere, und seine Augen nahmen einen übernatürlichen Glanz an, bei dem sich Vash die Haare im Nacken sträubten. Sie drehte sich in dem Moment um, in dem sie das Rascheln hinter sich hörte, und wollte sich in den Hintern treten, dass sie es nicht vorher mitbekommen hatte. Das war noch ein Indiz dafür, wie sehr Elijah sie aus der Bahn warf.

Eine schlanke Frau trat auf die Lichtung. Sie trug ein schlichtes geblümtes Kleid, ärmellos und vorn durchgeknöpft, und sah frisch und unschuldig aus, achtete man nicht auf ihre Augen, die sich vor Hass verengten.

Rachel. Die Gefährtin jenes Lykaners, den Vash gefoltert hatte, weil sie nach Elijah suchte, dessen Blut am Schauplatz von Nikkis Entführung gefunden worden war.

»Bleib, wo du bist, Rachel«, warnte Elijah.

»Sie gehört mir, El.«

Vash bewegte sich unauffällig, suchte festen Halt auf dem Boden und machte sich bereit, die Schwerter zu ziehen. Ihr tat Rachels Verlust durchaus leid, und sie war beinahe einer Meinung mit der Lykanerin, was deren Recht anging, sie zum Kampf zu fordern – immerhin wollten sie beide einen ermordeten Gefährten rächen –, aber sie würde ganz sicher nicht kampflos untergehen.

»Nein, Rachel«, raunte er. »Sie gehört *mir*.«

»Das bist du mir schuldig. Er ist für dich gestorben.«

»Er hat mich nicht verraten, das leugne ich nicht.« Er trat auf Rachel zu und so vor Vash, dass er sie abschirmte. »Aber Micah hat mich überhaupt erst in diese Lage gebracht. Er hat mein Blut dort platziert, und deswegen hat Vash sich auf die Jagd nach mir gemacht.«

Rachels Mundwinkel hoben sich, auch wenn das Lächeln ihre Augen nicht erreichte. »Wie sollte er das wohl gemacht haben? Nur die Hüter haben Zugang zur Kryokonservierung.«

»Und was ist mit dem Hüter oder den Hütern, die Lindsay aus Angels' Point entführt haben?«

Hätte Vash nicht so gut aufgepasst, wäre ihr womöglich entgangen, dass Rachel für einen kurzen Augenblick eine Gänsehaut an den Armen bekam. Doch so konnte Vash nicht umhin, eine unfreiwillige Bewunderung für den Alpha zu empfinden, der so schnell die Puzzleteile zusammengefügt und die Täuschungen und Treuebrüche durchschaut hatte.

Rachel riss ihr Kleid vorn auf und wechselte die Gestalt, woraufhin Vash sofort ihre Schwerter zog. Elijah schoss in Menschengestalt wie ein Pfeil nach vorn, fing die knurrende Wölfin in der Luft ab und schleuderte sie zurück.

Falls Vash noch irgendwelche Zweifel gehegt hätte, dass er ein Alpha war, wären die nun endgültig beseitigt gewesen. Sie hatte noch nie von einem Lykaner gehört, der, wenn er angegriffen wurde, seinen Gestaltwandel verhindern konnte. Und sie hätte auch nie gedacht, dass sie mal einen sehen würde.

»Schluss jetzt!« Elijahs Worte waren wie Peitschenhiebe.

Doch Rachel war schon jenseits von Gut und Böse. Sie duckte sich und griff abermals an. Vash sprang auf das Dach ihres Jeeps und wappnete sich zum Gegenschlag, als Elijah Rachel brüllend packte und sie so an sich riss, dass ihr Rücken gegen seine Brust knallte. In Wolfsgestalt und auf den Hinterbeinen stehend, war sie größer als er, hieb mit den Vorderpfoten in die Luft und schnappte über ihre Schulter.

»Das reicht!« Seine nackten Füße schlitterten über den Boden, als er mit der zappelnden Wölfin rang. »Bring mich nicht dazu, dir wehzutun, Rach. Lass ... Verdammt!«

Rachels Hinterpfote ratschte über seine Wade, sodass er vor Schmerz aufschrie und frisches Blut aus der Wunde vom Vortag quoll. Der Geruch erfüllte Vashs Sinne, woraufhin ihre Reißzähne länger wurden und sich ihr Körper vor Hunger anspannte. Sie ging in die Hocke und blickte zum Höhleneingang. Ein Zeuge wäre hilfreich gewesen, doch es war niemand zu sehen.

Elijah warf die Wölfin beiseite und riss seine Hosenknöpfe auf. Binnen weniger als einer Sekunde wurde er zu einem Wolf von der Größe eines Ponys. Sein Fell war von einem tiefen Schokoladenbraun und sein Wolfsgesicht so majestätisch wie sein menschliches schön. Er heulte, dass es von den roten Felsen und wie Donner durch den Canyon hallte.

Rachel schlich über den staubigen Boden, die Lefzen zurückgezogen, bleckte knurrend ihre teuflisch scharfen Zähne. Elijah war hinter ihr, und sein tiefes, leises Knurren klang sehr bedrohlich. Vashs Atem ging schneller. Sie roch den dritten Lykaner, bevor sie ihn sah.

Stephan sprang in menschlicher Gestalt zu ihr auf das Autodach und landete auf seinen Füßen. »Mann«, zischte der Beta. »Das hat uns gerade noch gefehlt.«

»Du bist mein Zeuge«, sagte sie, ehe sie mit vorgestreckten Waffen von ihrem Geländewagen sprang.

Die Wölfin machte bellend einen Satz auf sie zu, und Vashs Katanas trennten nur noch Zentimeter von Fell und Muskeln, als Elijah sich von der Seite auf Rachel stürzte und sie aus dem Weg warf. Vashs Klingen fuhren in den Boden, wo eben noch die Wölfin gewesen war. Vash benutzte sie als Hebel, um einen Salto zu machen und in der Hocke auf der anderen Seite zu landen, wo ihre Stiefel auf den festen Sand knallten. Hinter ihr ertönte das eklige Geräusch brechender Knochen.

»Verfluchte Sch...«, flüsterte sie. Sie erkannte den Tod, wenn sie ihn hörte.

Elijah wechselte die Gestalt, wobei seine Sehkraft nachließ, ehe ihm vor Tränen alles vor Augen verschwamm. Er starrte hinunter auf die Lykanerin mit dem gebrochenen Genick, deren Fell sich in die Haut zurückzog, während das Leben aus Rachels Körper wich. Dann sank er auf die Knie, warf den Kopf in den Nacken und stieß ein Heulen aus, um seinem Kummer Luft zu machen.

»Verdammt«, fluchte Vash hinter ihm. »Du hättest mich das tun lassen sollen. Es wäre Notwehr gewesen. Und die anderen hätten es leichter hingenommen, als dass du eine Lykanerin tötest, um eine Vampirin zu beschützen.«

Das Knurren hinter ihm verriet, dass Stephan da war. Elijah wappnete sich gegen den Schmerz eines Bisses, gegen den er sich nicht wehren würde, und war verblüfft, als der Angriff ausblieb und stattdessen Vashti etwas sagte.

»Ich gehe nicht auf ihn los, wenn er am Boden ist, Beta«, erklärte sie trocken. »Du musst ihn nicht vor mir schützen, auch wenn er eine Kopfnuss dafür verdient, dass er sich unnötig eingemischt hat. Ich kann mich selbst verteidigen.«

»Ich habe das nicht für dich getan.« Elijah sammelte sich, stand auf, griff nach seiner Jeans und zog sie wieder über. »Ich tat es, weil ich gegenwärtig keinen Ungehorsam dulden darf. Hätte ich zugelassen, dass ihr zwei aufeinander losgeht, nachdem ich Rachel befohlen hatte zu gehen, wäre das nur ein Beweis dafür gewesen, dass mein Wort nicht Gesetz ist. Das muss es aber sein.«

Seine Brust hob und senkte sich, als er sich die Tränen abwischte und schlucken musste, weil ihm übel wurde. Es lag ihm wie ein Stein im Magen, und Schuldgefühle wüteten in ihm wie Säure. Er hatte die Frau getötet, die zu schützen er versprochen hatte, gleichermaßen die Witwe seines engsten Freundes. Zwar war ihr Tod schon von dem Moment an besiegelt gewesen, in dem Micah starb – Lykaner lebten nach dem Verlust ihres Gefährten nicht mehr lange –, aber er hätte sich nie ausgemalt, dass er derjenige sein würde, der ihr den tödlichen Schlag versetzte. Ein Albtraum!

Stephan wechselte die Gestalt, blieb jedoch zwischen Elijah und Vash auf der Hut.

»Alpha«, sagte er sehr ruhig und gefasst. »Wie willst du das hier regeln?«

Elijah sah ihn an. »Ich informiere die anderen. Nimm dir, so viele du brauchst, und sorg dafür, dass Rachel bestmöglich begraben wird. Danach stellt ihr diese Kameras hier im Umkreis auf. Falls du Hilfe bei der Installation brauchst, frag Vashti.«

»Ich kümmere mich darum.«

Stephans prompter Gehorsam hätte ihn beruhigen müssen, sofern das auch nur annähernd möglich gewesen wäre. Bevor sein Beta wegging, hielt Elijah ihn zurück. »Stephan ... danke. Für alles.«

Stephan nickte nur, sammelte seine Sachen vom Boden auf und ging.

Elijah machte sich auf den Weg in die Höhlen. Reue lastete schwer auf seinen Schultern und brannte in seinen Augen. Er hatte das hier nie gewollt, weder die Verantwortung, solche brutalen Entscheidungen zu fällen, noch die Macht, sie umzusetzen.

»Warte mal, Alpha!«, rief Vash und kam hinter ihm her. Sie hatte noch ihre Schwerter in den Händen. »Ich komme mit dir.«

Sie unterstützte ihn wortlos, indem sie bewaffnet neben ihm herging. Sie bildeten eine geschlossene Front. Verbündete. Es war so absurd, dass Elijah fast lachen musste.

»Du musst das wegstecken, Alpha.«

Abrupt blieb er stehen und ballte die Fäuste an seinen Seiten.

»Willst du es an jemandem auslassen?«, fragte sie ruhig, wandte sich ihm zu und schob eines der Schwerter zurück in die Scheide auf ihrem Rücken. »Dann bin ich die Richtige dafür. Ich bin jederzeit für ein bisschen Sparring zu haben. Du würdest es bereuen, wenn du dich vor den anderen mit diesem Ballast zeigst. Glaub mir, ich weiß es.«

»Ach ja?«, fragte er gereizt. »Hast du schon mal jemanden getötet, den du mit deinem Leben zu schützen versprachst?«

Erstaunlicherweise zeigte sich in ihren schönen braunen Augen so etwas wie Mitgefühl. »Ich habe einige entsetzliche Dinge getan, auf die ich nicht stolz bin und mit denen zu leben mir schwerfällt. Das gehört zum Job eines Anführers. Ich sage nicht, dass du es verdrängen und drüber wegkommen sollst, weil du nicht darüber hinwegkommen wirst. Auch das ist Teil des Jobs – wenn du aufhörst, betroffen zu sein, bist du wertlos. Ich sage nur, dass du nicht von Schuldgefühlen erdrückt vor deinen Leuten stehen darfst, denn das würde Schuld implizieren, und dies war nur Hilfe zum Selbstmord. Rachel muss gewusst haben, dass sie unmöglich gegen dich oder mich gewinnen konnte. Sie war bereit zu sterben, und sie entschied sich für diesen Weg.«

»Soll ich mich deshalb besser fühlen?« Seine Freundschaften waren ihm wichtig. Und so wütend er auf Rachel auch war, war sie dennoch die Partnerin seines Freundes und ein Rudelmitglied gewesen, dessen Verlust ihn schmerzte.

Vash zuckte mit den Schultern. »Nein, der Kummer bleibt. Aber du hast nichts falsch gemacht. Es war beschissen, klar, doch es musste getan werden, um ihretwillen, deinetwillen, meinetwillen und für diese Allianz, die wir beide sehr dringend brauchen. Wie gesagt, falls du dich abreagieren willst, stehe ich zur Verfügung. Nur schlepp das nicht da rein.«

»Es wird noch mehr kommen«, murmelte er. Er respektierte ihren Rat und wusste – obschon widerwillig – zu schätzen, dass sie ihm ihn anbot. »Die anderen wussten nicht, worauf sie sich einließen, als sie diesen Aufstand anzettelten, und viele von ihnen werden nicht froh über die Entscheidungen sein, die ich treffe.«

»Pfeif auf die. Solange sie nicht das Kommando hatten, können sie nicht mal ahnen, wie es ist.«

Er schnaubte. *Sie* wusste, wie es war, was eine unerwartete Verbundenheit zwischen ihnen schuf.

Vash klopfte ihm auf die Schulter. »Bereit, Welpi?«

Mist! Sie war höllisch heiß, aber total irre. Respektlos und unberechenbar. Dennoch hatte er, als er über sie nachgeforscht und die Geschichten von ihren Jagden gehört hatte, festgestellt, dass sie wie ein Lykaner auf der Fährte blieb, die sie einmal aufgenommen hatte, unbeirrt, hartnäckig und verlässlich für diejenigen, die mit ihr jagten. Und jetzt schien es Elijah, als hätte ihr Wahnsinn Methode.

Er knurrte. Es wäre besser, wenn das Einzige, was er an ihr bewunderte, ihre Titten wären. »Bleib in meiner Nähe.«

»Ich halte dir den Rücken frei.«

»Gut. Und mach es mir nicht zu schwer, dir Deckung zu geben.«

Sie sah zu ihm, als sie die Haupthöhle betraten. Auf dem Boden war noch das Blut von seinem früheren Kampf zu sehen, und er verursachte neue Flecken, weil sein verwundetes Bein eine Blutspur hinterließ.

Er warf den Kopf in den Nacken und heulte. Es war ein vollkommen unmenschlicher Laut. Binnen Minuten begann der Raum sich zu füllen. Vash schien erschrocken, wie viele Lykaner herbeigeströmt kamen. »Jesus! Wer hätte gedacht, dass so viele Pelztiere in eine Höhle passen?«

Elijah wartete, bis die Höhle so voll war, dass sie nur noch fünf Schritte Freiraum um sich herum hatten. Dann berichtete er sachlich von den jüngsten Ereignissen, angefangen mit Vashtis Ankunft bis hin zu dem Grund, aus dem er ein Rudelmitglied hatte töten müssen. Seine Reue und Enttäuschung wüteten in ihm, doch er behielt sie für sich, selbst als er sein aufrichtiges Bedauern aussprach, weil sie eine aus ihren Reihen verloren hatten.

Als einige der Lykaner Wolfsgestalt annahmen, erhob Vash ihr Katana und ließ es mit der flachen Klinge an ihrer Schulter ruhen. Es war eine lässige Pose, die zugleich Kampfbereitschaft signalisierte. Vash behielt die umherlaufenden Bestien im Blick.

»Ich bitte euch, auf meine Befehle und mein Handeln zu vertrauen«, endete Elijah, »ob ihr sie versteht und ihnen zustimmt oder nicht. Falls ihr es nicht könnt, halte ich euch nicht zurück, solltet ihr gehen wollen, und ich verüble es euch nicht. Wenn ihr bleibt, werden einige von euch morgen losziehen und mit den Vampiren arbeiten. So oder so solltet ihr versuchen, heute Nacht ein bisschen Schlaf zu bekommen. Die nächste Zeit wird für alle von uns stressig.«

Er wollte zu der kleineren Höhle gehen, die er als Schlafquartier nutzte, als sich ihm die Frau in den Weg stellte, die am Vortag Vashs Ankunft gemeldet hatte. Sarah war eine junge Omega. Elijah schätzte sie auf Mitte zwanzig. Mit ihrem langen, glatten schwarzen Haar und den Mandelaugen war sie außergewöhnlich hübsch.

»Alpha«, sagte sie und sah scheu zu ihm auf. »Erlaubst du mir, deine Wunden zu versorgen?«

Fast hätte er sie weggestoßen, weil er viel zu aufgewühlt war, um Gesellschaft zu wollen. Aber es rührte ihn, wie ernst sie war. Während hier viele waren, die ihn herausfordern würden, gab es auch solche, die eine andere Art von Führung brauchten und für die eine zarte Berührung und sanfte Worte neben der festen Hand nötig waren. Dies war die Art der Führung, die Elijah anstrebte und die er zu erreichen hoffte, sobald ihre Lage weniger prekär war. »Dafür wäre ich dir sehr dankbar, Sarah.«

Batteriebetriebene Lampen beleuchteten den Gang. Elijah drehte sich zu Vashti um. »Hol deinen Seesack aus meinem Büro.«

Sie murmelte etwas, gehorchte aber. Wenige Minuten später kam sie in seine Höhlenkammer nach und betrat selbige in dem Moment, in dem Elijahs Hand an seinem Hosenschlitz war. Er zog sich die ruinierte Jeans aus und setzte sich auf die Army-Truhe am Fußende seiner Luftmatratze. Sarah kniete sich zwischen seine gespreizten Beine und öffnete ihren Erste-Hilfe-Koffer.

»Ich störe doch nicht bei irgendwas, oder?«, fragte Vash genervt.

Elijah blickte zu ihr auf und bemerkte, dass ihre Züge angespannt waren. Nackt zu sein machte einem Lykaner nichts aus, aber Vashti vielleicht schon. Und er fragte sich, ob die Vampirin insgeheim dieselben Besitzansprüche auf ihn erhob wie er auf sie. Er strich Sarah das Haar hinters Ohr. Vash kam näher, ihren Seesack in der einen Hand, die andere fest um das Heft des Messers an ihrem Oberschenkel gelegt.

»Wo ist meine Kammer?«, fragte sie. »Dann lasse ich euch allein.«

»Du stehst drin.«

Ihr Blick wanderte von seinem Schwanz zu seinen Augen. »Was?«

»Du schläfst bei mir.«

»Von wegen!«

Er lehnte sich nach hinten und stützte sich auf der Truhe ab, während er sein verwundetes Bein vorstreckte. »Es ist der einzige Ort, an dem dir sicher nichts passiert.«

»Ich kann verdammt gut auf mich selbst aufpassen.«

Er holte tief Luft und stieß sie langsam wieder aus. »Das bestreite ich nicht, aber die Zahlen sprechen gegen dich.«

»Wenn ich mich nicht gegen ein Rudel Welpen wehren könnte, hätte ich es verdient, ins Gras zu beißen.«

»Und Syre würde eine Horde Vampire auf mich loslassen. Wie viel Ärger soll ich mir denn noch aufhalsen?«

Das schien ihr ein wenig den Wind aus den Segeln zu nehmen. Sie blickte zu der großen Doppelluftmatratze und überlegte offensichtlich, welches die Risiken und welches die Vorzüge waren, sie mit ihm zu teilen.

»Wir sind beide erwachsen«, sagte er. Dann stöhnte er leise, als Sarah Salbe auf seine eingerissene Haut strich. Er würde schneller genesen, wenn er richtig essen könnte, doch da sie nur so wenig hatten, war er bereits leicht unterernährt. »Hier geschieht nichts, was du nicht willst.«

»Ich will nur, dass du dich an deinen Teil der Abmachung hältst, sonst nichts.«

»Dann besteht kein Grund zur Sorge. Warum zeigst du mir nicht diese Grundstücksunterlagen, die du erwähnt hast?«

Vash starrte ihn eine ganze Weile stumm an, murmelte schließlich etwas vor sich hin und wühlte in ihrem Seesack. Kurz darauf stellte sie den Sack ab und zog eine Aktenmappe heraus. Sie sah zu Sarah, die einen Verband fixierte. »Bist du endlich fertig?«

Sarah blickte fragend zu Elijah, der sie mit einem ruhigen »Vielen Dank, Sarah« entließ.

Die Lykanerin klappte ihren Erste-Hilfe-Koffer zu und

sagte: »Ich hole dir dein Abendessen, Alpha. Esther hat einen köstlichen Wildeintopf gekocht.«

»Das ist sehr nett.« Im Idealfall würden sie alle ihr eigenes Wild essen, doch unter den gegebenen Umständen ging das nicht. Stattdessen teilten sie untereinander auf, was sie fingen, damit sie alle halbwegs am Leben blieben.

»Und …« Sarah lächelte verlegen. »Wenn du besprichst, wen von uns du zu den Vampiren schickst – ich würde gern bei dir bleiben.«

»Och«, sagte Vash zuckersüß. »Junge Hundeliebe, wie niedlich!«

Sarah richtete sich würdevoll auf, warf Vashti allerdings einen vernichtenden Blick zu. Es kam selten vor, dass ein Omega so offen seinen Hass demonstrierte.

»Ich überlege mir etwas«, antwortete Elijah. Auf jeden Fall würde er bei seiner Entscheidung ihre angeborene Omega-Gabe berücksichtigen, andere zu beschwichtigen und zu trösten. Sie wäre in einer unterstützenden Position besser aufgehoben als auf einer Jagd.

»Danke, Alpha.« Sie verließ den Raum anmutigen Schrittes. Als Elijah spürte, dass Vash ihn ansah, wandte er sich ihr fragend zu.

»Jetzt zieh dir verdammt noch mal etwas an«, sagte sie gereizt.

»Warum ziehst du dich nicht lieber aus?«

Sie zeigte ihre Reißzähne. »In deinen feuchten Träumen, Lykaner.«

»Einen Versuch war es wert«, erwiderte er achselzuckend.

5

Sie brachen vor Sonnenaufgang auf und überquerten die Grenze von Utah nach Nevada am Vormittag.

Vash umklammerte das Lenkrad und versuchte, nicht an die rastlose Nacht zu denken, die sie hinter sich hatte. Elijah – zum Teufel mit ihm – hatte wie ein Stein geschlafen. Deutlicher hätte er ihr kaum zeigen können, dass er sie nicht als Bedrohung empfand.

Derweil hatte sie versucht zu arbeiten. Es war so viel zu tun, aber sie war immer wieder davon abgelenkt worden, wie er sich neben ihr ausgestreckt hatte, einen Arm über dem Kopf angewinkelt, sodass die Muskeln sehr schön zur Geltung kamen. Und wie das Laken verlockend tief auf seinen Hüften lag ... Es hätte gereicht, ein bisschen daran zu ziehen, um seine gesamte eindrucksvolle Ausstattung zu enthüllen.

Vash schätzte einen gesunden Männerkörper, welche Frau tat das nicht? Aber Elijahs war ein Kunstwerk. Seine mächtige Gestalt bestand aus lauter straffen Muskeln, bei deren Anblick Vash der Mund so wässrig wurde, dass sie jede Kontur mit der Zunge und den Händen nachmalen wollte ...

»Das sind alles Lagerhäuser«, murmelte Elijah, der sich die ausgedruckten Grundstücksangebote ansah.

»Lagerhäuser mit reichlich Parkfläche, Platz für einen Hubschrauberlandeplatz, erstklassiger Elektrik und Klimaanlage.« Sie blickte zu ihm. »Ich weiß, wie zickig ihr Lykaner werden könnt, wenn ihr überhitzt seid.«

»Es ist nicht leicht, pelzig zu sein.«

Vash brauchte einen Moment, bis sie begriff, dass er scherzte. Dann fühlte sie, wie sich ihr Mund zu einem Lächeln verzog, während sie weiter auf die Straße sah. Anscheinend war Elijah wieder ein bisschen mehr er selbst, und das freute sie. Sein Schmerz gestern hatte sie berührt und ihn in einem sehr viel persönlicheren Licht erscheinen lassen, als Vash lieb war. Sein ernster Kummer hatte seine Charakterstärke bewiesen – er hatte etwas getan, was ihn persönlich viel gekostet hatte, aber zum Wohl der Gemeinschaft war.

»Diese Immobilien sind teuer«, sagte er unverblümt. »Syre investiert eine Menge in eine Allianz, die noch nicht erprobt wurde.«

»Ich bringe dich um, wenn du mich reinlegst. Und anschließend spieße ich deinen Kopf auf einen Speer, damit die anderen Lykaner ihn sehen können.«

»Du rechnest damit, dass ich dich verarsche.«

»Deine Art ist nicht gerade gut beleumundet. Deine Vorfahren haben uns im Stich gelassen und sich Adrian unterworfen, um ihren Arsch zu retten, und ihr habt gerade Adrian im Stich gelassen, mal wieder, um euren Arsch zu retten.«

Er sah sie an. »Du überspringst Jahrtausende und viele Generationen. Bei einer durchschnittlichen Lebenserwartung von zweihundertdreißig Jahren lebt kein einziger Lykaner mehr, der mit dem zu tun hatte, was den Wächtern widerfuhr. Die meisten könnten dir nicht mal sagen, von welchem Engel sie abstammen.«

Und doch war die Erinnerung an ihren Sturz so lebendig, als wäre es Wochen her, nicht ganze Zeitalter. »Und deshalb zählt es nicht, wenn ihr eine Verpflichtung vergesst?«

»Das habe ich nicht gemeint. Es ist lediglich schwer, sich an ein Versprechen zu halten, das jemand anders im eigenen Namen vor Jahrtausenden gab.«

»Eure Urururururgroßwolfies trafen die Entscheidung für euch. Ein Jammer, dass ihr sie nicht mehr darauf ansprechen könnt.« Eine vertraute Bitterkeit legte sich auf ihre Zunge. »Ich hatte Treue von den Engeln erwartet, die neben mir dienten, und glaubte, dass sie das nötige Ehrgefühl besäßen, zu uns zu stehen.«

»Mir wurde erzählt, dass die Gefallenen, die zu Lykanern wurden, nicht dieselben Gesetze gebrochen hatten wie ihr anderen«, sagte Elijah.

Vash warf ihm einen wütenden Blick zu und wurde sogar noch wütender, weil er so köstlich aussah. Sie hatte gedacht, nachdem sie ihn schon nackt gesehen hatte, würde es ihr nichts mehr ausmachen, ihn bekleidet zu sehen. Doch er schaffte es, in der weiten Jeans und dem schlichten schwarzen T-Shirt atemberaubend auszusehen. Er war ein großer, muskulöser Mann, der es mit einer Frau von ihrer Kraft und Willensstärke auf eine Weise aufnehmen konnte wie kaum ein anderer. Das machte sie heiß und befeuerte ihre Gier nach einer Berührung durch leidenschaftliche Männerhände. *Seine* Hände. Jene Hände, die so provozierend über seine nackte Haut geglitten waren.

Natürlich war sie nicht mal sicher, ob sie sich überhaupt noch erinnerte, wie das mit dem Sex ging ...

Sie sah weg. »Das ist eine billige Ausrede. Wir alle waren auf die eine oder andere Art vom Weg abgekommen. Unsere Aufgabe war es, zu beobachten und zu berichten. Jede Form von Kontakt mit Sterblichen lag außerhalb unserer Befugnisse als Wächter. Aber wir waren Gelehrte und dürsteten danach, Wissen zu erwerben und weiterzugeben. Wir konnten dem Wunsch nach Kommunikation nicht widerstehen.«

Er steckte die Papiere zurück in die Mappe. »Aber das traf auf dich nicht zu. Nicht wie auf die anderen.«

»Ich nahm mir einen Gefährten.«

»Charron. Er war ein Wächter wie du, kein Sterblicher.«

»Ich weiß, was man über mich sagt. Dass ich aus einer perversen Loyalität heraus zur Märtyrerin wurde und weniger schuldig war als die anderen, weil ich mich lediglich mit einem anderen Engel gepaart hatte. Aber ich hatte mich mit den Menschen verbrüdert. Ich hatte weitergegeben, was ich wusste, und dafür waren die Menschen noch nicht bereit. Also bin ich hoch erhobenen Hauptes auf den Hüter zu und habe meine Strafe kampflos hingenommen, weil ich sie verdiente. Ich dachte außerdem, SEIN Zorn wäre nur eine Prüfung unserer Entschlossenheit. Der Schöpfer hatte noch nie zuvor erlaubt, dass Engelsblut vergossen wurde. Ich dachte, wenn wir Reue zeigten, würde man uns unsere Verfehlungen vergeben.« Sie atmete hörbar aus. »Doch dann wurden die Hüter gegen uns eingesetzt.«

In Gedanken kehrte sie in jene düstere, herzzerreißende

Zeit zurück. Sie würde nie vergessen, wie sie aus ihrem Versteck zusah, wie Adrian und Syre auf einem Feld unter ihr kämpften, während die Hüter auf der einen Seite standen und die Wächter, die fallen sollten, auf der anderen. Der tödliche Tanz war schaurig schön gewesen: Adrian mit seinen Alabasterflügeln, Syre mit seinen leuchtend blauen. Beide Männer waren groß und vom Typ her dunkel, Kunstwerke eines liebevollen Schöpfers, die Besten und Bevorzugten ihrer jeweiligen Kaste.

Ihre Fäuste hatten erbarmungslos aufeinander eingeprügelt, Haut und Muskeln verletzt. Und bei ihren Drehungen und Sprüngen hatten ihre Flügel sie fließend umhüllt wie Capes.

Aber Syre hatte keine Chance gegen einen so durchtrainierten Vollstrecker wie Adrian gehabt. Syre war von der Menschlichkeit verweichlicht, die durch die Liebe zu seiner sterblichen Gefährtin auf ihn übergegangen war. Adrian hingegen war noch zu neu auf der Erde gewesen; seine Selbstkontrolle und Zielgerichtetheit waren noch nicht durch irgendwelche Empfindungen aufgeweicht worden. Und sein ganzer Körper war tödlich gewesen. Im Gegensatz zu den Wächtern waren die Hüter von Kopf bis Fuß Waffen. Die Spitzen ihrer Federn schnitten wie Messer, und ihre Hände und Füße konnten Klauen bilden, mit denen sie mühelos durch Haut und Knochen fuhren.

Syre war verwundbar gewesen; Adrian unberührt.

In dem Moment, nachdem der Anführer der Hüter die Flügel von Syres Rücken abgetrennt hatte, hatte er mit seinen flammend blauen Augen zu Vash aufgeblickt, und in diesem Blau war nichts als die glühende Rache des Schöpfers zu sehen gewesen, zu deren Vollzug Adrian geschaffen wurde. Im Laufe der Zeit hatte Vash miterlebt, wie sich diese Augen veränderten, als sich der Hüter in sein Leben auf der Erde fügte und Shadoes erotischem Hunger zum Opfer fiel.

»Hey!«, unterbrach Elijah ihre Gedanken. »Bist du irgendwie weggetreten?«

»Nein, ich denke nur gerade, dass Adrian jetzt mal erlebt, wie es sich anfühlt, an unserer Stelle zu sein«, sagte sie heiser und dachte an die wunderschönen Flügel des Hüters mit den dunkelroten Spitzen. Die rubinroten Spuren wiesen ihn als erstes Wesen aus, das jemals Engelsblut vergossen hatte. »Ich hoffe, es geht ihm runter wie Säure.«

Elijah zückte die Pilotensonnenbrille, die er vorn in seinen T-Shirtausschnitt gehängt hatte, und setzte sie auf. »Es gibt nur sehr wenige, die ich mehr bewundere als Adrian.«

»Er ist ein heuchlerisches Arschloch. Ein richtiges Schwein. Jemand, der dieselben Regelbrüche begeht, für die er uns fertiggemacht hat.«

»Es war nicht seine Entscheidung, euch zu bestrafen, und es ist auch nicht seine Entscheidung, nicht selbst bestraft zu werden. Jener Befehl muss doch vom Schöpfer kommen, oder nicht? Wenn man das Gesetz vor den Augen eines Cops bricht und der Cop einen nicht verhaftet, wessen Schuld ist es dann, dass man nicht bestraft wird?«

»Na und? Er könnte wenigstens ein bisschen Reue zeigen. Einen Anflug von Schuldgefühlen. Aber er ist vollkommen reuelos.«

»Wofür ich ihn bewundere.«

»Klar tust du das.«

»Für mich ist ein Heuchler jemand, der Scheiße baut, unglaublich rumjammert, dass er es nicht wollte, und dann wieder Scheiße baut, als hätte er die Absolution schon in der Tasche, weil er ja rumgejammert hat. Adrian gibt seine Fehler ebenso zu wie seine Gefühle für Lindsay, was dasselbe ist wie das, was du getan hast, als du kampflos deine Flügel aufgabst. Ich denke, er würde es genauso machen, sollte ihm eine Strafe blühen. Sicher würde er dann ebenso wenig Ausreden vorbringen, wie er es jetzt tut.«

Stirnrunzelnd blickte Vash auf das flache Nichts vor ihnen, in das sich der Highway von Nevada erstreckte. Adrian schlecht zu machen war einer ihrer Grundsätze, und den wollte sie nicht gleich zusammen mit ihrem Hass auf jeden einzelnen Lykaner aufgeben. Ein Waffenstillstand genügte ihr vorerst vollkommen. »Halt die Klappe.«

Sie sah Elijah nicht an, vermutete aber, dass er grinste. Eingebildeter Idiot.

»Das geht.«

Vash blickte ihn an. »Einfach so? Die erste Immobilie, die wir uns ansehen, und du bist einverstanden?«

Er sah sich noch einmal um und zuckte mit den Schultern. Es handelte sich um ein ehemaliges Verteilerzentrum einer kleinen Importfirma, die von der Wirtschaftskrise dahingerafft worden war. Auf einer Seite befanden sich riesige Rolltore an Ladebuchten, und drinnen verliefen Schienen an den hohen Decken, an denen kleine Kräne hingen. Große Oberlichter ließen Tageslicht hinein und milderten das Gefühl, eingesperrt zu sein. »Hier ist alles, wovon du gesagt hast, dass wir es brauchen. Es ist sinnlos, den Tag damit zu verschwenden, dass wir uns noch mehr ähnliche Immobilien ansehen. Außerdem gefiel diese dir am besten, und es ist dein Geld, das wir ausgeben.«

Es störte ihn nicht, dass sie für alles aufkam, und beeinträchtigte sein Selbstvertrauen nicht im Geringsten, wofür sie ihn bewunderte. »Ich habe nicht gesagt, dass mir dies hier am besten gefällt.«

Er warf ihr einen Blick zu.

»Okay, na gut.« Sie holte ihr iPhone hervor und rief Syres Assistentin Raven an, damit sie die Verträge fertig machte. Anschließend drückte sie die Kurzwahl von Raze. »Hey«, sagte sie, als er sich meldete. »Du hast gewonnen. Und ... ich habe nicht geschummelt.«

»Ha! Bin in zehn Minuten da.«

Sie beendete das Telefonat, sah wieder zu Elijah und erklärte: »Er war sicher, dass du dich nach meiner Wahl richten würdest.«

Amüsement zeigte sich in seinen Augen. Er würde sie nicht zurechtweisen, sich nicht verteidigen. Obwohl sich natürlich leicht behaupten ließe, er wäre so ans Befolgen von Befehlen gewöhnt, dass er sich einfach führen ließ. Seine Haltung und Selbstbeherrschung waren bewundernswert. Und sie steigerten Vashs Verlangen. Nichts war so attraktiv wie ein mächtiger, gut aussehender und selbstsicherer Mann.

Gott, was zur Hölle war mit ihr los?

Sie musste etwas zu sich nehmen. Das war es. Seit Tagen hatte sie sich nicht genährt. Der Hunger machte sie empfänglich für Elijahs Sexappeal und ließ sie allzu schnell vergessen, was er war.

Um sich abzulenken, schrieb sie eine SMS an Salem, um sicherzustellen, dass er mit der Busladung Lykaner unterwegs war, die Stephan hatte zusammenstellen sollen. Nachdem sie sich vergewissert hatte, dass alles lief, nahm sie sich einen Moment, um herauszufinden, ob mit dem Alpha auch alles in Ordnung war.

»Geht es dir gut?«, fragte sie. »Wegen gestern, meine ich.«

»Nein.« Seine Miene wirkte plötzlich verschlossen. »Aber ich werde es überleben.«

»Du hast die Bekanntgabe gestern gut hinbekommen. Das wollte ich dir noch sagen.« Aber sie war hinterher zu sehr von ihrem Ärger über die schmachtende Lykanerin abgelenkt gewesen, die ihn verarztet hatte. Nur dass sie das niemals laut zugeben würde.

Er sah sie ungefähr eine Minute lang an. »Danke. Und danke für deine Aufmunterung vorher.«

»Nicht der Rede wert.« Weil ihr plötzlich komisch zumute wurde, zeigte sie zu ihrem Jeep. »Hilf mir auszuladen, bevor Raze kommt.«

Sie waren gerade fertig, als das laute Knattern eines Hubschraubers Raze ankündigte. Er landete formvollendet auf dem leeren Parkplatz und schaltete den Motor aus. Die abgeschiedene Lage verriet, dass der Vorbesitzer große Ziele gehabt hatte. Hier hätte die Firma unbegrenzt expandieren können, sowie die Geschäfte anzogen. Stattdessen hatten die steigenden Benzinkosten und der schwache Einzelhandel für einen baldigen Ausverkauf gesorgt. Der Verlust des Firmenbesitzers war ihr Gewinn.

Der muskulöse Vampir, ein Gefallener wie Vash, stieg

grinsend aus dem Helikopter. Seine Augen waren hinter einer gewölbten Sportsonnenbrille verborgen, und sein kahl rasierter Schädel glänzte in der Wüstensonne. Er musterte Elijah von oben bis unten, bevor er zu Vash sah. »Ich muss noch einmal fliegen, eventuell auch zweimal.«

Sie nickte. »Dann laden wir mal aus.«

Es dauerte den ganzen Tag, die notwendige Ausrüstung ins Gebäude zu schaffen, selbst mithilfe von vier Dutzend Lykanern, die per Bus kamen. Zusätzlich zu dem elektronischen Equipment, das Priorität hatte, stellten sie noch reihenweise Etagenbetten auf. Bei deren Anblick stöhnten die Lykaner, waren sie doch identisch mit den Betten, die sie in Adrians Kasernen gehabt hatten. Kameras wurden auf dem Dach installiert, weil ein Engelsangriff von oben kommen würde, und die Fenster wurden mit einer Folie beklebt, die kein UV-Licht durchließ, damit sich die Minions drinnen sicher bewegen konnten, die in wenigen Stunden im Schutz der Dunkelheit eintreffen sollten.

Das Wichtigste für Vash aber war die riesige Karte, die das Ansteckungsmuster im Land zeigte. Vor der stand Vash nun, die Hände in die Hüften gestemmt. In den letzten Tagen, die sie damit verbracht hatte, die Lykaner-Vampir-Allianz auszuhandeln, hatten sich die Kreise deutlich vergrößert.

Sie sah sich zu den Lykanern um, die mit ihren vertrauenswürdigsten Captains zusammenarbeiteten, Raze und Salem. Lykaner und Vampire Seite an Seite. Im Grunde war es irrsinnig angesichts der Feindseligkeit, die in der Luft lag wie ein entflammbares Gas, das nur auf ein Streichholz wartete, und es machte Vash unruhig, denn sie wusste, dass nur wenig nötig wäre, um eine Explosion zu verursachen, die in einem Blutbad enden würde.

Ihr entging nicht, dass Elijah die Kraft war, die alles zusammenhielt. Als die Temperaturen stiegen, hatte er die meisten Schichten draußen übernommen, klaglos das schwere Equipment geschultert und es in die Ladebuchten getragen. Dabei wusste Vash, wie sehr Lykaner Hitze hassten. Schließlich hatte sie schon oft genug bei ihrer Jagd ausgenutzt, dass sie reizbar wurden, wenn sie ins Schwitzen kamen. Aber Elijah war ein so überzeugendes Beispiel für Gelassenheit unter Druck, dass die anderen es vor lauter Scham nicht wagten, sich danebenzubenehmen – Lykaner wie Vampire.

Obwohl die Lykaner schweißgebadet waren und schwer atmeten, arbeiteten sie rasch und effizient. Und die Vampire hielten sich mit ihrem Murren gegenüber dem Alpha sehr zurück. Sie trauten ihm nicht, doch an seinem Führungsstil fanden sie nichts auszusetzen. Das wäre auch schlicht unmöglich gewesen. Elijah hatte etwas Majestätisches, eine innere Willensstärke, die unerschütterlich schien. Und er war mitfühlend. Er nahm sich die Zeit, mit jedem Lykaner einzeln zu sprechen, ihnen die Hand auf die Schulter zu legen und ein paar persönliche Worte des Danks und des Lobs zu sagen.

Mehr als einmal ertappte Vash sich dabei, wie sie ihn bewundernd anstarrte. *Wir sind gleichgestellt oder gar nichts*, hatte er gesagt, auf die Vampire und Lykaner als Ganzes bezogen. Aber das galt eben auch für sie beide.

Nein, korrigierte sie sich. *Er steht über mir.* Ihm gleichgestellt waren Syre und Adrian. Zum ersten Mal war Vash damit konfrontiert, dass sie sich von einem Mann angezogen fühlte, der nicht im Rang unter ihr stand. Und sie staunte, wie sehr das alles veränderte.

»Falls diese Allianz hält«, sagte Elijah am Abend, »werde ich Jahre brauchen, um mich daran zu gewöhnen.«

»Wie vielen dieser Lykaner vertraust du blind?«

Er zog eine Braue hoch. Sein Haar war noch feucht vom Duschen, und prompt sah sie ihn im Geiste vor sich, wie er unter dem Wasserstrahl stand, nackt, nass und unwiderstehlich sexy ...

»Wenn ich das wüsste«, antwortete er vollkommen ruhig.

Absolut ehrlich. Das mochte sie an ihm ... neben vielen anderen Dingen. Er war ein verdammter Lykaner, gehörte einer Art an, der nicht zu trauen war ...

Seine andere Braue wanderte auch nach oben. »Gibt es ein Problem?«

»Nein.« Sie ging an ihm vorbei nach draußen und atmete dabei den betörenden Duft seiner Haut ein, die erdigen Pheromonen, die er ständig abgab ... Pheromone, die Vashs Sinne wie ausgehungert aufsogen. »Wir sehen uns morgen früh.«

Sie hörte nicht, dass er hinter ihr herkam, fühlte es aber. Offensichtlich war sie schon viel zu sehr auf ihn eingestimmt. Verdammter Mist! »Schnüffle mir nicht an den Hacken, Welpi«, fuhr sie ihn an.

»Du bist entzückend, wenn du sexuell frustriert bist.«

Sie ballte die Fäuste. »Ich hungere nach Nahrung, nicht nach dir.«

»Ich bin Nahrung. Das hatten wir doch schon besprochen.«

»*Du* vielleicht.« Sie trat hinaus in die kühle Wüstennacht und atmete tief die Luft ein, die nicht vom Duft hart arbeitender Lykaner geschwängert war. Im Gehen wurde ihr Kopf klarer... Dann schnitt Elijah ihr den Weg ab und benebelte ihr Gehirn aufs Neue mit der ihm eigenen exotischen Note, die Nuancen von Zimt und Nelke enthielt. Sie war köstlich, wie alles an ihm.

»Du bleibst bei mir«, sagte er. »Das war Teil des Deals, dem wir beide zugestimmt haben.«

»Ich komme gleich wieder. Ich muss mich nur um etwas kümmern.« Sie brauchte Blut und – erstmals seit fünfundvierzig verfluchten Jahren – Sex. Hinterher könnte sie mit ihm klarkommen, ohne laufend darüber zu stolpern, wie rasend schön er war.

Sie machte einen Bogen um ihn und griff nach dem Schlüssel des Jeeps in ihrem Dekolleté.

Doch Elijah packte ihr Handgelenk, bevor sie an ihm vorbei war. »Wie viel Mist hast du da drin? Mobiltelefon, USB-Sticks, was noch?«

Sie riss sich von ihm los und wies auf den hautengen, ärmellosen schwarzen Catsuit, den sie trug. »Wo soll ich die Sachen denn wohl sonst verstauen?«

Seine Hand rührte sich trotz ihrer kraftvollen Bewegung nicht. Sie schwebte in der Nähe ihrer Schulter, nahe genug, dass Vash sich anspannte, weil sie mit seiner Berührung rechnete. Langsam, als könne sie andernfalls fliehen, veränderte er seine Position, bis er wieder direkt vor ihr stand. Dann griff er nach dem Reißverschluss zwischen ihren Brüsten. Zwischen Brüsten, die vor Vorfreude anschwollen und schwerer wurden.

Vash hatte vergessen, wie es sich anfühlte, körperlich erregt zu sein. Wie berauschend es war und wie sehr es die Fähigkeit zu rationalem Denken und vernünftigem Handeln beeinträchtigte.

»Lass deine Pfoten von mir«, fauchte sie und trat zurück.

»Wovor hast du Angst?«

»Dass ich nicht zerfleischt werden will, macht mich nicht ängstlich.«

Seine grünen Augen glitzerten im Mondlicht, als er beide Hände in die Höhe hob. »Ich verspreche, meine Pfoten bei mir zu behalten. Ich will nur sehen, was du sonst noch da drin hast. Bargeld? Kreditkarten? Ersatzreifen?«

»Geht dich nichts an.«

»Ich habe mich dir auch gezeigt«, neckte er sie leise und verlockte sie mit der offen ausgelebten Sexualität der Lykaner. Vampire waren ebenfalls sexuell sehr aktiv, doch Lykaner waren Heiden, deren dämonisch durchwirktes Blut ihr wildes Naturell prägte. Elijah war sexuell offener und aggressiver als jeder andere Lykaner, dem Vash je begegnet war. Sein Selbstvertrauen und seine ruhige Autorität entsprangen einer tiefen Harmonie mit sich selbst, seinem fantastischen Körper, seinem Bewusstsein von Männlichkeit und Stärke.

Vash bekam das Bild von ihm nicht aus dem Kopf, wie er nackt und blutig seinen großen Schwanz streichelte, die Augen dunkel und heiß vor Verlangen nach ihr. Die Erinnerung hatte sie die ganze Nacht verfolgt, während er tief und fest schlief. Mistkerl.

Genervt von dem Ungleichgewicht zwischen ihnen, riss Vash kurzerhand den Reißverschluss bis zu ihrem Nabel auf und zog die beiden Hälften auseinander. Ihre Brüste sprangen heraus, und die Spitzen wurden sofort hart, als die kühle Brise über sie hinwegstrich. Sie hatte keinen BH an, weil bei dem Catsuit keiner nötig war, zumal er so eng saß, dass sich jede Unterwäsche unschön abgezeichnet hätte. Es war ein bequemes Kleidungsstück, das ihr volle Bewegungsfreiheit bot und ihre Gegner ablenkte – eine Win-win-Situation vom Feinsten.

Er starrte hin, und seine Züge verhärteten sich, wurden streng und maskenhaft vor gezügelter Begierde. Langsam ließ er seine Arme sinken, und seine Hände ballten sich zu Fäusten.

»O Mann«, flüsterte er.

Pure weibliche Macht durchströmte sie, und ihre Wut und Frustration ebbten angesichts seiner unverhohlenen hilflosen Faszination ab. Als sie den Reißverschluss wieder zuziehen wollte, knurrte er leise, was eine eindeutige Warnung war. Instinktiv hielt Vash inne, und ihr Körper erstarrte, als würde sie unsichtbar für das Raubtier, solange sie sich nicht rührte.

Unbedacht hatte sie das Tier in ihm geweckt. Und jetzt erregte das stete, kräftige Pochen seines Herzens ihre mächtigen Vampirbedürfnisse. Den Hunger nach Blut und Sex. Nach seinem Blut. Nach Sex mit ihm. Danach gelüstete es sie mit einer Intensität, die sie erschütterte, als wäre das Verlangen danach, von einem Mann berührt zu werden, immer schon in ihr gewesen und hätte bloß geschlummert und auf den richtigen Mann gewartet, der es weckte.

Genau der Mann trat nun einen Schritt näher und senkte den Kopf...

»Elijah«, hauchte sie. Ihr Puls raste. Ihr Körper bog sich ihm von allein entgegen, jeder Muskel erwartungsvoll und sehnsüchtig angespannt. Sie sollte wieder zurückweichen und hätte das auch getan, hätte sie sich denn bewegen können. Doch es fühlte sich an, als steckten ihre Füße in Zement.

Sein Atem wehte heiß über ihre Brust, und seine Lippen waren direkt über der harten Spitze. »Keine Pfoten«, flüsterte er.

Dann fuhr seine raue Zunge langsam und träge über ihre Brustwarze.

Ihr Luftschnappen war wie ein Peitschenknall in der Stille der Nacht. Ihr Körper zuckte, als hätte sie einen Stromschlag abbekommen, und so fühlte es sich auch an. Eine stechend scharfe Erregung durchfuhr sie von oben bis unten. Ihre Haare richteten sich an den Wurzeln auf, ließen sie wünschen, dass Elijah die Hand in ihrem Haar vergrub.

Er stöhnte genüsslich und gequält zugleich. »Biete dich mir an«, befahl er rau und leckte sich die Lippen.

Vash schluckte angestrengt, schmeckte Blut und bemerkte, dass ihre Reißzähne länger geworden waren und ihre Lippe aufgestochen hatten. Ihr Hunger attackierte ihre Sinne, rauschte durch ihre Adern und vermengte sich mit ihrem Verlangen, bis sie eins wurden. Ihr war gar nicht bewusst, dass sie ihre Brust umfing und seinem Mund entgegenhob, bis sie seine heißen Lippen spürte und dann ein plötzliches kräftiges Saugen, sodass sie aufstöhnte und auf ihn zustolperte. Seine Zunge flatterte über die erigierte Brustwarze, neckte sie und bewirkte, dass sich ihr Geschlecht vor Gier eifersüchtig zusammenzog.

Der Wind wehte sanft, zerzauste sein dunkles Haar und blies die seidigen Locken über Vashs empfindliche Haut. Elijah berührte sie sonst nirgends, mit nichts anderem als seinem Mund, der rhythmisch an ihr sog. Das gemäßigte Tempo erregte sie, machte sie feucht zwischen den Schenkel und weckte ein schmerzendes Gefühl der Leere.

Mit einem leisen Schmatzen gab er sie wieder frei.

»Ich mag deine Titten«, knurrte er, und mit jedem Wort klang er entschiedener. »Ich werde sie mit meinen Händen kneten und sie zusammenpressen und meinen Schwanz zwischen sie stoßen, bis ich komme und dich komplett vollspritze.«

Kein Mann hatte jemals so grob mit ihr geredet. Keiner hätte es gewagt.

Elijah zu zähmen wäre unmöglich, das erkannte sie, bebend vor Sehnsucht und Vorfreude. Sie war eine starke Frau. Dennoch konnte sie sich nicht vorstellen, ihn nach ihrem Willen zu formen, weil er ebenfalls stark war. Und vielleicht sogar stärker als sie.

Elijah blickte zu ihr auf, als er den Kopf leicht zur Seite drehte, um sich der vernachlässigten Brust zuzuwenden. »Du willst das auch. Ich kann riechen, wie scharf es dich macht, dir vorzustellen, dass du mir alles gibst, was ich will. Der Gedanke, all die Macht aufzugeben, mit der du andere herumkommandierst, macht dich heiß.«

»Fick dich.«

»Oh nein, das wirst du tun, Vashti. Lange und hart. Es ist bloß eine Frage der Zeit.«

Bevor sie etwas erwidern konnte, sog er ihre Brustwarze ein, drückte sie gegen seinen Gaumen und massierte sie mit seiner Zunge. Fast kam Vashti schon von dem süßen Ziehen und dem berauschenden Mix aus Wonne und Schmerz, als er so fest an ihr saugte, dass sich seine Wangen nach innen wölbten. Er war gnadenlos, und seine Zähne sanken gerade mit so viel Druck in die angeschwollene Brustspitze, dass es ihr einen Schauer über den Leib jagte.

»*Vash!*«

Salems Stimme erschreckte sie so sehr, dass sie ruckartig von Elijah zurückwich. Sie schrie auf, als seine Zähne über ihre empfindliche Haut kratzten, und ein zweites Mal vor Schreck über den Orgasmus, den dieser bittersüße Schmerz *beinahe* hervorrief.

Elijah hatte blitzschnell ihren Reißverschluss hochgezogen. Wäre sein schwerer Atem nicht gewesen, hätte sie denken können, dass er kein bisschen erregt war. Doch dann griff er nach ihrer Hand, legte sie auf seine Erektion und rieb sich an ihr.

»Wir sind hier«, rief er, schob ihre Hand beiseite und trat einen Schritt zurück.

Sie waren nur Meter von der Tür entfernt. Salem musste Elijahs gesenkten Kopf gesehen und ihrer beider Erregung gerochen haben.

»Ich brauche deinen Wagen«, sagte ihr Captain und blieb am Eingang stehen, statt zu ihnen zu kommen. Angeheizt vom Geruch ihres Verlangens, fuhr er sich mit seiner kräftigen Hand durch sein grellorange gefärbtes Haar. Mit der Farbe wollte er signalisieren, dass er sogar mit einer Zielscheibe auf dem Kopf herumlaufen konnte, ohne dass sich jemand an ihn herantrauen würde. »Es ist Zeit, ins Shred zu fahren.«

Vash schluckte, starrte Elijah an, sprach aber mit Salem. »Ich komme mit dir.«

Das Shred war einer von Torques exklusivsten und geheimsten Clubs. Es lag fernab vom Las Vegas Strip und war eine Anlaufstelle für frische Minions wie auch ältere Vampire, die hier Sicherheit, Sex und Blut fanden.

»Ich fahre«, sagte Elijah und bückte sich nach Vashs Autoschlüsseln, die ihr aus der Hand gefallen waren, ohne dass sie es bemerkt hatte.

Jeder der Lykaner in dem Gebäude hätte sich an sie anschleichen können, und sie hätte es nicht mitbekommen, weil ihr Verstand von Elijahs heißem Mund an ihrer Brust gegrillt worden war. Das war inakzeptabel. Sie musste sich unbedingt in den Griff bekommen, bevor sie sich umbringen ließ. »Ich erzähle dir nicht, wo es ist, Lykaner.«

»Musst du auch nicht«, entgegnete er und wandte sich zum Jeep um. »Ich habe da schon gejagt.«

6

Genervt und frustriert von seiner Schwäche für Vashti, machte Elijah keinerlei Anstalten, seine rasende Lust vor Vash oder Salem zu verbergen. Stattdessen ließ er bewusst seine Pheromone in die Luft um ihn herum strömen, sodass sie das Wageninnere ausfüllten, bis Salem fluchend seinen Schwanz in der Lederhose richten musste. Vash hatte sich nach hinten gesetzt, was sich als Fehler erwies, denn so wehte ihr der Geruch von Elijahs Verlangen mit dem Fahrtwind, der durch Salems nun geöffnetes Seitenfenster hereinblies, ins Gesicht und durchs Haar.

»Hör auf damit, Alpha!«, rief sie und hieb ihre Faust gegen seine Rückenlehne.

Er blickte sie gereizt im Rückspiegel an, unbeeindruckt von ihrer Wut. Ja, Vash war genauso wütend wie er. Dafür hatte er gesorgt, indem er sie daran erinnert hatte, dass er ihre Art gejagt hatte, dass er sie beobachtet, ihre Gewohnheiten und Treffpunkte ausspioniert hatte, um diejenigen zu töten, die aus der Reihe tanzten.

Sie verdiente es, sich mies zu fühlen, weil sie ihm diese Gier zumutete und bewirkte, dass er sie dringender wollte, als er jemals irgendetwas gewollt hatte. In dem Moment, in dem seine Zunge ihre Haut berührte, hatte ihr Aroma seine Sinne mit der Wucht einer Brandbombe verschlungen. Seine Reaktion entbehrte jeder Vernunft oder Berechnung. Es war pure, primitive, einzigartige und machtvolle körperliche Anziehung. Lust auf den ersten Blick, befeuert durch ihre Wolfs- beziehungsweise Vampirnatur.

Er konnte sie immer noch schmecken. Sie riechen. Seine Handflächen brannten vor Verlangen, sie zu fühlen. Die Bestie in ihm heulte vor Zorn und wollte freigelassen werden, und Elijah musste sie energischer denn je bändigen. Denn er ... mochte Vashti. So verrückt es war. So verrückt *sie* war. Seine niederen Instinkte zu kontrollieren war Elijah immer so leichtgefallen wie das Atmen. Jetzt hingegen kostete es ihn enorme Kraft. Es erschöpfte ihn und gefährdete, was er nach einer Woche schmerzhafter Schicksalsschläge und Tiefpunkte überhaupt noch an Selbstbeherrschung aufbieten konnte. Vash hatte alles miterlebt, und in gewisser Weise war es gut gewesen, sie dabeizuhaben, als er es durchstand.

Er knurrte. Vashtis wiedererwachendes weibliches Verlangen fraß ihn auf wie ein Krebsgeschwür. Tough wie sie war, wusste er jetzt, dass er sie weich und unterwürfig machen konnte, und genau so wollte er sie. Er wollte sie schwach und keuchend unter sich, ihm vollkommen ausgeliefert. Mit weniger konnte er sich nicht zufriedengeben.

Die knapp zweistündige Fahrt zum Shred fühlte sich am Ende wie zwei Jahre an, und das nicht bloß für Elijah. Salem sprang schon aus dem Jeep, bevor sie richtig standen, und verschwand durch die dicken Stahleingangstüren. Vash war ihm dicht auf den Fersen und floh vor Elijah, als wären die Höllenhunde hinter ihr her. Als die Tür hinter ihr zuknallte, stieß Elijah ein verbittertes Lachen aus.

Als könnte eine simple Tür verhindern, was kommen würde. Wäre es doch so einfach!

Mit dem Ziel, sich in den Griff zu bekommen, ehe er die Vampirhöhle betrat, ließ Elijah sich damit Zeit, den Geländewagen zu verriegeln und das unauffällige Gebäude zu betrachten, um zu sehen, ob sich etwas verändert hatte. Er musterte die unmittelbare Umgebung und frischte seine Erinnerungen an die Industriegebäude rechts und links auf, die schon Stunden vor Beginn der Party geschlossen hatten. Die bewaffneten Vampire auf dem Dach hatte er bereits registriert, ehe sie sich zeigten. Sie hatten gerochen, dass er kam, und weil ihm eine Prügelei gerade sehr recht wäre, zeigte er ihnen den Stinkefinger.

Einer von ihnen schluckte den Köder, sprang geschmeidig vom Dach des dreigeschossigen Baus und landete elegant in der Hocke. Der Vampir war schmal und sehnig, und sein verdrossener Blick und die sparsamen Bewegungen verrieten, dass er sehr alt sein musste. Langsam umkreisten sie einander, die Zähne gebleckt und die Krallen ausgefahren. Beide ließen sie einander nicht aus den Augen, als die Tür aufging und eine männliche Stimme rief: »Dredge! Lass ihn in Ruhe. Er gehört zu Vashti.«

Der Schutz der Vampirin brachte Elijah so in Rage, dass seine Wirbelsäule zuckte, weil sein Körper die Gestalt wechseln wollte. Er brauchte sie verdammt noch mal nicht, damit sie ihm den Weg frei machte! Das konnte er verflucht gut allein.

»Bist du ein Haustier, du Hund?«, neckte Dredge ihn. Seine braunen Augen glühten. »Oder eine Mahlzeit?«

Elijah grinste. »Vielleicht ist sie eine Lykanerschlampe.«

Dredge sprang auf ihn zu. Da Elijah mit dieser Reaktion gerechnet hatte, kam er dem Gesicht des Vampirs mit der Faust auf halbem Weg entgegen, sodass der Vampir rückwärts über den Parkplatz und seitlich gegen einen Lieferwagen flog, in dessen Blech er einen Abdruck seiner Umrisse hinterließ.

Elijah schüttelte seine Faust aus und drehte sich zu der offenen Tür um. Dabei lauschte er, ob die anderen auf dem Dach womöglich einen Gegenschlag planten. Aber es kam keiner, was mal wieder bewies, welche Macht Vash hatte. Bei den Vampiren war ihr Wort Gesetz. Und das zu sehen machte Elijahs Schwanz noch unerträglich härter und steigerte sein Verlangen nach ihr weiter, das ohnehin während der letzten Tage beständig gewachsen war, als er miterlebt hatte, wie sie den Laden schmiss. Sie übte ihre Macht mit derselben Kontrolle und demselben Können aus, mit dem sie ihre Katanas schwang, und das törnte Elijah ebenso sehr an wie ihr Körper.

Sobald er durch die äußeren Türen war, kam ein zweiter Eingang. Der öffnete sich, nachdem die Stahltüren hinter Elijah zugefallen waren, und gab wummernden Techno-Pop sowie die metallische Note von frischem Blut frei. Der Geruch von Sex umfing ihn in einem dampfenden Nebel und heizte ihn noch weiter an. Er wollte hemmungslos kämpfen und vögeln, und das mit jeder Sekunde dringender.

Er bog um eine Ecke, fand sich in einem riesigen Raum voller Vampire wieder. Einige rieben tanzend ihre Körper an jedem, der zufällig in der Nähe war; andere nährten sich mit ihren blutigen Mündern an Hälsen, Handgelenken und Oberschenkeln. Noch mehr fickten öffentlich wie

Salem, der eine Vampirin von hinten rammelte, während sie aus der Oberschenkelarterie einer vor ihr ausgebreitet daliegenden Frau trank.

Die unverhohlene Genusssucht bombardierte Elijahs ohnehin schon überreizte Sinne, und die schwüle Luft erstickte ihn beinahe. Halb irre suchte er in der Menge nach Vash. Die Bestie in ihm tobte und wollte freiglassen werden bei dem Gedanken, dass Vash vor jemand anderem so mit gespreizten Beinen daliegen könnte.

Er sprang auf einen Stehtisch und brüllte, dass es sämtlichen anderen Lärm übertönte. Alle im Raum erstarrten, woraufhin die Musik gellend laut anmutete. Dann ahmte eine schlanke Blondine seinen Sprung nach und landete auf der Bar. Sie riss sich die Bluse auf, schüttelte ausgelassen ihre Titten und schrie: »Ficken, yeah!«

Die Menge drehte durch. Berauscht von Endorphinen, stürzten sie sich wieder in ihre fleischlichen Exzesse, und die dröhnenden Bässe der Musik feuerten sie an wie Kriegstrommeln.

Elijah schwang sich auf die Galerie im ersten Stock und machte sich auf die Jagd nach seiner Vampirin.

Vash betrat die VIP-Lounge im zweiten Stock und blickte sich um. Sie suchte nach etwas Bestimmtem und fand es. Er war groß und schlank. Blond. Seine Augen waren halb geschlossen, und seine lässige Haltung war Anmaßung pur. Sein Oberkörper und seine Füße waren nackt, seine Haut blass und glatt. Das Gegenteil von Elijah. Aber das Beste waren die Piercings überall an ihm – in den Ohren, den Brauen, der Nase, den Lippen, den Nippeln, dem Nabel …

Und sicher gab es noch mehr an Stellen, die Vash bisher nicht sehen konnte. Und die Narben auf seiner Haut! Es waren raffinierte Muster, die mit geübter Klinge eingeritzt und mit Silbercreme oder Silberbeschichtung daran gehindert worden waren zu heilen.

Der Mann genoss den Schmerz. Er suchte ihn bewusst und entdeckte das Schöne in ihm. Und Vash wollte jemandem wehtun, der es aushielt und wollte. Weil sie litt, was sie unsagbar wütend machte. Weil sie sich durch Dutzende schöner, begehrenswerter Männerkörper gedrängt hatte, um zur Lounge zu gelangen, ohne dass einer von ihnen sie angesprochen oder den Hunger angeregt hatte, der in ihrem Blut kochte. Weil sie kein männliches Wesen mehr reizte seit dem Tag, an dem Charron starb... eines ausgenommen.

»Du.« Sie lockte ihre Beute mit einem Krümmen ihres Fingers zu sich.

Er richtete sich mit einem trägen, sinnlichen Lächeln auf und kam lässig und selbstsicher auf sie zu. Als er bei ihr war, musterte er sie von oben bis unten und fuhr sich mit der Zunge über die Unterlippe. »Ich dachte schon, dass du mich nie holen würdest.«

Vash war jetzt schon gelangweilt und zog die Brauen hoch. »Ach ja?«

Er neigte den Kopf, sodass sein Hals entblößt war... und ein Tattoo, das mit silberversetzter Tinte gestochen war: VASHTI, BEISS HIER.

Ein Schauer überlief sie, weil es so verrückt war. Sie waren sich nie begegnet, und doch hatte er sich als ihr Eigentum kennzeichnen lassen.

Unter all den Männern, die ihre Kriterien erfüllten, hatte sie sich ausgerechnet einen Groupie aussuchen müssen, einen von viel zu vielen Minions, die es erregend fanden, zum Blutsklaven eines Gefallenen zu werden.

Fast hätte sie abgewunken, denn es gab schon genug Verrücktes in ihrem Leben. Dann aber hörte sie Elijahs Brüllen, unter dem die Wände erbebten und die blutbeschmierten Gläser auf den Tischen klirrten. Die Wucht des Verlangens, das Vash daraufhin durchfuhr, brachte sie ins Wanken, als wäre sie darauf programmiert, auf diesen dominanten Ruf zu antworten. Ihr blieb keine Zeit mehr, wählerisch zu sein. Sie brauchte Blut, um ihr Verlangen nach Elijah unter Kontrolle zu bekommen, und zwar *jetzt*.

Ihr blieben höchstens fünf Minuten, bevor der Lykaner sich durch das Gedränge auf der Treppe bis in den zweiten Stock hochgearbeitet hatte. Also stieß Vash den Vampir auf einen Stuhl, ging um ihn herum und packte von hinten sein Kinn, um es zur Seite zu drücken. Das Handgelenk wäre ihr lieber gewesen, um es unpersönlich zu machen, aber sie musste schnell sein, und deshalb brauchte sie eine kräftige Arterie.

Ihre Reißzähne wurden länger, und ihr Blick fixierte die dicke pulsierende Ader an seinem Hals. Ihr Magen knurrte vor Hunger, und ihr schwindelte vor Verlangen nach Nahrung, da wurde die Tür zur Lounge aus den Angeln gerissen und über die Galerie hinunter in die wimmelnde Menge geworfen. Elijah füllte den Türrahmen aus, groß, muskulös und männlich. Seine Augen glühten im matten Schein der gedimmten Wandleuchten.

»*Mein.*« Nur dieses eine Wort brachte er hervor, leise und beängstigend tief, als käme es von der Bestie in ihm, nicht aus seiner menschlichen Kehle.

Etwas leicht Merkwürdiges regte sich in Vash, irgendein fremdes Gefühl von ... Freude, weil solch eine prächtige maskuline Kreatur solche starken Besitzansprüche auf sie geltend machte?

Sein Blick fiel auf den Minion vor ihr auf dem Stuhl. »Geh, bevor ich dich umbringe.«

»Ich muss mich nähren, verdammt!«, rief Vash, die es leid war, seinetwegen mit sich selbst zu ringen, und sich verzweifelt an die Hoffnung klammerte, Nahrung könne sie von dieser unerklärlichen Faszination befreien.

Aber ihr war klar, dass er sie nicht von jemand anderem trinken lassen würde. Nicht mehr. Der Akt des Nährens war zu erotisch aufgeladen, selbst wenn der einzige Kontakt der von Reißzähnen mit Adern und Lippen mit Haut bliebe. Elijah war viel zu besitzergreifend, um solch eine Verbindung zu dulden, egal wie unpersönlich sie sein mochte. Trotzdem konnte sie sich nicht erlauben, von ihm zu trinken ... das *wollte* sie nicht, weil sie instinktiv wusste, dass sie auf seinen Geschmack genauso reagieren würde wie er auf ihren: Der Hunger wäre nicht gestillt, sondern nur größer. Sie würde nach mehr lechzen, mehr von seinem mächtigen Lykanerblut. Mehr von *ihm*.

Sie musste ihn lange genug hinhalten, um zwischendurch eine Mahlzeit einzuschieben.

Also übernahm sie das Kommando, ging auf Elijah zu und packte ihn vorn am T-Shirt. »Komm mit.«

Sie zog, erreichte jedoch nur, dass sie ihm das Shirt zerriss, denn Elijah rührte sich nicht vom Fleck. Und er war selbst für ihre Vampirkräfte zu stark. Ihr Schoß zog sich vor Gier nach diesem Mann zusammen, der mehr als ihr ebenbürtig war.

Gerötet und atemlos ging sie an ihm vorbei und hinaus auf den Gang. Dabei bemühte sie sich, die Fassung zu wahren, ehe er merkte, wie wenig Kontrolle sie noch über sich hatte. Wenn sie nicht aufpasste, würde er sie dazu bringen, um seinen Schwanz zu betteln. Und diese Schwäche ängstigte sie, wie es nichts sonst konnte. Sie musste stark sein, um ihrer selbst willen und für Char und all die Vampire, deren Wohlergehen und Überleben von ihr abhingen.

Elijah folgte ihr so dicht auf den Fersen, dass sie seinen schweren Atem in ihrem Nacken fühlen konnte. Er stieg ihr mal wieder nach. Und sie konnte nicht leugnen, dass sie es insgeheim wollte, denn es befeuerte ihr Verlangen und machte sie heiß und feucht.

Vash sah ein kleines grünes Licht über einer Tür leuchten und eilte auf sie zu. Hier gab es noch mehr Türen mit entsprechenden Lichtern. Die meisten leuchteten rot, was bedeutete, dass die Zimmer besetzt und verriegelt waren. Gelbes Licht hieß, dass der Raum zwar frei, aber noch nicht geputzt war. Nur wenige leuchteten grün, und Vash nahm gleich die Tür, die am nächsten war. Sie öffnete sie und fluchte, als Elijah sie in das kleine Spielzimmer drängte. Er umfing ihre Taille, warf sie auf das große Bett und ließ ihr kaum Zeit, nach oben zu rutschen, bevor er sich auf sie stürzte.

»Elijah«, japste sie, als er sauber auf allen vieren landete, seine Hände neben ihren Schultern auf die Matratze gestemmt, seine Knie seitlich an ihren Schenkeln. Angst lähmte Vash, allerdings nicht vor ihm, sondern vor dem rasenden Verlangen, das sie zu verschlingen drohte. Der Drang, ihm ihre Brüste entgegenzustrecken und sich ihm anzubieten, war überwältigend. Er bewirkte, dass ihr Herz gegen ihre Rippen hämmerte und sie kaum noch Luft bekam.

Ihre Augen stellten sich schnell auf das dämmrige Licht im Zimmer ein, das einzig von der indirekten Beleuchtung in den Fußleisten kam. Elijahs Augen leuchteten unnatürlich grün, und er senkte den Kopf, um Vashs Geruch tief einzuatmen.

»Du hättest uns gleich hierherführen sollen«, sagte er mürrisch. »Dann wärst du jetzt schon dabei zu kommen.«

Bevor sie etwas entgegnen konnte, versiegelte er ihre Lippen mit seinen und raubte ihr den Atem. Seine Zunge drang in ihren Mund, und er stöhnte, während er ihren Reißverschluss bis nach unten zog, wo er über ihrem Venushügel endete. Kaum hatte sie erstmals seinen Speichel geschluckt, schob er eine Hand in ihren Catsuit und umfing ihre Brust mit seiner großen, warmen Hand.

Ihre Zähne wurden schärfer und schnitten in seine Zunge, woraufhin sein Blut in ihren Mund floss. Es schmeckte berauschend exotisch. Elijah knetete ihre Brust zunächst, dann konzentrierten sich Daumen und Zeigefinger auf die Brustwarze, die er zwirbelte und an der er zog, bis Vashs Geschlecht sich im selben Rhythmus zusammenzog und lockerte.

Vollkommen von Sinnen sog Vash an seiner Zunge, wie er vorhin an ihrem Nippel gesogen hatte, und mehr Blut rann über ihre Geschmacksknospen. Ihre Augen verdrehten sich, und alles vernünftige Denken wich dem süchtig machenden, köstlichen Aroma. Elijah knurrte und sank zwischen ihre Schenkel, wo er seinen harten Schwanz an ihrem schmerzlich sehnsüchtigen Geschlecht rieb. Stöhnend packte sie seine Hüfte, zog ihn an sich und rieb ihre Klitoris an seiner Erektion.

Elijah hob den Kopf, während er weiter die Hüften bewegte, und beobachtete sie, wie sie den Kopf nach hinten warf, da ihr Orgasmus unmittelbar bevorstand. »Sag mir, dass du es willst, Vashti. Sag mir, dass du meinen Schwanz so dringend in dir brauchst, wie du Blut zum Leben brauchst.«

Ihr Körper erbebte heftig. Er hatte ihre größte Furcht in Worte gefasst.

Ich lasse mich nicht von meinem Schwanz leiten, hatte er scheinbar vor einer Ewigkeit im Bryce Canyon gesagt. Aber Vash befürchtete, dass sie nicht so stark war wie er. Noch nie hatte sie so verzweifelt Sex gewollt wie in diesem Moment, und er war der einzige Mann, mit dem sie ihn haben wollte. Die Anziehung, die er auf sie ausübte, war viel zu stark, und sie fürchtete, dass sie ihm anbieten könnte, was er verlangte: völlige Unterwerfung.

Sie warf ein Bein über seine Hüfte, sodass sie hinreichend Schwung gewann, um ihn auf den Rücken zu rollen. Während sie sich so schnell bewegte, wie sie irgend konnte, besann Vash sich wieder auf den eigentlichen Grund, aus dem sie ihn in eines der Spielzimmer gebracht hatte. Innerhalb von Sekundenbruchteilen fesselte sie seine Handgelenke und Unterarme mit einem silberbeschichteten, stacheligen Stahlkabel. Er brüllte, als sich die winzigen

Dornen in seine Haut bohrten. Auch wenn es kaum blutete, reichte es aus, um die verwundete Haut dem Metall auszusetzen, das Hüter, Vampire und Lykaner gleichermaßen schwächte.

Das Bett vibrierte unter seinem Zorn, und seine Augen glühten so sehr, dass sie das ganze Zimmer erhellten. »Du verfluchte Schlampe!«

Aber ihr war inzwischen alles egal. Sie war feucht und geschwollen zwischen den Beinen, ihre Brüste waren schwer und empfindlich, und sein Geschmack füllte ihren Mund und vertrieb jeden Gedanken an Flucht. Geflohen wäre sie vielleicht, hätte sie noch einen Funken Selbsterhaltungstrieb übrig gehabt.

»Mach mich los.« Er stemmte die Fersen seiner Stiefel gegen das Bett. »Mach mich verdammt noch mal los! *Sofort!*«

Vash kämpfte damit, ihren Catsuit und die Stiefel gleichzeitig abzustreifen. Sobald sie nackt war, ließ sie sich auf seinen zappelnden Körper fallen und rang seine Hüften nieder, um seinen Hosenschlitz zu öffnen.

»Vashti!« Er bog sich ruckartig nach oben. »Nicht so, verflucht! Binde mich nicht fest wie ein Tier, verdammt!«

Wie immer trug Elijah nichts unter seiner Jeans, damit er jederzeit schnell die Gestalt wechseln konnte. Nichts trennte Vashs Mund mehr von seinem Schwanz, den sie gierig mit ihren Lippen umfing und mit der Zunge rieb.

»Scheiße!«, zischte er und hob abermals ruckartig die Hüften, um sie abzuschütteln. »Nimm dein Blutsaugermaul von mir!«

Sie konnte nicht. Wären sämtliche Vampire ins Zimmer

gekommen und hätten sie dabei erwischt, wie sie es einem Lykaner mit dem Mund besorgte, sie hätte wohl trotzdem nicht aufhören können. Ihr Hunger nach seinem Aroma war viel zu groß und ihr Verlangen, ihn zu unterwerfen, noch größer. Sie rieb die dicke Wurzel seines Schafts mit der Faust, bearbeitete die Eichel mit der Zunge und brachte ihn mit festem, schnellem Saugen erbarmungslos zum Orgasmus. Er wehrte sich unablässig dagegen, spannte die Oberschenkel an, knurrte tief und warf seinen Oberkörper hin und her, um Vash abzuschütteln.

Als er kam, geschah es mit einem Wolfsheulen, von dem Vash eine Gänsehaut bekam. Der hohe, klagende Laut hatte rein gar nichts Menschliches mehr. Tränen brannten in Vashs Augen, während sie seinen Samen schluckte und etwas Ursprüngliches, Primitives in ihr nach dem schwindelerregenden Geschmack seiner wilden Virilität gierte.

»Verdammt!«, keuchte er, und seine Brust hob und senkte sich schnell, als sie seine Jeans bis zu den Knien hinunterzog. »Schmor in der Hölle, du verräterische ... Scheiße!«

Ihre Reißzähne senkten sich in seine Oberschenkelarterie, und Vash verlor den letzten Rest Menschlichkeit, an den sie sich noch geklammert hatte. Sein Blut vermengte sich in ihrem Mund mit seinem Samen und schuf eine Essenz, die köstlicher war als alles, was Vash jemals geschmeckt hatte. Sie umfing seinen kräftigen Schenkel mit beiden Armen wie einen Geliebten, und ihr Hals arbeitete bei jedem gierigen Schluck.

»Verfluchte Schlampe«, schimpfte er. »Du gottverdammte Schlampe. Du raubst mir mein Recht zu geben, was mir gehört!«

Sie hörte das Knarzen der Verankerungen in der Wand, in denen seine Fesseln hingen, als Elijah kräftig an ihnen zerrte. Ein weiterer Beweis dafür, wie stark er war und dass das Silber, das die meisten Vampire lähmte, kaum ausreichte, um Elijah festzuhalten.

Rauschhaft benommen zog Vash ihre Reißzähne aus seinem Fleisch und schloss die Einstichstellen, indem sie einige Male beruhigend mit der Zunge darüberfuhr.

»Ich kann nicht aufhören«, flüsterte sie. Sie fühlte sich schmerzlich leer und brauchte ihn, egal wie sehr sie sich bemüht hatte, es nicht zu tun. Kein Lykaner ertrug es, gefangen zu sein, und Elijah war nicht irgendein Lykaner. Er war ein Alpha – so selten wie ein neuer Engel und in vielerlei Hinsicht genauso zerbrechlich.

Vash kam auf allen vieren über ihn, wandte seinem zornigen Gesicht den Rücken zu und sah die Tür an. Eine Tür, aus der sie vollkommen anders hinaustreten würden, als sie hereingekommen waren. Elijahs Wut war überwältigend. Dennoch konnte Vash nicht anders, als seinen noch harten Schwanz zu packen und sich über ihm in Stellung zu bringen.

»Tu das nicht«, warnte er sie heiser.

Sie leckte sich sein Aroma von ihren plötzlich ausgetrockneten Lippen. »Ich ... brauche dich.«

»Nicht so, Vashti. Nimm mich nicht so.«

Ihre Geschlechtsteile berührten einander. Vashs Schamlippen umfingen ihn, legten sich sanft um ihn. Die Hand, mit der sie ihn hielt, zitterte wie die eines Junkies, der einen Schuss brauchte. »Dies ist die einzige Art, wie ich dich haben kann.«

Mit einer schnellen Bewegung ihrer Hüften nahm sie ihn vollständig in sich auf. Er brüllte, als sie aufschrie, und ihr Körper erlitt einen Schock bei der ersten Penetration nach beinahe einem halben Jahrhundert. Im nächsten Augenblick explodierte die Betonwand hinter dem Bett mit einem ohrenbetäubenden Krach. Staub und Schutt stoben in einer Wolke um Vash herum auf. Sie wurde nach vorn geschleudert, und ihr Oberkörper schlug auf der Matratze auf.

Bevor sie wusste, wie ihr geschah, wurde Vash von Elijahs hartem Körper nach unten gedrückt, und sein Schwanz stieß kraftvoll in sie hinein. Die Fesseln, die ihn nicht länger halten konnten, fielen klirrend zu Boden, und das Geräusch hallte in Vash nach.

Elijah schlang sich ihr langes Haar um den Unterarm, ballte die Hand dicht an ihren Haarwurzeln zur Faust und riss ihren Kopf nach oben. »Du kannst mich nicht zähmen«, raunte er ihr ins Ohr.

Dann bewegte er die Hüften, um sich aus der Umklammerung ihres Geschlechts zu befreien und gleich aufs Neue hineinzustoßen. »Du kannst mich nicht anketten.«

An den Hüften und den Haaren zog er Vash nach oben, bis sie auf allen vieren war. »Und du kannst mich verdammt noch mal nicht vergewaltigen!«

Sein nächster Stoß ging sehr tief in sie hinein, als wolle er so seine Überlegenheit zementieren. Vash schrie auf. Sie war vollständig seinem primitiven Verlangen ausgeliefert – und ihrem eigenen Verlangen nach ihm. Er nagelte sie, nahm sie hart und tief, fuhr mit seinem Schwanz immer wieder über den empfindlichen Punkt in ihrem Innern, der sie zum Zittern und Stöhnen brachte. Sie konnte nichts tun, sich weder bewegen noch anders mitmachen. Jedenfalls sagte sie sich das.

Was natürlich gelogen war. Auch wenn er stärker war als sie, hätte sie ihn immer noch abwehren können. Sie könnte ihn verletzen, ihn sich dies hier erarbeiten lassen. Das wussten sie beide. Dennoch ließ sie ihm seinen Willen aus Gründen, die sie selbst nicht begriff.

Irgendwas in ihr befreite sich.

Und sie klammerte sich an Elijah, weil er der einzige Anker in dem Sturm war, der in ihrem Innern tobte. Tränen rannen ihr übers Gesicht, ihre Brust schmerzte, und ihr Körper brannte vor fiebrigem Genuss, als sämtliche Mauern einstürzten, die sie so lange geschützt hatten.

Er schonte sie nicht. Nein, Elijah fickte sie wie das Tier, das er war, rammelte sie hemmungslos. Ihr Orgasmus brach wie eine Naturgewalt über sie herein, und sie schrie seinen Namen, weil er nicht aufhörte. Er trieb sie weiter in die Ekstase und zwang Vash, es auszuhalten. Alles von ihm auszuhalten. Es war mehr, als sie ertrug und gewollt hatte.

Er folgte ihr nach unten, als sie auf die Matratze sank, wo ihr Kopf und ihre Schultern über den Rand ragten. »Du nimmst mich, wie ich bin«, knurrte er. »Du wirst mich wollen, wie ich bin. Oder du bekommst mich gar nicht.«

Sein Knie schob ihre Beine weiter auseinander, und sein Schwanz drang noch tiefer in sie. Mit der Hand in ihrem Haar drückte er ihren Kopf weiter in Richtung Fußboden, sodass sie in die unterwürfigste Stellung gezwungen war, die man sich denken konnte. Gleichzeitig spürte sie seine

Reißzähne, die sich in ihren Nacken senkten, unmenschlich lang, und er biss fest genug zu, dass die Haut verletzt wurde, jedoch nicht einriss.

Unterworfen, bestiegen und auf jede erdenkliche Weise dominiert kam Vashti wieder und wieder und schluchzte vor Wonne, vor Scham und Schuldgefühlen. Sie flehte ihn an, ihr zu vergeben, es ihr zu besorgen und sie auszufüllen.

Was er über Stunden tat, in denen er seine Lust und seinen Zorn in die gierigen Tiefen ihres Leibes pumpte und sich mit einem Stöhnen in sie ergoss, das wie süßeste Qual klang.

7

Von seinem Aussichtspunkt hoch auf einem Felsen beobachtete Adrian Mitchell die junge blonde Vampirin, die sich an drei der Furcht einflößendsten Engel heranzuschleichen versuchte, die jemals geschaffen wurden. Einer von ihnen war Adrians Lieutenant. Sie standen mit ihren Flügeln und Rücken zu ihr und waren auf die Papiere konzentriert, die vor ihnen auf dem Teakholz-Verandatisch ausgebreitet lagen.

Die Dämmerung war vorbei, und nun stieg die Morgensonne im Osten auf. Der zartrosa Schein, der jeden anderen Minion gegrillt hätte, fuhr sanft über ihre blassen Gliedmaßen und das schöne strenge Gesicht, wie es Stunden zuvor noch Adrians Lippen getan hatten. Hinter ihr schmiegte sich ihr Haus scheinbar allen Gesetzen der Schwerkraft zum Trotz an den Felsen, und die drei Geschosse aus verwittertem Holz und Stein ließen das Äußere wie einen natürlichen Teil der südkalifornischen Landschaft wirken.

Adrian beobachtete und wartete. Seine Flügel mit den roten Spitzen hatte er eng an seinen Rücken angelegt, damit sich der Wind nicht in ihnen verfing. Er bewunderte den Mut der Vampirin, auch wenn ihr Vorhaben unsinnig war. Sie könnte nicht einmal einen seiner Hüter überwältigen, von dreien ganz zu schweigen.

Halb geduckt überquerte sie die breite Veranda mit einer schmalen Klinge in der Hand. Als sie lossprang, bewunderte Adrian ihre Anmut und Beweglichkeit, die beinahe Damiens gleichkamen. Damien drehte sich in allerletzter Sekunde um und fing die Messerklinge mit der Hand ab. Also hatte er sehr wohl bemerkt, dass sie kam.

Man hätte meinen können, damit wäre die Sache erledigt gewesen, aber sie überraschte sie alle, indem sie den Griff des Hüters nutzte, um sich hochzuschwingen und beide Beine scherenförmig nach vorn zu strecken, sodass sie die beiden Hüter rechts und links von Damien auf den Tisch stieß wie umgefallene Schachfiguren. Die Papiere flogen weg.

Adrian sprang von seinem Aussichtspunkt und breitete die Flügel aus, um den Aufwind zu nutzen. Er ließ sich zunächst in großen Kreisen empor und dann in die Tiefe tragen, wobei er es genoss, wie die Luft durch sein Haar und über seine Federn rauschte. Er flog so flach über die breite Veranda, dass seine Flügelspitzen die Holzplanken streiften, bevor er noch einmal in die Höhe schoss und anschließend die Schwerkraft nutzte, die ihn zurück nach unten zog.

Mühelos landete er neben seiner hinterhältigen Gefährtin, wobei seine Fußballen keinerlei Geräusch auf den Holzbohlen verursachten.

Lindsay fasste nach seinem Handgelenk und drückte es, um ihm ihren Geist zu öffnen, sodass ihre Gedanken zu seinen wurden. *Es macht mich so scharf, dich fliegen zu sehen.*

»Dich jagen zu sehen hat eine sehr ähnliche Wirkung auf mich.« Seine Miene und sein Tonfall gaben nichts von seinen Gefühlen für sie preis – aus Rücksicht auf seine Männer –, doch die Art, wie ihre Fingerspitzen über seine Handinnenfläche strichen, sagte ihm, dass sie ihn auch so verstand.

Malachai und Geoffrey rappelten sich aus ihrer peinlichen Lage auf.

»Das ist geschummelt«, sagte Malachai, streckte sich und zuckte mit den Flügeln. Sie hatten die Farben des Sonnenuntergangs: ein blasses Gelb, das sich zu den Spitzen hin zu einem satten Orange verdunkelte.

Lindsay lächelte strahlend. »Im Zweikampf werde ich regelmäßig besiegt, aber ich denke, ich könnte gegen eine Gruppe arbeiten, indem ich einen nutze, um die anderen abzulenken.«

»Das ist Wahnsinn«, widersprach Geoffrey, der sehr mürrisch aussah. Er hatte Lindsay unlängst mit einer lästigen Katze verglichen, die unterm Sofa lauerte, um jeden anzugreifen, der nichts ahnend vorbeiging. In Wahrheit allerdings schätzte er ihre unermüdlichen Versuche, so viel zu trainieren, dass sie ihnen eine möglichst geringe Last war. Lindsay war eine exzellente Scharfschützin und Messerwerferin, und sie strengte sich sehr an, ihre Nahkampffertigkeiten zu verbessern; aber sie war immer noch ein sehr frisch verwandelter Vampir und hatte bisher weder die Kraft noch die Ausdauer entwickelt, die mit den Jahren kommen würden. Bis dahin war sie unglaublich verwundbar und leicht zu erledigen.

Damien seufzte. »Nein, das ist Lindsay. Es war unser Fehler, dass wir nicht auf sie vorbereitet waren.«

Den Lieutenant störte Lindsays Einfluss auf Adrian und

die Mission der Hüter massiv. Trotzdem bewunderte er sie als Kriegerin. Adrians ursprüngliche rechte Hand und enger Freund, Phineas, war ein Stratege gewesen, und sein Nachfolger, Jason, war gut für die Moral gewesen. Damiens Stärken hingegen lagen eher in der Schlacht, und deshalb schätzte er es, in anderen dieselben Anlagen zu erkennen.

Lindsay schob ihr Messer in die Lederscheide, die an ihren Schenkel geschnallt war. »Ich habe über Nacht mit allen internationalen Rudeln Kontakt aufgenommen. Die Kommunikationssperre funktioniert, und die Außenposten der Lykaner in Übersee sind noch völlig unter Kontrolle. Sie haben keine Ahnung vom Aufstand der nordamerikanischen Rudel.«

»Dem Herrn sei Dank für kleine Gaben«, murmelte Malachai.

»Trotzdem dürfen wir es nicht riskieren, diese Lykaner gegen ihre abtrünnigen Brüder einzusetzen«, sagte Geoffrey. »Auch wenn einige von ihnen sicher bereitwillig solch einen Einsatz mitmachen würden.«

Adrian blickte hinüber zu dem Gebäude, das eine halbe Meile entfernt lag. Die Kaserne der Lykaner war einst das Zuhause seines Rudels gewesen und beherbergte nun nur noch ein Dutzend Lykaner, die während der letzten anderthalb Wochen hergekommen waren, als die Außenposten einer nach dem anderen fielen wie Dominosteine. Täglich kamen mehr zu ihm zurück, und wenn er ihre Gedanken prüfte, so wie er es bei Lindsay tat, fühlte er ihre Furcht und Verwirrung – und ihre Loyalität, was ihn demütig machte.

Der Zusammenbruch jener Ordnung, die er so mühsam aufgebaut hatte, gehörte zweifellos zu seiner Strafe dafür, dass er Lindsay liebte – der Verlust der Lykaner, die Schuldgefühle, weil andere für seine Fehler zahlten, die akute Gefährdung des Gleichgewichts zwischen Vampiren und Sterblichen. Obwohl er denselben Verstoß begangen hatte wie die Gefallenen, fiel seine Strafe anders aus. Er vermutete, dass er schlicht zu nützlich war, um weggeworfen zu werden. Aber er büßte auf andere Art, und das jeden Tag seines endlosen Lebens. Er hatte jahrhundertelang gezahlt, indem er Shadoe immer wieder sterben sah, und er würde geistig und emotional auf unbegrenzte Zeit weiterzahlen. »Wir müssen die Hüter stärken, die ihre Außenposten noch halten, damit uns hier in den Staaten wenigstens noch eine Handvoll bleibt, um die alte Ordnung wiederherzustellen.«

Zahlenmäßig waren sie fatal unterlegen. Adrian hatte die Außenposten in Jasper und Juarez noch unter Kontrolle, doch die anderen waren verloren. Er sah die schöne Vampirin neben sich an, die einst das Gefäß für Shadoes Seele gewesen war und nun sein Herz in ihren Händen hielt. Ihr Vampirismus verbesserte ihre Überlebenschance gegenüber der einer simplen Sterblichen, aber sie war noch schwach und musste sich oft nähren. Sie trank ausschließlich Adrians mächtiges Hüterblut, das ihr erlaubte, sich in der Sonne zu bewegen; was jedoch auch bedeutete, dass er nicht zu lange von ihr getrennt sein durfte. Und das wiederum war ein nicht zu unterschätzender Nachteil für ihn.

Er ballte die Fäuste, um dem Drang zu widerstehen, sie zu berühren. Sie würde eine derartige Zuneigungsbekundung vor seinen Hütern nicht gutheißen, wie sie überhaupt stets aufpasste, ihre Liebe nicht zur Schau zu stellen, weil sie wusste, welche Risiken er auf sich nahm, als er sie zu der Seinen machte. Engel durften sich nicht nach jemand anderem sehnen, der sie vervollständigte. Sie sollten über den Schwächen der Sterblichen stehen, und doch war Adrian nicht so vollkommen. Er verzehrte sich mit einer Intensität nach Lindsay, die er nicht kontrollieren konnte, und er brachte es nicht fertig, seine Übertretung zu bereuen, weil er seine Gefühle für sie nicht abwerten wollte. Er konnte Lindsay nicht seine Liebe gestehen und im selben Atemzug um Vergebung für sie bitten; so würde beides wertlos. Und ebenso wenig konnte er sich von ihr abwenden. Sie war die Luft, die er atmete, der Grund, warum er aufwachte, kämpfte und gegen alle Widrigkeiten bestand.

Nun atmete er tief ein und blickte zum Himmel hinauf, wo er keine Antworten fand. »Uns fehlen die Ressourcen, um sowohl Lykaner als auch Vampire zu jagen. Wir müssen uns entscheiden. Womit wir es bei Letzteren zu tun haben, wissen wir. Die Lykaner hingegen sind mir ein Rätsel.«

»Sie könnten uns den Sterblichen gegenüber bloßstellen«, sagte Damien.

»Oder sie jagen uns, um die Gefahr zu bannen, die wir für sie darstellen«, mutmaßte Malachai.

»Sie könnten sich mit den Vampiren verbünden«, warf Geoffrey ein. »Das würde ich Syre durchaus zutrauen.«

Adrian nickte. Syre war momentan von Kummer zerfressen, weil er seine Tochter für immer verloren hatte, als Lindsay deren wiedergeborene Seele aus ihrem Körper verbannt hatte. »Das halte ich für das wahrscheinlichste Szenario.«

Die drei Hüter wussten nicht, wie es war, einen Teil seines Herzens zu verlieren. Anders als Adrian und Syre, waren sie noch nicht von menschlichen Emotionen befallen worden. Adrian bezweifelte nicht, dass der Anführer der Vampire in seiner Trauer um sich schlagen wollte, und der Aufstand der Lykaner bot ihm das perfekte Mittel zum Zweck.

Lindsays Strahlen erstarb prompt, und sie schüttelte energisch den Kopf. »Das kann ich mir nicht vorstellen. Für Elijah ist die Vampirjagd sein Leben, und er will Vashtis Kopf auf einem Silbertablett für das, was sie mit Micah gemacht hat.«

»Und Syre, Torque und Vashti wollen seinen wegen Nikkis Entführung«, ergänzte Adrian. »Aber mit dem richtigen Anreiz lässt sich Rache aufschieben.« Seine Stimme wurde sanfter, denn er wusste, dass sie den Lykaner als Freund betrachtete. »Du hättest auch nie gedacht, dass er sich gegen uns auflehnen würde, und dennoch hat er es getan.«

Sie biss sich auf die Unterlippe und wirkte ernsthaft beunruhigt. Nach allem, was vorgefallen war, sorgte sie sich noch um den Alpha.

Adrian strich über ihren Geist, um sie zu beruhigen, denn er ertrug es nicht, sie so zu sehen. Es war nicht bloß Elijahs Schicksal, um das Lindsay bangte, sondern auch Syres. Zwar war sie keine leibliche Tochter des obersten Vampirs, aber Shadoes Seele hatte Spuren in ihr hinterlassen. Sie war Shadoes Erinnerungen an ihn ausgesetzt gewesen: Erinnerungen an die Liebe zwischen einer Tochter und ihrem Vater. Und auch wenn es nicht ihre eigenen Erinnerungen waren, so hatte Lindsay beider Empfindungen doch geteilt, als wären es ihre eigenen, und sie bedauerte Syres Verlust.

Lindsay warf Adrian einen warnenden Blick zu, der bedeutete, dass er »keinen Quatsch« mit ihrem Verstand anstellen sollte. Er nickte kaum merklich, hörte aber nicht auf, sie zu trösten, weil er es nicht als Übergriff verstand.

Lindsay umfing wieder sein Handgelenk und stellte sich vor, wie sie ihm die Zunge rausstreckte, was Adrian im Geiste sehr deutlich vor sich sah. Und in Gedanken lachte er. Lindsay war so voller Vitalität und Humor trotz allem, was ihr im Leben schon zugemutet worden war. Adrian war völlig anders als sie. Er wurde geschaffen, um zu bestrafen, zu verstümmeln und zu töten. Und nun lehrte Lindsay ihn etwas anderes, veränderte ihn nach und nach und brachte ihr Licht in seine Dunkelheit. Deshalb strengte er sich an, zu lernen und zu wachsen, damit er der Mann wurde, der ein Lächeln auf ihr Gesicht zaubern und ihr ein glückliches Leben bescheren konnte. Denn sie war seine Seele. Wer wäre er, wenn nicht der Mann, der sie mit allem liebte, was er besaß?

Das Telefon in seinem Büro läutete. Sie alle hörten es trotz der Entfernung und der geschlossenen Glasschiebetür. Lindsay drehte sich stirnrunzelnd um. An ihre Vampirsinne musste sie sich erst noch gewöhnen.

Adrian ging voraus um die Ecke. Die Glastür fuhr zur Seite, als er sich ihr näherte, und er zog seine Flügel ein. Sie lösten sich auf wie Nebel in einer steifen Brise, sodass er sich bequem bewegen und sich notfalls unauffällig unter Sterbliche mischen konnte. Die Lautsprecher gingen nach dem dritten Klingeln an, und Adrian sah zu Lindsay, während er sich an seinen Schreibtisch setzte.

»Mitchell«, meldete er sich.

»Captain. Hier ist Siobhán.«

Er lehnte sich auf seinem Stuhl zurück. Siobhán hatte den Auftrag, die Krankheit zu untersuchen, die unter den Vampiren wütete, und sie arbeitete seit Wochen unermüdlich an der Sache. Sie war es gewesen, die zufällig entdeckt hatte, dass Hüterblut die Krankheit heilte, als ein Hüter, der mit ihr zusammengearbeitet hatte, von einem infizierten Vampir gebissen wurde. Der Vampir hatte sich hinterher wieder vollständig erholt. Angesichts Zehntausender von Vampiren allein in Nordamerika und der nicht einmal zweihundert Hüter weltweit konnten sie es sich auf keinen Fall leisten, dass diese Information zu den Vampiren durchdrang, solange kein alternatives Heilmittel gefunden war. »Wie kommst du voran?«

»Langsam, aber sicher. Ich habe gegenwärtig ein Dutzend Infizierte hier, die wir mit ständigen Bluttransfusionen am Leben halten, aber sie müssen sediert bleiben, weil sie anders unmöglich zu kontrollieren sind.«

Adrian hatte diese Monstren mit eigenen Augen in Aktion gesehen und wusste, wie besinnungslos gewalttätig sie waren. »Wie schnell verlieren sie ihre höheren Hirnfunktionen?«

»Wie weit soll ich zurückgehen, um das herauszufinden?«, fragte sie ernst. »Sie sind schon infiziert, wenn sie bei mir ankommen. Wenn du den exakten Ablauf von der Ansteckung bis zum Ausbruch willst, müsste ich gesunde Versuchsobjekte infizieren.«

»Tu das. Unser Blut ist ein Heilmittel, also können wir den Schaden wieder beheben.« Es war ein grausamer Befehl, den Adrian sehr ungern gab, doch der Zweck heiligte die Mittel. Als Nikki ihn angegriffen und beinahe umgebracht hatte, war sie noch klar genug gewesen, um in zusammenhängenden Sätzen mit ihm zu reden. Wie kurz zuvor mochte sie infiziert worden sein? War sie ein Beispiel für jemanden, der sich sehr frisch angesteckt hatte? Oder war sie schon seit einer ganzen Weile krank gewesen? »Konntest du ein Muster in dem schnellen Krankheitsverlauf erkennen?«

Manche Vampire starben innerhalb weniger Tage, andere hielten einige Wochen durch, und wieder andere schienen immun zu sein. Warum?

»Ich denke, da habe ich eventuell etwas.« Nun klang sie aufgeregt. Die elfengleiche Hüterin war süchtig nach Wissen. »Ich bin mir noch nicht vollkommen sicher, aber der Verlauf scheint abhängig davon, wie weit der betroffene Minion von dem Gefallenen entfernt ist, dem er in der Vampirhierarchie zugeordnet ist. Nehmen wir zum Beispiel Lindsay, die in direkter Linie zu Syre steht. Bei ihr würde eine Infektion sehr viel langsamer verlaufen als bei einem Minion, den sie verwandelt hat, weil ihn zwei Schritte von Syre trennen ... und so weiter.«

Adrian stützte die Ellbogen auf die Armlehnen und legte die Fingerspitzen aneinander. »Du musst Gefallenenblut testen.«

»Stimmt, das wäre hilfreich«, sagte sie. Allerdings war ihnen beiden klar, wie schwer sie an eine solche Probe käme. »Dann könnte ich mir ansehen, ob es zumindest den Verlauf verlangsamt.«

»Das besorge ich am besten«, meldete sich Lindsay zu Wort. »Als Vampirin würde ich an ihren Treffpunkten keinen Verdacht erregen.«

Adrians Antwort ließ nicht auf sich warten. »Nein!«

Sie zog die Brauen hoch, und ihre bernsteinbraunen Augen – die typischen Vampiraugen – sahen ihn provozierend an. Sicher könnte sie sich problemlos unter den anderen bewegen, doch sie war nach wie vor sehr verwundbar. Adrians Blut würde sie vor der Krankheit schützen, sie konnte kämpfen und hatte keine Skrupel, notfalls zu töten, und trotzdem war es zu gefährlich, und Adrian wäre nicht in hinreichender Nähe, um sie zu schützen. Hinzu kam, dass die meisten Minions keine Ahnung haben mochten, wer sie war, einige der Gefallenen aber wegen Syre und Shadoe sehr wohl. Sie konnte folglich nicht darauf setzen, anonym zu bleiben.

Adrian würde auf keinen Fall riskieren, sie zu verlieren. »Nein«, wiederholte er und schob diesen Gedanken sicherheitshalber auch gleich noch in ihren Geist.

»Bleib aus meinem Kopf, Engel«, knurrte sie.

Siobháns melodische Stimme erklang aus den Lautsprechern. »Ich werde auch mehr Lykanerblut brauchen.«

»Kein Problem.« Davon hatte er reichlich zu Identifikations- und genetischen Zwecken einlagern lassen. »Sonst noch etwas?«

»Vielleicht …« Sie zögerte. »Vielleicht noch andere Engelsblutproben, von einem *Mal'akh* oder sogar einem Erzengel. Im Idealfall von beiden. Es könnte sein, dass wir Hüter nicht die Einzigen sind, die das Heilmittel in ihren Adern haben.«

»Viel verlangst du nicht gerade, was?«, bemerkte Adrian trocken. Obwohl die *Malakhim* – der niederste Engelsrang in der untersten Sphäre – am zahlenstärksten waren, dürfte es nicht leicht sein, an eine Blutprobe von ihnen zu kommen. »Ich sehe mal, was ich tun kann. Halt mich auf dem Laufenden.«

»Natürlich, Captain.«

Er legte auf, ohne den Blick von Lindsay abzuwenden. Sie achtete immer darauf, ihn vor seinen Untergebenen nicht offen herauszufordern, was sie von jeher so gehalten hatte und er sehr zu schätzen wusste. Aber waren sie unter sich, hielt sie mit ihrer Meinung nicht hinter dem Berg. Adrian würde ihr nie verraten, wie sehr es ihn erregte, wenn sie ihm Kontra gab. Er würde es ihr einfach weiterhin zeigen…

»Wir brauchen einen Plan B, Lindsay. Denk dir einen aus.«

Elijah fuhr sich mit beiden Händen durchs Haar. Sein Herz hämmerte wild, und sein Blick fixierte die auf dem Bett ausgestreckte Frau. Vashtis Haar bauschte sich in einer feuerroten Wolke um sie herum und zog sich in einzelnen Strähnen über ihren Rücken und ihre Schultern. Ihr Gesicht war Elijah zugewandt, die Lippen leicht geöffnet unter ihrem schweren Atem. Ihre Hände waren ins Bettlaken gekrallt, und auf ihren blassen Wangen waren noch Tränenspuren zu sehen. Die waren nicht Elijah geschuldet, sondern ihrem Albtraum, der ihn geweckt hatte.

Nein… bitte… aufhören… Immer wieder hatte sie die unzusammenhängenden Worte gesagt, hatte gewimmert und gequält nach Luft gerungen. Ihre Schmerzenslaute hatten Elijah ins Mark getroffen.

Nie würde er den Schrei vergessen, bei dem ihm das Blut in den Adern gefroren war, während er noch als Mann vom Bett sprang und als Wolf auf dem Boden landete.

Ungewollt. Seine Bestie hatte sich erstmals seiner Kontrolle entzogen. Für sie. Weil sie verzweifelt schrie und sich durch ihren Albtraum kämpfte.

Und er hatte sich nicht zurückverwandeln können, ehe die Bestie sicher war, dass es ihr gut ging. Bis dahin war er im Zimmer auf und ab gelaufen, hatte an den Spalten um die Tür herum und in den Ecken geschnüffelt und geknurrt, weil er kein anderes Ventil für seine hilflose Wut fand. Sobald er Gewissheit hatte, dass es in dem verschlossenen Raum keine Bedrohung für sie gab, war er wieder zum Bett getapst. Er hatte ihren Kopf angestupst und ihr die Tränen abgeleckt. Da hatte sie sich beruhigt und war in einen tieferen Schlaf gefallen. Erst daraufhin hatte Elijah die Gestalt wieder wechseln können.

Jeder irrte sich in ihm. Er war kein Alpha, sonst würde er niemals unwillentlich die Gestalt wechseln. Was bedeutete, dass sie einen echten Alpha finden mussten. Und zwar schnell.

Inzwischen war er extrem und vollkommen widersinnig auf Vashti eingestimmt. Ihre Paarung hatte mehr bewirkt als explosive Orgasmen. Sie hatte ihn und seine Reaktion auf Vashti verändert, seine Selbstkontrolle zusammen mit seinem gesunden Urteilsvermögen zunichtegemacht. Er erkannte sich heute Morgen kaum wieder. Was zur Hölle war mit ihm los?

Leider ahnte er es schon. Jene endlosen Momente, in denen er gefesselt unter ihr gelegen hatte und hilflos hatte hinnehmen müssen, wie sie sein Blut und seinen Samen in den Mund nahm, verzehrt von Zorn und wildem Verlangen, als sie seinen schmerzenden Schwanz mit ihrem heißen Schoß umfing... hatten etwas in ihm verändert. Und als er übernommen hatte und sie unter ihm erbebte, hatte er die Unterwerfung dieser mächtigen, tödlichen Frau voller Ehrfurcht und Dankbarkeit akzeptiert.

Jemand pochte mit der Faust gegen die Tür, und Elijah riss sie auf, verärgert, weil Vashtis Ruhe gestört wurde.

»Was willst du?«, fuhr er Salem an, der im Gang draußen stand. Elijah war scheißegal, dass er splitternackt war; dem Vampir offenbar auch.

»Hast du Vashti gesehen?«, fragte Salem nicht minder barsch. Dann zuckte seine Nase, und er riss die Augen weit auf, als er begriff.

»Ja, geh weg.«

»Wo ist sie hin?«

»Sie schläft. Komm später wieder.« Elijah ging einen Schritt zurück und wollte die Tür schließen.

Doch Salem stellte seinen Fuß dazwischen, bevor sie einrasten konnte. »Sie *schläft?*«

»Ja, geschlossene Augen, kein Bewusstsein. Kommt dir das irgendwie bekannt vor? Geh weg.«

Salem drückte die Tür weiter auf. »Zur Seite, Lykaner.«

Dieses Gespräch ging Elijah auf die Nerven, und er war sowieso noch angespannt von Vashs Albtraum, deshalb ging er hinaus auf den Gang und zog die Tür leise hinter sich zu. Dann schubste er den Vampir über den Gang und gegen die Tür gegenüber, die dadurch aus den Angeln gerissen wurde, sodass Salem hindurchflog und am Fußende eines anderen, voll besetzten Betts landete. Flüchtig sah Elijah genug Gliedmaßen und gereckte Hälse, um auf mindestens vier Personen zu kommen.

Salem war blitzschnell wieder hoch und baute sich vor Elijah auf. »Du gehst mir auf den Keks, Hund. Vash schläft nicht.«

»Wenn sie müde ist, schon.«

Salems braune Augen funkelten, und er senkte die Stimme bedrohlich. »Was hast du mit ihr gemacht?«

»Im Ernst?«, fragte Elijah. »Das geht dich nichts an.«

»Falls du sie verletzt hast ...«

Hierüber musste Elijah lachen, was allerdings wenig amüsiert klang. Er war gefesselt und attackiert worden, und der Vampir sorgte sich um Vash. »Sie kann ganz gut auf sich aufpassen.«

Salem starrte ihn giftig an, und Elijah gähnte.

»Sie hat seit Jahrzehnten nicht geschlafen«, sagte der Vampir schließlich.

»Tja, das erklärt wohl, warum sie so zickig ist.« Elijahs Stimme veränderte sich und wurde leiser. »Andererseits ist zickig besser als gebrochen.« Die Züge des Vampirs verhärteten sich. »Was ist ihr passiert, Salem?«

»Frag sie selbst, Lykaner.« Salems Mund verzog sich grausam spöttisch. »Solange sie dir das nicht erzählt, hast du nichts als Sex mit ihr. Du bist bloß ein Schwanz mit Stehvermögen.«

Elijah war drauf und dran, dem Vampir die Faust ins Gesicht zu rammen, als Salem sich umdrehte und zurück in das Zimmer trat, in das Elijah ihn gestoßen hatte. Er hängte die Tür wieder in den Rahmen und schloss sie von innen.

Elijah brauchte einige Minuten und mehrere tiefe Atemzüge, bis er sich hinreichend gefangen hatte, um zu Vash ins Zimmer zurückzukehren. Langsam öffnete er die Tür gerade so weit, dass er hindurchschlüpfen konnte, und was er drinnen sah, ließ ihn erstarren.

Vashti saß auf der Bettkante, hielt sein T-Shirt in beiden Händen und hatte ihre Nase darin vergraben. Sie zuckte schuldbewusst zusammen, sowie sie ihn bemerkte, als hätte er sie bei etwas Verbotenem ertappt. Ihre Hände sanken auf ihren Schoß und enthüllten ihre fantastischen Titten.

Nervös stand sie auf. »Wie spät ist es? Wir müssen los.«

»Es ist kurz nach sieben.« Er brauchte keine Uhr, die ihm das sagte. Sein Biorhythmus war verlässlich vom Mond eingestellt, wo auch immer auf der Welt er gerade war; das verdankte er dem Werwolfsblut in seinen Adern. Vorsichtig näherte er sich ihr wie einem verschreckten Tier.

Ihre Augen waren riesig, und selbst in dem dunklen Raum waren sie überschattet. Der Geruch von Angst und Schmerz haftete ihr noch an, was der Grund sein mochte, weshalb sie ihre Nase stattdessen lieber in seinem Duft vergraben hatte. Oder sie begehrte ihn schlicht, so wie er sie. Er konnte dagegen ankämpfen, sich sogar dafür hassen, aber er hatte gelernt, dass es zu gefährlich war, es zu ignorieren. Das warf ihn höchstens aus dem Gleichgewicht und machte ihn zu instabil, um sich so zu kontrollieren, wie er es musste. Er war eine instinktgesteuerte Kreatur, und Vash sprach diesen ursprünglichen Teil in ihm auf eine Weise an, die zu ignorieren oder kleinzureden er sich nicht leisten konnte.

»Dann sind wir schon zu spät dran«, sagte sie und wollte sich wegdrehen, um nach ihren Sachen zu greifen.

Er hielt ihren Ellbogen mit sanftem Griff fest. Ihre Haut fühlte sich wie Satin an seinen Fingerspitzen an, und ein elektrischer Schlag durchfuhr seinen Körper. »Komm her.«

»Elijah...«

Er zog sie näher, legte eine Hand in ihren Nacken und schmiegte ihr Gesicht an seinen Hals, wo sein Duft besonders stark war. Vash schnappte nach Luft und seufzte. Einen Augenblick später rieb sie ihr Gesicht an seiner Haut und strich federleicht mit den Lippen über seinen sich beschleunigenden Puls. Elijah fragte sich, ob sie wusste, wie viel Wonne diese Geste einem Lykaner bereitete, entschied jedoch sogleich, dass sie es wohl erahnte, was auch besser so war. Sie musste schließlich nicht noch mehr Munition gegen ihn haben als ohnehin schon.

Er schloss die Augen und kostete das Gefühl aus, sie an sich gepresst zu haben und zur Abwechslung mal keine Anspannung zwischen ihnen zu spüren. Ihre Größe war genau richtig, und ihre Kurven fügten sich an seine härteren Konturen, als wären sie beide zwei Hälften eines Ganzen. Sie war perfekt... nur die absolut falsche Frau. »Wovon träumst du, Vashti?«

Sie versteifte sich und wollte zurückweichen, doch er hielt sie fest.

»Lass mich los«, sagte sie verärgert.

»Geht nicht.«

»Ich kann dich dazu bringen.«

Er griff mit einer Hand in ihr Haar und zog ihren Kopf zurück, um ihr in die Augen zu sehen. »Wenn du mich nett bittest, überlege ich es mir vielleicht.«

»Fick dich.«

»Tja, das ist keine nette Art zu fragen, aber okay.«

Ein Lachen entfuhr ihr, das sie rasch unterdrückte, doch solange es dauerte, war es atemberaubend: tief und rauchig, ein bisschen eingerostet und dennoch so vollmundig wie sie selbst.

Elijah hob sie hoch, stützte erst ein Knie auf die Matratze, dann das andere, bis er in der Bettmitte ankam, wo er Vash ablegte. Er streckte sich neben ihr aus und stützte sich auf einen Ellbogen. Die andere Hand legte er auf ihren straffen, glatten Bauch, die Finger gespreizt, und hielt sie mit gerade so viel Druck unten, dass sie ihm nicht ausweichen konnte.

»Wer hat dir wehgetan, Vashti?«

Sie schüttelte den Kopf. »Das geht dich nichts an.«

»Und ob es das tut. Ich kann diejenigen nicht töten, wenn ich nicht weiß, wer sie sind.«

»Es ist nicht dein Problem.«

»Von wegen!«

»Wir haben einmal gevögelt. Mach nicht mehr draus, als es war.«

»Genau genommen«, erwiderte er grinsend, »waren es eher ein Dutzend Male, plus minus ein paar.«

»Lass es gut sein, Welpi.«

»Ist nicht drin.«

Ihre Augen verengten sich. »Scheiße, du bist ein beknackter Pfadfinder, oder? Rettest die Welt, indem du dir ein Problem nach dem anderen vornimmst.«

»Ich helfe dir, die zu finden, die deinen Gefährten ermordet haben, aber du willst mir nicht anvertrauen, wer dir wehgetan hat? Trete ich dir irgendwie zu nahe, Vash?«, neckte er sie. »Fühlst du dich in meiner Gegenwart verwundbar?«

»Bilde dir mal bloß keinen Mist ein.«

»Dann sag mir, woran ich bin.«

Vash holte tief Luft, und ihr muskulöser Bauch wölbte sich unter seiner Hand. »Syre hat sich darum gekümmert.«

»Worum?«

»Ich will nicht darüber reden, Elijah. Es ist vorbei und erledigt. Uralte Geschichte.«

»Du wirst es mir erzählen.« Er hob seine Hand und fuhr mit dem Daumen über ihre Unterlippe. Als sie widersprechen wollte, schob er ihn ihr in den Mund. »Vielleicht nicht heute, aber bald.«

Er stöhnte, als sie an seinem Daumen sog und ihre Schneidezähne über die Daumenkuppe schabten. Sein Schwanz wurde hart, weil er sich erinnerte, wie sich ihr Mund an ihm angefühlt hatte. Sie hatte sich mit Gewalt genommen, was er ihr freiwillig gegeben hätte, doch der Genuss war trotzdem da gewesen und sein Verlangen nach ihr so brennend, dass er sie auf jede erdenkliche Weise wollte. Was er aber wirklich brauchte, war, sanft mit ihr zu sein, und sie brauchte diese Zärtlichkeit, so sehr sie sich auch dagegen sträubte, entschlossen genug für sie beide.

Elijah öffnete ihren Mund mit einem leichten Druck seines Daumens und neigte den Kopf, um seine Zunge ein klein wenig in ihren Mund zu tauchen, kaum ausreichend, dass sie ihn fühlte. So dringend er sie auch gestern Abend auf dem Parkplatz hatte verschlingen wollen, wünschte er sich nun etwas Weicheres und Süßeres.

Sie schlang ihre Hand um seinen Unterarm. »Wir haben keine Zeit hierfür. Es ist sehr viel zu tun.«

Elijah legte seine Hand auf ihre Wange und küsste sie leidenschaftlich. Er blieb absichtlich langsam, als sie es beschleunigen wollte, und enthielt ihr die schnellen Zungenschläge vor, um die sie wimmernd bettelte. Stattdessen fuhr er mit seiner Zunge über ihre und durch ihren Mund, während er seine Lippen sehr sanft auf ihren bewegte.

Schließlich keuchte sie und schlang ein Bein um seine Hüften. »Hör auf, mit mir zu spielen.«

Elijah rollte sich nach oben und fing sie unter sich ein. Er verwob seine Finger mit ihren und hielt ihre Hände seitlich von ihrem Kopf auf die Matratze gedrückt. »Wir müssen spielen, Vashti. Ich brauche das. Nach der letzten Woche ... dem letzten verfluchten Monat besonders.«

Sie starrte ihn an, wobei sie jünger und zerbrechlicher denn je aussah. Vash war alterslos, ein gefallener Engel, der seit Jahrtausenden auf der Erde war. Sie hatte zahllose Wesen getötet, manche grausam, so wie Micah, und sie würde noch unzählige mehr töten. Trotzdem lag sie weich und entspannt in seinen Armen, warm und offen, entwaffnet durch einen Albtraum, den sie jahrzehntelang verdrängt hatte. Elijah fragte sich, ob er sie jemals wieder so haben könnte, oder ob sie immer so sein würde wie letzte Nacht, brutal entschlossen, ihn zum Objekt zu machen.

Und er fragte sich, warum ihn das überhaupt juckte, wo er sie am Ende doch so oder so umbringen würde.

»Du magst mich«, murmelte er und fuhr mit der Zungenspitze über ihre Unterlippe, die von seinen Küssen geschwollen war.

»Ich *will* dich. Das ist etwas anderes.«

»Ich *mag* dich.«

Vash drehte ihren Kopf von seinem Mund weg. »Nicht.«

»Glaub mir, ich wünschte, es wäre nicht so.« Er legte sich zwischen ihre Schenkel. »Du solltest keine Angst davor haben, mich zu mögen. Ich werde es nicht gegen dich verwenden, es sei denn, ich brauche meinen Schwanz in dir. Auch das wirst du mögen, wenn ich dir erst gezeigt habe, wie es wirklich zwischen uns sein wird, ohne den Mist, den du gestern Abend abgezogen hast.« Er tauchte seine Nase zwischen ihre Brüste, wo sich ihr reichhaltiger Duft nun mit seinem vermischt hatte. »Dass wir uns mögen, wird nichts an unserer Abmachung ändern. Auch das magst du an mir … dass ich Wort halte.«

Sie legte die Hände an seine Hüften, und er summte zustimmend. Er war ein Lykaner, also gefiel es ihm, berührt zu werden. Gestreichelt.

»Du versuchst, mich sauer zu machen«, sagte sie, bevor sie einen ihrer Reißzähne durch sein Ohrläppchen bohrte.

Bei dem köstlichen Schmerz schwoll sein Schwanz erst recht an, und er bewegte die Hüften so, dass er sich an ihren Schamlippen rieb. »Warum sollte ich das wollen?«

»Du w-weißt warum.« Ihre schmalen Arme umfingen ihn. »*Ich* weiß warum.«

Weil er mit Vashti, wenn sie sauer war, gut fertigwurde. Es war die neu entdeckte, die gequälte Vashti, die ihm das Herz zerriss. Sie war so stark und furchtlos. Zu sehen, wie eine solche Frau ängstlich wimmerte, traf ihn so sehr, dass er etwas – oder jemanden – in der Luft zerreißen wollte.

Ihre Finger glitten an seiner Wirbelsäule nach unten und entlockten ihm ein freudiges Knurren. »Danke, dass du mich verärgerst.«

»Taten sagen mehr als Worte. Berühre mich, Vashti.«

»Wo?«

»Überall.« So, wie er es brauchte, aber nach der harten Nacht nicht erklären wollte. Er konnte sie wollen und mögen, aber sie brauchen, war zu viel. Eigentlich schlicht undenkbar! Andererseits war er gerade nicht in Bestform. In gewisser Weise hatte ihn der gewaltsame Aufruhr in seinem Leben genauso verwundbar gemacht wie sie.

Sie stöhnte, als er ihre Brust mit einer Hand umfasste, und fauchte, sobald sein Mund die Spitze einfing und seine Zunge über die harte Brustwarze flatterte.

Er leckte auch gern.

»Mmm …« Sie bog den Rücken durch, hob sich seinem Mund entgegen. »Du stehst auf Titten.«

Er stand auf Vashti, aber das behielt er für sich. Lieber schwelgte er in ihr, atmete ihren süßen Kirschduft ein, der ihn verrückt machte. Sie reagierte, indem sie die Finger in sein Haar tauchte, seine Kopfhaut massierte und ihn dichter an sich zog. Stöhnend schloss Elijah die Augen. Ein Beben durchlief ihn.

»Bist du so leicht zufriedenzustellen, Lykaner?«, fragte sie leise.

»Wie wäre es, wenn du es ausprobierst und abwartest, was passiert?«

8

»Vater.«

Syre blickte hinüber zu seinem Sohn, der in der Tür stand, und nahm einen letzten Schluck aus dem Handgelenk an seinem Mund. Dann leckte er die Wunde, damit sie sich schloss, und blickte der sexy Brünetten, an der er sich genährt hatte, in die benommenen blauen Augen. »Hol dir etwas Orangensaft, Kelly, und leg dich für ein oder zwei Stunden hin.«

Sie blinzelte, da sie wieder zu sich kam, und lächelte matt. Ihr war selbstverständlich nicht bewusst, dass sie ihm soeben einen halben Liter Blut gespendet hatte. »Komm mit.«

»Ich komme später zu dir«, versprach er, und er freute sich schon darauf. Kelly war scharf darauf, gevögelt zu werden. Sie war eigens nach Raceport gekommen, um so viel zu trinken und zu bumsen, wie sie irgend konnte. Syre hatte dafür gesorgt, dass dieser Ort für Biker und ihre Tussis zum bevorzugten Ausflugs- und Wochenendziel wurde, weil er die abenteuerlustigen Durchreisenden brauchte, um die vielen Kabalen und Zirkel im Umkreis zu ernähren. Der Überfluss an Sexpartnern war ein Nebeneffekt, den Syre anfangs nicht bedacht hatte, heute aber fraglos zu schätzen wusste.

Sex war eine der wenigen Aktivitäten in seinem Leben, bei denen er sich ... menschlich fühlte, und sei es nur für einen kurzen Moment.

Schmollend stand Kelly auf und warf sich das lange Haar über die Schulter. Das abgeschnittene Top ließ ihren Bauch entblößt, und ihre langen Beine kamen in den superkurzen Jeansshorts sehr gut zur Geltung. Ihre schmalen Arme waren von Tattoos bedeckt, und in ihrem Nabel steckte ein winziger Silberring. Syre genoss den Anblick, auch wenn der ihn eigentlich nicht ansprach. Er zog eine andere Sorte Frau vor, reif und anspruchsvoll, aber ihm war schon längst klar geworden, was für ein Fehler er im Leben solcher Frauen sein konnte. Er konnte ihnen nichts als körperliches Vergnügen bieten, das letztlich in emotionalem Schmerz mündete. Deshalb hatte er gelernt zu ignorieren, was ihm am liebsten wäre, und sich auf die Frauen verlegt, zu denen er besser passte, so selten sie ihn auch wirklich begeisterten.

»Je eher du gehst, Kelly«, sagte Torque ungerührt, »desto eher wird er bei dir sein.«

Sie drehte sich um und bemerkte erst jetzt, dass sie nicht allein waren. Für einen Moment sah sie verärgert aus, aber dann musterte sie Torque und wirkte interessiert.

Die Ähnlichkeit zwischen Syre und Torque war so vage, dass sie praktisch nicht auffiel. Wie seine Zwillingsschwester Shadoe schlug auch Torque nach seiner Mutter. Er war deutlich kleiner als Syre, hatte eine schmale Taille und schmale Hüften, aber kräftige Oberschenkel, muskulöse Arme und eine breite Brust. Sein brutal kurzes Haar war stachelig gegelt und an den Spitzen grellgrün gefärbt. Dieser Stil harmonierte sowohl mit seinen asiatischen Mandelaugen als auch mit seiner extravaganten Lebensweise. Torque führte eine Kette von Clubs, die jungen Minions eine sichere Zuflucht boten, aber auch die Bedürfnisse der älteren Vampire bedienten.

Kelly fuhr sich mit der Zunge über die Lippen. »Wieso gesellst du dich nicht zu uns?«

Torques Miene blieb hart. Ihm war das Herz noch zu schwer nach dem Tod seiner Gefährtin Nikki, als dass er überhaupt an Sex hätte denken können. »Bedaure, aber mir eine Muschi mit Syre zu teilen, kommt mir ein bisschen zu inzestuös vor.«

»Inzestuös?« Stirnrunzelnd sah sie zu Syre, der ungefähr zehn Jahre älter als Torque wirkte, und der wiederum sah wie Mitte zwanzig aus. »Nee, ihr seid doch nicht verwandt!«

Syre sah ihr in die Augen und murmelte: »Geh.«

Der Befehl drang in ihren Geist, und sie nickte, bevor sie das Zimmer mit einem verträumten Lächeln verließ.

»Die glauben mir nie«, sagte Torque, kam ins Zimmer und setzte sich in einen schwarzen lederbezogenen Ohrensessel.

»Wie geht es dir?«

»Das fragst du mich dauernd.«

»Weil du mir immer ausweichst.« Syre wusste um den Schmerz seines Sohns, hatte Ähnliches selbst durchlitten, als er seine Gefährtin vor so langer Zeit verlor. Und Torque war ein Naphil, eines der Kinder, die Syre und die anderen Gefallenen mit ihren sterblichen Partnern gezeugt hatten, bevor sie gestürzt waren. Die Nephalim waren Halblinge, teils Engel, teils Sterbliche. Anders als die Gefallenen oder die Minions besaßen sie eine Seele. Sie empfanden Freude und Schmerz intensiver. Daher war Syres Kummer nur ein Schatten dessen, was sein Sohn fühlen musste.

»Mir geht es furchtbar«, sagte Torque rundheraus. »Der Alpha hat Vashti die Wahrheit gesagt, dass Gerinnungshemmer in dem Blut waren, das wir am Ort von Nikkis Entführung gefunden haben, womit die Möglichkeit gegeben ist, dass jemand ihn als Schuldigen hinstellen wollte. Ich bin wieder bei null und darf mit der Suche nach denen, die sie mir genommen haben, von vorn anfangen.«

»Wir finden sie«, versprach Syre, dem der Rachedurst durch die Adern peitschte. In letzter Zeit war dies die vorherrschende Emotion bei ihm, während die sorgsam aufgebaute Welt um ihn herum wegbröckelte.

»Rechne lieber nicht damit. Die Kabale in Anaheim wurde abgeschlachtet. Jedes einzelne Mitglied.«

Syre atmete zwischen zusammengebissenen Zähnen aus. »Irgendwo verschleiert ein Engel seine Spuren. Auf wessen Seite steht der? Er raubt Lindsay aus Adrians Haus, liefert sie mir aus und vernichtet die Vampire, die die Übergabe gesehen haben.«

»Wer weiß das schon, verflucht?« Torques Füße in den dicken Stiefeln tippten frustriert im Takt auf den Holzfußboden. »Selbst wenn es ein Engel war, gibt es keine Garantie, dass er ein Hüter ist. Es könnte auch eine geflügelte Dämonenart gewesen sein, die Lindsay aus Angels' Point entführt hat. Wir wissen gar nichts!«

»Wer sonst hätte Zugang zu dem eingelagerten Lykanerblut gehabt, wenn nicht ein Hüter?« Adrians Einrichtungen zur Kryokonservierung wurden alle streng von Hütern bewacht. Nicht mal die Lykaner hatten Zugang zu ihren eigenen Blutproben.

»Du unterstellst, dass es nur einer war, der sowohl Nikki als auch Lindsay entführt hat.«

»Nach dem Wirtschaftlichkeitsprinzip, ja«, murmelte Syre, der im Geiste die bekannten Fakten durchging.

»Zum Henker mit dem Wirtschaftlichkeitsprinzip!«

Syre sah wieder seinen Sohn an. »Nutze deine Wut, um deine Konzentration zu schärfen.«

»Keiner von uns kann wirklich klar denken, Dad. Uns allen schwirrt der Kopf.« Torque holte tief Luft. »Aber deshalb habe ich deinen Nachmittagssnack nicht unterbrochen, sondern wegen Vash. Ich habe eben mit Salem telefoniert. Er macht sich Sorgen wegen des Alphas.«

»Das tue ich auch.« Er würde nie den Anblick vergessen, wie Vash von diesem rasend wütenden Lykaner an einen Baumstamm gepresst wurde, diesem Angehörigen einer Art, die Vash völlig zu Recht verabscheute.

»Er hat sie letzte Nacht gefickt.«

Syres Verstand brauchte einen längeren Moment, um das Unfassbare zu erfassen. »Pass auf, wie du von ihr sprichst.«

»Wie soll ich es sonst ausdrücken?« Torque lehnte sich vor, stützte die Ellbogen auf seine Knie und faltete die Hände. »Ich weiß, wie sie zu Lykanern steht, und dieser wurde verdächtigt, Nikki gekidnappt zu haben.«

»Aber anscheinend haben wir herausgefunden, dass er es nicht war.«

»Vergessen wir den Lykaner nicht, den sie gefoltert hat,

um Informationen zu bekommen. Wie wahrscheinlich ist es, dass der Alpha weder davon weiß noch davon, dass sie es tat, um ihn höchstpersönlich zu jagen? Hast du je von einem Lykaner gehört, der den grundlosen Tod eines Rudelmitglieds nicht rächt?«

»Glaubst du, er hat sie gezwungen? Oder sie irgendwie unter Druck gesetzt? Hat Salem das gesagt?« Syres Stimme war leise und zornig. Allein der Gedanke weckte eine mörderische Wut in ihm.

Er würde die Erde in Schutt und Asche legen, um Vash zu beschützen. Sie war sein Gewissen, seine Ratgeberin, seine Vollstreckerin, seine Botschafterin und Unzähliges mehr. Sie war die stärkste Frau, die ihm jemals begegnet war, und doch hatte er sie schon am Boden gesehen, vollkommen gebrochen und zerschunden. In den Jahren danach hatte sie sich wieder zusammengerissen, doch die Narben blieben. Während andere sie für härter und unverwundbarer denn je hielten, wusste Syre, dass sie zerbrechlicher war. Deshalb zwang er sich – wider jeden Instinkt –, sie an der vordersten Front zu behalten. Es würde sie endgültig vernichten, sollte er ihr das Gefühl vermitteln, er hielte sie für geschwächt. Sein Glaube an ihre Stärke war es, der ihren Glauben an sich selbst aufrechterhielt.

»Salem weiß nicht, was los ist. Deshalb hat er angerufen. Er weiß nur, dass sie Sex hatten und der Alpha ihm heute Morgen nicht erlaubt hat, Vash zu sehen. Er hat behauptet, sie würde schlafen.«

Syre sprang auf. Vash hatte seit ewigen Zeiten nicht geschlafen!

»Seit Charrons Tod hat sie keinen Mann mehr angefasst«, erinnerte Torque ihn überflüssigerweise. »Denkst du wirklich, ihr erster neuer Versuch wäre mit einem Lykaner?«

»Mach mein Flugzeug startklar.« Syre ging in sein Schlafzimmer, um zu packen, denn er hatte genug gehört. »Ich will in einer Stunde abfliegen.«

Vash blinzelte im grellen Sonnenlicht, als sie aus dem Shred trat. Hinter ihr knurrte Elijah über die Hitze in Las Vegas, obwohl sie noch nicht mal den Tageshöchstwert erreicht hatte. Lykaner waren empfindsame Kreaturen. Hätte sie das beizeiten bedacht, wäre sie auch darauf vorbereitet gewesen, wie sehr Elijah es genoss, berührt zu werden. Nun wusste sie es und verfluchte die Tatsache, dass ihr keine Zeit geblieben war, es richtig auszukosten. Sie hatte ihn so weit gehabt, dass er schnurrte, als Salem zurückkam und erneut an die Tür hämmerte. Ihr Captain hatte ihnen knapp eine halbe Stunde zwischen den Störungen gelassen, gerade lange genug für Salem, um sich einen blasen zu lassen, während er mit Torque telefonierte. Das war Multitasking in Extremform.

Wäre mehr Zeit gewesen … sie hätte Salem weggeschickt, damit Elijah beenden konnte, was er angefangen hatte. Nun schämte sie sich für das, was sie vor lauter Angst gestern Abend mit Elijah gemacht hatte. Ihre eigene Schwäche für ihn machte sie verwundbar; und das wiederum entsetzte sie so sehr, dass sie nicht erkannt hatte, wie verwundbar er war, wenn es um sie ging. Dass sie, eine Frau, die längst gelernt hatte, ihr Aussehen gegen Männer einzusetzen, das übersehen hatte, bewies nur, wie verkorkst sie war. Es hätte ihren Körper und ihren Verstand beruhigt, noch einmal von vorn anzufangen, den Tag mit sanftem Morgensex zu beginnen, um die restliche Wut von gestern Abend endgültig zu vertreiben und ihre Kontrolle über sich und die Lage wiederherzustellen.

Sie atmete tief ein und versuchte, Elijah aus ihrem Kopf zu verbannen. Erst als sie mit Salem beim Jeep war, bemerkte sie, dass der Alpha nicht bei ihnen war. Sie blickte sich nach ihm um und stellte fest, dass er langsam im Kreis ging, den Kopf in den Nacken gelegt, die Nase gereckt. Etwas an seiner Haltung warnte sie. Sie schnappte sich eines ihrer Katanas und ihr Mobiltelefon von der Rückbank und kehrte zu Elijah zurück.

»Was ist?« Vash sog prüfend die Luft ein, doch ihr Geruchssinn war nicht so scharf wie der eines Lykaners.

Als sie ihr Telefon in ihr Oberteil schob, sah er sie ernst an. »Ein Infizierter. Keine zwei Blocks entfernt, irgendwo nördlich von uns.«

Er zog sein T-Shirt über den Kopf und streifte seine Stiefel sowie die Jeans ab. Im nächsten Augenblick war er ein Wolf, ein großes, majestätisches Tier. Dann war er fort.

Vash war ihm auf den Fersen, folgte seinem Duft, der sich ihr fest eingeprägt hatte. Nur vage nahm sie wahr, dass Salem neben ihr herlief. Sie jagten schon so lange zusammen, dass es eine Selbstverständlichkeit geworden war. Er beherrschte es, jede ihrer Ausweichbewegungen zu spiegeln, wenn sie um Hindernisse wie Müllcontainer oder weggeworfene Pappkartons herumliefen. Es waren nur die kleinsten Handzeichen nötig, damit sie über Mauern sprangen oder parallel zueinander eine Gasse hinunterrannten.

Vashs Haar flog im Wind, ihre Absätze schlugen hart auf das Pflaster, und sie hielt sich vor Augen, dass Elijah, ohne zu zögern, die Jagd auf einen Vampir aufgenommen hatte. Auf einen von ihren Leuten, denn sie alle gehörten zu ihr. Als geschähe das bei ihm instinktiv. Dabei war er lediglich sehr gut trainiert worden. Von Adrian.

Wie konnte ihr solch ein wichtiger Punkt vorübergehend entfallen sein?

Bevor sie um eine Ecke bog, hörte sie Glas klirren. Dann sah sie, wie Elijahs Wolfsschwanz durch eine zerborstene Scheibe verschwand, und folgte ihm. Bei dem Gebäude handelte es sich um einen Neubau. Auf den meisten Fenstern klebte noch das Logo der Herstellerfirma. Salem warf sich als Erster durch die Scheibe, sodass er die Öffnung vergrößerte. Vash segelte hinter ihm hindurch, landete mit einer Rolle drinnen, sprang wieder auf die Füße – und erstarrte.

Die Bauarbeiter, die hier hätten tätig sein müssen, lagen stattdessen überall auf dem Boden. In Stücke gerissen.

Salem fluchte. Elijah duckte sich knurrend.

Der nackte Estrich war von Blut und Gedärmen bedeckt. Gliedmaßen und Köpfe waren auf dem Boden verteilt oder hingen aus den gierigen, schäumenden Münden von mindestens einem Dutzend infizierter Vampire. Ihre blutunterlaufenen Augen glitzerten, und ihre Nasenflügel zuckten, da sie Frischfleisch witterten.

Vash hatte solch ein Blutbad schon einmal gesehen, als ein Minion, den die Zerstörung seiner sterblichen Seele in den Wahnsinn trieb, seine gesamte Familie in Vampire verwandelt hatte. In ihrem rasenden ersten Blutdurst waren die frisch Verwandelten auf Raubzug gegangen und hatten ihre ganze Nachbarschaft abgeschlachtet.

Aber, bei Gott, es wurde nie leichter zu verkraften.

Einer der Infizierten hielt sich ein Stück abseits von den anderen. Gebeugt schlurfte er hin und her, wobei er einen Halbkreis durch das Blut zu seinen Füßen zog. Sein Blick war auf Elijah fixiert, der eine rastlose Energie ausstrahlte. Der Alpha hatte die Ohren angelegt und knurrte warnend.

Der kranke Vampir sah zu Vash und Salem. »Geht weg.«

Seine Stimme war so kehlig, dass Vash einen Moment brauchte, ehe sie begriff, was er gesagt hatte. »Ach du Scheiße. Hat dieser Typ gerade *geredet?*«

Während sie überlegte, ob die höheren Hirnfunktionen bei ihm noch intakt sein könnten, sprang der Infizierte gute sechs Meter durch den Raum ... direkt auf sie zu. Erschrocken hob sie ihr Katana, wusste allerdings schon, dass sie einen Sekundenbruchteil zu spät war, und wappnete sich gegen den Aufprall.

Doch Elijah fing den Angreifer mitten in der Luft ab. Mit der Schnauze packte er den kranken Vampir beim Genick. Ein ekliges Knacken hallte durch den Raum und löste eine unerwartete Reaktion aus: Die blutrünstige Meute ließ von ihrem Festmahl ab und stürzte sich geschlossen auf den Lykaner.

Vashti warf sich mit einem Zornesschrei ins Getümmel und zerschnitt alles, was ihr in den Weg kam. Salem kämpfte mit bloßen Händen, zertrümmerte Schädel und brach Hälse, während er durch die Masse watete. Keiner der Infizierten griff sie an. Sie waren alle auf Elijah fixiert und beachteten die beiden ranghohen Vampire gar nicht, was für einen kompletten Ausfall jedweden Selbsterhaltungstriebs sprach. Elijah packte einen seiner Angreifer nach dem anderen und schleuderte sie über die sich windenden Körper um ihn herum von sich, und sein Knurren und Bellen ging im wahnsinnigen Kreischen seiner Angreifer unter.

Vash kämpfte sich bis in die Mitte des Geschehens durch. Ihr Herz wummerte, da sie Elijah nicht mehr sehen konnte. Blutfontänen verschleierten ihr die Sicht, während sie erbarmungslos weiter mit dem Schwert auf die Wahnsinnigen einschlug. Sie wischte sich die Augen und suchte Elijah in dem Massaker, schrie seinen Namen.

Sie hörte sein gequältes Aufheulen, und ihr stockte der Atem. Aber der Laut riss sie aus ihrer Lähmung. »Salem! Hilf ihm, verdammt! *Hilf ihm!*«

»Ich komme nicht durch. Scheiße. Ich versuch's ja!«

Vash riss grauhaarige Köpfe nach hinten, runter von ihrem Lykaner, und schnitt sie direkt ab. Ihr wurde schlecht, als sie die blutigen Fellfetzen in ihren schäumenden Mündern sah.

Ein entsetzlicher Schrei zerriss die Luft, gefolgt von einem zweiten.

Nicht Elijahs. Der Ton war nicht tief genug. Oh Gott. Vash war so panisch, dass sich ihr der Raum vor Augen zu drehen begann.

Sie zerrte noch einen infizierten Vampir zurück und entdeckte Elijah an der Stelle, die sie freigekämpft hatte. Der Körper des Infizierten erschlaffte in ihrem Griff, bevor er zu krampfen anfing. Ein anderer Infizierter sprang zurück, dann ein weiterer.

Plötzlich ließen die noch verbliebenen blutrünstigen Wahnsinnigen von dem Lykaner am Boden ab. Sie fielen auf den Rücken wie Fische auf dem Trockenen und wanden sich wild; Schaum quoll aus ihren Mündern, und ihre Augen rollten nach hinten. Der kranke Vampir, der gesprochen hatte, hielt sich heulend den Kopf, brach dann abrupt ab und sank bewusstlos zu Boden.

Oder einfach tot.

Als sich in all dem Blut nichts mehr regte, nahm Vash ihr Katana herunter und sank neben Elijah auf die Knie. Er lag hechelnd auf der Seite, sein Fell war blutverschmiert und von klaffenden Wunden übersät. Vash streckte ihre Hand aus, wollte ihn trösten, wusste jedoch nicht wie.

»Fass ihn nicht an!« Salem kickte die Leichen aus dem Weg und kam näher.

Elijah knurrte leise.

»Er ist ein verwundetes Tier, Vash. Du weißt es doch wahrlich besser.«

Ja, das tat sie. Lykaner waren am gefährlichsten, wenn sie geschwächt waren. Aber als sie in die grünen Wolfsaugen blickte, sah sie den Mann. Den Mann, der sie in der letzten Nacht dominiert und sich heute Morgen ihrer Berührung unterworfen hatte.

»Kannst du die Gestalt wechseln?«, fragte sie leise. Ihr war bekannt, dass der Gestaltwechsel einige der Verletzungen heilen und den Blutverlust eindämmen würde.

Elijah atmete zittrig aus und schloss die Augen. Er war so lange still, dass Vash fürchtete, ihn verloren zu haben.

»Elijah!« Vor lauter Angst klang ihre Stimme barsch. Sie pfiff auf die Gefahr und streichelte ihm sanft über den

Kopf. Seine Lider hoben sich ein wenig, und sein Blick war unruhig. »Wechsle die Gestalt. Sofort. Du schaffst das, du arroganter Mistkerl. Du bist doch viel zu dickköpfig, um dich von ein paar kranken Vampiren fertigmachen zu lassen.«

Sein bebendes Knurren klang kräftiger als zuvor, was Vash hoffen ließ.

»Vash …« Salem legte eine Hand auf ihre Schulter.

Elijah hob den Kopf und bleckte die Zähne.

Sofort zog Salem seine Hand zurück. »Irrer Köter.«

»Salem wird sich um mich kümmern müssen, wenn du es nicht kannst«, lockte Vash ihn und kämpfte mit einer neuen Welle von Panik. »Und Raze auch. Vielleicht sogar das hübsche Nadelkissen, an dem ich mich gestern Abend beinahe genährt hätte …«

Feuer schien in Elijahs Augen aufzuleuchten. Seine Gestalt begann zu flirren wie die Luft über heißem Asphalt. Für einen Moment blieb er in diesem Zwischenstadium zwischen Mensch und Wolf. Dann wurde er mit einem rasselnden Ausatmen zu einem nackten, schwer verwundeten Mann.

»Hol den Wagen«, befahl Vash über ihre Schulter und zog Elijah nahe zu sich, um seinen Kopf in ihren Schoß zu legen.

Salem war so schnell weg, dass er einen Luftzug verursachte. Um Vash herum begannen die Leiber der Infizierten zu gurgeln und zu zittern. Entsetzt beobachtete sie, wie sie sich in dickflüssige Pfützen auflösten, die wie Teer aussahen, und ein Laut der Abscheu entrang sich ihrer Kehle.

»Hey, ich … bin nicht so übel dran, wie ich aussehe«, flüsterte Elijah, dessen Augen noch geschlossen waren.

»Natürlich nicht.« Aber als das Blut der Angreifer sich nun schwarz verfärbte, blieb noch viel zu viel leuchtend rotes an seiner geschundenen Gestalt zurück, das in kleinen Rinnsalen herablief und Spuren in die schwarzen Lachen grub. »Du bist ein verdammt heldenhafter Idiot. Hör auf, mich zu beschützen. Ich kann auf mich selbst aufpassen.«

»Willst du etwa den ganzen Spaß für dich haben?«

Ihre Brust verkrampfte sich schmerzlich. Sie hob ihr Handgelenk an ihren Mund und punktierte die Vene mit ihren Reißzähnen, bevor sie die Wunde an seinen Mund presste. Er würgte, sträubte sich schwach, doch Vash kniff ihm die Nase zu, sodass er notgedrungen schlucken musste. Einen Schluck. Zwei. Drei. Sein Protest wurde stärker, und sie hörte auf und schloss die Wunde.

»Mach mich zu einem Vampir«, warnte er sie heiser, »und du wirst die Erste sein, die ich restlos aussauge.«

»Da müsstest du mich erst überwältigen.« Sie strich ihm das verschwitzte und blutgetränkte Haar aus der Stirn. Sein Herz schlug zu kräftig, als dass die Verwandlung in einen Vampir hätte einsetzen können, aber hätte sie noch einige Minuten gewartet… Sie wies diesen Gedanken weit von sich.

»Dieses Bemuttern… ist so gut wie ein Geständnis, dass du mich magst.«

»Pah!« Ihre Augen brannten, aber sie sagte sich, dass es von den Blutspritzern herrührte, die sie abbekommen hatte. Sie konnte nicht aufhören, ihn zu berühren, mit den Fingern über sein Gesicht zu streichen, durch sein Haar und über seinen Kopf. »Du hast diese kleine Nummer bloß abgezogen, damit ich Mitleid mit dir habe.«

»Es ist nicht meine Schuld, dass du in einer dieser besonderen Schwesternuniformen scharf aussehen würdest.« Seine Brust hob und senkte sich unter einem angestrengten Atemzug.

Ihre lächerliche Zankerei brach ihr das Herz, wusste sie doch, wie viel Kraft sie ihn kostete. Aber Vash gab nicht auf. So pervers es auch war, hielt sein Schmerz seinen Herzschlag in Schwung, und der wiederum half, ihr heilendes Blut durch seine Adern zu pumpen. Es war längst nicht so wirksam wie reines Engelsblut, würde aber seine Heilung beschleunigen.

»Wer hätte gedacht, dass ich so verdammt beliebt bin?«, spottete er. »Muss an dir liegen, Süße. Du willst ein Stück von mir ... und auf einmal wollen es alle.«

Der kranke Vampir, der noch einige aktive Gehirnzellen gehabt hatte, hatte Elijah willentlich geködert. Darauf wollte Vash ihren Arsch verwetten. Er hatte die Jagd ausgelöst, die sie in diesen Hinterhalt führte, und dann Elijah provoziert, indem er die Frau angriff, die von seinem Duft bedeckt war.

Höhere Hirnfunktionen werden von reinem Instinkt untergraben, hatte Grace gesagt.

»Dann habe ich es mir nicht eingebildet, oder?«, fragte sie, als sie bemerkte, dass die Pfütze jenes Vampirs noch eine gewisse Form hatte, im Gegensatz zu dem Lachen der anderen. Als würde er sich langsamer auflösen. »Er hat geredet, nicht wahr?«

»Ja, der Scheißkerl.«

»Mir wurde gesagt, dass ihre Gehirne Matsch sind. Licht an, aber keiner zu Hause.«

»Deine Freundin ... Nikki ... hat auch gesprochen.«

Vash versteifte sich. »Was hat sie gesagt?«

»Nichts Erinnerungswürdiges, aber es war Englisch.«

»Aha.« Sie zuckte zusammen, als ihr Mobiltelefon klingelte.

»Deine Titten bimmeln.«

Vash zog das Telefon hervor und sah Syres Namen auf dem Display. Sie aktivierte die Kamera. »Syre.«

Sein hübsches Gesicht erschien, die Stirn gerunzelt. Dann wurde er blass. »Mein Gott, was ist mit dir passiert? Wo bist du? Dieser Lykaner ist *tot*, Vashti. Ich reiße ihn in Stücke.«

»Zieh dir eine Nummer«, murmelte Elijah.

Ihr wurde klar, wie sie aussehen musste, und hastig sagte sie: »Wir sind hier in Las Vegas über ein paar Infizierte gestolpert, und es wurde unschön, aber mir geht es gut.«

»Sag mir, wo du bist, und ich bin in unter einer halben Stunde bei dir. Ich habe einen Helikopter auf Stand-by.«

»Wo bist du?«

»McCarran. Eben gelandet.«

»Gott sei Dank.« Sie atmete erleichtert auf. »Warte dort. Ich schicke Salem mit Elijah zu dir, und du kannst die beiden zum Lagerhaus bringen. Er braucht medizinische Versorgung, und dort haben wir alles.«

Syre wurde misstrauisch. »Der Alpha?«

»Ja.«

»Und wo willst du hin?«

Vash sagte nicht laut, was sie vorhatte, um ihre Pläne nicht zu beschreien. »Es gibt etwas, worum ich mich kümmern muss.«

»Mich«, sagte Elijah, der sie nun mit weit offenen Augen ansah.

Ja, dachte sie. *Dich.*

9

Lindsay wachte auf, als das leise Brummen des Automotors und der Lüftung verstummte. Sie hob den Kopf von der Rückenlehne und blinzelte zu Adrian, der am Steuer saß. »Ich bin eingeschlafen.«

»Bist du«, bestätigte er. Seine blauen Augen wirkten warm und weich. Er griff nach ihrer Hand und verwob seine Finger mit ihren.

»Tut mir leid.« Sie richtete sich auf und blickte sich um. Sie standen in der Einfahrt eines zweigeschossigen Hauses in einer ruhigen Wohngegend. Anstelle von Rasen bestand der Vorgarten aus weißem Kies, was in Las Vegas nicht ungewöhnlich war. »Oh Mann ... und du bist gefahren, weil du reden wolltest.«

Um jede Minute seiner endlosen Zeit optimal zu nutzen, ließ Adrian sich meisten chauffieren, sodass er auch unterwegs arbeiten konnte. Zuzüglich zu seinen Pflichten als Anführer der Hüter leitete er Mitchell Aeronautics, womit er de facto zwei Fulltime-Jobs hatte. Es war ein Glück, dass er keinen Schlaf brauchte, denn sonst bekäme er nie irgendwas fertig.

Lindsay fuhr sich mit der freien Hand durch die kurzen blonden Locken und blickte zerknirscht zu ihrem Geliebten. Hüter hatten ein verblüffend gutes Gehör. Folglich gab es in Angels' Point keine Privatsphäre. Jedes Wort, jedes Geräusch könnte von einem Hüter im Umkreis von einer Meile gehört werden. Wenn Adrian mit ihr unter vier Augen sprechen wollte, brachte er sie weg, flog mit ihr in die abgelegenen Hügel um Angels' Point herum, wo sie niemand belauschen konnte. Er hatte diese fünfstündige Fahrt nach Las Vegas vorgeschlagen und auf einen Chauffeur oder eines seiner privaten Flugzeuge verzichtet, damit sie in Ruhe reden konnten, weil sie dazu so selten Gelegenheit hatten.

Leise summend, strich er mit einer Fingerspitze über ihre Wange. »Dir beim Schlafen zuzusehen war auch ein Genuss, *Neshama*.«

Meine Seele. Der Kosename erstaunte Lindsay nach wie vor und erfüllte sie mit Ehrfurcht. Wie konnte sie die Seele dieses Mannes sein ... dieses *Engels*? Ihr Blick wanderte über seine Züge, und seine dunkle, verführerische Schönheit ließ ihr die Brust eng werden. Sein pechschwarzes Haar umrahmte ein so verwegen maskulines Gesicht, dass Lindsay schon der Anblick allein erregte. Vollkommene Brauen und dichte Wimpern umrahmten Augen von einem übernatürlichen Engelsblau – dem reinen Blau, wie man es im Herzen einer Flamme sah.

Zu oft vergaß sie, wer er war: ein mächtiges, geflügeltes Wesen, das nicht von dieser Welt kam. Wenn ihre Hände und ihre Lippen seinen unglaublich perfekten Körper streichelten, die warme, olivbraune Haut liebkosten, die sich über starke Muskeln spannte, machte ihn seine feurige, ausgelassene Reaktion allzu menschlich. Die Stimme, wenn er mit ihr allein sprach, ob direkt oder in ihrem Geist. Die Art, wie er sie berührte ... sich an sie schmiegte ... sie im Bett umfing ... Er war schlicht ein Mann für sie – irdisch, heißblütig und leidenschaftlich.

Adrian, mein Liebster, dachte sie. Schuldgefühle und Trauer trübten ihr Glück. Er war das größte Geschenk ihres Lebens, ihr Trost und ihre kostbarste Freude. Und sie vergalt es ihm, indem sie die Tragödie seines Lebens war, eine Schwäche und eine Sünde, für die er eines Tages einen viel zu hohen Preis würde zahlen müssen, wie Lindsay befürchtete.

»Hör auf.« Es lag in seiner Natur, dass seine Stimme faszinierend volltönend und zugleich wütend klingen konnte.

Verlegen, weil er ihren mentalen Anflug von Selbstmitleid mitbekommen hatte, versuchte Lindsay, ihre Hand aus seiner zu ziehen, um die Verbindung zu kappen. Doch er hielt sie fest, und seine verführerischen Lippen wurden zu entschlossenen schmalen Linien. »Vielleicht sollte ich dir zeigen, wie viel Trost und Freude du mir im Gegenzug schenkst. Anscheinend ist deine Erinnerung verblasst, seit du mich zuletzt vollständig befriedigt hast. Falls dem so ist, sollte ich mir mehr Mühe geben, eine nachhaltigere Erinnerung zu hinterlassen.«

Ein Schauer überlief Lindsay, und ihr Blick schweifte unwillkürlich zu der dicken Ader an seinem Hals. Sie leckte sich die Lippen, und ihr wurde heiß vor Verlangen nach ihm. Sie hatte sich an seinem Handgelenk genährt, bevor sie eingeschlafen war, und dennoch war ihr Hunger sowohl nach seinem Blut als auch nach seinem unwiderstehlichen Körper sehr groß.

»Sex«, hauchte sie, überwältigt von ihrer plötzlichen Lust. Auf ihn. Und der sich rasch aufheizende Wageninnenraum steigerte ihr Verlangen noch. Die Verwandlung in einen Vamnpir hatte sie äußerst berührungsempfindlich gemacht, und sie reagierte oft unerwartet heftig auf äußere Reize. Wäre sie erst über das Neulingsstadium hinausgewachsen, wäre sie immun gegen solche Sachen wie Außentemperatur, aber bis dahin schien sie alles und jedes in Fahrt zu bringen.

»Liebe«, korrigierte er, legte seine freie Hand an ihre Wange und beugte sich zu ihr. »Physisch ausgedrückt.«

»Mehrfach.«

»Oh ja«, raunte er und strich mit seinem Mund über ihren. »Du bringst mir jeden Tag auf so vielfältige Weise bei, wie man liebt. Ich dachte, ich wüsste es, aber da irrte ich.«

Sie rang mit einem Anflug von Eifersucht auf Shadoe, Syres Tochter, die Adrian über Jahrhunderte geliebt hatte. In zahlreichen Inkarnationen. Die letzte war Lindsay gewesen. Und dennoch hatte er sich im entscheidenden Moment gegen seinen endlosen Wunsch, Shadoe zu besitzen, gewendet und sie, Lindsay, gewählt. Sie fragte sich, ob sie das jemals richtig begreifen würde.

Seine Lippen bewegten sich an ihren. »Weil du mir gezeigt hast, was wahre Liebe ist, indem du deine so selbstlos gabst. Ich war nicht für die Liebe geschaffen. Mir wurde sie nicht als Teil meines Daseins mitgegeben. Ich wusste gar nicht, was sie war, wonach ich suchte, was ich brauchte. Ich hatte ja keinen Anhaltspunkt, keine Vorbilder, nichts. Bis du kamst.«

Adrian nahm ihren Mund mit einem sinnlichen Kuss ein, streichelte ihre Zunge mit seiner in einem gelassenen, kontrollierten Rhythmus, der ein erotisches Versprechen von noch so viel mehr war, was kommen sollte.

Ihr Stöhnen war ein Flehen und Unterwerfung zugleich.

Adrian hob den Kopf und beobachtete sie mit schweren Lidern, während sein Daumen über ihren geschwollenen Mund strich, aus dem die Spitzen ihrer Reißzähne lugten. »Shadoe hat mich völlig in Beschlag genommen. Ich wurde von ihrer Gier und ihrer Überzeugung verschlungen, dass ich für sie bestimmt war. Aber ich war leer, *Neshama*. Sie brachte mir emotionalen Schmerz und physische Wonnen, und ich klammerte mich an beides, obwohl ich mir nichts sehnlicher wünschte, als die Zeit zurückzudrehen und eine andere Wahl zu treffen.«

»Sag nichts mehr.« Sein gequälter Tonfall brach ihr das Herz.

»Aber du, Lindsay, meine Liebe, erfreust mich. Du füllst eine Leere in mir, von deren Existenz ich nicht einmal wusste. Die Freude deiner Berührung ist der süßeste Schmerz, weil sie nie ausreicht. Ich werde niemals genug von dir bekommen. So oft ich dich auch habe, werde ich immer mehr wollen. Was ich für dich empfinde, verzehrt mich. Ich könnte ohne das nicht sein, nicht ohne dich leben.«

Lindsay lehnte ihre Stirn an seine. »Ich lerne ebenfalls. Langsamer als du, aber es wird.«

»Sie machte mich zu einem Mann«, flüsterte Adrian und malte mit der Zungenspitze ihre Unterlippe nach. »Du hast mich zu einem Menschen gemacht.«

Es brachte sie zum Weinen. Das war es, was sie am meisten fürchtete: dass sie unwiderruflich etwas Unersetzbares zerstörte.

Du machst mich stärker, als ich jemals war. Sie zerstörte mich; du bautest mich auf. Warum erkennst du das nicht, Neshama? Sag mir, wie ich es dir zeigen soll.

»Tust du bereits. Auf wunderbare Weise. Es ist die Verwandlung, Adrian. Sie ist wie das PMS in zigfacher Dosierung. Ich habe Stimmungsschwankungen, komische Gelüste, und mein Sexualtrieb ist komplett außer Kontrolle. Gott, wie hältst du es mit mir aus?«

»Mit Vergnügen.« Seine Fingerspitzen malten ein Kreismuster auf die empfindliche Haut unter ihrem Ohr. »Ich würde nichts an dir anders haben wollen.«

Sie sah ihm in die Augen. »Ich liebe dich.«

»Weiß ich.« Adrians Lächeln war so überwältigend sinnlich und zärtlich, dass Lindsay feucht zwischen den Beinen wurde.

»Und ich will dich schon wieder. Jetzt.«

»Immer. Ich bin dein.« Er sah zur Uhr am Armaturenbrett. »Wir haben gerade noch genug Zeit, bevor die anderen zu uns stoßen.«

Sie waren anderthalb Stunden vor den beiden Lykanern losgefahren, die ihnen als Leibwachen dienten, um ein wenig allein zu sein. Dann hatte Lindsay alles verdorben und war schon nach ein paar Stunden Fahrt eingeschlafen.

Sie rümpfte die Nase. »Wie willst du noch irgendwas zustande bringen, wenn ich erst das Stadium erreiche, in dem ich keinen Schlaf mehr brauche? Ich kann meine Finger nicht von dir lassen.«

Er stieg aus dem Wagen und war um die Kühlerhaube herum und bei ihrer Tür, ehe sie auch nur geblinzelt hatte. Sein Lachen erklang in ihrem Geist, als er ihr die Hand reichte, um ihr aus dem Wagen zu helfen. »Ich werde mir nie Sorgen machen, was wir mit unseren schlaflosen Nächten anfangen werden.«

Sie blickte zu dem hübschen, aber durchschnittlichen Haus vor ihnen und fragte: »Was ist das für ein Haus?«

»Helenas Zuhause.«

Lindsays Hand umklammerte seine fester. Sie wusste, wie sehr es ihn quälte, mit der Hüterin eine seiner engsten Vertrauten verloren zu haben.

»Hier sollen wir wohnen? Wäre das Mondego nicht besser?«, schlug sie vor. Das elegante Hotel und Casino gehörte Raguel Gadara, einem weltweit bekannten Immobilien- und Unterhaltungsmogul. In himmlischen Kreisen war er außerdem als einer der sieben Erzengel auf Erden bekannt, der für ganz Nordamerika zuständig war. Gadara stand in der Engelshierarchie zwei Sphären und mehrere Ränge unter Adrian, und er war sowohl in seinem himmlischen als auch in seinem irdischen Leben ausgesprochen ehrgeizig.

»Nach der Nummer, die er letztes Mal abgezogen hat? Nein.« Zwar erhob Adrian die Stimme nicht, doch trotzdem war klar, dass er keine Widerrede dulden würde. »Raguel macht nichts als Ärger. Und ich will bloß sein Blut.«

Lindsay lief ein kalter Schauer über den Rücken. Adrian meinte es im wörtlichen wie im bildhaften Sinn, was beides ungünstig für Gadara war. Und unwillkürlich fragte Lindsay sich, ob Adrians Feindseligkeit irgendwas – oder ausschließlich – mit der Tatsache zu tun hatte, dass Gadara ihr kürzlich noch geholfen hatte, vor Adrian und ihren verbotenen Gefühlen für ihn zu fliehen.

»Raguel handelt sich schon allein genügend Probleme ein«, antwortete Adrian und führte Lindsay zur Haustür, wobei er ihre Hand sehr fest hielt.

Aber das war kein Indiz für eine Beunruhigung seinerseits, obwohl Lindsay wusste, dass es hart für ihn sein musste hierherzukommen. Helena war für ihn etwas Besonderes gewesen. Er hatte sie als Hüterin von unerschütterlichen Grundsätzen und tiefem Glauben betrachtet. Sie war sein Beweis dafür gewesen, dass es den Hütern nicht von vornherein bestimmt war, im Zuge ihrer Mission zu scheitern, und dass seine Übertretungen mit Shadoe und danach mit Lindsay einzig Verfehlungen seinerseits waren.

Aber dann hatte Helena sich in ihren Leibwächter, einen Lykaner, verliebt und ihr Leben gegeben in dem Versuch, mit ihm zusammen zu sein, womit Adrians Hoffnung gestorben war.

Er schloss die Tür auf, und sie gingen hinein. Als Adrian den Code in die Alarmanlage eingab, stutzte Lindsay. »Wohnt hier jemand?«

Er sah sich um. »Gute Frage. Angenehm kühl hier, nicht wahr?«

»Ja, das dachte ich auch eben. Warum läuft die Klimaanlage?«

Lindsay ging an Adrian vorbei weiter ins Wohnzimmer. Ein gläserner Gang teilte die hohe Decke; er verband offenbar die Zimmer über der Garage mit einem über der Küche. Durch große Fenster nahe der Decke wurde der Raum von Licht geflutet, was den Effekt hatte, dass sich alles offen und luftig anfühlte, ja, einladend.

Lindsays Nasenflügel zuckten, und sie umfing Adrians Handgelenk, um ihm ihre Gedanken zu schicken. *Es riecht nicht muffig, wie man es von einem leer stehenden Haus erwartet. Und die Grünpflanzen sehen alle gesund aus.*

Dünne Rauchfäden stiegen von seinem Rücken auf, aus denen sich Flügel bildeten. Fantastische, blutbefleckte Flügel. Sie waren weich anzufassen, aber tödlich, konnten sie doch alles mit der Präzision eines edlen Schwerts zerteilen. Wäre Lindsay jemals geneigt zu vergessen, wie gefährlich Adrian war, würden diese Flügel sie daran erinnern. Lindsay hatte schon gesehen, wie sie Kugeln abgewehrt hatten. Ja, Adrian war für den Krieg geschaffen, ein Vollstrecker von solcher Macht, dass man ihn für die Faust Gottes halten konnte.

Ich sehe mich oben um, sagte er. *Sei bitte vorsichtig.*

Nicht zum ersten Mal fragte Lindsay sich, ob er wusste, wie viel ihr sein Vertrauen in ihre Fähigkeiten bedeutete. Er war ein besitzergreifender Mann und stets sehr um ihr Wohlergehen besorgt; dennoch wusste er, dass es nur Verbitterung und Unglück zur Folge hätte, sie zurückzuhalten oder kleinzumachen. Sie war ihm nicht ebenbürtig und würde es niemals sein. Trotzdem könnte sie sich nicht mehr im Spiegel ansehen, würde sie sich hinter seinen Flügeln verstecken. So ungleich ihre Fähigkeiten und natürlichen Waffen auch sein mochten, sie mussten ihre Schlachten Seite an Seite austragen, oder es gäbe keine Hoffnung für sie als Paar. Adrian verstand das und machte entsprechende Zugeständnisse, obwohl Lindsay wusste, dass es ihn viel kostete.

Sie konzentrierte sich darauf, ihre Reißzähne und Krallen auszufahren. Noch musste sie sich daran gewöhnen, was sie war – ein Monster. Eine der blutsaugenden Kreaturen, die zu töten sie sich selbst antrainiert hatte, um den Mord an ihrer Mutter zu rächen. Frieden mit ihrer neuen Identität zu schließen war oft genug schwierig. Allerdings gab es auch Gelegenheiten – wie diese –, bei denen sie die Vorzüge zu schätzen wusste.

Adrian bewegte sich schnell und lautlos. Eben war er noch neben ihr gewesen, im nächsten Augenblick war er in dem gläsernen Gang über ihr. Sollten sich hier Tramper eingenistet haben, dürfte sie der Schock ihres Lebens erwarten. Tja, das würde sie lehren, nicht einfach in den Häusern anderer zu pennen.

Lindsay betrat die Kombination aus Fernsehzimmer und Küche durch einen offenen Türbogen. Der Raum war klein, aber gemütlich. Eine Essecke befand sich in einer Nische mit einem Fenster zum Garten, und eine Couch stand gegenüber von einem Flachbildfernseher, der über einem kleinen Gaskamin hing. Ein angenehmer Duft lag in der Luft und beruhigte Lindsay hinreichend, dass sich ihre Krallen von selbst wieder zurückzogen. Sie versuchte noch, ihre mangelnde Kontrolle über ihren Körper zu verarbeiten, als ihr ein Foto von Adrian und Helena auf dem Kaminsims auffiel und sie kurzzeitig ablenkte. Ein teurer Lapsus.

»Hallo Lindsay.«

Ein stechender Schmerz in ihrer Schulter bewirkte, dass sie mit einem Schrei auf die Knie sank. Benommen blickte sie zu dem kleinen Wurfmesser, das tief in ihrer brutzelnden Haut steckte. Dann hob sie den Kopf und sah in das Gesicht, das sie in ihren Albträumen verfolgte. »Vashti.«

Lindsays Erinnerungen an die Ermordung ihrer Mutter waren bestenfalls schemenhaft – mehr Eindrücke und Gefühle als richtige Bilder –, aber eine Frau wie Vash konnte man schwerlich vergessen. Das leuchtend rote Haar und die Vorliebe für hautenge schwarze Kleidung machten sie beinahe zur Karikatur einer Comic-Heldin. Doch als Lindsay Vash in den Hals gebissen und das Blut der Vampirin getrunken hatte, war sie deren Erinnerungen ausgesetzt gewesen, und in denen war Rachel Gibsons brutale Ermordung nicht vorgekommen. Vash hatte eine frappierende Ähnlichkeit mit der Mörderin ihrer Mutter, sonst nichts. Trotzdem konnte Lindsay nichts gegen die Furcht und den Abscheu tun, die sie bei jeder Begegnung mit der Vampirin überkamen.

Spuren dieser Furcht verliehen ihr nun die Kraft, die Klinge aus ihrem Oberarm zu reißen, doch sie bewegte sich zu langsam. Keine Sekunde später war sie wieder auf den Beinen, mit dem Rücken an Vashtis Brust gepresst und einer zweiten Silberklinge – einem Dolch – an ihrer Kehle.

»Lass sie los, Vashti.« Adrians Stimme klang eisig, und seine Miene war vollkommen neutral, als er plötzlich den Durchgang zwischen Küche und Wohnzimmer ausfüllte.

Lindsay täuschte seine ruhige Haltung nicht. Ihre geschärften Sinne nahmen seinen Zorn deutlich wahr wie einen unmittelbar bevorstehenden Wirbelsturm.

»Was für eine Überraschung, dich hier zu sehen«, sagte Vash über Lindsays Schulter hinweg. Sie waren fast Wange an Wange. »Ich hatte auf Helena gewartet, aber du bist ein hervorragender Ersatz.«

»Lass sie los«, wiederholte Adrian und machte einen Schritt in den Raum. »Ich habe dich gewarnt, Vashti, und ich sage es nicht noch einmal.«

»Sie ist schwach wie ein Baby.« Vash veränderte ihre Position, bis sowohl Lindsay als auch die Kücheninsel zwischen ihr und Adrian waren. »Neulinge sind wie Säuglinge, musst du wissen. Sie sind uneins mit ihrem Körper, überfordert von ihren Sinnen und allzu leicht zu verwunden. Sie sollte wirklich bei uns sein. Wir können ihr beibringen, wie sie überlebt.«

»Welchen Teil von ›Sie ist mein!‹ hast du nicht verstanden?«

»Auch wenn es dir nicht gefallen mag, ist sie ebenso mein und gegenwärtig ein abtrünniger Minion. Ich habe das Recht, sie zu töten. Wir kontrollieren uns selbst, wie du weißt.«

»Und ihr macht euren Job saumäßig schlecht.«

»Wir müssen dir ja auch noch etwas zu tun übrig lassen.«

Sein Brustkorb dehnte sich, als er tief einatmete. »Was willst du, Vash?«

»Ah, der starke und mächtige Adrian beugt sich ... einer Vampirin. Könnte ich das doch nur richtig genießen!« Vash griff nach etwas auf der Kücheninsel und warf es Adrian zu, der den Gegenstand lässig fing. »Aber ich bin in Eile. Mach den voll.«

Lindsay begann zu zappeln, als sie erkannte, worum es sich handelte.

Es war ein Blutbeutel.

»Tu das nicht«, sagte Lindsay, der jetzt erst bewusst wurde, wie gefährlich diese Begegnung geworden war. Falls Vash herausgefunden hatte, wie das Hüterblut bei den infizierten Vampiren wirkte, waren sämtliche Menschenleben auf Erden in Gefahr. So wenige Hüter es auch gab, schafften sie es immer noch, die Vampirbevölkerung in Schach zu halten und damit unzählige Menschenleben zu schützen. Sollten sie bis zur Ausrottung gejagt werden, ihres Blutes wegen, würde die ganze Welt leiden.

»Wie edel und aufopfernd«, murmelte Vash verächtlich. »Und unsagbar blöd. Der hilflose Neuling opfert sich für den mächtigen Hüter. Ihr zwei seid so kitschig, dass mir schlecht wird.«

Adrian machte noch einen Schritt auf sie zu. »Früher wusstest du mal, was es heißt zu lieben.«

»Keinen Schritt näher, oder ich muss sie töten.« Die flache Klinge brannte an Lindsays Hals, und sie zuckte zusammen. »Denk ja nicht, ich würde es nicht tun. Mein Leben bedeutet mir nichts, wie dir bekannt sein dürfte.«

Lindsay starrte Adrian an. »Tu es nicht.«

Vashs Lippen pressten sich an ihr Ohr. »Ist Elijah es dir nicht wert? Oder bist du in deiner Freundschaft so wankelmütig?«

Lindsay versteifte sich und atmete schneller. Der vertraute Geruch, bei dem sich ihre Krallen wieder zurückgezogen hatten, war Elijahs gewesen! Und er war überall an Vash. »Was hast du mit ihm gemacht?«

»Was getan wurde, kann noch rückgängig gemacht werden ... mit ein bisschen Hüterblut.«

Ein Zittern durchfuhr Lindsay. Sie hatte seit dem Aufstand nicht mehr mit Elijah gesprochen und keine Ahnung, warum er sich aufgelehnt hatte, oder ob es sie zu Feinden machte.

Aber das ist egal, dachte sie. Wie Elijah und sie jetzt zueinander standen, mochte unklar sein, doch was sie füreinander gewesen waren, war es nicht. Er war ein Freund und vertrauenswürdiger Gefährte gewesen, als Lindsay einen gebraucht hatte. Und sie ertrug es nicht, dass er litt.

»Er könnte sterben«, sagte Vash. »Dies könnte das Einzige sein, was ihn rettet.«

Lindsay schluckte und starrte weiter Adrian an, der jedes einzelne Wort gehört haben musste.

»Dein Blut ist fast genauso gut wie meines, Vash.« Das Zucken seiner Flügel verriet Lindsay, wie aufgewühlt er war. »Wenn du ihn retten willst, tu es selbst.«

»Ich habe ihm schon gegeben, was ich konnte.«

»Wenn das nicht genug war, ist er schon tot.«

Lindsay hatte einen Knoten im Bauch. »Nimm mich mit zu ihm. Ich kann deine Blutkonserve sein, und ich bin leichter zu transportieren. Aus mir läuft nichts versehentlich aus.«

»*Lindsay, nein!*« Ein ahnungsloser Beobachter hätte Adrian für vollkommen gelassen gehalten. Für Lindsay hingegen waren seine Worte wie ein Zusammenstoß mit einem Lkw, und sie erbebte unter der Wucht.

Vash lockerte ihren Griff ein klein wenig. »Wann hast du dich zuletzt von ihm genährt?«

Sie brauchte einen Moment, um die Antwort herauszubringen, denn Adrian kontrollierte sie mit seiner Willenskraft. »Vor drei Stunden.«

»*Vashti.*« Adrians Stimme krachte wie Donner durch den Raum.

Die Welt explodierte in einem Scherbenregen. Lindsay wurde aus dem Haus und auf die Straße geschleudert ... so schien es zumindest. Als die Welt wieder zur Ruhe kam, begriff Lindsay, dass Vash mit ihr durch die Glastür und über eine Mauer gesprungen war ... in ein wartendes offenes Cabriolet. Sie rasten los, dicht gefolgt von Adrian.

Blitze zuckten über den Himmel und schlugen vor dem Wagen in den Asphalt ein.

Fluchend riss Vash das Lenkrad nach links und bog mit quietschenden Reifen um eine Kurve, wobei sie beinahe über den Bordstein und in eine Straßenlaterne schlitterten.

»Übernimm gleich lieber das Lenkrad, wenn ich es dir sage«, zischte die Vampirin. »Du wärst die Einzige, die draufgeht, wenn du es nicht tust.«

Lindsay war noch übel von dem Silber. Sie hielt sich an der Seitentür fest und bemühte sich, einen klaren Kopf zu bekommen.

Mit einem heftigen Rumms landete Adrian hinten auf dem Kofferraum, wo seine Füße das Metall tief eindellten.

»Jetzt!«, brüllte Vash, wehrte Adrians Arme ab und stürzte sich zwischen den Vordersitzen hindurch auf ihn.

Lindsay warf sich über die Mittelkonsole und packte das Steuer. Prompt schlingerte der Wagen nach rechts, dann nach links, als sie versuchte, ihn geradeaus zu lenken, während sie so auf der Seite lag. Adrian wurde vom Auto heruntergeschleudert.

Vash fiel fluchend auf die Rückbank. »Fahr geradeaus, verdammt! Zum Strip. Dahin kann er uns nicht folgen.«

Ein riesiger Schatten verdunkelte den Himmel über dem Auto, als Adrian aufs Neue angeflogen kam.

Lindsay entging nicht, dass sie vor dem einzigen Grund floh, aus dem sie lebte, vor dem Mann, ohne den sie nicht leben konnte. Aber deshalb tat sie es ja. Adrians Blut war zu kostbar – und die Folgen zu entsetzlich –, um zu riskieren, was Vash verlangte.

»Eine rote Ampel!«, schrie Lindsay.

»Macht nichts«, erwiderte Vash und richtete sich auf, um Adrian, der sie im Sturzflug angriff, abzuwehren. »Du machst dich zur Freakshow, Hüter!«

Ein Blitz traf die Vampirin mitten in die Brust, und sie verlor das Bewusstsein. Sie sank auf die Rückbank wie eine kaputte Marionette.

»Rutsch rüber, Lindsay«, befahl Adrian, der ohne Flügel auf den Fahrersitz fiel und das Steuer übernahm. Er bog zu einem Einkaufszentrum ab und machte eine Vollbremsung dicht am Bordstein. Dann drehte er sich zu ihr und sah Lindsay mit flammend blauen Augen an. »Was zur Hölle tust du denn?«

»Es ist am besten so.«

»Einen Scheiß ist es!«

»Doch, und du weißt das auch«, entgegnete sie und sah zu Vash, um sich zu vergewissern, dass die Vampirin noch bewusstlos war. »Wir dürfen dich nicht gefährden.«

»Du machst das für Elijah.«

»Teils«, gestand sie. »Aber es kommt auch dir zugute. Wir wollen beide wissen, was mit ihm passiert ist.«

»Mir ist scheißegal, was mit ihm ist. Aber nicht, was mit dir passiert. Vielleicht hast du es nicht ganz mitgekriegt, aber ich kann nicht ohne dich leben. Ich werde dich verdammt noch mal nicht in Gefahr bringen.«

»Elijah wird nicht zulassen, dass mir irgendwas geschieht. Das ist dir auch klar, denn sonst hättest du ihn nie zu meinem Leibwächter gemacht.«

Adrians Fingerknöchel wurden weiß, so fest umklammerte er das Lenkrad. »Elijah ist anscheinend halb tot.«

»Nicht, wenn ich es verhindern kann.«

»Wir wissen nicht, ob du es kannst. Dein Blut hat auf einige Wesen eine negative Wirkung. Vergiss nicht, dass ich dabei war, als du den undurchdringbaren Panzer eines Drachens mit einem Messer durchstoßen konntest, weil du die Klinge vorher mit deinem Blut bestrichen hattest.«

»Siobhán denkt, das lag an den zwei Seelen in mir«, erinnerte sie ihn, »und die Kreaturen, die es betraf, waren Dämonen.«

»Das ist nur geraten. Wir wissen es nicht mit Sicherheit, und Elijah trägt Dämonenblut in sich.«

Sie nickte. Ihr war bekannt, dass Dämonenblut – Werwolfsblut – einige Gefallene zu Lykanern anstatt zu Vampiren gemacht hatte. »Ich erkläre ihm die Risiken und lasse ihn entscheiden.«

»Denk an die Gründe, weshalb er bei Vashti so schwer verwundet wurde. Einer könnte sein, dass sie ihn selbst wegen des Zwischenfalls mit Nikki in diesen Zustand gebracht hat oder weil sie nach Charrons Mördern sucht. Ein anderer wäre, dass sie zusammenarbeiten und er dabei zu Schaden kam. Entweder rettest du ihn, damit sie ihn weiterfoltern können, oder du versetzt ihn in die Lage, sich mit den Vampiren gegen uns zu verbünden. So oder so kann gar nichts Gutes dabei herauskommen. Und in der Zwischenzeit bist du unter genau den Leuten, die mich geschwächt sehen wollen, um ihre Ziele zu erreichen. Du schneidest mir das Herz heraus und gibst es ihnen.«

»Adrian.« Sie legte eine Hand an seine Wange. Dabei fühlte sie, dass er mit den Zähnen knirschte vor Anspannung. »Ich würde das und mehr tun, um dein Leben zu schützen.«

Er bedeckte ihre Hand mit seiner. »Mein Leben ist nichts ohne dich.«

»Dann lass mich das hier für deine Hüter tun. Du würdest damit ihr Wohlergehen über meins stellen, und ich denke, solch ein Signal brauchen sie von dir, zumindest unter gewissen Umständen. Und was würde das den Lykanern sagen, wenn du es Elijah zuliebe zuließest? Dann würden vielleicht noch mehr zu dir zurückkommen, weil sie keine Angst mehr hätten, dass du sie sofort tötest. Und die Vampire ... Falls die jemals dachten, es würde dich schwächen, wenn sie mich in ihrer Gewalt haben, werden sie sehen, dass dem nicht so ist. Jeder weiß, was ich dir bedeute. Du sendest also eine starke Botschaft aus, indem du mich so einsetzt.«

Er atmete scharf aus. »Zum Teufel mit dir.«

»Du Schmeichler, du.« Lindsay griff in die Tüte mit Klinikbedarf im Fußraum vor ihr und zog einen Blutbeutel aus einer bereits geöffneten Packung. »Das ist deine Chance, das Gefallenenblut zu bekommen, das Siobhán braucht.«

»Kannst du bitte aufhören, immer so beschissen rational zu sein?«

»Ich liebe dich auch«, erwiderte sie. »Mehr als mein Leben. Mehr als alles andere.«

»Hast du dein Telefon dabei?«

Sie schüttelte den Kopf.

Adrian nahm seines aus der Tasche und begann, die Einstellungen zu ändern. »Du meldest dich zu jeder vollen Stunde. Ich will deine Stimme hören. Wenn etwas schiefgeht und du nicht frei reden kannst, nenn mich Hüter, statt meinen Namen zu sagen, dann weiß ich Bescheid. Solltest du dich nicht zu der verabredeten Zeit plus/minus zehn Minuten melden, nehme ich die Wüste auseinander, um dich zu finden. Ich habe dir den Wecker gestellt, damit du es nicht vergisst.«

»Werde ich nicht.«

Er stieg über die Sitze, umklammerte Vashtis Bizeps fest genug, um eine Aderpresse zu ersetzen, und schob die Nadel an dem Blutbeutel in ihre Vene.

Die Vampirin schrak auf und stellte fest, dass Adrians Flügel nach vorn gebogen waren und ihren Hals umschlangen. Beim geringsten Widerstand würde sie ihren Kopf verlieren.

»Arschloch«, knurrte sie wütend.

»Du hast zwölf Stunden«, sagte er eisig und sah zu, wie sich der Beutel füllte. »Bring sie mir ohne den kleinsten Kratzer zurück, oder ich nagele dich an eine Wand und lasse dich zusehen, wie ich jeden einzelnen Gefallenen in Stücke schneide und ihm die abgetrennten Glieder in den Rachen ramme. Ohne Lindsay habe ich nichts mehr zu verlieren, ist das klar? *Nichts* würde mich aufhalten.«

»Abgemacht.«

Er zog erst die Nadel, dann seine Flügel zurück. »Sie ruft mich stündlich an, und du lässt sie.«

»Oh Mann, Adrian«, murmelte Vash und setzte sich auf. »Man könnte fast glauben, dass du mir nicht traust.«

10

»Was macht die Schulter?«, fragte Vash, als der Hubschrauber elegant in den Himmel über der heißen Wüste aufstieg. Raze saß am Steuerknüppel. Der Wagen, den Vash gestohlen hatte, wurde vom Wind der Rotorblätter mit Sand gepeitscht, was dem Inhaber allerdings nach den Dellen, die Adrian hinterlassen hatte, kaum noch etwas ausmachen dürfte.

»So gut wie neu«, sagte Lindsay, hörbar gereizt. »Sind die Augenbinde und die Handfesseln echt nötig?«

»Ich könnte dich auch bewusstlos schlagen«, bot Vash an und grinste, was die andere Frau ja nicht sehen konnte.

»Wow, wie hilfreich«, murmelte Lindsay.

»Ich gebe mir Mühe.«

»Anscheinend hat das bei Elijah nicht gereicht, wenn er jetzt im Sterben liegt.«

Vash ballte die Fäuste ob dieser Spitze. Sie fühlte sich schuldig und war so in Sorge, dass ihre Gedanken ihrer Vernunft vorauseilten. Mit ihrer Jagd nach Hüterblut hatte sie nicht bloß ihren Hals riskiert. Dass sie es für einen Lykaner tat, der sie zu töten beabsichtigte, ergab überhaupt keinen Sinn.

Sie lehnte sich vor und tippte Raze an die Schulter. »Wie geht es dem Alpha?«

»Was denkst du? Er ist wie ein Wolf in einer Bärenfalle – knurrt und schnappt nach jedem. Nicht, dass es die Lykaner zu stören scheint. Die überschlagen sich förmlich in dem Bemühen, sich um ihn zu kümmern. Ich dachte, die würden ausflippen, als wir ihn aus dem Heli ausluden, aber sie haben sich beruhigt, als er ihnen erzählte, dass er angegriffen wurde und du versucht hast, seinen Arsch zu retten.« Der Gefallenen-Captain blickte sich zu ihr um. »Er fragt die ganze Zeit nach dir. Ich habe versucht, ihn mit einem heißen kleinen Püppchen namens Sarah abzulenken, aber es hat nicht geklappt.«

Vash verzog das Gesicht, als sie an die unterwürfige Lykanerin dachte, die so dringend Elijahs Wunden hatte versorgen und an seiner Seite hatte bleiben wollen.

Sie sackte zurück auf ihren Sitz und bemühte sich, die Fassung wiederzuerlangen. Sie war ein emotionales Wrack.

Fünfzehn Minuten später landete der Hubschrauber. In dem Moment, in dem Raze den Motor ausstellte, sprang Vash aus der Maschine. »Bring sie rein. Und lass ihre Augen verbunden, bis wir sie in einem der Büros haben.«

Ihre Absätze klackerten über den Parkplatz, und sie betrat das Lagerhaus, wo eifrig gearbeitet wurde. Van Halen plärrte aus dem Radio, während diverse Gruppen auspackten und einzogen. Salem stand vor der Karte mit dem Ansteckungsverlauf und erklärte einer gemischten Gruppe aus Minions und Lykanern deren Bedeutung. Syre orchestrierte das Geschehen von der Mitte der Halle aus.

In seiner schwarzen Hose und dem grauen Seidenhemd zog der Anführer der Gefallenen die Augen aller im Raum auf sich. Elegant, mächtig, unwiderstehlich. Ein verrückter

Minion hatte ihn einst den »Antichrist« genannt, den dunklen Prinzen, der die Welt in seinen Bann zieht und ihre Zerstörung herbeiführt. Eine lächerliche Unterstellung für jeden, der Syre wirklich kannte, auch wenn Vash zugeben musste, dass sein Charisma stark und verführerisch genug war, um den Willen der unabhängigsten Individuen zu beugen. Selbst Vash, die so sehr an ihn gewöhnt war, zog es erbarmungslos zu ihm.

»Commander«, begrüßte sie ihn. »Was für eine Überraschung, dass du uns hier besuchst.«

»Eine angenehme, will ich hoffen«, sagte er, und seine whiskeybraunen Augen musterten ihr Gesicht.

»Kommt drauf an, ob du zum Vergnügen hier bist oder weil du glaubst, dass ich Hilfe brauche.«

»Wäre Letzteres so schlimm?«

Sie seufzte. »Ich bin nicht zerbrechlich.«

»Das denkst du gern von dir.« Er hob eine Hand, als sie etwas erwidern wollte. »Zerbrechlichkeit ist nicht immer eine Schwäche, Vashti. Zufällig ist sie eine der größten Stärken.«

»Was für ein Schwachsinn.« Sie verzog reumütig den Mund. »Sir.«

Er schüttelte den Kopf, erstarrte jedoch, als sein Blick auf etwas – oder jemanden – hinter ihr fiel.

»Lindsay«, sagte Vash, denn sie wusste, wer es war, ohne hinzusehen. Verdammt, vor lauter Sorge um Elijah hatte sie völlig vergessen, dass Syre hier sein und die sterbliche Hülle sehen würde, die einst die wiedergeborene Seele seiner Tochter beherbergt hatte.

»Was hast du getan?«

»Nicht mehr, als Adrian mir erlaubt hat. Lindsay hat angeboten mitzukommen, als sie erfuhr, dass Elijah verwundet ist.«

»Warum?«, fragte Syre angespannt. »Was soll ihre Anwesenheit nützen?«

»Sie soll uns Hüterblut liefern, anstelle von Adrian ...« Sie schnappte nach Luft, als Syre seine Hand um ihren Hals schlang und sie einen halben Meter in die Höhe hob. »Du warst hinter *Adrian* her?«

»H-Helena ... eigentlich«, brachte sie mühsam heraus und widerstand dem Drang, ihre Krallen in die Hand zu schlagen, die ihr die Luft abschnürte.

Syre schleuderte sie knapp zehn Meter durch die Halle zu Salem, der sie sicher auffing. Alle im Lagerhaus verstummten, und jemand schaltete rasch die Stereoanlage aus. Im nächsten Moment erklang das aufgeregte Knurren der Lykaner, das Kriegstrommeln ähnelte.

Vash entwand sich Salems Armen. Ihr war es peinlich, so öffentlich gemaßregelt zu werden, und sie sorgte sich, dass Syre die Kontrolle verlor. Er benutzte grundsätzlich keine physische Gewalt, das musste er nicht. Er konnte jeden in seinen Bann ziehen wie ein Schlangenbeschwörer.

Vash war seine Faust. Zumindest bis heute gewesen.

Verwundert blieb Raze auf halbem Weg zwischen Eingangstür und Syre stehen, eine Hand an Lindsays Ellbogen. Sie hatte nach wie vor gefesselte Hände und verbundene Augen ... freiwillig. Mit ihren Vampirkräften hätte sie das Seil leicht durchreißen können. Jederzeit hätte sie die Augenbinde wegschieben können. Ihre Kooperationsbereitschaft machte Vash misstrauisch.

»Wo ist Elijah?«, fragte Lindsay in scharfem Ton. »Ich will ihn sehen. Das war die Abmachung.«

Die Lykaner antworteten mit leisem Knurren. Diejenigen, die gesessen hatten, standen auf, die anderen, die bereits standen, kamen näher.

Weil sie nicht sicher war, ob die Wölfe Lindsay oder Elijah unterstützten, sah Vash zu Raze. »Bring sie zu ihm.«

Raze wiederum sah zu Syre, der eine Weile regungslos dastand, bevor er nickte. Alle Köpfe drehten sich, um Lindsay nachzusehen, und der Geruch von Angst wurde erdrückend.

Keiner im Raum bezweifelte, dass ihr Wohlergehen direkt mit ihrem verknüpft war. Keiner wollte Adrians Zorn auf sich ziehen.

Als Lindsay durch eine der Bürotüren hinten in der Halle verschwand, schienen alle auf einmal auszuatmen.

Syre machte auf dem Absatz kehrt und verschwand durch eine andere Tür. Das Schloss rastete mit einem leisen Klicken ein, das allen laut wie ein Gewehrknall vorkam.

»Was zur Hölle hast du dir dabei gedacht?«, zischte Salem Vash zu.

Sie fuhr sich mit einer Hand durchs Haar. »Nichts.«

Die Anspannung im Raum war wie ein Kratzen auf ihrer Haut. Sie eilte auf dem kürzesten Weg zu den Umkleiden und einer dringend nötigen Dusche, um den Konsequenzen ihres unerklärlichen Handelns zu entfliehen.

Elijah erwachte aus einem Halbdämmer, als die Tür zu seinem Behelfskrankenzimmer geöffnet wurde. »Vash?«, krächzte er heiser. Sein Hals war völlig ausgetrocknet.

»Nein.«

Er erstarrte, und seine Nasenflügel blähten sich. Angestrengt machte er die brennenden Augen auf und versuchte, trotz der Schmerzen klar zu sehen. »Lindsay?«

»Hi, El«, sagte sie leise, hob seine eine Hand vom Bett und umfing sie. »Du siehst beschissen aus.«

Mist! Hatten die Hüter sie so schnell aufgespürt? Er verdrängte seine Sorge rasch, weil ihn Lindsays Wohl mehr interessierte als sein eigenes. Mit der freien Hand rieb er sich die Augen. Wieder versuchte er, etwas zu erkennen, wandte das Gesicht der Stimme zu und sah besorgte Vampiraugen auf ihn herabblicken.

»Ach du Schande. Du *bist* ein Vampir«, brachte er heraus, war aber gleich beruhigter, als er Adrians Geruch an ihr wahrnahm. Der Hüter hatte sich wirklich nicht von ihr abgewandt, als sie ihm vollkommen verändert zurückgebracht worden war.

»Ja, stell dir das vor.« Sie ließ ihn los, nahm ein Glas Wasser von dem Tisch neben seinem Bett und hielt ihm den Strohhalm an die Lippen.

Dankbar trank Elijah, um seine ausgedörrte Kehle zu benetzen. Als er das Glas geleert hatte, sank sein Kopf schwer auf das Kissen zurück. »Was machst du hier?«

»Ich bin überfällig für eine Blutspende, und ich hörte, dass du auf der Warteliste für eine Transfusion stehst.«

Ihm wurde die Brust eng, als er die Bedeutung ihrer Worte erfasste. »Lindsay ...«

Sie blickte über ihre Schulter zu Raze, bevor sie Sarah zulächelte. »Würdet ihr beide uns bitte eine Minute allein lassen?«

Sowohl Raze als auch Sarah zögerten.

»Ist okay«, sagte Elijah. Es nervte ihn gewaltig, so schwach zu sein, dass die anderen ihn nicht allein zu lassen wagten. »Sie ist eine Freundin.«

Sobald die Tür hinter den zweien zuging, betrachtete er Lindsay. Ihr blondes lockiges Haar war noch immer so kurz geschnitten, dass es ihr atemberaubendes Gesicht umrahmte. Zarte Brauen und dunkle Wimpern hatten einst schokoladenbraune Augen umgeben, die nun den helleren Honigton der Vampire angenommen hatten. Ihre vollen Lippen verzogen sich zu einem Lächeln, bei dem keine Reißzähne zu sehen waren; allerdings konnte Elijah sie sich an ihr vorstellen.

»Irgendwie schräg, nicht?«, bemerkte sie trocken. »Ich muss mich auch noch dran gewöhnen.«

»Mir wurde erzählt, dass du die Verwandlung wolltest. War das gelogen?« Nichts könnte Syre retten, falls Letzteres zutraf. Elijah würde ihn in dem Moment umbringen, in dem er wieder stark genug wäre.

»Es war die einzige Möglichkeit.« Sie setzte sich auf den Stuhl neben seinem Bett. »In mir waren zwei Persönlichkeiten – zwei Seelen –, und eine von ihnen musste gehen. Deshalb war ich als Sterbliche so unnatürlich schnell. Und deshalb muss ich auch mit dir reden.«

Er hörte sich Lindsays Erklärung der möglichen Gefahren an, wenn er ihr Blut annahm, bevor er fragte: »Wie zur Hölle bist du hierhergekommen? Wo ist Adrian? Wie hast du mich gefunden?«

»Vashti hat mich hergebracht.« Alle Wärme schwand aus ihrem Gesicht. »Was hat sie dir angetan, El? Falls sie dich nur wieder verletzen will, wird es nichts nutzen, dich zu heilen. Du musst mir erzählen, womit ich es hier zu tun habe.«

»Vash hat dich gesucht?« Er schloss die Augen und atmete zittrig aus. Oh Gott! »Warum?«

»Sie war hinter Hüterblut her. Sie hat gesagt, dass sie es braucht, um dich zu retten, aber sie wollte mir nicht verraten, wie du überhaupt so schwer verletzt wurdest.« Sie zeigte zur Tür. »Ich rieche andere Lykaner da draußen. Benutzen sie dich dazu, die anderen unter Kontrolle zu halten?«

Scheiße ... Er würde so ziemlich alles tun, um Lindsay nicht zu enttäuschen. Alles, außer sie zu belügen. »Sie hat mir das nicht angetan, Lindsay. Wir arbeiten zusammen, und ich wurde von einem Rudel Vampire angegriffen. Sie hat versucht, mir zu helfen, aber sie konnte nicht.«

»Ihr arbeitet zusammen«, wiederholte sie, sank auf dem Stuhl nach hinten und wirkte auf einmal sehr erschrocken und traurig. »Was ist mit Micah? War sein Tod Teil irgendeines Plans von euch beiden?«

»Nein! Scheiße, nein! Du solltest mich wirklich besser kennen. Wir arbeiten trotz Micahs Ermordung zusammen, nicht ihretwegen.«

Sie blickte ihm fest in die Augen. Dann nickte sie, als würde sie ihm ansehen, dass er die Wahrheit sagte. »Sei ehrlich zu mir. Sind wir jetzt Feinde? Bekämpft ihr die Hüter jetzt?«

»Niemals. Ich versuche bloß, so viele Lykaner und Sterbliche zu retten, wie ich kann.« Er dachte an den Hinterhalt, und ein eisiger Schauer überlief ihn. In was für einer Welt würden sie leben, sollten solche Angriffe zur Regel werden? »Die Infektionskrankheit, die wir unter den Vampiren in

Hurricane gesehen haben, breitet sich aus. Vash versucht, sie zu stoppen.«

»Warum konntest du sie nicht mit uns aufhalten?« Sie richtete sich auf, stützte die Ellbogen auf die Knie und beugte sich näher zu ihm. »Warum musstet ihr rebellieren?«

»Das wollte ich nicht.« Stumm flehte er sie an, ihn zu verstehen. »Aber als es geschah, *musste* ich die Führung übernehmen. Diejenigen, die für die Hüter arbeiten wollen, finden ihren Weg zurück zu Adrian. Die anderen brauchen einen Alpha, sonst sterben sie. Ich konnte mich nicht von ihnen abwenden und das zulassen.«

Die Tür ging auf, und Vash kam herein. »Wie lauschig. Ich störe eure traute Zweisamkeit doch hoffentlich nicht, oder?«

Bei ihrem Anblick lockerte sich der Knoten in Elijahs Innerem. Sie war frisch geduscht, wie immer ganz in Schwarz und hatte ihr nasses Haar zu einem Pferdeschwanz gebunden. Ihre enge Hose reichte knapp bis zu ihren Hüften, während die ärmellose Weste kurz genug war, um als BH durchzugehen. Als hätte es noch eines Beweises bedurft, wie geschwächt er war, schaffte sein Schwanz es nur zu einem halben Ständer.

»Du bist eine Irre«, sagte er murrend und sah wieder zu Lindsay. »Du auch. Adrian kann nicht froh hierüber sein. Scheiße, ich bin nicht mal froh! Du bist hier viel zu gefährdet.«

»Was sollte ich denn tun?«, entgegnete Lindsay. »Dich sterben lassen? Das konnte ich nicht, El.«

Vash seufzte übertrieben und verdrehte die Augen. »Mein Gott, wie die Weiber auf dich fliegen!«

Lindsay schnaubte. »Und das von der Vampirin, die es mit Adrian aufnahm, um Blut für ihn zu beschaffen.«

Das Klingeln eines Mobiltelefons bewirkte, dass Lindsay aufsprang. Sie zog das Telefon hervor und nahm das Gespräch an. »Adrian ... Ja, mir geht es gut.«

Als sie sich in eine Ecke zurückzog, um mit Adrian zu sprechen, kam Vash näher. Sie stemmte die Hände in die Hüften und sah Elijah streng an. »Wie fühlst du dich?«

»Wie gequirlte Kacke.«

»So siehst du auch aus.«

»Ja, das höre ich immer wieder.«

Leise vor sich hin murmelnd, beugte sie sich vor und strich ihm das Haar aus dem Gesicht. Elijah schmiegte sich an ihre Hand. Ihn rührte, was sie für ihn getan hatte. Er hatte geschworen, sie zu töten, und dennoch hatte sie ihr Leben riskiert, um seines zu retten. »Du hast eine Menge Ärger auf dich genommen, Vashti. Und eine Menge aufs Spiel gesetzt.«

»Deute da nicht zu viel hinein«, murmelte sie. »Wir brauchen die Lykaner, und euch gibt's nur in der Familienpackung.«

»Hmm ...«

»Mehr ist das nicht«, beharrte sie verärgert.

»Wir wissen nicht, was *das* ist«, sagte er leise. Irgendwann, innerhalb wahnsinnig kurzer Zeit, waren die übergeordneten Gründe für ihre Kooperation etwas weit Impulsiverem gewichen.

Lindsay kam wieder zu ihnen und sah Elijah fragend an. »Willst du das durchziehen?«

Er wusste, was sie fragte: Ob er das Risiko eingehen

wollte, ihr Blut zu nehmen, auch wenn es für ihn gefährlich sein könnte. Nach dem, was sie und Vash auf sich genommen hatten, um es für ihn zu beschaffen, war die Antwort klar. »Ja, tun wir's.«

Syre brauchte Luft, daher verließ er das Gebäude. Inzwischen dämmerte der Abend und tauchte den Wüstenhimmel in verschiedene Schattierungen von Orange, Rosa und Lila. Ein Blitz zuckte über den Himmel, dann noch einer. Deplatziert, dachte er, aber schön.

Die sengende Hitze des Tages war abgeklungen, genauso wie Syres unbändiger Zorn. Seine rechte Hand hatte durch ihr Handeln sämtliche Vampire gefährdet, aber insgeheim freute es Syre, dass sie für etwas anderes kämpfte als ihre Rache. Sie war schon so lange voller Bitterkeit; lange genug, dass sie zu dem Einzigen geworden war, wofür sie lebte.

Er holte sein Handy hervor und wählte Adrians Nummer. Als das Gespräch auf die Mailbox geleitet wurde, hinterließ er eine Nachricht. »Adrian«, sagte er finster, »Vashtis Vorgehen heute war nicht abgesegnet. Trotzdem nehme ich es auf meine Kappe. Falls du Rache willst, du weißt ja, wo du mich findest. Aber lass sie da raus.«

Er beendete den Anruf, ging um die Ecke des Gebäudes und blieb abrupt stehen. Raze lehnte an der Metallverkleidung der Fassade, die muskulösen Arme vor der Brust verschränkt, und betrachtete eine schmale Frau, die wenige Meter entfernt von ihm sichtlich aufgebracht auf und ab ging und telefonierte. Mit Adrian.

Syre bedeutete dem Gefallenen-Captain stumm, sich zu

entfernen, schob die Hände in die Hosentaschen und übernahm den Wachposten, von dem er Raze entlassen hatte. Syres Gefühle waren ein Morast aus Schmerz, Schuld, Trauer und Wut. Als er die Frau betrachtete, die seine geliebte Tochter auf jede erdenkliche Weise ersetzt hatte – und die größte Schwäche seines ältesten Gegners war –, wurde ihm bewusst, dass er keine Ahnung hatte, was er zu ihr sagen sollte ... oder mit ihr tun. Oder ob überhaupt irgendwas.

»Ich pack das schon«, sagte sie. »Und bald bin ich wieder zu Hause, *Neshama*. Mach dir keine Sorgen ... Ja, ich weiß, das ist unmöglich. Deshalb bin ich hier, oder? Weil ich mir Sorgen um dich mache ... Werde ich ... Ich liebe dich auch.«

Sie beendete das Gespräch und sah noch eine Weile das Handy in ihrer Hand an. Dann seufzte sie. Etwas an diesem Laut, eine Note von Bedauern und Erschöpfung, schlug eine Saite in Syre an.

Sie drehte sich um und erstarrte, als sie ihn sah. Ihre Augen blinzelten im schwindenden Licht. Sie war ein Neuling und gewöhnte sich erst an ihre neuen Sinne.

»Wie fühlst du dich, Lindsay?«

Sie fuhr sich mit den Fingern durch ihre Locken, wie sie es tat, wenn sie nervös war. So viel wusste er bereits. Dann öffnete sie den Mund und schloss ihn wieder. »Nicht so toll«, antwortete sie achselzuckend.

Syre ging näher zu ihr, allerdings betont langsam, um nicht bedrohlich zu erscheinen. Aus der Nähe bemerkte er den fiebrigen Glanz ihrer Augen und ihre schnelle, flache Atmung. »Wie viel Blut hast du dem Alpha gegeben?«

»Einen halben Liter. Vielleicht ein bisschen mehr.«

»Das ist zu früh nach der Verwandlung«, murmelte er und hob behutsam eine Hand zu ihrem Gesicht. »Darf ich?«

Sie nickte.

Er stellte fest, dass ihre Haut glühte. »Wie oft nährt Adrian dich?«

»Alle paar Stunden.«

»Und wie lange ist das letzte Mal her?« Er umfasste ihr Kinn, sodass sie ihn ansehen musste. »Wie lange, Lindsay?«

»Sechs, vielleicht sieben Stunden.«

»Du musst trinken.«

Sie schüttelte den Kopf.

Syre hatte nicht vergessen, wie sehr sie der Gedanke abstieß, Blut zu trinken. Sie wäre beinahe gestorben, weil sie sich weigerte, sich zu nähren. Und zu seiner eigenen Überraschung war er tatsächlich froh, dass sie dennoch überlebt hatte.

Er atmete hörbar aus. »Komm mit nach drinnen.«

Sie griff in ihre Gesäßtasche, zog ein Halstuch heraus und schlang es sich so um den Kopf, dass ihre Augen verbunden waren.

»Das ist nicht nötig«, sagte Syre.

»Es ist sicherer für mich. Und für euch. Sollte mir etwas zustoßen, wird Adrian toben. Je geringer das Risiko, das ich darstelle, desto besser für alle.«

»Na gut.« Er nahm ihren Ellbogen und führte sie zurück ins Gebäude, auf den Raum zu, den er sich zum Büro gewählt hatte.

Als sie durch die große Halle gingen, standen die Lykaner, die in diversen Gruppen in dem großen Raum zusammensaßen, langsam auf und beäugten ihn mit offenem Misstrauen. Alte Gewohnheiten ließen sich schwer ablegen, dachte Syre. Eine direkte Konfrontation mit Adrian und den Hütern wollten sie derzeit nicht riskieren, und sie würden nicht zulassen, dass er wegen Lindsay einen Krieg mit Adrian anzettelte.

Syre sperrte die Lykaner aus, indem er die Bürotür hinter Lindsay und sich schloss. Dann nahm er ihr die Augenbinde ab. Obwohl seine Nachtsicht hervorragend war, verblüffte ihn ihr Anblick im grellen Neonlicht. Sie war kein bisschen wie Shadoe, und doch... fühlte er sich seltsam getröstet von ihrer Nähe. Die bebende Unruhe in ihm versiegte. Lindsay sank auf einen der beiden Stühle vor dem schlichten Metallschreibtisch, und Syre setzte sich neben sie.

Dann musterte sie ihn unverhohlen, was er mit einem fragenden Blick quittierte.

»Ich hatte Angst, als ich dich zum ersten Mal sah«, erklärte sie. »Hinterher war ich abgelenkt und dann sehr krank.«

»Und jetzt hast du keine Angst mehr?«

»Du hast dir große Mühe gegeben, sie zu zerstreuen.«

Er musste lächeln, und ihr stockte der Atem.

»Du bist... sehr attraktiv«, gestand sie. »Ich hatte vergessen, wie jung du wirkst.«

Er neigte sich vor, stützte die Ellbogen auf die Knie und kam zu dem Punkt, der am meisten drängte. »Du hast schon einmal von mir getrunken. Würdest du es wieder tun?«

»Warum?«

»Weil du dich nähren musst. Neulinge sind leicht durch Blutmangel zu schädigen. Deine letzte Nahrungsaufnahme ist zu lange her, und du hast auch noch einiges von deinem Blut abgegeben.«

»Das meine ich nicht. Ich weiß, warum ich es brauche, aber ich weiß nicht, warum du es wollen solltest.«

Syre senkte den Blick und ordnete seine Gedanken. »Ich weiß es nicht. Es sind mehrere Gründe, schätze ich. Du bist mir so nahe, wie ich Shadoe jemals sein kann. Bis ich gehe.«

»Ich bin nicht Shadoe.« Ihre Stimme war sanft und mitfühlend, und allein schon dadurch verdiente sie sich Syres Hochachtung und Wertschätzung.

»Ich habe von einigen Familien von Organspendern gehört, die in Kontakt mit den Empfängern bleiben.« Er sah zu ihr auf. »Da gibt es ein Band, ob real oder imaginär.«

»Ist das gesund?«

Nun war es an ihm, mit den Schultern zu zucken. »Wer weiß das? Es gibt allerdings noch etwas anderes, was mich zu demselben Angebot verleiten würde. Ich habe dich verwandelt, Lindsay, also bin ich insofern dein Erzeuger.«

Eine steile Falte grub sich zwischen ihre Brauen. »Wie lange hält sich dieses Gefühl, dass du mir irgendwas schuldest?«

»Kann ich ehrlich nicht sagen. Ich habe in meinem ganzen Leben nur zwei Personen verwandelt: Shadoe, die ihre Verwandlung nie abschloss, und dich, die es nicht wird, wenn du dich nicht nährst.«

Sie machte große Augen. »Nur uns beide? Wie kann das sein? Es gibt doch so viele Vampire.«

»Würde jeder Vampir nur eine einzige Person verwandeln, wären wir schon viele. Natürlich gibt es auch solche, die weit mehr als eine Person verwandeln.« Er verzog den Mund. »Bist du enttäuscht, dass ich nicht böse bin?«

»Nicht enttäuscht, aber ich tue mich schwer damit. Nicht bloß mit dir, sondern mit Vampiren insgesamt.«

»Dank Adrians Gehirnwäsche.«

»Adrian hat damit nichts zu tun. Vampire haben meine Mutter vor meinen Augen ermordet. Sie haben sie zu Boden gedrückt ... mich mit ansehen lassen, wie sie ihr Gewalt antaten.« Ein heftiger Schauer schüttelte sie durch, und sofort versteifte sie sich. »Meine Gefühle in Bezug auf Vampire sind meine eigenen, basierend auf meinen eigenen Erfahrungen.«

Syre ergriff ihre Hand und war froh, als Lindsay sie nicht gleich wegzog. »Es gibt Minions, die mit der Verwandlung den Verstand verlieren. Sie sind die Hauptverantwortlichen für die Verbreitung des Vampirismus, nicht die Gefallenen.«

»Wir waren zu einem Picknick im Park, an einem sonnigen Tag. Sie waren entweder Gefallene oder die Günstlinge von welchen – oder mehr. Sonst hätten sie das Sonnenlicht nicht verkraftet.«

Er holte tief Luft. »Erzähl mir alles.«

»Warum? Ich bin nicht Shadoe«, sagte sie abermals. »Und trotzdem fühle ich ... eine Verbundenheit mit euch. Ich habe Erinnerungen an dich und sie zusammen, die sich anfühlen wie meine. Das bringt mich ganz schön durcheinander.«

»Genauso wie Blutverlust.« Er versenkte seine Reißzähne

in seinem Handgelenk, stand auf und stellte sich hinter sie, legte ihr die andere Hand auf den Kopf und hielt ihr die blutende Wunde an den Mund.

Sie hätte sich eventuell weigern können, hätte er verlangt, dass sie selbst zubiss. Aber mit dem metallischen Blutgeruch in der Nase setzte ihr Instinkt ein, und sie war viel zu frisch verwandelt, um den zu bekämpfen. Sie packte seinen Unterarm mit beiden Händen und trank gierig, wobei ihre Augen sich verdrehten, bevor Lindsay sie schloss.

Er hätte es vorgezogen, wenn sie mehr getrunken hätte, doch irgendwie brachte sie die Entschlossenheit auf, seinen Arm nach dem absoluten Minimum wegzuschieben. Er bewunderte ihre Willenskraft. Die meisten Neulinge mussten, wenn sie derart ausgehungert waren, von ihren Spendern weggezerrt werden, ehe sie die Quelle umbrachten.

»Besser?«, fragte er.

Sie nickte und leckte sich die Lippen. Schon jetzt wurde der unnatürliche Glanz ihrer Augen schwächer, und eine gesündere Röte erschien auf ihren Wangen. »Danke.«

»Ich bin froh, dass du es genommen hast.« Er lehnte sich an den Schreibtisch und verschränkte die Arme. »Und noch dankbarer wäre ich, wenn du mir genug vertrauen würdest, um mir alles zu erzählen, woran du dich von dem Angriff auf deine Mutter erinnerst.«

Er hörte sich an, wie sie die drei Vampire beschrieb, die sich erstaunlich nach Vashti, Salem und Raze anhörten.

»Sie waren es nicht«, sagte er ruhig, als sie fertig war. Er hegte nicht den geringsten Zweifel an ihrer Unschuld.

»Das weiß ich jetzt. Als ich Vashti gebissen habe ...«

»Ah, ja. Das hatte ich vergessen.« Er lächelte innerlich,

als ihm wieder einfiel, wie wütend es Vashti gemacht hatte, von einem Neuling überwältigt zu werden. Seine rechte Hand hatte sich selbstverständlich nicht gewehrt, aus lauter Achtung vor seinen väterlichen Gefühlen. Was es umso besorgniserregender machte, dass sie Lindsay hergebracht hatte, um den Alpha zu heilen. Anscheinend war Vashti so auf die Gesundheit des Lykaners fixiert, dass sie darüber alles andere außer Acht ließ.

»Adrian hat in meinen Gedanken nachgesehen, und er stimmt meiner Beschreibung zu, sagt aber, dass die Erinnerung verzerrt ist. Zu verschwommen. Eher ein emotionaler Eindruck als ein fotografischer.«

Syre setzte sich wieder neben sie. »Ich würde selbst nachsehen, hättest du nicht schon zu viel Blut verloren. Ich hätte nachsehen können, als ich dich zum Zweck der Verwandlung ausgesaugt habe, aber ich wollte es nicht zu persönlich machen. Mir ist übrigens klar, wie kalt das klingt.«

»Ich weiß deine Ehrlichkeit zu schätzen.« Ihr einer Mundwinkel hob sich.

»Aber es ist unbedeutend, ob ich die Erinnerung selbst sehe oder nicht. Ich glaube dir. Und ich werde nachforschen und sehen, was dabei herauskommt.«

»Ich ... danke, nochmals. Aus offensichtlichen Gründen würde ich wirklich gern wissen, wer sie sind.« Sie atmete tief ein und schnell wieder aus. Dann sah sie zur Seite, als er sie anblickte, doch er hatte den gequälten Ausdruck in ihren Augen schon gesehen.

»Was macht dir noch Sorge, Lindsay?«, fragte er sanft. »Erzählst du es mir?«

Sie zögerte lange, bevor sie sagte: »Ich habe kürzlich meinen Vater verloren. An dem Tag, bevor ich dir begegnet bin. Es ist hart, weißt du ... so für jemanden zu empfinden. Auch wenn ich weiß, dass es Shadoes Gefühle waren, ändert es nichts daran, wie sie auf mich wirken.«

Syre nickte ernst. »Ja, als wäre man irgendwie untreu, nicht? Ich ringe mit denselben Empfindungen. Ich wünsche mir keinen Ersatz für meine Tochter, sondern *sie*. Aber ich kann nicht umhin, mich dir zugeneigt zu fühlen. Wenn es eines gibt, was ich in all meinen Jahren auf Erden gelernt habe, dann ist es, dass bestimmte Ereignisse unser Leben aus einem Grund verändern, und sich bestimmte Wege kreuzen, weil sie es sollen. Wir müssen keine Feinde sein, Lindsay. Oder Verbündete. Vielleicht können du und ich einfach ... wir selbst sein. Vielleicht können wir einfach akzeptieren, dass uns etwas verbindet, und weder dagegen kämpfen noch versuchen, es zu analysieren. Vielleicht können wir dieses Band sogar festigen, sollten wir beschließen, es zu wollen.«

Es wurde an die Tür geklopft, und keine Sekunde später kam Vashti herein. »Syre, ich ... oh, Entschuldigung.«

Lindsay verzog reumütig den Mund.

»Ist schon gut, Vashti«, sagte er. »Was gibt's?«

»Ich würde gern mit dir reden. Und Elijah möchte dich sehen, Lindsay.«

»Okay.« Lindsay stand auf und ging an Syre vorbei, blieb jedoch direkt neben ihm stehen.

Er sah zu ihr auf und erschrak, als sie sich nach unten beugte und ihn auf die Stirn küsste. Dann ging sie ohne ein weiteres Wort.

Syre war froh, dass Vashti einiges zu sagen hatte, denn erst eine ganze Weile später war seine Kehle nicht mehr zu eng, als dass er hätte sprechen können.

11

Er tätigte den Anruf vom Dach aus im Mondschein.

»Jemand hat Mist gebaut«, sagte er ohne große Vorrede. »Adrian kam fast zwei Stunden früher als angekündigt.«

Am anderen Ende entstand eine kurze Pause. »Hat er gesehen, dass du noch lebst?«

»Nein. Und ich habe alles im Haus regeln lassen. Da gibt es keinerlei Spuren von mir.«

»Dann besteht ja kein Grund zur Sorge.«

»Von wegen kein Grund!« Er war so aufgebracht, dass sich seine Flügel ausbreiteten und einen riesigen Schatten auf den Rasen unten warfen. »Falls er noch einen Funken Verstand übrig hat, wird er darauf kommen, dass jemand dort gewohnt hat.«

»Ich bin nicht bereit, das als Problem zu sehen.«

»Weil du nicht *willst*, dass alles den Bach runtergeht! Immerhin hast du jahrhundertelang darauf hingearbeitet.« Er hörte das vertraute Knarren von Syres Schreibtischstuhl und ballte die Fäuste. *Wenn die Katze aus dem Haus ist...*

»Noch ist die Zeit nicht reif, und Syre und Adrian konzentrieren sich beide mehr auf den Virus, als ich erwartet hätte. Ich hatte gedacht, dass sie sich eher aufeinander und die Lykaner einschießen. Aber momentan ist alles gut, was sie ablenkt.«

»Du hast leicht reden! Du hängst nicht hier draußen in der Luft. Ich hatte dir gleich gesagt, dass es eine Scheißidee ist, bei Helena zu wohnen.«

»Jede andere Option hätte eine Geldspur hinterlassen, papieren oder blutig.«

Die harte Stimme am anderen Ende heizte seinen Zorn erst recht an. Er war ein Hüter. Der Vampir am anderen Ende täte gut daran, das nicht zu vergessen. »Das schien dir wenig Sorge zu bereiten, als du ganze Viertel mit dem Erreger infiziert hast.«

»Gibt es einen Grund, weshalb du mich anrufst? Oder wolltest du bloß rumzetern?«

Er biss die Zähne zusammen und fragte: »Hast du einen Vorschlag, wo ich mich jetzt verstecken kann?«

»Die Kabale in Anaheim wurde ausgelöscht. Keiner erwartet, dass Torque sich dessen annimmt, solange Syre und Vashti im Außendienst sind. Du hast also das ganze Anwesen für dich. Damit wärst du näher bei Adrian, aber du weißt ja, wie du dich unsichtbar machst. Deine einzige Sorge sollte vorerst sein, das Sterblichenleben zu führen, das du dir zusammengebastelt hast. Geh und lass dich flachlegen oder kill irgendwas, wenn es dich runterbringt. Ich melde mich, sobald es Zeit wird, dass du aus der Asche zu neuem Leben erwachst.«

Das Gespräch brach ab. Er zerquetschte das Wegwerfhandy in seiner Faust, den Blick auf Helenas hell erleuchtetes Haus gegenüber gerichtet. Vielleicht war es an der Zeit, sich seine eigene Armee aufzubauen.

Als er in die Luft aufstieg und davonflog, ging ihm dieser Gedanke durch den Kopf... und fiel auf fruchtbaren Boden.

Der Himmel war eine ebenholzschwarze Sternendecke, als Elijah Lindsay zu Adrian zurückfuhr. Hatte er sich vor Stunden noch beschissen gefühlt, ging es ihm jetzt glänzend. Ja, im Moment war das Leben gut. Die kühle Nachtluft der Wüste blies durch die offenen Fenster herein, und neben ihm saß eine seiner besten Freundinnen, eine Frau, der er sein Leben verdankte... mal wieder. Ihr aus dem Blut des Hüters gebildetes Blut war verblüffend stark, seine Heilkräfte erstaunlich.

»Hey, alles okay?«, fragte er, als er bemerkte, dass sie nachdenklich in die Wüste hinaussah. »Du bist doch nicht sauer wegen der Augenbinde, oder? Ich habe das nur mitgemacht, weil es sicherer für dich war, aber ich vertraue dir. Das habe ich immer getan.«

Er hatte sie das blöde Teil nur tragen lassen, bis sie außer Sichtweite des Lagerhauses waren. Danach hatte er ihr die Binde sofort abgenommen und aus dem Fenster geworfen.

»Nein, ich wollte sie tragen. Ich dachte dasselbe wie du – je weniger ich als Bedrohung gesehen werde, desto besser.« Sie seufzte. »Ich dachte nur an meinen Dad.«

Bei dem Gedanken an ihr herzerweichendes Schluchzen, als sie vom Tod ihres Vaters erfuhr, schmerzte Elijahs Brust vor Mitleid... und Schuldgefühl. Er hatte das Lykanerteam selbst zusammengestellt, das zum Schutz von Eddie Gibson abkommandiert wurde. »Willst du darüber reden?«

Sie drehte sich auf ihrem Sitz zu ihm. »Ich möchte gern mit den Lykanern reden, die zu seiner Bewachung abgestellt wurden. Ich hätte schon früher gefragt, aber ich wollte es nicht vor den Vampiren tun.«

»Ja, an die habe ich auch einige Fragen, aber sie haben sich seitdem noch nicht zurückgemeldet.«

Lindsay erstarrte. »Sie sind verschwunden?«

»So würde ich es nicht ausdrücken. Wenn ich raten sollte, würde ich sagen, dass sie sich zu Fuß zur Westküste durcharbeiten und versuchen, unbemerkt zu bleiben. Was willst du wissen?«

»Ob sie hundertprozentig und ohne den geringsten Zweifel sicher sind, dass sein Tod ein Unfall war.«

»Und ihnen würdest du glauben?«

»Wenn du es tust, ja.«

Er nickte. »Warum hast du Zweifel?«

»Autos waren sein Leben, El. Hinterm Lenkrad war er reinste Poesie. Ehrlich, ich würde eher glauben, dass er zum Zufallsopfer einer Bandenschießerei wurde, als dass er grundlos gegen einen Baum fuhr. Ich war schon bei ihm, wenn Tiere auf die Straße liefen. Er wich einem Hirsch auf einem zweispurigen Highway mit Gegenverkehr aus ohne einen Kratzer an seinem Auto, verdammt! Es fällt mir extrem schwer zu glauben, dass er auf einer abgelegenen Landstraße die Kontrolle über seinen Wagen verlor, weil er einem bisher unbekannten Objekt auswich.«

Als er den Schmerz und die Trauer in Lindsays Stimme hörte, nahm Elijah sich fest vor, alles zu tun, um ihr zu helfen, die Vergangenheit hinter sich zu lassen. Sie hatte beide Eltern viel zu früh verloren, und ihr Tod verfolgte sie. »Ich werde Trent und Lucas finden und sie zu dir bringen.«

»Danke.« Sie lehnte ihren Kopf nach hinten. »Du und Vashti ... korrigiere mich, wenn ich mich irre, aber da läuft etwas, oder?«

Ihm entfuhr ein kurzes Lachen. »Verlang bitte nicht, dass ich das erkläre.«

»Sie hat einiges auf sich genommen, um dich zu retten. Ich nehme an, sie weiß nicht, dass du vorhast, Micah zu rächen.«

»Doch, weiß sie.« Er blickte geradeaus in die Dunkelheit jenseits der Scheinwerferlichter.

»Und trotzdem hat sie deinen Arsch gerettet?«

»Sie braucht meine Hilfe.«

»Oh, El.« Lindsay schüttelte den Kopf. »Es tut mir leid.«

Er sah zu ihr. »Was?«

»In welcher Lage du bist. Ich habe doch bemerkt, wie du sie ansiehst. Für jemanden, der Ärger meidet wie die Pest, steckst du ziemlich tief drin. Das ist nicht dein Stil.«

»Mir war nicht klar, dass ich einen Stil habe.«

»Ich meine es ernst, und dir setzt die Geschichte zu. Von hier bis Las Vegas hast du meine ungeteilte Aufmerksamkeit, also nutze sie. Wenn du alles in dich hineinfrisst, drehst du durch.«

Elijah wusste, dass sie recht hatte. Und er konnte mit niemandem sonst über Vash reden. Kein Lykaner oder Vampir würde ihm zuhören, was seine Gefühle für Syres Lieutenant anging. Verdammt, er wollte sich ja selbst nicht mal zuhören! Lieber wollte er es komplett ignorieren. Nur schien der Weg, der anfangs so klar wirkte, inzwischen dunkel und verschwommen. Deshalb konnte er jemanden gebrauchen, der ihm half, wieder eine klare Linie zu finden.

»Falls ich einen Typ habe«, sagte er schließlich, »ist sie es. Physisch. Ich fand sie schon scharf, als ich sie zum ersten Mal sah. Du hast mit Messern nach ihr geworfen, und ich dachte daran, etwas völlig anderes mit ihr zu tun.«

Lindsay lachte erstickt. »Oh Gott, El!«

»Tja, na ja ... als sie kam und um Hilfe bei der Erforschung dieser Vampirkrankheit bat – sie halten es für eine Virusinfektion –, wusste ich, wer sie war und was sie mit Micah gemacht hatte. Und ihr war klar, dass ich angeblich für den Tod ihrer Freundin Nikki verantwortlich war. Wir haben das sofort geklärt, aber ihre Schuld, was Micah betrifft, steht außer Frage. Wir haben eine klare Vereinbarung: Ich helfe ihr mit den Infizierten, und sie hält uns die Hüter vom Hals; ich helfe ihr, die Lykaner zu finden, die ihren Gefährten getötet haben, und sie arrangiert ihren Abgang so, dass Syre nicht auf mich losgeht.«

Lindsay rieb sich die Nasenwurzel. »Was für ein verfluchter Mist.«

»Es war ausgeschlossen, dass ich mich bei der sexuellen Spannung zwischen uns auf das Wesentliche konzentriere, also habe ich das gleich mit ins Spiel gebracht. Aber als es dann so weit war ... war es heftig. Und sehr viel persönlicher, als wir gedacht hätten.«

»Ist sie deine Gefährtin?«

»Ich habe dir doch schon mal gesagt, dass das bei den Lykanern so nicht läuft. Ja, unsere Instinkte und die körperliche Chemie sind nicht unwichtig, aber die diktieren uns nicht, was wird. Ich wähle mir meine Gefährtin, wenn die Zeit gekommen ist, genau wie es ein Sterblicher machen würde.«

»Sterbliche suchen sich nicht aus, in wen sie sich verlieben. Ich hätte mir niemals ausgesucht, mich in Adrian zu verlieben, wo es so gefährlich für ihn ist, mit mir zusammen zu sein.«

»Wir reden hier nicht über Liebe, Linds. Es ist rein körperlich.«

Sie warf ihm einen ungläubigen Blick zu. »Du hast Vash heute nicht in Aktion gesehen, El. Sie ist auf Adrian losgegangen. *Adrian!* Ich glaube nicht, dass sie es wegen eines Pakts mit dir getan hat oder weil sie dringend flachgelegt werden will. Dafür war sie viel zu verzweifelt und besorgt. Und wenn ihre größte Sorge gewesen wäre, Informationen über die Mörder ihres Gefährten zu bekommen, hätte sie Adrian fragen können, solange sie mir ein Messer an die Kehle hielt.«

Er umklammerte das Lenkrad fester. Vashs Rettungsaktion für ihn war selbstmörderisch gewesen. Sie steckten viel zu tief drin. Beide.

Lindsay nahm ihren linken Fuß auf den Sitz hoch und drehte sich weiter zu ihm. »Du bist plötzlich so still.«

»Wie gesagt, da ist irgendwas. Aber das ist... kompliziert.«

»Seid ihr befreundet?«

»So würde ich es nicht nennen.« Trotzdem hielten sie den Kopf füreinander hin, unterstützten sich gegenseitig. »Aber vielleicht. Glaube ich.«

»Kannst du deine Wut wegen Micah loslassen? Wenn ihr

an dir liegt, könnte allein das Wissen, wie sehr du trauerst, Strafe genug für sie sein.«

»Ich muss entweder die Wut überwinden oder aufhören, mit ihr zu vögeln. Aber damit wüssten wir immer noch nicht, wohin das führen soll.«

»Also denkst du darüber nach, die Beziehung eventuell fortzusetzen?«

»Nur jetzt gerade, weil du mich dazu drängst. Ich werde es nicht mehr tun, sobald ich dich abgesetzt habe.« Er hatte keine Zeit, sich mit Unmöglichem zu befassen. »Im Idealfall kann ich von Adrian die Infos bekommen, die sie will. Er wird es wissen. Dann können Vash und ich die Sache regeln, und danach endet unsere Zusammenarbeit. Das zweitbeste Szenario wäre, dass wir alles auch ohne Adrians Hilfe schnell in den Griff bekommen. Könnten wir nur ein bisschen auf Abstand bleiben …«

»Das hat bei Adrian und mir nichts gebracht«, erinnerte sie ihn. »Die Liebe wuchs mit der Entfernung.«

»Das ist nicht gerade hilfreich! Du solltest mir eigentlich ein bisschen Vernunft einbläuen. Du kannst sie nicht ausstehen. Mach, dass ich sie auch hasse.«

»Nächstes Mal. Sie hat heute dein Leben gerettet, dafür hat sie etwas gut bei mir.«

»Du hast mir auch das Leben gerettet. Und nicht zum ersten Mal.« Als die Lichtverschmutzung von Las Vegas in der Ferne auftauchte, sagte er: »Ich möchte den Kontakt zu dir nicht verlieren, Linds. Versprich mir, dass das nicht passiert.«

»Versprochen.«

Er nickte, denn sein Mund war zu trocken, als dass er etwas hätte sagen können.

»Ich gebe dich nicht auf, El«, sagte sie entschlossen. »Und wag es ja nicht, mich aufzugeben, sonst jage ich dich und beiße dich.«

Elijah grinste noch, als sie die Stadtgrenze erreichten.

Vash verschränkte die Arme und sah Syre prüfend an. Seine Haltung war verändert, aufrechter, und seine Augen weniger überschattet als noch heute Nachmittag.

»Du siehst besser aus«, sagte sie.

»Ich fühle mich auch besser.« Von seiner offenen Bürotür aus sahen sie den Minions zu, die leise alles für die schlafenden Lykaner vorbereiteten, damit sie im Morgengrauen aufbrechen konnten. Der Außendienst war zwischen ihnen aufgeteilt: Die Minions übernahmen die Nächte, die Lykaner die Tage. »Hältst du es wirklich für eine gute Idee, dass Elijah Lindsay nach Hause begleitet?«

Sie verlagerte ihr Gewicht von einem Fuß auf den anderen. Nur ungern sprach sie laut aus, was ihr Sorge machte. »Ich kann Elijah nichts erlauben oder verbieten. Und falls er Bedenken hat, was diese Allianz betrifft, sollte er sie lieber jetzt gleich erkennen statt später.«

»Hm ... die Vash, die ich kenne, würde jeden Lykaner töten, dem sie nicht vertraut, statt ihn auf die Probe zu stellen.«

»Ha! Wenn dem so wäre, gäbe es keine mehr. Außerdem haben wir keine Wahl. Er ist der einzige Alpha weit und breit.«

»Du willst, dass er sich für dich entscheidet.«

»Hast du mich nicht genau deshalb überhaupt zu ihm geschickt?«

Syre wandte sich ihr ganz zu, sodass er direkt vor ihr stand und sie ihn ansehen musste. »Ich habe dich geschickt, um unsere Position zu stärken. Und dann hast du heute um ein Haar einen Krieg angezettelt.«

Sie ließ ihn sehen, wie beunruhigt sie war. »Die Hüter sind nicht in der Position, uns anzugreifen. Sie sind viel zu wenige.«

»Du gehst davon aus, dass sie in eine Schlacht ziehen, nicht in einen Krieg, und da irrst du. Sie werden nicht im Schwarm auf uns losgehen. Vielmehr werden sie uns Stück für Stück erledigen, strategische Ziele und Individuen auswählen und die wertvollsten Spieler mit chirurgischer Präzision entfernen. Und was von uns übrig bleibt, wird chaotisch und leicht zu überwältigen sein.«

»Das sind Mutmaßungen«, erwiderte sie. »Adrian ist derzeit nicht in Bestform. Er hat mich am helllichten Tag in aller Öffentlichkeit angegriffen! Er ist unvorsichtig und emotional.«

»Dennoch hat er seinen wertvollsten Besitz riskiert und wieder einmal seine Aufgabe an erste Stelle gestellt – worauf ich mich bei ihm immer verlassen konnte... und bis heute verlasse.«

»Elijah ist ausschlaggebend für unsere Pläne. Das hast du selbst gesagt.«

»Deine Reaktionen werfen die Frage auf, ob der Alpha eher eine Belastung ist als ein Zugewinn«, sagte er leise.

Vash bemühte sich, keinerlei Gefühle zu zeigen, obwohl ihr schnellerer Herzschlag sie sowieso verriet. »Es ist nicht der Alpha, um den ich mir Sorgen mache – ich bin es. Ich denke, dass ich voreingenommen bin. Du solltest jemand anderen mit ihm zusammenarbeiten lassen, wie ich es schon von Anfang an vorgeschlagen hatte.«

Nun verschränkte er die Arme. »Du missverstehst mich, und das vielleicht mit Absicht. Ich will dich nicht von etwas trennen, was dich glücklich macht. Und offen gesagt ist es für mich günstig, dass der Alpha von dir fasziniert ist. Seine Lust auf dich ist eine Schwäche. Wenn wir ihn darüber kontrollieren können, haben wir einen noch größeren Vorteil. Aber ich kann nicht zulassen, dass irgendwas oder irgendwer die Vampirbevölkerung gefährdet, dich eingeschlossen. Genieße deinen Lykaner, Vashti, aber vergiss nicht, wo deine Prioritäten liegen. Wie du schon sagtest, dies ist nicht der richtige Zeitpunkt für Bedenken.«

Vash presste ihre Handflächen auf ihre Augen und fluchte leise. Alles war völlig verkorkst. Sie war verkorkst. Ihre Prioritäten hatten sich irgendwann von der Vergangenheit in die Gegenwart verschoben, und jetzt machte sie der Gedanke, dass Elijah eine Marionette sein sollte, krank.

Sie nahm die Arme herunter und sah Syre an. »Teil ihn Raze zu. Das wäre für alle das Beste.«

»Danke«, sagte er und drückte ihr einen Kuss auf die Stirn. »Vielleicht hilft dir ein wenig Abstand, eine klarere Perspektive zu bekommen und einiges zu überdenken. Willst du es ihm erzählen, oder soll ich?«

Dass Syre das anbot, sagte Vash, auf welch dünnem Eis sie sich bewegte. Wenn er lieber persönlich einsprang statt zu delegieren, nahm er die Sache verdammt ernst.

»Nein, ich mache das.«

»Er wird es nicht gut aufnehmen.«

Vash erinnerte sich, wie Elijah das letzte Mal reagiert

hatte, als sie ein wenig Freiraum wollte, und lächelte wehmütig. »Weiß ich nicht, aber wahrscheinlich nicht.«

»Schieb es auf mich, wenn es sein muss.« Er griff in seine Tasche, und Vash hörte Schlüssel klimpern. »Ich fahre mit einigen der anderen zum Shred. Du darfst gerne mitkommen.«

»Nein danke. Ich kümmere mich hier um die letzten Vorbereitungen. Ich will, dass die gesamte Crew morgen hier weg ist, damit wir die nächste Mannschaft herholen und auf den Einsatz vorbereiten können. Hoffentlich greifen wir ein paar streunende Lykaner auf, wenn wir draußen sind. Wir brauchen mehr als nur die Lykaner des einen Außenpostens.«

»Damit beschäftigen wir uns morgen. Bis dann.«

Erst jetzt fiel ihr etwas ein, was sie nie hätte vergessen dürfen, und sie rief Syre nach: »Commander, Adrian hat mir Blut abgenommen.«

Langsam drehte er sich noch einmal zu ihr um. »Warum?«

»Weiß ich nicht.«

»Das müssen wir in Erfahrung bringen. Hat es vielleicht mit dem Virus zu tun?«

»Womit sonst?«

»Finde es heraus.« An seinem Gang erkannte Vash, dass er verärgert war.

Sie machte sich daran, die Teams zusammenzustellen, die sie am Morgen in den Außendienst schicken wollte. Eigentlich hatte sie gehofft, dass Elijah ihr dabei helfen würde, aber er war noch unterwegs, und sie hinkten bereits einen Tag im Zeitplan hinterher.

An einem der Computer begann sie, die Gruppen nach

physischen Eigenschaften einzuteilen, damit sie möglichst ausgewogene Einheiten von kleinen und großen, kräftigen und leichter gebauten Lykanern bekam.

Vash fühlte es sofort, als El zurückkehrte. Die Luft in der Halle war schlagartig aufgeladen von seiner Energie ... und der Feindseligkeit der Vampire, die rochen, dass er kam.

Er ist wieder da.

Ein Kribbeln durchfuhr Vash, zusammen mit einer enormen Erleichterung, von der ihr beinahe schwindlig wurde. Sie beobachtete ihn, als er näher kam, und verschlang jeden atemberaubenden Zentimeter von ihm mit den Augen, während sie seinen selbstbewussten Gang und die Geschmeidigkeit seiner Bewegungen bewunderte. Allerdings war sie nicht die Einzige, die voller Ehrfurcht vor der Autorität war, die er ausstrahlte. Alle sahen ihm zu, wie er die große Halle durchquerte, doch seine Augen waren ganz auf Vash fixiert. Heiß und eisern entschlossen. Voller Bewunderung, jedoch ohne den leisesten Hauch von Unterwerfung.

Gott, er war umwerfend! Wunderschön, auch wenn sie ihm das niemals auf den Kopf zu sagen würde. Er war viel zu maskulin, um auch bloß entfernt hübsch zu sein. Und sein Körper ... so hart und stark, definiert von kräftigen Muskeln. Sie erinnerte sich sehr gut, wie sich all diese geballte Kraft an ihr angefühlt hatte. Über ihr. In ihr ...

Die anderen Vampirinnen in der Halle beäugten ihn nicht minder begierig, wobei ihre Lust sich mit Misstrauen und einem Rest Unmut mischte. Folglich war Vash noch nicht vollends durchgeknallt, weil sie sich zu einem Lykaner hingezogen fühlte, aber die Menge an weiblicher Aufmerksamkeit, die Elijah bekam, störte sie doch. Er war nicht zugänglich für diese Art von Interesse, und das sollten alle anderen wissen. Und respektieren.

Elijah blieb an einem Tisch stehen, an dem Vampire Reisepakete aus Bargeld, Kreditkarten, Ausweisen und Mobiltelefonen zusammenstellten. Er bedankte sich bei ihnen für ihre Mühe, bot ihnen Hilfe an und lächelte, als sie diese, deutlich weniger feindselig als noch zuvor, ablehnten.

Sein Lächeln blieb, als er auf Vash zuging, bekam jedoch eine verwegene Note, die das Kribbeln in ihr noch verschlimmerte.

»Hey«, sagte er und blieb neben ihr stehen. Dann sah er auf den Computerbildschirm und schüttelte den Kopf. »Du kannst Luke und Thomas nicht in eine Gruppe stecken. Die kloppen sich. Und Nicodemus steht auf Bethany genauso wie Horatio. Am besten bringst du sie nicht in einer Gruppe mit einem der beiden unter.«

»Oh Scheiße!«, fluchte Vash und stemmte sich vom Schreibtisch ab. Natürlich wusste er solche Sachen, denn er nahm sich die Zeit, jeden kennenzulernen. »Ich sitze da seit über einer Stunde dran.«

»Hast du die Vampire alle eingeteilt? Dann mach dir keine Gedanken wegen der Lykaner. Ich ändere die Einteilung schnell.«

»Bis zum Morgengrauen?« Sie betrachtete ihn genauer und erkannte seine Erschöpfung an den kleinen Falten um seine Augen und seinen Mund. »Du bist erledigt.«

»Ja, ich könnte Schlaf gebrauchen«, stimmte er ihr zu. »Aber das hier dauert nicht lange.«

Vash stand auf und wippte auf ihren Absätzen. Eigentlich wollte sie näher an ihn herantreten. Er roch köstlich, und sie wusste, dass er auch so schmeckte. Überall, innen und außen. »Kann ich dich kurz sprechen?«

Sie ging voraus zu einem der Büros. Drinnen war es dunkel, wie in einem Großteil des Gebäudes, damit die Lykaner schlafen konnten. Weder Vash noch Elijah brauchten Licht, um sich sehen zu können, was Vash sehr recht war. So konnte er weniger deutlich an ihrem Gesicht ablesen, was er nicht erkennen sollte.

Die Tür war kaum hinter ihnen ins Schloss gefallen, als Vash sich in Elijahs Armen wiederfand und seine Lippen kühl und fest auf ihren fühlte. Er hielt sie um die Taille und im Nacken, sodass sie sich nicht rühren konnte. Besitzergreifend. Sie schnappte erschrocken nach Luft, und der Kuss wurde rasch hitziger. Elijahs Zunge tauchte tief in ihren Mund ein und gab einen gemächlichen Rhythmus vor, bei dem Vash sich sofort nach mehr sehnte.

»Danke«, flüsterte er rau an ihren geöffneten Lippen.

Vash schluckte und versuchte, einen klaren Kopf zu behalten, denn sie musste ihm von ihrer veränderten Arbeitsbeziehung erzählen. Aber sein exquisites Aroma lenkte sie ab und machte jeder Vernunft in ihr den Garaus.

Er rieb seine Nasenspitze an ihrer. »Ich habe einige Neuigkeiten für dich, bei denen dir gleich wohler damit sein dürfte, mich am Leben erhalten zu haben.«

Sie war ohnehin *froh* darüber. Ihr graute jetzt schon davor, dass er morgen in ein anderes Flugzeug steigen würde als sie, um auf die andere Seite des Kontinents zu fliegen. Nur gut, dass sie ihre Namen den Gruppen noch nicht offiziell zugeordnet hatte. Er hätte es sofort gesehen, und dann würden sie jetzt streiten, statt sich zu küssen. Elijah küsste verdammt gut. Er ließ sich Zeit wie bei allem, kostete den Akt aus, als wäre es ihm egal, ob noch Intimeres folgen würde.

Ihr war es nicht egal. Fünfundvierzig Jahre ohne Verlangen, und auf einmal war nackt mit Elijah zusammen zu sein so ziemlich das Einzige, woran sie denken konnte.

»Ich will dich.« Die Worte waren ihr über die Lippen gekommen, bevor Vash auch nur begriff, dass sie sie dachte. Beschämt lehnte sie ihre Stirn an seine Schulter. Sie musste nur noch sechs Stunden durchstehen, bis sie sich trennen würden, und einige von denen würde er verschlafen. »Vergiss, dass ich das gesagt habe.«

»Warum?« Seine Hand an ihrer Taille glitt zu ihrem Hintern und drückte sie an seine Erektion.

Ihr ganzer Körper stand schlagartig unter Strom. Er war hart und bereit für sie, und sie verzehrte sich nach ihm – ein letztes Mal, bevor sie ihn mit Raze fortschicken und wieder zur Besinnung kommen würde. »Du musst es ruhig angehen und ein bisschen schlafen. Morgen müssen wir los.«

»Dann übernimmst du die Arbeit. Ich lehne mich einfach zurück und komme.«

Sie biss ihm in den Brustmuskel.

»Autsch! Verdammt!« Er schob sie zurück. »Sei vorsichtig mit mir. Ich erhole mich noch.«

»Und deshalb brauchst du Schlaf, keinen Sex.« Aber, bei Gott, er schmeckte gut! Sie leckte sich die Lippen, um sich ja keinen Tropfen entgehen zu lassen.

Seine Augen glitzerten in der Dunkelheit. »Du hast

mich angetörnt. Jetzt kann ich nicht mehr ohne Sex schlafen.«

»Ja, heul nur. Hör zu, ich muss dir etwas sagen.«

Er bedeckte ihren Mund mit seiner Hand. »Ich bin zuerst dran.«

Vash knurrte, und er grinste, bevor er sie losließ.

»Dann leg los«, forderte sie.

»Kann ich nicht.« Da war kein Anflug von Reue in seinem Ton. Er schnippte die Messingschnallen auf, die ihre Weste zusammenhielten, und umfing eine ihrer schweren, empfindlichen Brüste. »Alles Blut ist in mein anderes Gehirn geflossen. Darum muss ich mich erst kümmern.«

Seine Frechheit machte Vash für einen Augenblick sprachlos. »Was ist in dich gefahren?«

Was immer es war, ihr gefiel die Wirkung, die es auf ihn hatte. Er war von Natur aus ein ernster Typ, und diese entspanntere Version machte sie richtig scharf.

»Ich bin im Begriff, von der heißesten Frau auf dem Planeten flachgelegt zu werden. Das heitert einen schon mal auf. Außerdem habe ich ein Geschenk für dich. Es mag nicht ganz so lebensrettend sein wie das, das du mir heute gemacht hast, aber hoffentlich entpuppt es sich noch als vergleichbar.«

Wärme breitete sich in ihr aus sowie ein fast schmerzhaftes Entzücken, als er mit Daumen und Zeigefinger an ihrer Brustwarze zog. »Was?«

»Ich habe eine Spur zu Charrons Mördern.«

Ihr stockte der Atem, weil sich ihre Kehle verengte. »Was …? Wie …?«

»Adrian.« Elijah drückte sie fester an sich. »Ich habe ihn

gefragt, was er weiß. Er hatte die Gerüchte über deinen Gefährten gehört und Jason losgeschickt, um nachzuforschen. Die Lykaner, die zugegeben hatten, an der Sache beteiligt gewesen zu sein, wurden befragt. Er erinnert sich weder an ihre Namen noch an ihre Geschichten, wohl aber daran, dass sie das Geschehen anders wiedergegeben haben, als du es mir erzählt hast, denn sonst hätte er sie gleich selbst getötet.«

»Sicher hätte er das.«

»Vashti, ihm wurde nie gesagt, dass Charron so abgeschlachtet wurde, wie du es beschrieben hast. Er wusste nur, dass dein Gefährte tot war und Lykaner damit zu tun hatten. Hätte er etwas anderes gehört, wäre der Fall näher untersucht worden. Davon bin ich überzeugt.«

»Es hätte ihn einen Scheiß interessiert.«

»Ich denke, da irrst du dich.«

»Ach ja? Ich kenne ihn sehr viel länger als du.« Sie blies sich eine Haarsträhne aus dem Gesicht und trat zurück. Nachdem sie ihre Weste wieder geschlossen hatte, begann sie, auf und ab zu gehen. »Ich brauche Namen, El. Mir ist egal, was diese Lykaner gesagt haben. Ich *weiß*, was ich gesehen habe, und ich kenne Char. Er hätte nie irgendwas getan, was einen solchen Tod gerechtfertigt hätte. Er war ein freundlicher, sanftmütiger Mann.«

»Die Befragungen wurden auf Band aufgezeichnet, später auf eine Disk übertragen und dann in einer Back-up-Cloud gespeichert.«

»Hat er dir Kopien gegeben?«

»Nein, und er hat das Passwort nicht, um auf sie zuzugreifen.«

»Schwachsinn! Er lügt.«

Elijah verschränkte die Arme und sah ihr direkt in die Augen. »Nein, Vashti, tut er nicht. Jeder Außenposten hat sein eigenes Log-in für die Cloud. Das ist eine Sicherheitsmaßnahme, die einen Zugriff auf das gesamte Außenpostensystem verhindern soll. Ich weiß, dass er die Wahrheit sagt, weil ich gesehen habe, wie Stephan in das System von Navajo Lake eingedrungen ist. Dort gab es keine Informationen über die anderen Außenposten.«

»Und wer hat das Passwort?«

»Jason und Armand. Leider war Jason in Navajo Lake und Armand noch in Huntington – wo die Befragungen einst stattfanden –, als es zu dem Aufstand kam. Beide Hüter gelten derzeit als vermisst.«

Vash trat auf ihn zu und packte seine Gürtelschlaufen. »*Du* kannst die Datei besorgen!«

»Wenn da noch irgendwas übrig ist, ja. Aber so oder so sind die Namen der Lykaner in der Cloud. Also selbst wenn Huntington in Trümmern läge, wäre es nicht das Ende.«

Vash holte tief Luft und bemühte sich, ihre Gefühle im Zaum zu halten. Hätte man sie gefragt, hätte sie die nicht mal benennen können. Vielleicht Begeisterung; ganz sicherlich Furcht und auch ein wenig Verwirrung. Wohin ging man, wenn man das Ende erreicht hatte? Und inmitten des Durcheinanders war sie sich des Mannes allzu bewusst, an dem sie sich festhielt. Sie arbeitete an der Wiedergutmachung für Char, während sie sehr nahe bei einem anderen Mann war, und sie hatte kein schlechtes Gewissen. Vielmehr suchte sie in sich nach dem Gefühl, sie würde etwas Falsches tun, untreu sein, aber da war nichts.

»Ich kann dir gar nicht sagen, wie viel mir das bedeutet, Elijah«, sagte sie leise.

Seine warmen Hände umfingen ihre Handgelenke. »Dann zeig es mir.«

12

Sein eingleisiges Denken amüsierte sie, und Vash blickte sich in dem kleinen Raum um. »Die Auswahl hier ist eher begrenzt, du Sexbesessener: Schreibtisch oder Fußboden. Mir fehlt der Penis, um dich, gegen die Wand gelehnt, zu nageln. Und die Stühle hier haben alle Armlehnen, womit rittlings auf dir zu sitzen auch ausfällt.«

»Wo bleibt deine Fantasie?« Elijah ließ sie los und zog sich das T-Shirt über den Kopf. Vash war so darauf konzentriert, nach bleibenden Verletzungen Ausschau zu halten, dass sie nicht mitbekam, wie er seine Stiefel abstreifte. Ihre Hände glitten über seinen Oberkörper und tasteten nach Wunden, die sie trotz ihres Nachtsichtvermögens nicht bemerken könnte, als seine Jeans zu Boden fiel.

Seine plötzliche völlige Nacktheit überraschte sie, und sie rang nach Luft angesichts seiner unverhohlenen Männlichkeit.

»Sag es noch mal«, forderte er.

Sie löste die Zunge vom Gaumen. »Hä?«

»Was ich vergessen sollte.«

Sie blickte auf und sah, dass seine Augen fiebrig glänzten. Vash wollte diese Augen auf sich, wollte diesen hitzigen, gierigen Blick auf ihrem Körper. Keiner hatte sie jemals so angesehen, mit einem derart ungezähmten Verlangen.

Sie öffnete ihre Weste und warf sie beiseite. Jeweils auf einem Bein balancierend, zog sie erst den einen, dann den anderen Stiefel aus. Als sie ihre Hose nach unten schob, sank Elijah auf einen Stuhl, lehnte sich zurück und beobachtete sie genüsslich.

»Sag es, Vashti.« Es klang beinahe wie ein Schnurren, das über sie hinweg und um sie herumstrich, gleich warmen Rauchfäden.

Vash richtete sich auf und kickte ihre Hose zur Seite.

»Ich will«, sie legte absichtlich eine Pause ein, »dass du mich die ganze Arbeit machen lässt. Du wurdest gestern in Fetzen gerissen.«

»Ich verspreche, mich nicht über Gebühr zu betätigen, in Ordnung?«

»Nein, das reicht mir nicht.«

»Traust du mir nicht?«

»Ich könnte dich vielleicht wieder festbinden. Aber dafür würdest du uns beide zu Tode ficken.«

»Du kannst mich nicht überwältigen, Vashti«, sagte er schroff. »Und das ist es nicht, was du brauchst oder willst. Versuch das also nie wieder.«

Sie näherte sich ihm, stützte die Hände auf die Rückenlehne seines Stuhls und senkte ihre Lippen zu seiner Stirn, um den Duft seiner Haut einzuatmen und auf ihren Körper wirken zu lassen. Er beruhigte sie.

Elijah kannte sie. Er *durchschaute* sie. Wie er das anstellte, wusste sie nicht, aber er tat es ...

Egal. Es spielte keine Rolle. Dies war das letzte Mal, dass

sie das hier taten; ihre Zusammenarbeit näherte sich dem Ende. Bald würde sie wieder die Vashti sein, die *sie* kannte und die sie für alle anderen sein musste. Sobald sie Charrons Mörder unter ihren Stiefelabsätzen hätte, würde sie ihren Teil der Abmachung erfüllen. Sie hätten beide, was sie wirklich wollten, und anders, als es im Moment scheinen mochte, wollten sie einander nicht. »Heute Nacht wird es ruhig und langsam sein.«

Die Fingerspitzen seiner rechten Hand strichen sacht außen über ihren Schenkel. Es war kaum zu spüren, doch sandte die Berührung Wellen von Wärme und Lust durch ihren Körper. Dass er nicht mehr tat, nicht die Initiative übernahm, gab Vash die Chance, zwischen ihnen reinen Tisch zu machen.

Ich brauche das auch, dachte sie. Sie wollte ihn mit einer anderen Erinnerung als der aus dem Shred verlassen.

»Zeig mir, wie ich auf diesem verfluchten Stuhl arbeiten soll«, murmelte sie, obwohl allein der Gedanke, sich rittlings auf seinen harten Körper zu zwängen, sie feucht machte.

»Stell dich erst mal hin und lass mich dich ansehen.«

Langsam richtete sie sich auf und trat einen Schritt zurück. Sie tauchte beide Hände in ihr Haar, türmte es auf ihrem Kopf auf und bog den Rücken durch wie ein Pin-up aus den Fünfzigern.

Elijah atmete schwer und umklammerte die Armlehnen mit beiden Händen. »Mein Gott, Vashti ...«

Die ehrfürchtige Freude in seinem Tonfall traf sie ins Mark, überwand alle ihre Schutzbarrieren und erreichte die empfindlichsten Stellen in ihr. Sie erschauerte.

»Du bist so verdammt umwerfend«, knurrte er. »Üppig und kurvig, perfekt. Und du bist so stark. Stark und tough.«

Er sprach, als gehörte sie ihm, und ihr wurde bewusst, dass sie es genoss, was sie verstörte. Sie war stets eine eigenständige Frau gewesen. Char hatte das gewusst und keinerlei Besitzansprüche auf sie geltend gemacht. Vash hatte einen Job gehabt, der weit über seinem rangierte, und er hielt sich zurück und ließ sie ihre Arbeit tun oder befolgte ihre Befehle, wenn sie ihm welche gab. Das war es, was sie von einem Gefährten brauchte und wollte … Unterstützung und Akzeptanz.

Trotzdem törnte Elijahs dominante Art sie wie verrückt an.

Sie drehte sich langsam und verbarg, wie nervös es sie machte, ihm ihren Rücken zu zeigen.

»Komm näher. Rückwärts«, befahl er und erinnerte sie daran, dass er sich niemals unterordnen würde. Er würde immer ihre Unterwerfung fordern, sogar wenn er ihre Stärke und Zähigkeit pries.

Mit gespreizten Fingern streichelte er ihren Rücken, als wollte er sie besänftigen. »Beug dich vor.«

Wohlwissend, wie ausgeliefert sie in der Stellung wäre, in der er sie wollte, neigte sie sich zögerlich nach vorn und spreizte gleichzeitig die Beine weiter, um besseren Halt zu haben. Seine Hände umfingen ihre Oberschenkel direkt unterhalb ihres Hinterns. Mit den Daumen rieb er sanft über ihre Schamlippen und öffnete sie, sodass er sie betrachten konnte.

»Mmm … du bist schon feucht und weich.«

Sie schluckte und biss sich auf die Lippe, um ein Stöhnen zu unterdrücken. Sein Atem wehte heiß und feucht über ihre empfindlichste Stelle. Sie stützte ihre Hände auf die Knie, um nicht nach vorn zu kippen und auf die Nase zu fallen.

»Ich werde dich noch feuchter machen«, versprach er, bevor er sehr langsam über ihre geschwollene Scham leckte.

Ihr Luftschnappen klang laut in dem stillen Raum. Es war aufregend, willig und bereit für ihn zu sein – jedweder Kontrolle beraubt.

Seine Zunge glitt wieder über sie. Diesmal fühlte sie sich ein wenig rauer an, wie nasser Samt, und sie leckte ein bisschen mehr von ihr. Vash stöhnte vor Wonne und fragte sich, ob er diese leichte Veränderung zu ihrem Vergnügen oder seinem eigenen einsetzte. So oder so war es erregend. Das letzte Mal hatte er sie so positioniert, wie er sie wollte, und sie genommen. Er nahm sich, was er brauchte, wie er es brauchte, und erwartete, dass sie Vergnügen darin fand, es ihm zu geben. Was sie auch tat. Noch nie zuvor war sie so heftig oder so oft gekommen. Nie hatte sie eine so wilde, hemmungslose Ekstase erlebt.

Sein Stöhnen vibrierte an ihr. »Dein Geschmack macht mich wahnsinnig. Ich könnte dich stundenlang verschlingen, über Tage jeden süßen, cremigen Tropfen von dir auflecken.«

Mit seinem nächsten Zungenschlag neckte er ihre Öffnung, umrahmte sie mit trägen Kreisbewegungen, sodass Vash sich weiter zu ihm lehnen wollte. Doch er hielt sie fest und tippte ihre Klitoris mit der Zungenspitze an, während er eine leise Zurechtweisung summte.

»Elijah!«, jammerte sie.

»Elijah ... was?«

Sie biss die Zähne zusammen. »Elijah, bitte.«

»Bitte ... was?«

Sie konnte nichts gegen den frustrierten Laut tun, der ihr entfuhr. »Bitte sei kein Arsch.«

»Aber ich darf mich nicht hetzen«, sagte er ruhig. »Sonst könnte ich mich überanstrengen und mein Versprechen brechen.«

»Mit deiner *Zunge*?«

Als sie sich aufrichten wollte, verhinderte er es mit einer Hand unten an ihrem Rücken. »Ist es so schwierig, mich die Führung übernehmen zu lassen?«

»Ja.« Nein. Das war es, was Vash am meisten irritierte. Sicher, er war ein Alpha, aber er war nicht *ihr* Alpha. Und unter ihren Leuten kam *sie* einem Alpha verdammt nahe. Was würden die denken, wenn sie Vash jetzt sehen könnten?

»Obwohl es dir Vergnügen bereitet?«, fragte er.

Vash sah über die Schulter zu ihm. Und er blickte sie an, nicht die feuchte, bebende Scham, die so dringend nach seiner Aufmerksamkeit verlangte. Lüsternes Interesse hätte sie komischerweise beruhigender gefunden. Seine Konzentration auf ihre Reaktionen und ihre Gefühle war viel zu intim.

»Ich bin keine von den unzähligen Schlampen, die hinter dir herschnüffeln«, fuhr sie ihn an. »Unterwerfung ist mir nicht von Natur aus gegeben.«

»Gut. Frauen ohne Rückgrat machen mich nervös.« Er küsste sie auf den Arsch. »Du bist fantastisch gebaut, aber nicht mal deine spektakulären Titten würden mich über mehr als einen Fick hinaus interessieren. Das muss wohl heißen, dass ich dich wegen deiner charmanten Neigung begehre, Kommandos zu brüllen und alles um dich herum zu kontrollieren ... mit Ausnahme von mir, versteht sich. Also, beende deinen verdammten Satz: Elijah, bitte tu was? Du willst, dass ich tue, was immer ich mit dir tun will? Dann sag es. Willst du mir irgendwelche Hinweise geben? Nur zu. Ich bin offen für Anregungen.«

Sie sah zu Boden. Verdammt, sie wollte ihm sagen, was er tun solle, *und* sie wollte, dass er mit ihr tat, was immer er wollte. Was von beidem sie dringender wollte, wusste sie nicht.

Also entschied sie sich für den Mittelweg.

»Elijah«, hauchte sie. »Bitte, leck mich, bis ich komme. Und dann tu mit mir, was immer zur Hölle du mit mir tun willst.«

»Ich dachte schon, du fragst nie, Schätzchen.«

Wäre die Hand von ihrem Rücken nicht nach vorn zu ihren Oberschenkeln gewandert, um sie zu halten, wäre Vash, als seine Zunge unvermittelt zwischen ihre Schamlippen fuhr, umgekippt. Er benutzte seinen Mund, wie es nur eine Kreatur konnte, die sich genauso auf ihn wie auf ihre Hände verließ. Seine raue und zugleich samtige Zunge leckte sie rhythmisch und präzise; das Tempo, mit dem sie in sie hineinglitt, brachte Vash dazu, sich auf ihren Fersen zu wiegen, um den perfekten Druck beizubehalten, der sie zum Orgasmus bringen würde. Sie konnte seinen Schwanz zwischen ihren Beinen sehen. Er war unglaublich dick, hart und lang. Die von Venen überzogene Erektion war von brutaler Schönheit, genau wie der Mann selbst. Sie wollte ihn ... wollte ihn ...

Gott, sie wollte ihn so sehr, dass es wehtat. Ihr Atem

ging pfeifend; ihre Nippel waren hart und angespannt, und ihr Bauch zog sich hilflos zusammen, während ihr verzweifelte Wimmerlaute über die Lippen kamen, als er ihre Klitoris mit seiner rauen Zunge massierte.

»Bitte«, flehte sie, als sie es nicht mehr aushielt.

»Ja.« Er sog fest und schnell an ihr, und Vash kam mit einem Schrei, erbebte unter den Wellen ihres Höhepunkts.

Als ihre Beine zitterten und einzuknicken drohten, zog Elijah sie auf seinen Schoß und lehnte sie an seine Brust. Ihr Kopf sank an seine Schulter, und sein Duft berauschte sie. Ihn an ihrem Rücken zu spüren, fest, warm und stark, weckte den Wunsch in ihr, sich nie wieder zu rühren. Seine Arme legten sich um sie. Eine Hand umfing ihre Brust, während die andere ihr Knie umfasste und ihre Beine weiter auseinanderschob.

»Führe mich«, flüsterte er an ihrer Wange. »Steck meinen Schwanz in dich.«

Sie schluckte, weil ihre Kehle trocken war, nahm seinen Schwanz in die Hand und rieb ihn von der Wurzel bis zur Spitze. Einmal. Zweimal. Dann öfter. Er war so hart, und sie liebte es, ihn und ihre Wirkung auf ihn zu fühlen. Er stöhnte vor Lust, wobei seine Brust an ihrem Rücken vibrierte. Ihre Hand wurde ein wenig feucht vom ersten bisschen Samenflüssigkeit, während ihr eigener Körper auf seine Hände an ihren Brüsten reagierte. Mit geübten Bewegungen knetete er die schweren Rundungen, und seine talentierten Finger zwirbelten und zupften an den empfindlichen Spitzen.

»Du bringst mich noch zum Kommen«, warnte er und schabte mit den Zähnen über ihre Schulter.

»Das ist das Ziel, oder nicht?«

»Wollte ich nichts weiter als einen Orgasmus, hätte ich mir den weiten Weg durch die Halle erspart und das Angebot draußen auf dem Parkplatz angenommen.«

Ihre Faust umklammerte ihn fester, und er stieß einen Laut aus, der halb Stöhnen, halb Lachen war. Verdammt, er wusste, dass sie es hasste, wie die anderen weiblichen Wesen bei ihm ins Sabbern gerieten. Absichtlich provozierte er sie damit, und sie ließ es zu. Weil sie das Recht hatte, sich zu nehmen, worauf andere Frauen nur hoffen konnten.

Sie richtete sich weit genug auf, um die breite Spitze seines Schwanzes an ihre Öffnung zu führen. Einen Atemzug später ließ sie sich auf ihn herabsinken und schloss die Augen, als er sie ausfüllte und dehnte. In dieser Stellung war sie eng, sodass er arbeiten musste, um sie einzunehmen.

Sein tiefes, wonniges Stöhnen war so erotisch, dass sie schon fast bei dem Geräusch allein kam. Es war durchwoben von einem Wispern seiner Unterwerfung und erinnerte sie daran, dass sie beide gleichermaßen in ihrem alles verzehrenden Verlangen gefangen waren. Sie waren gleich hilflos gegenüber dieser Anziehung zwischen ihnen.

Mit seinen Händen an ihrem Brustkorb unmittelbar unter ihrem Busen kontrollierte er die Geschwindigkeit und den Winkel, sodass sie jeden Zentimeter seiner Erektion besonders deutlich in sich eindringen fühlte. Er nahm sie ein, wie sie ihn einnahm. Ihr Haar fiel über seine Schulter, und ihre Hüften begannen von selbst zu kreisen. Sie nahm die Hände über die Schultern nach hinten und tauchte ihre Finger in sein dichtes dunkles Haar.

»Mmm...«, stöhnte sie. »Das fühlt sich so gut an.«
»Es gibt noch mehr.«
»Ja... mehr.« Vash sank in seine Arme und überließ ihm alles.

Er bewegte sie tiefer, hielt mühelos ihr Gewicht. Sie war groß und kurvenreich. Noch nie hatte Vash sich als zart empfunden, doch Elijah gab ihr das Gefühl, von weiblicher Zerbrechlichkeit zu sein, was niemand außer Charron je geschafft hatte. Sie genoss dieses Gefühl – etwas anderes zu sein, als eine Vampirin oder Syres Lieutenant.

Sobald er vollständig in ihr war, umarmte er sie von hinten. Seine Arme reichten um sie herum und kreuzten sich über ihrer Brust. Schweiß benetzte die Haut zwischen ihnen beiden, fügte sie zusammen. Ihre Schenkel spreizten sich auf seinen; seine Zähne knabberten an ihrer Schulter, und er pulsierte in ihr. Sie war vollständig in Besitz genommen. Das fühlte sie, auch wenn er es nicht sagte.

Elijah griff zwischen ihre Beine, fand ihre entblößte Klitoris und massierte sie sanft mit zwei Fingern. Sie kam mit einem atemlosen Aufschrei. Sein leises, zufriedenes Knurren befeuerte ihren Hunger und hielt sie auf dem Gipfel, sodass sie mehr wollte. Mehr von ihm und den Gefühlen, die er in ihr auslöste.

»Ich liebe es, wie du mich drückst, wenn du kommst«, flüsterte er. »Du wirst ganz stramm um mich... melkst mich... Tu das noch mal.«

Ihre Hände fielen auf die Armlehnen des Stuhls, und sie streckte den Oberkörper von ihm weg. Als sie sich vorlehnte, drang er noch tiefer in sie, und es war ein so exquisites Gefühl, dass sie fast erneut kam. Sie konnte nicht erklären, wie oder warum er solch ein Aphrodisiakum für sie war, aber es ließ sich nicht leugnen. Alles an ihm war eine Freude für ihre Sinne, hielt sie erregt und bereit.

Seine Lippen strichen sanft über ihren Rücken, und bei der zärtlichen Geste wurde ihr die Kehle eng. »Reite mich, Vashti. Fick mich, bis ich es nicht mehr aushalte.«

Das tat sie. Die erste halbe Stunde ging sie es ruhig und langsam an, wie versprochen, und genoss es, seine Anspannung zu steigern. Sie verlor sich in dem rhythmischen Heben und Senken ihrer Hüften, dem Rein- und Rausgleiten seines Schwanzes ... der Ebbe und Flut von Verlangen, während sie ihre Bewegungen am Geräusch seines Atmens orientierte: langsamer, wenn er stöhnte, schneller, wenn er still wurde.

So hätte sie ewig weitermachen können, doch dann bewirkten seine Finger zwischen ihnen, die seinen Schaft unten umfassten, dass sie sich neu konzentrierte. Er versteifte sich für einen Moment, dann brach ein wilder Orgasmus über ihn herein. Er erbebte so heftig, dass der Stuhl unter ihnen wackelte wie bei einem Erdbeben. Seine Zähne knirschten hörbar, und die Finger seiner freien Hand dellten die Stahlarmlehne des Stuhls ein, als handelte es sich um Alufolie. Er kam lange und hart ... und doch ohne dass sie seinen heißen Samen gespürt hätte.

Oh nein, das machst du nicht, dachte Vash, entschlossen, seine eiserne Kontrolle zu brechen.

Vash nahm sein Wissen und Können, seine Fähigkeit, die Ejakulation selbst beim Orgasmus zurückzuhalten, als Herausforderung. Er war zu beherrscht, zu vernünftig, während sie fast irre wurde vor Wonne.

Sie legte ihre Hände auf seine und drückte sie mit ihrem Gewicht nach unten.

Und dann *nahm* sie ihn. Nicht wie beim ersten Mal, nein, so würde sie es nie wieder tun. Diesmal fesselte sie ihn mit Verlangen, seinem wie ihrem, und den Wonnen ihres Körpers. Sie ritt ihn hart und trieb ihn erbarmungslos und in einer Geschwindigkeit zum Höhepunkt, dass er nichts zurückhalten konnte.

»Vashti«, keuchte er und fluchte deftig. Er beschimpfte sie, sagte ihr, dass sie langsamer machen solle, aufhören, ihm eine Minute geben.

Als er diesmal kam, war es intensiver als zuvor. Er rang nach Luft, und seine Beine versteiften sich unter ihren, als er in ihr abspritzte. Sie fühlte es und genoss, wie er ihren Namen brüllte. Weibliche Zufriedenheit durchströmte sie und löste ihren eigenen Orgasmus direkt nach seinem aus.

Seine Arme schlangen sich um sie, pressten sie an ihn, und gemeinsam ergaben sie sich ihrer Lust.

Als die Sonne über der Wüste aufging, begrüßte Elijah den neuen Tag in besserer Verfassung denn je. Was umso beachtlicher war, als er gestern praktisch noch auf dem Sterbebett gelegen hatte. Seine Wunden waren restlos verheilt, seine Stärke vollständig wiedergewonnen, wenn nicht gar gesteigert. Ob es an dem Hüterblut lag, das nun in seinen Adern floss, oder eine Nachwirkung der Nacht mit der heißen, leidenschaftlichen Vashti war, konnte er nicht sagen.

Fick mich, bis ich es nicht mehr aushalte.

Und Vashti hatte ihn wahrlich beim Wort genommen. Er hatte versucht, sie zurückzuhalten, es hinauszögern wollen.

Um ihretwillen wie für sich selbst. Sie hatte ihn so sehr genossen, hatte ihre Freude mit ungezügelter Begeisterung angenommen und sich von ihrem Instinkt in einen Zustand animalischer Lust treiben lassen, in dem ihr Körper sämtliche Zweifel und Wut aus ihrem Denken verbannt hatte ...

»Alpha.«

Er blickte über seine Schulter zu Raze, der eine schwarze Tuchhose und ein graues Seidenhemd trug. So dezent elegant war er beinahe nicht wiederzuerkennen. Elijah drehte sich um, um die Reisetasche zu fangen, die der Vampir ihm zuwarf, und fragte: »Was gibt's?«

»Gehen wir. Du kannst dich am Flughafen umziehen, nachdem wir eingecheckt haben.«

Verwundert blickte Elijah zur geschlossenen Tür von Syres Büro. Vashti war vor ungefähr zwanzig Minuten durch die Tür verschwunden, sodass er die letzten Teams allein in den Einsatz geschickt hatte, während sie schätzungsweise den Anführer der Vampire über ihre privaten Pläne informierte, den Außenposten in Huntington zu besuchen.

»Ihr Befehl.« Raze besaß immerhin den Anstand, keine Schadenfreude zu zeigen. »Sie hat dich gestern Abend mir zugeteilt.«

Aha. Jetzt verstand er, worüber sie mit ihm hatte reden wollen, ehe sie von ihrer Lust abgelenkt worden waren. Gerade so, wie er wusste, dass sie ihre Pläne geändert und nun vorhatte, stattdessen mit ihm nach Huntington zu fahren.

Kopfschüttelnd richtete er die Taschengriffe in seiner Hand und nahm seine Sonnenbrille vom Schreibtisch. Sinneswandel hin oder her, einige Dinge zwischen ihnen sollten dringend geklärt werden. Vash musste lernen, dass Entscheidungen oder Befehle, die ihn betrafen – oder sie beide – grundsätzlich auch beider Zustimmung bedurften.

»Gehen wir.«

Das Fiese war, dass Elijah begriff, warum sie Abstand wollte, und er verstand auch, dass es seine Informationen über Charrons Mörder waren, die sie zur Planänderung veranlasst hatten. Hätte sie sich die Mühe gemacht, mit ihm darüber zu reden, er hätte ihr gesagt, dass es ihm gleich war, ob sie sich wegen Informationen, Sex oder der Verfügungsgewalt über die Lykaner zu ihm hingezogen fühlte, weil alles die Grundlage für eine Beziehung sein könnte. Und er hatte beschlossen, diese Beziehung weiterhin anzustreben, denn er konnte weder die Finger von Vash lassen noch aufhören, an sie zu denken.

Was ihm Sorgen machte, war die gute Stunde, die sie zusammen verbracht hatten, nachdem ihrer beider Verlangen gestillt gewesen war. Eine Stunde, in der sie die Zusammenstellung der Teams durchgegangen waren und in der Vash mit keiner Silbe erwähnt hatte, dass sie ihn jemand anderem zugeteilt hatte. Er hatte sie sogar auf den Kopf zu gefragt, worüber sie mit ihm hatte reden wollen, und sie war der Frage mit einer lapidaren Antwort ausgewichen.

Wie Salem gesagt hatte, hatten sie keine Beziehung, solange sie nicht mit ihm sprach.

»Wo wollen wir hin?«, fragte er im Rausgehen.

»Seattle.«

Mit einem gellenden Pfiff stoppte Elijah zwei Jeeps, die gerade vom Parkplatz fahren wollten. Er lief zu der Fahrerin des Ersten und fragte sie nach ihren Befehlen. Die änderte er genauso wie Raze' und gab dessen Befehle an die

Insassen des zweiten Wagens weiter, sodass alle drei Teams neue Aufgaben hatten. Anschließend erinnerte er die Lykaner, dass seine Handynummer in ihren Kontaktlisten zu finden war.

»Ruft mich jederzeit an«, sagte er zu ihnen, »egal weshalb. Selbst wenn ihr nur reden wollt, ich bin für euch da.«

Als die beiden Geländewagen wegfuhren, wandte Elijah sich zu seinem alten und neuen Teampartner um. »Jetzt fahren wir nach Shreveport.«

Was zufällig der Schauplatz von Nikkis Entführung war, und die wiederum hatte Vash erstmals auf Elijah aufmerksam gemacht – und umgekehrt. Micah war dort tödlich verletzt worden, gefoltert von Vash, um ihm Elijahs Identität und Aufenthaltsort zu entlocken.

»Du denkst, dass sie dich suchen kommt«, mutmaßte der Vampir.

Elijah warf seine Reisetasche auf die Rückbank des Jeeps, den Raze sich ausgesucht hatte. Da keine Antwort nötig war, gab Elijah ihm auch keine.

»Du scheinst ganz schön von dir überzeugt, Alpha.« Raze stieg hinters Lenkrad. »Aber nach dem, was sie gestern für dich getan hat, darfst du das wohl auch sein.«

»Kümmere dich um deinen eigenen Kram«, warnte Elijah ihn ruhig. »Bei mir ist sie sicher.«

Der Vampir fuhr vom Parkplatz, wobei er hinter ihnen eine kleine Sandwolke zurückließ. »Es könnte eventuell sein, dass ich dich am Ende ganz sympathisch finde.«

»Nimm's mir nicht übel, wenn ich das nicht mit angehaltenem Atem erwarte.«

»Nein, das wäre auch ungesund.«

»Wir müssen die Kühlkiste zu Grace schaffen.« Vash wies mit dem Kopf auf den rot-weißen Kühlbehälter auf Syres Schreibtisch.

Er hob den Deckel hoch und sah stirnrunzelnd hinein. »Was ist das alles?«

»Das Equipment, das wir benutzt haben, um Elijah Lindsays Blut zu übertragen.«

Syre blickte sie an. »Du bist misstrauisch, weil Adrian sie anstelle eines Blutbeutels geschickt hat?«

»Ich habe seine Augen gesehen, als ich ihr ein Messer an die Kehle hielt. Er würde ohne Weiteres für sie bluten. Also warum tat er es nicht?« Sie schritt auf und ab. »Wenn ich nur wüsste, was sie zu ihm gesagt hat, solange ich bewusstlos hinten in dem Wagen lag!«

»Denkst du, sie hat ihn überredet, sie herkommen zu lassen? Warum?«

»Ich weiß, dass es so war. Und sie hat es natürlich für ihn getan. War nicht alles, was sie bisher getan hat, für ihn?«

»Aber ging es hier nicht ebenso sehr um den Alpha?«

»Ja, sie kam auch Elijahs wegen.« Ihre Hände ballten sich unweigerlich zu Fäusten, und Vash verschränkte sie rasch auf dem Rücken, um die Geste zu verbergen. »Aber das hätte nicht als Grund für Adrian gereicht, sie gehen zu lassen. Da ist noch etwas. Schließlich war das, was sie uns gegeben hat, quasi Adrians Blut, nur gefiltert. Warum war das akzeptabler als der reine Stoff? Ich hoffe, dass Grace es herausbekommen kann.«

Syre schloss die Kühlkiste, lehnte sich an den Schreibtisch und verfolgte Vashs Bewegungen. »Grace ist mit der Erforschung des neuen Vampirvirus beschäftigt.«

»Dann müssen wir jemand anderen einspannen. Wir brauchen so oder so mehr Versuchspersonen. Mit jedem Tag, der vergeht, breitet sich die Krankheit weiter aus. Wenn wir das nicht bald in den Griff bekommen, liefern wir Adrian den Vorwand, den er braucht, um uns alle auszuschalten. Wir müssen auch das Lykanerblut testen. Die Infizierten haben sich alle auf Elijah gestürzt und Salem und mich völlig ignoriert. Aber Elijahs Blut hat sie umgebracht. Ich weiß, dass wir ein Heilmittel suchen. Nur vielleicht können wir uns diesen Luxus nicht mehr leisten. Es könnte sein, dass wir gezwungen sein werden, zwecks Schadensbegrenzung jeden Infizierten auszulöschen. Und wenn Lykanerblut giftig für sie ist, sollten wir das erfahren.«

»Ich sehe mich mal nach geeigneten ›Versuchspersonen‹ um. Was das Lykanerblut betrifft, könnte der Dämonenanteil in ihnen schuld sein.«

»Tja, an Dämonen gibt es einen unbegrenzten Vorrat. Wenn wir die auch testen müssen, sammle ich ein paar ein, sowie ich wieder zurück bin.«

»Willst du weg?«

Sie blieb vor ihm stehen und erzählte ihm von Elijahs Erkundigungen bei Adrian.

»Und Adrian gab ihm diese Information freiwillig?«, fragte Syre misstrauisch. »Dem Lykaner, der seine Stellung so drastisch geschwächt hat?«

»Sicher hat Lindsay sich für Elijah eingesetzt. Mal wieder.«

»Steht sie dem Alpha so nahe? Läuft da irgendwas zwischen den beiden?«

Vash stieß hörbar die Luft aus. »Freundschaft. Adrian würde ihn killen, wäre da mehr. Eigentlich ist ihre Beziehung geradezu familiär, wie zwischen Geschwistern oder Cousine und Cousin, die sich nahestehen. Lindsay hat ihr Leben als Sterbliche aufgegeben, um bei Adrian zu sein. Ich kann mir nicht vorstellen, dass sie viele enge Bindungen hatte oder hat, wenn sie das so einfach konnte. Und Elijah ... Er ist so etwas wie ein einsamer Wolf. Ein sehr engagierter, aufmerksamer Anführer, aber er ist eher für die anderen da, als dass er irgendwas von sich preisgibt. Die wenigen Freunde, die er hat, sind ihm sehr wichtig.«

Er würde für sie töten, plante sogar, Vash ihretwegen umzubringen. Dass ausgerechnet Lindsay zu Elijahs Freunden zählte, ärgerte Vash maßlos. Und zu wissen, dass zwischen ihnen nichts Romantisches lief, milderte ihre irrationale Eifersucht nicht. Wenn sie bloß daran dachte, wie viel Micah ihm bedeutet haben musste, quälten sie Schuldgefühle. Vash hatte vor langer Zeit gelernt, keine Reue zu empfinden. Die konnte zu gefährlich sein, wenn man ein endloses Leben führte. Aber Elijah so zu verletzen, wie sie es getan hatte ... wegen eines Verbrechens, an dem er keine Schuld trug ... das nagte an ihr.

»Also nimmst du ihn mit nach Huntington?«, fragte Syre.

»Ja. Ich habe dir meinen Preis von Anfang an genannt – ich würde ihn für dich einspannen, aber ich bekomme auch von ihm, was ich brauche.«

Seine Mundwinkel hoben sich. »Das habe ich nicht vergessen.«

»Ich melde mich und halte dich auf dem Laufenden. Es sollte nicht lange dauern.« Sie wollte unbedingt aufbrechen, und das nicht bloß, um die Sache zu erledigen, sondern um mit Elijah zusammenzuarbeiten. Bei den Aufgaben, die sie bisher gemeinsam angegangen waren, hatte er sie stabilisiert und im Gleichgewicht gehalten, genau wie sie ihn. Sie arbeiteten gut zusammen. Es war seine intimere Wirkung auf sie, die sie aus der Bahn warf.

»Sei vorsichtig, Vash. Und achte auf Fallen. Er ist eben erst dabei, seine Autorität zu behaupten, und die wird gewiss noch oft auf die Probe gestellt werden. Ich möchte nicht, dass du ins Kreuzfeuer gerätst. Keiner will erleben, was ich tun würde, sollte dir etwas passieren.«

Sie nahm seine Hand und drückte sie dankbar. Es war gewiss nicht leicht für ihn gewesen, in den Jahren seit Charrons Tod den Glauben an sie nicht zu verlieren.

Vash öffnete die Bürotür und trat hinaus in eine unheimlich stille Halle. Keine Seele rührte sich in dem riesigen Raum, und auch wenn Elijah rein theoretisch in einem der anderen Büros hätte sein können, spürte Vash sofort, dass er weg war. Sie fühlte die Leere, und ihr Bauch krampfte sich zusammen. Diese Reaktion wiederum ließ ihre Stimmung bedenklich kippen. Sie war nicht wütend, dass er gegangen war – man musste kein Raketenforscher sein, um zu erahnen, was sich abgespielt hatte, während sie abgelenkt gewesen war. Nein, sie machte wütend, wie sehr sie sein Verschwinden erschütterte. Es tat weh, dass er widerspruchslos gehen konnte, nachdem sie schon mit dem bloßen Gedanken gekämpft hatte.

Sie schnappte sich einen Autoschlüsselbund von der Wandtafel und war bereits halb an der Tür, als diese aufging und die nächste Busladung Lykaner hereinströmte, von Salem hergebracht. Er war schon vor dem Morgengrauen losgefahren, um sie einzusammeln.

»Verdammte Sch...« Nun war sie gefangen, bis Salem und sie die neuen Teams eingeteilt hatten. Elijah hatte morgens seine Vorschläge für die Teamzusammensetzungen in den Computer eingegeben, wodurch Vash Zeit sparen würde. Trotzdem würde sie ihn unmöglich noch erwischen können, bevor sein Flieger abhob.

Sie kochte vor Wut, als sie die Schlüssel zurückhängte und sich an die Arbeit machte.

13

Elijah wusste, dass etwas nicht stimmte, sobald er mit dem Mietwagen in das Wohngebiet am Rande von Shreveport, Louisiana, einbog. Zwar war früher Abend, doch hier parkten eindeutig zu viele Autos, zumal wenn man berücksichtigte, wie wenig Licht in den Häusern brannte. Kaum hatte Elijah sich aus dem Kleinwagen geschält, nahm sein Unbehagen zu.

Es war zu still. Beinahe totenstill. Keine Vögel zwitscherten, keine Hunde bellten, kein Fernseher oder Radio lief. Bei seinem Gehör hätte er Toilettenspülungen, Unterhaltungen in den Häusern und köchelndes Essen hören müssen.

Er ließ die verspannten Schultern kreisen und wiederholte im Geiste, was Lindsay gesagt hatte, als sie in Hurricane, Utah, ankamen, Momente bevor sie das Vampirnest entdeckten. »Hier wimmelt es nur so von denen.«

»Scheiße.« Raze blickte über das Wagendach zu ihm. »Ich hatte gehofft, das bilde ich mir nur ein.«

»Irgendwann mussten wir ja mal mitten ins Getümmel geraten.«

»Ich dachte, das hätten wir schon hinter uns«, entgegnete Raze genervt.

Elijah grinste. Für sie war es gleich morgens richtig losgegangen. Sie hatten sich am Flughafen einen Wagen gemietet und waren direkt zum Haus des Vampirs gefahren, der als Erster besorgt bei Syre angerufen hatte. Dieser Besuch hatte ihnen die Bekanntschaft eines sehr hübschen blonden Vampirs beschert, der sich Minolo nannte. Der langbeinige Blondschopf hatte sie hastig in sein gegen UV-Licht abgeschirmtes Apartment gezerrt und ihnen Zitronenkekse und Tee in geblümten Porzellantassen serviert – mit Untertassen! Minolo hatte sich umgehend in Raze verguckt, und in der Stunde, die sie dort waren, um ihn zu befragen, hatte er mit Vashtis Captain geflirtet und mit seinen getuschten Wimpern geklimpert, als gäbe es kein Morgen.

»Nicht interessiert«, hatte Raze schließlich geknurrt.

»Das kann ich ändern, Süßer«, hatte der Blonde mit einem anzüglichen Augenzwinkern erwidert.

An dem Punkt war Elijah eingeschritten, um Blutvergießen zu vermeiden, und hatte Minolos Aufmerksamkeit auf den eigentlichen Grund ihres Besuchs gelenkt.

Daraufhin erfuhren sie, dass eine Befragung der örtlichen Behörden Minolos Misstrauen geweckt hatte. In guter Vampirmanier hatte er die Ermittlungen im Fall eines verschwundenen Ex-Lovers behindert, um dann im Alleingang ein bisschen nachzuforschen. Minolo war das Tratschcenter der dortigen Vampirgemeinde, und es hatte nur ein paar Tage gedauert, bis er sich vergewissert hatte, dass mehrere Vampire aus seinem Dunstkreis länger nicht mehr in der Stadt gesehen worden waren.

Elijahs und Raze' nachfolgendes fünfstündiges Herumfragen in der Stadt hatte genügend Informationen ergeben, um zu folgern, dass es in Shreveport definitiv ein Problem gab. Sie hatten sich in einem beständig größeren Umkreis von Minolos Haus aus vorgearbeitet und die Nachbarn von vermissten Vampiren befragt.

Die meisten Minions, nach denen sie sich erkundigt hatten, arbeiteten nachts, sodass die Nachbarn kaum etwas von ihnen mitbekamen. Also hatten Elijah und Raze so getan, als würden sie wegfahren, nur um kurze Zeit später zurückzukehren und sich in die betreffenden Häuser zu schleichen. Sie waren sämtlich leer gewesen, was auf eine schaurige Schlussfolgerung hindeutete. Es waren viel zu viele Minions, deren Aufenthaltsort am helllichten Tag unbekannt war.

Trotzdem war diese Siedlung hier jetzt mit Abstand die besorgniserregendste.

»Wir brauchen Verstärkung«, sagte Elijah. »Zumindest die beiden Minions, die mit der Spätmaschine kommen, um die Nachtschicht zu übernehmen, aber besser wären mehr Leute. Ich würde ein Team von mindestens zwölf empfehlen.«

»Willst du dich umsehen? Noch haben wir ein bisschen Tageslicht.«

»Bringt nichts. In Las Vegas war heller Tag, und wir waren zu dritt.«

Raze rieb sich über den kahlrasierten Schädel. »Ich hasse es, wieder wegzufahren. Da komme ich mir wie ein Schlappschwanz vor.«

»Mir gefällt es auch nicht, aber es ist das Beste, glaub mir.« Elijah stieg zurück in den Wagen. »Wir kontaktieren eines der zuständigen Teams, damit sie uns einen Grundriss der Siedlung geben, und machen einen Plan für morgen.«

»Scheiße.« Raze sah sich wieder um. »Na gut.«

Elijah wusste es durchaus zu schätzen, wie schnell der Vampir den Rat eines Lykaners annahm. Ob es daran lag, dass er Raze' kommandierende Offizierin fickte, oder an ihm selbst, konnte er nicht sagen, aber vorerst war er schlicht zufrieden. Letztlich würden sie ihm alle trauen, weil er es verdient hatte.

Sie fuhren zurück zum Motel, zogen sich Jeans und T-Shirts an und beschlossen, es sich mit dem Abendessen einfach zu machen, indem sie zu Fuß in eines der Restaurants in der Nähe gingen. Sie hatten entschieden, in einer ländlichen Gegend abzusteigen, weit weg von der Stadt. Pinienwälder umgaben das sehr simple Motel, was Elijah beruhigend fand. Solch eine Umgebung brauchte er, nachdem er mit Vash einen gefährlichen Punkt erreicht hatte. Jede Minute, die verging, brachte ihn der unvermeidlichen Konfrontation näher. Er war eigentlich jetzt bereit, angespannt, wie er nach der fruchtlosen Jagd und der zu langen Trennung von ihr schon war.

Er setzte sich in eine der Tischnischen und bestellte zwei Spezialmenüs des Hauses und ein Bier. Als die Kellnerin wegging, lehnten Raze und er sich zurück und musterten einander, was sie bisher vermieden hatten, weil der Job Vorrang hatte.

Elijah gab sich besondere Mühe, da er erfahren hatte, dass Vashti sehr selten ohne Raze oder Salem im Schlepptau unterwegs war – und gewöhnlich sogar mit beiden. Beide Vampir-Captains waren groß für ihre Art; die Gefallenen zeichneten sich normalerweise durch eine schmale, elegante Gestalt aus, weil ihre Körper zum Fliegen geschaffen wurden. Salem war mit gut einem Meter neunzig und leicht zweihundertfünfzig Pfund Muskelmasse der Größere. Raze war eher wie Elijah gebaut: einen Meter neunzig groß und circa zweihundertzwanzig Pfund schwer.

Allerdings war Vashti eine kräftige Frau, groß mit straffen Muskeln, berühmt dafür, jede Form von Waffen zu beherrschen. Sie brauchte keine Bodyguards. Weshalb es, vom Standpunkt der Ressourcenverteilung aus gesehen, unklug wirkte, dass Syre drei seiner besten Gefallenen immer wieder gemeinsam losschickte.

»Also, was ist deine Geschichte, Alpha?«, fragte Raze. Nicht dass Elijah sich anmaßte, männliches Aussehen zu beurteilen, aber ihm war nicht entgangen, wie viele Frauen dem Vampir mit ihren Blicken gefolgt waren, als er nach draußen gegangen war, um einen Anruf entgegenzunehmen.

»Ich erzähle dir meine, wenn du mir deine erzählst.«

Raze schnaubte. »Ich nehme an, dass du meine Geschichte hören willst, weil Vash darin vorkommt.«

Elijah leugnete das nicht. »Sie hat mit dir und Salem immer zwei ziemliche Kraftpakete bei sich, obwohl sie selbst stark und klug ist. Sie kann auf sich selbst aufpassen.«

»Sie ist immer noch eine Frau.«

Elijah nahm einen großen Schluck Bier, um das zu verarbeiten. Ihm war klar, dass Raze und Salem großen Respekt vor Vashti hatten, sonst würden sie keine Befehle von ihr entgegennehmen. Was bedeutete, dass die Erwähnung ihres Geschlechts nichts mit Chauvinismus zu tun hatte.

Frauen waren auf eine Weise angreifbar, die Männer sehr viel seltener zu befürchten hatten.

Syre, Raze und Salem schienen alle sehr auf Vashs Schutz bedacht. Und so, wie sie zum ersten Mal Sex mit ihm gehabt hatte ... ihn gefesselt hatte ... die Kontrolle behalten wollte ...

»Lykaner?«, fragte Elijah angespannt, weil Zorn in ihm hochkochte.

»Ich weiß nicht, wovon du redest.«

Also würde Raze nicht direkt über Vash sprechen, sondern sich auf vage Andeutungen beschränken. Elijah respektierte das, auch wenn er mehr Informationen wollte.

Raze lehnte seinen Arm auf das Fensterbrett. »Du weißt ja, was wir vorher waren – Wächter. Nachdem wir gefallen waren, mussten wir uns überlegen, was wir anfangen sollten. Wir alle hatten unterschiedliche Fachgebiete, und auf die konzentrierten wir all unsere Bemühungen. Vashti spezialisierte sich auf Waffen, wie man sie herstellte und benutzte. Sogar als Gelehrte war sie schon eine Kriegerin.«

Bei der unüberhörbaren Zuneigung in Raze' Stimme spannte sich Elijahs Hand um die Bierflasche an. »Ja, das habe ich gesehen.«

»Damals dachten wir, dass wir uns nur unseren Weg zurück in die Gunst des Schöpfers erarbeiten müssten. Eine Art Abbitte leisten, Wiedergutmachung. Vash verlegte sich darauf, Dämonen zu jagen, was praktisch war, als die später anfingen, sich mit uns anzulegen. Wir waren die weggeworfenen Engel, von denen sie glaubten, sie wären zum Abschuss freigegeben.« Raze atmete hörbar aus. »Syre wollte es diplomatischer angehen, während Vash aggressiver war. Da sie diejenige draußen war, setzte sich ihre Methode durch. Es wäre eine beschissene Untertreibung, würde man behaupten, sie wäre bei den Dämonen nicht beliebt gewesen.«

»Oh Mann ...« Elijah sank gegen die Lehne seiner Bank. Er hatte die Überreste von Dämonenangriffen gesehen. Allein die Vorstellung, dass solch eine Verwüstung irgendwie Vash betroffen haben könnte, verursachte ihm Übelkeit.

»Und Dämonen lieben es, noch mal nachzutreten, wenn man am Boden ist. Der Tod eines Gefährten ist folglich die ideale Gelegenheit für sie.«

Elijah knirschte mit den Zähnen. »Sie sagte, dass Syre sich darum gekümmert hat. Stimmt das?«

»Ja. Er hat sich darum gekümmert. Als er mit ihnen fertig war, warf er ihre Asche in eine Mülltonne und sandte sie zurück an ihren König.«

Elijah bereute bitterlich, dass er nicht selbst Rache nehmen konnte, und dieses Gefühl der Ohnmacht war so akut, dass es wehtat. »Was war deine Spezialität?«

»Triage.«

Während er sich mit der Hand übers Gesicht rieb, fügte Elijah alles im Geiste zusammen und bekam ein Bild, das scheußlich an ihm nagte. »Oh Mann«, sagte er wieder. Er musste daran denken, wie er sie in Las Vegas genommen, wie vollständig er sie dominiert hatte.

Raze lächelte die Kellnerin an, als sie Elijahs Essen brachte. Sie erwiderte es, und ihre Augen leuchteten interessiert. Zweimal hatte sie Raze gefragt, ob sie wirklich nichts für ihn tun könnte, und er hatte geantwortet, er würde nur warten, bis sie eine Pause machte, die er gern mit ihr verbringen wollte, falls sie Lust hätte. Was sie selbstverständlich hatte.

»Sex macht dich fit«, sagte Raze, nachdem die Kellnerin wieder gegangen war. »Vielleicht suchst du dir vor morgen einen heißen Arsch, vor allem, wo du gestern fast abgedankt hättest. Es könnte deine letzte Chance sein, zum Stich zu kommen.«

»Deine Sorge rührt mich, aber mein Sexualleben geht dich nichts an.«

»Du magst Rothaarige, oder? Da ist eben eine süße Rothaarige reingekommen. Vielleicht hast du Glück.« Raze pfiff leise. »Verdammt, du siehst nicht mal hin! Vash muss dich um den kleinen Finger gewickelt haben.«

Elijah schluckte den ersten Bissen eines exzellenten Bürgermeistersteaks herunter. »Soll ich mich deshalb wie ein Arsch fühlen? Ich wüsste nicht, wo das Problem ist, wenn man etwas Gutes hat und dabei bleibt.«

»Dass es gut ist, heißt nicht, dass man nichts Besseres kriegen kann.«

»Echt jetzt, Alter.« Er steckte sich einen Hush Puppy in den Mund und zerbiss ihn. »Du hast deine Flügel wegen einer Frau verloren. Unmöglich kannst du vergessen haben, wie sich das anfühlt.«

Ein Schatten huschte über Raze' Züge. »So war es bei mir nicht. Ich war nicht so nobel wie die anderen, sondern habe alles geknallt, was mich ließ.«

Elijah kaute auf seinem Steak und fragte sich, ob Raze sich deshalb mehr oder weniger schuldig fühlte als die anderen.

Der Vampir schüttelte die düstere Stimmung mit einem Achselzucken ab. »Wie auch immer. Es gab eine, später ... ist noch nicht allzu lange her ...«

Elijah stellte die leere Schale mit dem Kohlgemüse ab und ließ den abgenagten Knochen seines Steaks hineinfallen.

»Ach du Schande, Alpha«, murmelte Raze und beobachtete, wie Elijah sich die zweite Portion einverleibte. »Du haust ganz schön was weg.«

»Was ist mit ihr passiert?«

»Sie hatte jemanden ohne Reißzähne verdient.« Raze lächelte der Kellnerin zu, doch seine Augen blieben kalt. Dann glitt er aus der Sitznische. »Das ist mein Essensgong. Wir sehen uns später. Viel Glück mit der Rothaarigen. Wie es aussieht, möchte sie was von dir.«

»Nimm sie mit«, konterte Elijah und faltete die feuchte Serviette neben seinem Teller auseinander, um seine Hände zu reinigen. »Mach eine Party draus.«

Raze lachte und verließ das Restaurant.

Elijah nahm die Rechnung vom Tisch, sah nach der Summe und griff in seine Gesäßtasche nach seinem Portemonnaie.

»*Was verdammt noch mal tust du hier?*«

Der Klang von Vashs wütender Stimme brachte ihn beinahe zum Grinsen, doch er riss sich zusammen. »Essen.«

»Lass den Schwachsinn.« Sie sank auf den Platz, den Raze gerade frei gemacht hatte. »Was machst du hier in Louisiana?«

»Arbeiten.«

Ihre braunen Augen glühten vor Wut, ihre Wangen und ihre Lippen waren gerötet. Mit ihrer langen feuerroten

Mähne und dem engen schwarzen Catsuit war sie so verdammt verlockend, dass Elijah der Mund wässrig wurde. Er würde nichts an ihr ändern wollen, ausgenommen den Schmerz, verursacht durch ihre Vergangenheit, und ihre Neigung, ihm auszuweichen.

»Du bringst mich absichtlich auf die Palme, Lykaner.«

Er stand auf. »Setzen wir das nebenan fort.«

Nachdem er das Geld auf den Tisch geworfen hatte, bedeutete er seiner vor Wut schäumenden Vampirin, zum Ausgang zu gehen.

Draußen baute sie sich vor ihm auf. »Wir hatten eine Abmachung.«

Er zog eine Braue hoch. »So willst du das abziehen?«

»Du weißt, dass ich diese Information will, und du schuldest mir das.«

»Du wirst sie bekommen.« Elijah ging um sie herum und auf sein Zimmer zu.

»Ich rede mit dir!«, schrie sie ihm nach, gefolgt von einem schnellen Klackern ihrer Absätze auf dem betonierten Fußweg.

»Nein, tust du nicht. Deine Kiefer bewegen sich, aber eigentlich sagst du nichts.«

»Du bist ein Arschloch.«

Jetzt kam auch er langsam in Fahrt. Er öffnete die Tür zu seinem Zimmer und ging hinein.

Vash schlug mit der flachen Hand gegen die zufallende Tür und stieß sie so fest auf, dass sie innen gegen die Wand knallte. »Du hast extra alle Einsätze so getauscht, dass ich den ganzen verfluchten Tag gebraucht habe, um dich zu finden!«

»Ach ja? Da du mich Raze zugeteilt hattest, dachte ich, dass ein kurzer Anruf bei ihm alles geklärt hätte.«

»Ich hatte *überlegt*, dich Raze zuzuteilen. Das wollte ich dir gestern Abend sagen, aber du hast mich ja nicht gelassen. Du musstest zuerst reden, und ehe ich mich's versah, habe ich dir das Hirn rausgevögelt.«

»Stimmt. Du wolltest es mir *sagen*, nicht mit mir *reden*. Du hattest dich bereits entschieden. Ich bin nicht dein Haustier, sondern dein Partner und habe bei solchen Sachen mitzureden.«

»Du hast mir gar keine Chance gegeben, es anzusprechen«, wiederholte sie trotzig.

Elijah zügelte mühsam sein Temperament. »Und heute Morgen? Als wir an der Zusammenstellung der Teams arbeiteten? Da hättest du mit mir reden können. Ich hatte dich sogar gefragt.«

Ihr Gesicht war eine Maske selbstgerechten Zorns. »Bis dahin hatten wir schon andere Pläne.«

»Tatsächlich? Wir haben nie über die ersten Pläne gesprochen. Ich dachte, dazu würden wir kommen, sobald wir die Teams losgeschickt hätten.«

»Tja, falsch gedacht.«

»Und vorher?«, konterte er angespannt. Es fiel ihm schwer, zu entscheiden, ob er sie rauswerfen oder aufs Bett werfen und vögeln sollte. »Willst du mir unseren Deal vor die Füße schmeißen? Reden wir darüber. Du hattest zugestimmt, bei mir zu bleiben, und dann hast du Pläne gemacht, unsere Abmachung zurückzuziehen.«

»Ich war damit einverstanden, bei dir zu bleiben, solange wir nach den Lykanern forschen, die mit Chars Tod zu tun haben könnten«, erwiderte sie aufgebracht. »Das gestern Abend war kein drängender Punkt, die Jagd hingegen schon, und ich habe eine strategische Entscheidung getroffen.«

»Und wie hattest du vor, dich zu nähren?«

Sie ballte die Fäuste. »Du kannst momentan niemanden nähren. Nicht so kurz nach deinen schweren Verletzungen.«

»Feigling.«

»Fick dich.« Sie kam näher.

»Bist du deshalb hier, Vashti? Weil du flachgelegt werden willst? Das ist alles, was du von mir willst, oder? Und Informationen.«

»Egal. Der Grund, warum ich hier bin, ist offensichtlich.«

»Nicht für mich. Falls du mir den Arsch aufreißen wolltest, das hättest du auch per Telefon machen können. Und wenn du dich um die Sache in Huntington kümmern wolltest, hätte ich dich da treffen können.«

Sie reckte ihr Kinn und verschränkte die Arme. »Ich regle Dinge lieber direkt.«

Er lachte verbittert. »Tja, das hast du jetzt. Du kannst gehen.«

»Ich bin noch nicht fertig.«

»Ach nein?« Er provozierte sie, indem er den Stuhl unter dem Schreibtisch vorzog und sich hinsetzte. »Dann mach doch bitte unbedingt weiter.«

Einen Moment lang starrte sie ihn stumm an. Ein Muskel an ihrem Kiefer zuckte. »Warum hast du mich nicht einfach gefragt, was los war?«

»Warum ich dich nicht bat, mit mir über etwas zu reden, worüber zu reden du um jeden Preis vermeiden wolltest?«

Sie warf die Hände in die Höhe. »Mein Gott noch mal, die Pläne hatten sich geändert, und damit war es null und nichtig geworden.«

»Nicht für mich. Du willst Abstand zwischen uns, und so wolltest du für den sorgen, bis ich mit einer Information kam, die dir noch wichtiger war als dein schräger Seelenfrieden.«

»Du machst es persönlich, was es nicht ist.«

»Und ob es das ist.« Ihm reichte es. Er war genauso wütend auf sich selbst wie auf sie, und deshalb warf er ihr die Wahrheit an den Kopf. »Du hast dein Leben und einen Krieg mit den Hütern riskiert, um mich zu retten. Du bist vierzehnhundert Kilometer geflogen, nur um mich anzuzicken. Wir haben uns die letzten Tage gegenseitig das Hirn rausgevögelt – wie du es so blumig umschreibst. Also erzähl mir nicht, dass es nichts Persönliches ist, wenn du entscheidest, wir sollten lieber auf entgegengesetzten Seiten des Kontinents arbeiten!«

Ihre Brust hob und senkte sich unter ihren schnellen Atemzügen. »Hier geht es um Größeres als die Frage, ob du wegen einer vernünftigen Entscheidung gekränkt bist oder nicht. Es ergibt keinen Sinn, uns beide überall zusammen einzusetzen. Wir sind zu wertvoll und sollten unsere Kräfte besser verteilen.«

»Prima, das haben wir ja schon.« Er stand auf. »Verschwinde aus meinem Zimmer.«

»Du wirfst mich nicht raus! Was ist mit unserem Deal?«

Elijah packte sie am Ellbogen und zog sie zur Tür. »Ich

entlasse dich aus der Abmachung. Ich besorge dir die verdammten Informationen, und du bekommst sie umgehend.«

»Ich will mit dir kommen.«

»Zu schade, dass wir zu wertvoll sind, um uns beide auf einmal zu gefährden. Wir müssen unsere Kräfte besser verteilen.«

Vashti riss sich von ihm los und versetzte ihm einen Stoß. Sie fluchte, als er sich nicht mal rührte. »Du bist ein Arschloch!«

»Das sagtest du bereits. Welch ein Glück für dich, dass du nicht mehr in meiner Nähe sein musst.«

Als er die Tür öffnete, weiteten sich ihre Augen. Offenbar konnte sie nicht glauben, dass er sie tatsächlich rauswarf. »Was zur Hölle willst du von mir?«

»Respekt. Ehrlichkeit. Vertrauen. Und ein bisschen Rücksicht auf meine Gefühle, auf die du gerade gespuckt hast.« Mit einem übertriebenen Schwenk seines Arms drängte er sie zum Gehen. »Raus!«

»Kommt nicht infrage.« Sie blieb stur stehen. »Wie wollen wir das klären, wenn du aufgibst? Ich versuche, ein Gespräch mit dir zu führen, und du willst dich dem nicht stellen.«

»Falsch, ich will mir keinen Blödsinn anhören.« Er lehnte sich an die Türkante. »Hast du geprobt, was du sagen wolltest? Hast du dir den ganzen Tag überlegt, wie du alles rechtfertigst und so hindrehst, dass du am Ende auf einem Podest stehst und ich komplett unrecht habe?«

»Sei nicht albern.«

»Musst du gerade sagen. Du bist verrückt nach mir,

Vashti. Du weißt nicht, warum ... Es ergibt keinen Sinn ... Aber du kannst nicht aufhören, an mich zu denken. Kannst nicht aufhören, mich zu wollen. Kannst nicht aufhören, dir zu wünschen, bei mir zu sein, wenn du es nicht bist. Und jetzt, so stinksauer du auch bist und so sehr du dir einredest, dass du es zu Recht sein darfst, bist du heiß und feucht und scharf auf mich. Das Letzte, was du willst, ist, jetzt zu gehen, nachdem du den ganzen Tag Himmel und Hölle in Bewegung gesetzt hast, um zu mir zu kommen.«

»Oh mein Gott.« Sie warf sich das Haar über die Schulter. »Ganz schön von dir eingenommen, was?«

»Aber natürlich gibst du das nicht zu. Du hast gar nicht vor, wirklich reinen Tisch zu machen und zu gestehen, dass du mich Raze zugeteilt hast, weil ich dir zu nahe komme, und du glaubst, dass du Raum brauchst. Du denkst, dass du den haben musst, dass es sicherer für dich ist, weil ich dir dann nicht mehr so zu schaffen mache.« Er fuhr sich mit der Hand durchs Haar. »Ich habe keine Zeit hierfür. Und ich habe verdammt noch mal erst recht keine Zeit, mit einer Frau zu arbeiten, bei der ich nicht darauf vertrauen kann, dass sie ehrlich zu sich selbst ist, geschweige denn ehrlich zu mir. Also kannst du entweder selbst hier rausmarschieren, oder ich setze dich vor die Tür. Wofür entscheidest du dich?«

Sie schluckte angestrengt. Die Sehnsucht in ihren Augen brachte ihn fast um, doch er blieb eisern. Er gab sich nicht damit zufrieden, wie die Dinge gegenwärtig mit ihr standen. Die letzte Nacht hatte ihm gezeigt, dass er sich von der Phase sexueller Anziehung in eine tiefere bewegte. Und in jene Tiefe begab er sich nicht allein. Zu viele Leute hingen von ihm ab. Er konnte es sich nicht leisten, wegen einer Frau durcheinanderzugeraten, die nicht dieselbe Anziehung empfand wie er. Oder die es zumindest nicht zugeben oder akzeptieren wollte.

Vashti ging langsam zur Tür. Alle Wut in ihr schien verpufft zu sein. Sie straffte ihren Rücken nicht mehr, trat weniger hart auf. An der Schwelle blieb sie stehen und blickte sich zu ihm um. »Elijah ... sei nicht so. Es war eine taktische Entscheidung, die für die Sache die beste war. Lass uns das ausdiskutieren.«

»Nicht nötig. Raze und ich kommen gut miteinander aus, wir machen Fortschritte, und ich bin vor Ende nächster Woche in Huntington. Alles stimmt in deiner Welt, Vashti. Lass es gut sein.«

Sie trat nach draußen.

»Nur zu deiner Information«, sagte er, als er die Tür schloss, »ich war auch verrückt nach dir.«

Vash starrte Elijahs geschlossene Tür an und wusste nicht, was sie mit der Angst anfangen sollte, die in ihr wütete. Alles in ihr weigerte sich zu begreifen, dass sie draußen war und er ihr auf jede erdenkliche Weise verschlossen.

Gott, sie war den weiten Weg in der Vorstellung hergekommen, heute Nacht bei ihm zu sein. Darauf hatte sie den ganzen Tag hingearbeitet, und jetzt hatte sie gar nichts ...

So wütend hatte sie ihn noch nie erlebt. Er kochte regelrecht, und sein Zorn war umso beängstigender, als er sich vollkommen ruhig äußerte. Hätte er sie angebrüllt oder gegen die Wand getrommelt ... *irgendwas* ... hätte ihr die

Leidenschaft seiner Reaktion etwas gegeben, woran sie sich klammern könnte. Aber seine eisige Wut war frei von jedweden Emotionen gewesen. Und seine letzte Bemerkung hatte total monoton geklungen. Noch dazu hatte er in der Vergangenheitsform gesprochen.

Fluchend fuhr sie sich mit den Händen durchs Haar.

»Hast du es verkackt?«

Sie blickte zu Raze auf, der auf sie zugeschlendert kam. Sein Teint hatte den gesunden Schimmer eines Vampirs, der sich eben genährt hatte.

Er musterte ihr Gesicht und seufzte. Mitgefühl überschattete seinen Blick. »Ach, Vashti. Vielleicht ist es besser so.«

Sie nickte energisch.

»Hast du ein Zimmer?«, fragte er.

»Ich muss wieder zurück.«

»Nein.« Er legte einen Arm um sie. »Wir haben morgen einen großen Tag und können dich hier gebrauchen. Willst du bei mir übernachten? Ich habe zwei Betten.«

»Was ist mit der Kellnerin?«

Raze zuckte mit seiner muskulösen Schulter. »Was soll mit ihr sein?«

Vash lehnte ihren Kopf an ihn. »Bist du immer noch auf diese Labortechnikerin in Chicago fixiert?«

»Nein, ich bin bloß nicht in der Stimmung für irgendwas Kompliziertes. Du weißt ja, wie das ist.«

»Sicher.« Eigentlich wusste sie es nicht. Ihre Beziehung zu Char war ernsthafter Natur gewesen – und in gewisser Weise auch die zu Elijah. Raze hatte sich nur einer Frau jemals nahe gefühlt: einer Sterblichen, die genauso schnell durch sein Leben trieb wie alle anderen, es aber dennoch schaffte, einen unauslöschbaren Eindruck bei ihm zu hinterlassen. Raze hatte überall herumgehurt, solange Vash ihn kannte. Aber seit er vor nicht allzu langer Zeit aus Chicago zurückgekehrt war, war er von jemandem, der seinen Schwanz nicht in der Hose behalten konnte, zu jemandem geworden, der ihn so gut wie gar nicht mehr rausließ. Abgesehen von seinen Reißzähnen behielt er seine Körperteile neuerdings für sich.

Sobald sie ein wenig Zeit hätte, würde Vash mal Kimberley McAdams in der »windigen Stadt« besuchen und nachsehen, was an dieser Frau ihren besten Captain so drastisch verändert hatte.

Er wechselte das Thema. »Ich muss in ein paar Stunden zum Flughafen, die Nachtschicht und die angeforderte Verstärkung abholen. Falls du mitkommen willst, bleibt dir noch Zeit, dich zu nähren. Im Restaurant gibt es eine große Auswahl – ein paar Lkw-Fahrer, den Barkeeper und eine Handvoll Einheimischer. Danach fühlst du dich besser.«

Nein, das würde sie nicht. Unwillkürlich sah sie sich zu Elijahs Tür um. Mit seinem Lykanergehör musste er jedes Wort verstehen. Trotzdem kam er nicht herausgestürmt und forderte, dass sie sich an niemandem außer ihm nährte. Er wollte wahrhaftig nichts mehr mit ihr zu tun haben.

Aber sie konnte das nicht. Sie wollte es nicht, auch wenn es inzwischen zwei Tage her war, dass sie zuletzt von Elijah getrunken hatte.

»Ich brauche nichts«, sagte sie. »Warum erzählst du mir nicht, was ihr heute herausgefunden habt und was für morgen auf dem Plan steht?«

»Wo sind deine Sachen?« Er grinste. »Du hast doch eine Tasche zum Übernachten mitgebracht, oder?«

»Ja, in dem Explorer da drüben.« Raze gab ihr seine Karte für die Zimmertür und sie ihm die Schlüssel zu ihrem Mietwagen. So peinlich es ihr auch war, vor die Tür gesetzt worden zu sein, wusste wenigstens keiner, dass sie auf ein bisschen Versöhnungssex nach dem Streit gehofft hatte, als sie einige Stunden zuvor in den Flieger stieg.

Schließlich brauchte eine Frau auch ihren Stolz.

Dann sah sie zu den Vorhängen, die Elijahs Fenster verdunkelten, und fragte sich, ob sie womöglich ein bisschen zu viel davon hatte.

14

Vash zog die Brauen hoch, als sie Syre aus dem Privatflugzeug steigen sah.

»Verdammt, wir fahren das ganz schwere Geschütz auf«, murmelte Raze, bevor er auf ihren Commander zuging und seine Unterarme ergriff. »Syre.«

»Eine ganze Wohnsiedlung?«, fragte Syre ohne jede Einleitung. Der Wind blies sanft durch sein Haar, und seine schwarze Kleidung ließ ihn beinahe eins mit dem dunklen Rollfeld werden.

Ein wunderschöner dunkler Prinz, ging es Vash durch den Kopf. Majestätisch, mächtig und tödlich.

»Davon geht Elijah aus.« Raze blickte zu den drei Lykanern und vier Minions, die aus dem Flugzeug stiegen. »Wie gut, dass wir mit zwei Wagen gekommen sind.«

»Wo ist der Alpha?«

»Schnarcht. Es ist fast zwei Uhr morgens, und im Gegensatz zu uns braucht er Schlaf.«

Syre nickte. »Wie ist deine Einschätzung, Raze?«

»Dieselbe wie seine. Da kriegt man eine Gänsehaut. Es ist wie eine Geisterstadt.«

Syre sah zu Vash.

»Ich habe es mir noch nicht angesehen, aber wenn Elijah

meint, es ist eigenartig, dann ist es das auch. Wir haben noch nie eine so große Säuberungsaktion durchgezogen«, sagte sie ernst. »Wie halten wir das Verschwinden eines ganzen Viertels geheim?«

»UFOs.«

Alle drehten sich zu dem Minion um, der das gesagt hatte. Vash schätzte, dass er bei seiner Verwandlung Mitte dreißig gewesen sein musste, und seinem breiten Grinsen und den blitzenden Augen nach zu urteilen, war er noch nicht lange genug Vampir, um der Welt überdrüssig zu sein. Sein graublondes Haar war zottelig geschnitten, was ihn lässig und jugendlich wirken ließ.

»Im Ernst«, sagte er. »Wir schnappen uns ein paar der Videokameras, die wir in den Häusern finden, und filmen euch, wie ihr mit Taschenlampen in der Dunkelheit herumlauft. Das sieht dann wie Lichtblitze aus, und hinterher lassen wir die Regierung alles vertuschen.«

»Nicht schlecht«, sagte Vash und beschloss, bei dieser Absurdität mitzuspielen. »Ich übernehme eine der Kameras. Syre, du bist der Schnellste, also kannst du mit den Taschenlampen herumflitzen.«

Syres Gesichtsausdruck war jede Zurechtweisung wert! Grinsend fragte sie den Minion: »Wie heißt du?«

»Chad.«

»Fall Syre nicht ins Wort, Chad«, riet sie ihm. »Er könnte dich töten.«

Chad lachte, dabei meinte Vash es nur halb im Scherz.

Er war definitiv ein Neuling und noch nicht lange genug dabei, um sich einen Spitznamen zuzulegen. Die meisten Minions änderten ihre Namen nach ein oder zwei Jahrhunderten, wenn alles, was sie einst gekannt und geliebt hatten, der Sterblichkeit anheimgefallen war. Vampire wählten ihre Namen oft danach, zu wem sie geworden waren. Wie Raze, der Schleifer, der jeden Gegner dem Erdboden gleichmachte. Vash hingegen hatte ihren Engelsnamen zur Erinnerung an die Frau behalten, die sie gewesen war – die Frau, die Charrons Liebe würdig war. Seitdem hatte sie sich sehr verändert. Sie fragte sich, was Char heute von ihr halten würde, ob er sie so sehr begehren würde wie früher, so sehr wie Elijah.

Syre streckte seine Hand aus. »Ich fahre. Chad, du fährst mit Raze.«

»Oh Mann«, murmelte Raze. »Danke, Sir.«

Vash nahm die drei Lykaner und Syre mit zu ihrem Wagen, Raze übernahm die vier Vampire. Bevor sie losfuhren, stellte Vash das GPS ein, damit Syre wusste, wohin sie wollten.

»Ich bin überrascht, dich hier zu sehen, Vashti«, sagte Syre und blickte zu ihr.

»Nein, bist du nicht.«

»Doch, bin ich sehr wohl.«

»Nicht so überrascht wie ich, dich zu sehen.«

Er stellte den Rückspiegel ein. »Ich habe bisher noch keinen dieser Infizierten in natura gesehen, also wird es höchste Zeit.«

Vash drückte auf den Knopf, um das Seitenfenster herunterzulassen, lehnte den Ellbogen ins offene Fenster und genoss die kühle Nachtluft auf ihrem Gesicht. »Ich habe das Gefühl, dass du mich schon wieder überwachst.«

»Kann sein«, gestand er. »Du bist mir wichtig, und ich sorge mich, dass du ... Probleme hast.«

Super. Bald würden alle wissen, dass sie im Eimer war.

»Wir haben derzeit eine Menge Stress, und ich mache mir Sorgen, dass wir nicht schnell genug sind.«

»Sobald die anderen Teams sich gemeldet haben, wissen wir mehr.« Seine Stimme war leise und beruhigend, seiner Fähigkeit entsprechend, andere mit seinem Charme in seinen Bann zu schlagen.

»Und wenn sie alle mit Berichten über ganze Viertel zurückkehren, die von Infizierten übernommen wurden? Was dann?«

»Ah, meine ewige Pessimistin. In dem Fall müssten wir wohl unseren Bestand an Zombie-Apokalypse-Filmen aufstocken und versuchen, uns von denen ein paar Tricks abzugucken.«

Sie wollte nicht grinsen, deshalb drehte sie sich weg und blickte zu den anderen. Die männlichen Lykaner waren dunkelhaarig und groß. Sie waren wirklich sehr gut aussehende Männer, auch wenn Elijah sie weit in den Schatten stellte. Die Lykanerin war blond und zierlich und mit ihrem glatten Haar, den grünen Augen und den rosigen Lippen auf eine natürliche Art hübsch.

Vash wies sie ein. »Elijah wird speziell auf die Aspekte eingehen, die sich auf euch als Lykaner beziehen, aber ich sage euch schon mal, dass ihr unbedingt vorsichtig sein müsst. Die Infizierten scheinen ein besonderes Faible für euch zu haben, und unsere Allianz ist noch so neu, dass sie unsere Angreifbarkeit erhöhen könnte. Wir haben bisher zu selten Seite an Seite gekämpft, sodass es hier und da holprig werden könnte. Aber bei den Typen dürfen wir uns keine Patzer erlauben, wenn wir am Leben bleiben wollen.

Gebt euch gegenseitig noch aufmerksamer Deckung als sonst.«

Alle drei sahen sie mit stummer Feindseligkeit an.

»Eure Namen?«, fragte sie. Ihr fehlte die Kraft für einen beknackten Niederstarrwettbewerb.

John, Trey und Himeko, wurde ihr gesagt. Vash drehte sich wieder nach vorn und rief Raze an. »Hey, wie wollen wir das mit den Schlafplätzen im Motel regeln?«

»Ich habe drei zusätzliche Zimmer gemietet, und Elijah und ich haben jeder eins. Ich hatte allerdings weder dich noch Syre noch die Verstärkung erwartet. Wahrscheinlich bekommen wir ein freies Zimmer für den Commander; das Motel ist nicht gerade überlaufen. Falls nicht, bringen wir dich in einem Zimmer mit Syre unter, und mein zweites Bett kann einer der Vampire haben. Die anderen beiden Zimmer haben mehrere Betten, also müssten da alle Platz finden.«

»Klingt gut, danke.«

Als sie jedoch beim Motel ankamen, waren alle Zimmer ausgebucht, da im Restaurant nebenan eine bekannte Band auftrat. Vash holte ihren Seesack aus Raze' Zimmer und ging hinaus auf den Gehweg, um auf Syre zu warten, der sein Gepäck aus ihrem Mietwagen auf der anderen Seite des Parkplatzes holte. Raze war vorn im Büro und holte die Schlüsselkarten für die Neuankömmlinge.

Auf einmal fühlte Vash sich befremdlich einsam, und unwillkürlich zog es sie etwas näher zu Elijahs Zimmer. Mit jedem Schritt krampfte sich ihr Bauch mehr zusammen, und ihr wurde der Mund wässrig vor Verlangen, ihn zu schmecken. Sie wollte nicht bloß sein Blut und Sex;

vielmehr sehnte sie sich nach dem Klang seiner Stimme, nach seinem Herzschlag unter ihrem Ohr, nach der Wärme seiner Umarmung. Zugleich hatte sie schreckliche Angst, dass er die Tür öffnen könnte. Sie fürchtete, dass sie dann all ihre Würde und ihren Stolz in den Wind schlagen und ihn anflehen könnte, sie nicht auszusperren.

Die Intensität ihres Sehnens schockierte sie. Sie verstand nicht, warum er ihr ... *Verhältnis* – von einer Beziehung würde sie nicht sprechen – so kompliziert machen musste. Konnten sie nicht einfach voneinander nehmen, was sie brauchten, einander geben, was sie geben mussten, und alles andere auf sich zukommen lassen?

Sie formulierte bereits ein Argument, das sie ihm vor den Latz knallen konnte, als sie ein verdächtiges Geräusch wahrnahm. Als sie es wieder hörte, stockte ihr der Atem, und ein Eisklumpen bildete sich in ihrem Bauch.

Entsetzt und ungläubig starrte Vash auf die Nummer an der Tür und wünschte, sie würde sich ändern, wenn sie einmal zwinkerte. Die unmissverständlichen Laute aus Elijahs Zimmer zeugten von wildem Sex und bewirkten, dass sich Vashs Magen verkrampfte. Ein scharfer, brennender Schmerz durchfuhr ihre Brust.

Das atemlose Betteln einer Frau nach mehr ... das rhythmische Quietschen der Bettfedern ... das Knurren eines Mannes, der sich seinem Orgasmus entgegenarbeitete ...

Vash fiel der Seesack aus der Hand. Einen Moment stand sie erschüttert da, und etwas in ihr zerbrach. Dann übernahm ihre Wut das Kommando. Sie holte mit einem Fuß aus und trat die Tür ein. Der schrille Schrei der Frau heizte Vashs Blutdurst nur an, und der Geruch von Sex traf sie hart, sodass sie quer durch das Zimmer auf die große Gestalt zusprang, die sich auf die Matratze aufstützte.

»Ich bringe dich um!«, fauchte sie und versetzte ihm eine schallende Ohrfeige, die ihn vom Bett und gegen die Kommode katapultierte. Dann wandte sie sich der nackten Frau auf dem Bett zu, eine Hand mit ausgefahrenen Krallen erhoben.

Mitten im Schwung wurde ihr Unterarm von einer eisernen Hand abgefangen. »Vashti.«

Syres Stimme, die leise und wütend hinter ihr ertönte, durchdrang ihren rasenden Zorn. Sie sah ihn an. »Lass mich los.«

»*Was zur Hölle ist hier los?*«

Vash erstarrte, als sie Elijahs Frage hörte. Ihr Blick wanderte zu der Silhouette im Türrahmen, und sie erkannte die vertrauten breiten Schultern, die schmale Taille, die langen Beine. Er trug kein Hemd, war barfuß, und seine offene Jeans hing lose auf seinen Hüften.

Die Frau auf dem Bett schrie immer noch wie eine Irre. Der Mann, der sie gefickt hatte, lag stöhnend auf dem Fußboden.

Vash riss sich von Syre los und drehte sich zu Elijah um. »Dies ist *dein* verdammtes Zimmer!«

Seine Augen glitzerten im Halbdunkel. Er verschränkte die Arme, sodass Vash von seinen fantastischen Muskeln abgelenkt wurde. Er war überall hart, wie gemeißelt. Und sie wollte ihn. Dringend.

Plötzlich trat Stille ein, als die Frau abrupt verstummte. Syres beruhigendes Murmeln erreichte Vash wie aus weiter Ferne, übertönt von dem Blut, das ihr in den Ohren rauschte.

»Es *war* mein Zimmer«, korrigierte Elijah. »Offensichtlich bin ich umgezogen.«

Sie biss die Zähne zusammen, um nicht vor lauter Frust zu schreien, zumal Elijahs Mundwinkel zuckten, als er die Szene hinter ihr beäugte.

Zutiefst beschämt ob ihrer mangelnden Selbstbeherrschung fuhr Vash ihn an: »Grins nicht! Wenn du dieser Typ gewesen wärst, würdest du jetzt deine Eier schlucken!«

Er legte eine Hand auf sein Herz. »Ich fühle mich so geliebt.«

Sie öffnete den Mund, um etwas zu erwidern, als Raze mit der Verstärkung im Schlepptau zu ihnen kam. Er blickte zu der eingedellten Metalltür, dem verbogenen Rahmen und dem Durcheinander drinnen. Dann sah er Vashti fragend an.

»Sag kein Wort«, warnte sie ihn. »Kein einziges Wort.«

Syre bewegte sich wie ein Schatten aus dem Zimmer, sehnig und lautlos. Seine Miene gab nichts preis, doch sein Blick war tödlich. »Die Sterblichen werden sich nicht an diesen Zwischenfall erinnern, aber ich werde dafür sorgen, dass du ihn nie vergisst, Vashti.« Er hob das Kinn.

Elijah trat vor, stellte sich zwischen Vash und ihren Commander. Es war eine Beschützergeste und zweifellos eine Herausforderung.

Vash brauchte keinen Schutz vor Syre, aber das änderte nichts daran, dass ihr die Kehle eng wurde, weil Elijah bereitwillig ihr Schutzschild sein wollte.

Himeko kam zu ihrem Alpha und lächelte ihn für Vashs Geschmack entschieden zu vertraut an. »Sind in deinem Zimmer zwei Betten, El?«

Er wandte den Blick nicht von Syre. »Ja. Und das zweite stelle ich jedem zur Verfügung, der es will.«

Vash rang mit sich. Würde er sie öffentlich zurückweisen, sollte sie die Chance ergreifen, ein Zimmer mit ihm zu teilen?

Doch sie hatte keine Gelegenheit mehr, das herauszufinden, denn Himeko kam ihr zuvor: »Dann schlafe ich bei dir. Ich weiß ja, dass du nicht schnarchst.«

Vash runzelte die Stirn. *Woher wusste sie das?*

»Okay, komm mit.« Elijah zeigte zum Korridor. »Wir müssen schlafen. In ein paar Stunden erwartet uns ein anstrengender Morgen.«

Was, wie Vash plötzlich bewusst wurde, genau der Grund war, weshalb sie unbedingt bei ihm sein musste. Sie hatte ihn schon einmal fast verloren. Jede Minute, die sie nicht mit ihm verbrachte, war vergeudet. Allein die Tatsache, dass sie ihre Zeit mit ihm in solchen Miniatureinheiten maß, sagte eine Menge, bedachte man, wie lange sie schon lebte und noch leben würde.

Da sie etwas anderes brauchte, worauf sie sich konzentrieren konnte, drehte sie sich weg, um das Chaos aufzuräumen, das sie angerichtet hatte. Verdammt! Der arme Kerl im Zimmer hatte sicher übelste Schmerzen. Sie hatte ihn für einen Lykaner gehalten, als sie ihn schlug. Ein Lykaner hätte es locker ausgehalten.

»Ich habe mich darum gekümmert«, sagte Syre streng. »Seine Wunden sind geheilt, aber er wird teuflische Kopfschmerzen haben.«

Sie verzog das Gesicht und nickte. »Danke.«

»Regle das mit der Tür«, sagte Syre zu Raze, bevor er

Vashs Tasche aufhob und Vash beim Ellbogen nahm, um sie wegzuführen.

Die Tür zu ihrem Zimmer war kaum ins Schloss gefallen, als Syre loslegte. »Was machst du denn, Vashti?«

Sie versteifte sich bei seinem eisigen Ton. »Ich… Ich weiß es nicht.«

»Du bist vollkommen verstört und eine Gefahr für dich selbst und jeden in deiner Nähe.«

Sie nahm den Tadel hin, denn sie war hungrig, verletzt, verwirrt… »Bin ich, ja.«

Fluchend raufte er sich das Haar. »Und ich kann nichts daran tun, außer nahe bei dir zu bleiben und hinter dir aufzuräumen.«

Ihre Schuldgefühle machten sie demütig. Er hatte schon so viele Probleme, da musste er sich eigentlich hundertprozentig auf sie verlassen können. Jeder musste das. »Es tut mir leid.«

Syre sah sie an, und Vash zuckte zusammen, als sie den gequälten Ausdruck in seinen Augen sah. »Nein, mir tut es leid. Nach all der Zeit, die du für mich da warst… Nachdem du mir schon auf so vielfältige Weise geholfen hast… Dass ich gar nichts tun kann, um dir zu helfen, bringt mich um. Du zerbrichst, und ich kann nur danebenstehen und die Scherben aufheben.«

»Samyaza.« Ihr war nicht klar gewesen, dass sie weinte, bis sie die Nässe auf ihren Wangen spürte.

Syre breitete die Arme aus, und Vash ging auf ihn zu. Sie krallte die Hände in sein Hemd und schluchzte an seiner Brust.

Vash betrat morgens um halb neun das Restaurant des Motels und fand dort die Lykaner beim Frühstück vor. John und Trey saßen in einer Nische, Elijah und Himeko in einer anderen. Die kleine Schönheit lachte über etwas, was Elijah gesagt hatte. Ihre Augen leuchteten, und ihr Lächeln war warm. Als sie eine Hand ausstreckte und sie auf Elijahs legte, wusste Vash, dass die beiden irgendwann mal miteinander geschlafen hatten.

Das wunde Gefühl in ihrer Brust wurde zu einem bohrenden Schmerz, und ihre Krallen fuhren aus, sodass sie ihr in die Handflächen schnitten.

Sie wappnete sich mit einem tiefen Atemzug.

Dann ging sie auf Elijahs Tisch zu und sah Himeko an, als die aufblickte. »Schwirr ab.«

»Wie bitte?«

»Verzieh dich. Hau ab. Geh weg.«

Die Lykanerin plusterte sich auf. »Na hör mal ...«

»Himeko«, mischte sich Elijah ruhig ein, »würdest du uns bitte entschuldigen?«

Himeko sah ihn forschend an. Schließlich nickte sie, nahm ihren Teller und warf Vash einen vernichtenden Blick zu, während sie aufstand.

Und sie sollten heute Seite an Seite kämpfen. Großartig.

Vash setzte sich auf die freie Bank und behielt ihre Hände mit den verlängerten Krallen unterm Tisch.

»Das war unhöflich«, sagte Elijah, schnitt ein Stück von seinem Bacon ab und schob es sich in den Mund. »Sie wollen dich sowieso schon killen. Hör auf, es schlimmer zu machen.«

»Sie will dich.«

Er schluckte. »Sie hatte mich schon.«

Eifersucht flammte in Vash auf und machte sie kurzatmig.

»Nicht in letzter Zeit«, ergänzte er. »Und nicht ernsthaft.«

»Es war nicht genug für sie.«

»Aber für mich. Wir hatten beide Lust. Die haben wir gestillt. Das war's.« Er gab einen Klecks Butter auf sein Röstkartoffelpüree und drückte sie mit der Gabel hinein. Als Vash nichts sagte, fragte er: »Wolltest du irgendwas?«

»Du siehst müde aus.« Er hatte dunkle Augenringe, und Falten hatten sich um seinen Mund eingegraben.

»Tu ich das? Du siehst atemberaubend aus, wie immer.« Das Kompliment kam so trocken heraus, dass Vash es nicht ernst nehmen konnte.

»Es tut mir leid.«

Nun blickte er zu ihr auf und zog eine Braue hoch.

Sie atmete kräftig aus. »Ich hätte mir mehr Mühe geben sollen, dir von dem Plan mit Raze zu erzählen. Ich dachte, dass es dir nicht gefällt, und ich war zu feige, mit dir zu streiten. Später, als sich der Plan geändert hatte, habe ich das Thema lieber begraben. Na ja, ich habe *versucht,* es zu begraben. Ich entschuldige mich. Und ich bin nicht stolz darauf, wie feige ich war.«

Elijah betrachtete sie, und sein Blick war so intensiv, dass Vash Mühe hatte, nicht nervös auf der Bank hin und her zu rutschen. Es machte sie irre, so nah bei ihm zu sein und doch diese klaffende Leere zwischen ihnen zu fühlen. Mit jedem Atemzug sog sie seinen Geruch ein, der ihr Herz schneller schlagen ließ. Sie wusste, dass er es hörte und ihren Hunger spürte, genau wie bei ihrer ersten Begegnung in der Höhle im Bryce Canyon.

Er aß weiter und sah auf seinen Teller. »Entschuldigung angenommen.«

Vor lauter Erleichterung wurde Vash duselig. Deshalb bemerkte sie nicht gleich, dass sonst nichts von ihm kam.

»Das ist alles?«, fragte sie, als sie begriff. »Ist das alles, was du mir sagen willst?«

»Was willst du denn noch?«, fragte er kühl und hob sein Spiegelei auf eine dreieckige Toastscheibe. »Du hast dich entschuldigt. Ich habe es angenommen.«

Ihre Augen brannten. Die Enttäuschung, die so dicht auf ihre Erleichterung folgte, brachte ihre ohnehin angegriffene Fassung ins Wanken. »Ich glaube, ich hasse dich.«

Seine Fingerknöchel wurden weiß, so fest umklammerte er das Besteck. »Vorsichtig, Vashti.«

»Was soll mich das verdammt noch mal interessieren? Nein, antworte nicht. Das hast du schon, laut und deutlich.« Sie rutschte aus der Bank und ging.

Für einen Moment herrschte entsetzliche Stille.

»Verflucht, Vashti!« Sein Besteck klapperte auf dem Teller. »Verfluchte Scheiße!«

Vash rannte zu ihrem Explorer, weil sie unbedingt in den Wagen wollte, bevor Elijah sie weinen sah. Gott ... sie war wirklich *völlig* im Eimer! Und weshalb? Wegen eines sexy Lykaners, der scharenweise hechelnde Frauen zu kurzen Nummern abschleppte? Wie blöd! Die ganze Geschichte war schwachsinnig. Sie war weit besser dran gewesen, solange ihr Sexualtrieb geschlummert und der Lykaner für die Hüter gearbeitet hatte.

Er erreichte die Fahrertür, als sie sich gerade drinnen eingeschlossen hatte.

»Vashti.« Noch nie hatte sie ihn wütender gesehen. Seine Augen funkelten wild, und seine Stimme klang kehlig. »Mach die Tür auf.«

Sie zeigte ihm mit der linken Hand den Stinkefinger und drehte mit der rechten den Zündschlüssel. »Genieß dein Frühstück, Arschloch. Ich besorge mir jetzt was zu trinken. Ich werde einen Teufel tun, deinetwegen zu verhungern!«

Seine flache Hand schlug gegen das Fenster, sodass lauter Sprünge durch das Sicherheitsglas zuckten. »Vashti, fahr nicht weg! Ich werde mich nicht mehr beherrschen können, wenn du wegfährst.«

Sie schaltete in den Rückwärtsgang und preschte so schnell los, dass die Reifen Kieselsteine hochschleuderten. Eine Sekunde später war sie auf der Straße, hatte allerdings keine Ahnung, wohin sie wollte. Sie war nur froh, dass auf der gewundenen Landstraße niemand sonst war.

Pinien standen dicht an dicht zu beiden Seiten der Straße und warfen Schatten auf sie, die bestens zu Vashs Stimmung passten. Tränen liefen ihr übers Gesicht. So viele gottverdammte Tränen. Sie hatte gedacht, dass sie sich letzte Nacht vollständig ausgeheult hatte, und es machte sie rasend, dass sie jetzt schon wieder flennte.

Sie packte das Lenkrad mit beiden Händen und schrie, um die entsetzliche Spannung in ihrem Innern zu lösen. Dann schrie sie, weil sie hinter einer Kurve plötzlich mit einem riesigen, schokoladenbraunen Wolf konfrontiert war. In der Millisekunde, die sie brauchte, um zu begreifen, dass sie geradewegs in ihn hineinrasen würde, schien die Welt um sie herum abrupt zum Stillstand zu kommen. Sie trat die Bremse durch und fühlte wie durch einen Nebel, dass das Antiblockiersystem aktiviert wurde und das Pedal unter ihrem Fuß vibrierte. Die Räder blockierten nicht; der Wagen verlangsamte nicht schnell genug.

Vash bereitete sich auf den Aufprall vor, stemmte sich am Lenkrad ab ...

... und verlor fast endgültig den Verstand, als Elijah auf ihre Motorhaube sprang, über das Dach setzte und hinter ihr landete.

Der Explorer schlitterte in eine Haltebucht am Straßenrand und kam ruckelnd zum Stehen. Vash knallte den Schalthebel in die Parkstellung und stürmte aus dem Wagen.

»Bist du total wahnsinnig?«, schrie sie. Ihre Fäuste waren geballt.

Seine grüne Iris funkelte wild über bösartig gefletschten Zähnen. Er war ganz Tier, kein bisschen mehr Mann. Ja, er *war* total wahnsinnig.

Und sie steckte in Schwierigkeiten. In gewaltigen Schwierigkeiten.

Sie stand vor der Wahl, zu kämpfen oder zu fliehen. Mit erhobenen Händen zwang sie sich, sich nicht zu rühren. Sie überlegte, welche Möglichkeiten sie hatte – ihn mit Zähnen und Klauen zu zerfleischen, ihn tatsächlich in Stücke zu zerreißen, wie er es emotional mit ihr getan hatte, oder einfach so schnell so weit weg zu rennen, wie sie konnte. Er war atemberaubend majestätisch, das dichte Fell so schimmernd wie sonst sein Haar, seine Bewegungen von tödlicher Anmut. Sein Knurren war eine so deutliche Warnung, dass sich Vash die Haare im Nacken aufstellten.

Etwas Perverses in ihr brach sich Bahn, angefeuert von

ihrem Zorn und ihrem Schmerz. Sie war ihm quer durch das Land und heute Morgen zum Frühstück gefolgt. Bei Gott, es wurde Zeit, dass er mal sah, wie es war, der Verfolger zu sein. Sie hatte es ihm verdammt noch mal viel zu leicht gemacht. Genau wie all die anderen Schlampen, die sich für ihn überschlugen.

Sie sah ihn an und lächelte träge, provozierend. Dann ließ sie die Hände sinken und zeigte ihm den Mittelfinger. »Fick dich.«

Vash sprang über die Motorhaube ihres Geländewagens und schoss in den Wald.

15

Frisch geduscht, band Lindsay den Gürtel ihres bodenlangen Satinmorgenmantels fester zu und ging nach unten, um nach Adrian zu suchen. Der Morgen graute gerade erst, daher wusste sie, wo sie ihn finden würde. Lindsay bewegte sich schnell und lautlos, weil sie die beiden Lykaner nicht wecken wollte, die in den Gästezimmern schliefen.

Es wurde Zeit, dass sie Adrian zum Reden brachte.

Hier in Helenas früherem Zuhause zu sein war schwierig für ihn, doch er sprach nicht über seinen Schmerz. Und ohne Phineas – seinen Stellvertreter, dessen Tod sie beide zusammengeführt hatte – war es für ihn, wie ohne seine rechte Hand zu arbeiten. Trotzdem blieb er reserviert und gefasst, geradezu absurd beherrscht. So musste er sein, um seine Autorität zu wahren. Das wusste Lindsay. Trotzdem war es nicht gesund für ihn. Er war verloren, und das verbarg er, um sie und alle anderen um sich herum zu schützen.

Lindsay verstand Adrians Ursprung bis heute nicht ganz. Im Gegensatz zu ihr war er nicht geboren und großgezogen worden. Er wurde so geschaffen, wie er jetzt war – als vollständig ausgewachsener männlicher Engel, der nur einen einzigen Lebenszweck erfüllte: als Strafwerkzeug gegen andere Engel zu wirken.

Lindsay konnte sich nicht vorstellen, wie sich das anfühlen musste. Sie war bei liebevollen Eltern aufgewachsen, war oft in den Arm genommen worden, hatte viel gelacht. Kein Tag war vergangen, an dem sie nicht hörte »Ich hab dich lieb«. Adrian hingegen war ohne jedes Gefühl erschaffen worden. Mit der Zeit hatte er inmitten Sterblicher Begehren und Verlangen entwickelt. Da er zu Härte und Erbarmungslosigkeit bestimmt war, hatten sich als Erstes die heftigeren Gefühle eingestellt. Später hatte er gelernt, Treue und Respekt zu zeigen, hatte Freundschaften geschlossen. Und nun lernte er, Lindsay zu lieben und ihr seinerseits etwas zu geben. Aber die Schuld und Reue, die er wegen Phineas' und Helenas Tod empfand, waren für ihn völlig neu. Er wusste nicht, wie er diese Unruhe in sich ausdrücken sollte, und sie in sich zu verschließen tat ihm so offensichtlich weh, dass Lindsay es nicht ertrug.

»Mein verwundeter Engel«, murmelte sie, und ihr Herz schmerzte vor Mitleid.

Sie hatte sich in eine Tötungsmaschine verliebt, die sich langsam, aber unausweichlich in einen warmherzigen, heißblütigen Mann verwandelte. Im Laufe dieses Prozesses stellten sich zwangsläufig Prüfungen und Wachstumsschmerzen ein, bei denen Lindsay ihm so gut helfen wollte, wie sie irgend konnte. Nur musste er sich ihr dafür öffnen.

Er hatte so vieles in so kurzer Zeit verloren. Er hatte das Gefühl, dass er Helenas Vertrauen verraten hatte, nicht für sie da gewesen war, wie er es hätte sein müssen. Nicht als kommandierender Offizier, sondern als Freund. Genau wie für Phineas, der sein Freund gewesen war, der engste und teuerste Freund, den Adrian je gehabt hatte.

Lindsay ging durch die Küchentür hinaus auf die hintere Terrasse. Es war ein kleiner, geschlossener Garten, kaum größer als ein Handtuch, mit einem Kreis von Mosaikfliesen in der Mitte einer rechteckigen Rasenfläche. Für manche Leute wäre dieser Platz ideal für eine Vogeltränke und ein paar Liegestühle gewesen. Hier fungierte er als Landeplatz, von dem aus sich Engel in den Himmel erheben und wo sie wieder auf der Erde landen konnten.

Die Luft knisterte vor elektrischer Energie wie bei einem nahenden Wüstengewitter. Und dieses Gewitter braute sich in Adrian zusammen. Er hatte es bisher mit schierer Willenskraft im Zaum gehalten. Und das wiederum kostete ihn einiges.

Lindsay legte den Kopf in den Nacken und sprach leise in die Morgenbrise: »Adrian, mein Liebster, ich brauche dich.«

Einen Moment später erschien er. Seine blendend weißen Flügel mit den blutroten Spitzen waren wie schimmernder Alabaster vor dem rosa-grauen Himmel. Lindsay hatte gewusst, dass er in der Nähe sein würde, denn er entfernte sich nie zu weit. Er wollte jederzeit für sie da sein, wenn sie ihn brauchte. Nun landete er mit unglaublicher Eleganz, wobei seine Flügelspitzen nur beinahe die Mauern zu den Nachbarn berührten. Seine Fußballen berührten die Fliesen als Erste, bevor er ganz auf dem festen Boden stand.

Wie immer trug er nur eine weite Leinenhose. Seine kräftige Brust und die Arme waren nackt und wunderschön. Karamellfarbene Haut spannte sich über starken Muskeln. Sein schwarzes Haar umrahmte windzerzaust sein atemberaubendes Gesicht. Und seine Augen mit dieser umwerfenden, flammenblauen Iris sahen sie voller Liebe und zärtlicher Leidenschaft an.

Bei seinem Anblick seufzte ihr Herz. Lindsays Blut geriet in Wallung, sodass sich ihre Haut rötete.

Und er wusste es, natürlich. Ein sinnliches Lächeln trat auf seine Züge. »Du hättest mich auch vom Bett aus rufen können, *Neshama*. Ich hätte dich gehört und wäre zu dir gekommen.«

»Das ist es nicht, wofür ich dich brauche.«

»Aha? Bist du sicher?«

Sie holte tief Luft. »Das will ich immer, aber es geht um etwas anderes.«

Seine Flügel verschwanden in einem zarten Dunst, als Lindsay auf ihn zuging. Sie schmiegte sich an ihn, presste ihr Gesicht an seine Brust und schlang fest die Arme um ihn.

»Lindsay.« Seine Stimme war voller Sorge. »Was ist? Was ist los?«

»Weißt du, wie sehr ich dich brauche, Adrian? Wie abhängig ich davon geworden bin, dich in der Nähe zu haben? Nicht wegen Blut oder Sex, obwohl ich nicht abstreite, dass ich beides von dir benötige. Es ist, als wärst du die Kraft, die mein Herz zum Schlagen bringt, und als würde es vergessen zu funktionieren, wenn wir getrennt sind.«

Er drückte sie so fest an sich, dass sie keine Luft mehr bekam. Zum Glück brauchte ihre Vampirlunge nicht unbedingt Sauerstoff, denn Lindsay wollte in dieser Stellung bleiben. Adrian hatte eine Hand in ihrem Haar vergraben und den Arm um ihre Taille geschlungen, sodass sie vollständig an ihn gepresst war. »*Neshama sheli*, du zerstörst mich.«

»Ich liebe dich, und das so sehr, dass ich deinen Schmerz wie meinen eigenen fühle.«

Seine Brust wölbte sich an ihrer Wange. »Ich würde dir nie wehtun.«

»Verschließt du dich mir deshalb?« Lindsay nahm den Kopf zurück und blickte zu ihm hoch. »Lässt du mich deswegen nicht an dich heran? Du solltest wissen, dass ich für meine Entscheidungen selbst verantwortlich bin.«

Er sah ihr ins Gesicht.

»Du quälst dich, weil du mich mit Vash hast gehen lassen«, sagte sie leise. »Und du fragst dich, was das über deine Liebe zu mir aussagt. Aber womit vergleichst du sie? Was wir haben, wird kein anderer jemals besitzen. Und das nicht bloß, weil wir sind, wer wir sind, sondern wegen der Herausforderungen, denen wir uns gemeinsam stellen. Wir werden Risiken eingehen müssen – einzeln und gemeinsam.«

Seine Iriden wirkten wie flackernde blaue Flammen, überirdisch und uralt. Gequält. Lindsay fragte sich, wie er all diese aufwühlenden Gefühle in sich einsperren konnte, wie er sie hinter dem Lächeln verbarg, das er ihr schenkte, oder der stoischen Haltung gegenüber seinen Hütern. Wie bändigte er sie beim Liebesakt mit ihr oder in den Kämpfen, die er mit klarer Präzision austrug? Und wie könnte sie ihn dazu bringen, sie herauszulassen?

»Ich habe dich manipuliert, Adrian.«

Er versteifte sich.

»Ich weiß, dass du dich wegen Helena schuldig fühlst.« Sie umarmte ihn fester, als er zusammenzuckte. »Ich habe das gegen dich eingesetzt, um dich dazu zu bringen, deine Hüter an erste Stelle zu setzen und mich mit Vashti gehen zu lassen, um Elijah zu helfen.«

Ein langer Moment verging. »Es war meine Schwäche, die du ausnutzen konntest. Ich habe das möglich gemacht.«

»Es gibt keine Entschuldigung für das, was ich getan habe. Aber einen Grund, warum ich es tat.«

»Warum erzählst du mir das?«

»Weil ich muss«, antwortete sie schlicht, hob eine Hand und strich ihm das Haar aus der Stirn. »Wir sind stärker, wenn wir eine Einheit bilden. Ich versuche, im Kopf zu behalten, dass all das neu für dich ist und du dich bemühst. Du hast eine sehr große Veränderung durchgemacht, seit ich dir am Flughafen von Phoenix begegnet bin. Aber ich wünsche mir, dass du noch weiter gehst, dass du näher zu mir kommst und dich mir öffnest. Du sperrst mich aus.«

»Tue ich nicht ...« Er runzelte die Stirn. »Ich weiß nicht, wie ich das anstelle, worum du mich bittest.«

»Indem du laut denkst. Wenn dir die Gedanken durch den Kopf wirbeln, gib ihnen eine Stimme. Lass sie mich hören. Lass mich deine Beraterin sein.«

»Warum?«

»Weil du mich liebst und mich brauchst. Ich weiß, dass du um der anderen Hüter willen stark sein musst. Sie verlassen sich auf dich, denn wenn du stürzt, stürzen sie alle. Aber du musst lernen, dich auch auf jemanden zu stützen. Und da komme ich ins Spiel, wenn du mich lässt.«

»Mir geht es gut.«

»Physisch, ja. Verdammt gut. Emotional bist du ein Wrack.« Lindsay hatte eine Hand in seinem Nacken und zog seinen Kopf ein wenig nach unten, um seine Lippen mit ihren zu streifen. »Du hättest bei Helena nichts anders machen können, Adrian.«

Sie spürte, wie sich seine Hände verkrampften. »Sie kam zu mir und bat mich um Hilfe.«

»Nein, sie bat dich um Erlaubnis. Und du hast ihr die Wahrheit gesagt – dass du nicht der bist, den sie fragen sollte. Du hast das Gesetz gebrochen, indem du dich in Shadoe und dann in mich verliebt hast. Helena wollte von dir hören, dass es okay ist, wenn sie ebenfalls das Gesetz bricht, und das konntest du nicht sagen. Ehrlich, es war nicht fair von ihr, dich darum zu bitten.«

»Sie war verliebt, Lindsay. Ich weiß, wie irrational uns das macht, und ich hätte mehr Mitgefühl haben müssen.«

»Erzähl mir nicht, dass du keines hattest. Ich *kenne* dich. Es brach dir das Herz, als sie dir erzählte, dass sie sich in einen Lykaner verliebt hatte. Ich hab deine Stimme gehört, als du mich anriefst, und später, als du mir erzähltest, was passiert war.«

»Ich wollte sie trennen. Sie auseinanderreißen.«

»Das war der Plan«, stimmte sie ihm zu. »Aber du hättest es dir vielleicht anders überlegt, sobald du sie zusammen gesehen hättest. Oder du hättest es durchgezogen. Wir werden es nie wissen. *Sie* wird es nie wissen, weil sie dir diese Option nahm. Das war ihre Entscheidung. Du kannst nicht die Taten anderer bereuen.«

»Nicht mal, wenn ich sie durch *meine* Taten dazu gezwungen habe?«, konterte er frostig.

»Was hast du denn getan, Adrian? Sie hat dich um die Erlaubnis gebeten, eine romantische Beziehung mit einer ihrer Wachen einzugehen, und du hast ihr gesagt, dass sie sich an den großen Boss oben wenden soll. Dann ist sie weggelaufen, und die beiden haben sich umgebracht. An welchem Punkt im Ablauf der Geschehnisse hast du sie zu irgendwas gezwungen?«

»Sie kannte mich und wusste, was ich tun würde.«

»Unsinn. Du wusstest nicht mal selbst, was du tun würdest. Nein … Warte … Lass mich ausreden. Du hast dir damit Zeit gelassen, zu ihr zu kommen, hast überlegt und mit dir gerungen. Es ist nicht deine Schuld, dass wir nie wissen werden, was geschehen wäre, hättest du eine Wahl gehabt.« Sie umfing sein Gesicht mit beiden Händen. »Es ist nicht deine Schuld. Und wäre Phineas hier, würde er dir sicher genau dasselbe sagen.«

Eine Träne hing in seinen dichten Wimpern und tropfte herab. Verärgert wischte er sie weg und starrte seinen glänzenden Finger entsetzt an. Noch eine Träne fiel. Adrian flüsterte stockend etwas in einer Sprache, die Lindsay nicht verstand. Und als er Lindsay wieder ansah, erkannte sie Schrecken und Furcht in seinem Blick.

Sie fragte sich, ob er wusste, dass er bei ihrem ersten Mal geweint hatte.

»*Neshama*«, hauchte sie und umarmte ihn. »Es ist okay. Lass es heraus.«

»Ich …« Er schluckte.

»Du vermisst sie, ich weiß. Sie fehlen dir, und das tut weh.«

»Ich habe sie im Stich gelassen.«

»Nein, verdammt, das hast du nicht. Das System ist gescheitert mit seinen dämlichen Regeln und Gesetzen. Und dein Schöpfer, der dich hier unten schon viel zu lange allein lässt, ohne jede Anleitung oder Bestärkung.«

Ein heißer Regentropfen zersprang auf Lindsays Wange. Noch ein Indiz dafür, dass Adrian dabei war, die Kontrolle aufzugeben.

Er vergrub sein Gesicht an ihrem Hals. »Halt dich an mir fest, Lindsay.«

»Immer«, versprach sie. »Auf ewig.«

Adrians Flügel öffneten sich, und sie stiegen in die Luft auf. Sein starker Körper bewegte sich an ihrem, als er sie gemeinsam steil aufsteigen ließ. Die Anstrengung war ein Klacks für ihn, keinerlei Mühe für die Muskeln, die er so inbrünstig für den Kampf trainiert hatte. Aus dem wolkenlosen Himmel trafen sie dicke Regentropfen wie kleine Nadeln und durchnässten sie innerhalb von Sekunden.

Da Lindsay Höhenangst hatte, drückte sie ihr Gesicht an Adrians Brust und klammerte sich so fest an ihn, dass ihr sein stummes Schluchzen nicht entgehen konnte. Ihr blutete das Herz für ihn, auch wenn sie wusste, dass er sich auf diese Weise reinigen musste. Seine Trauer hatte er zu lange in sich hineingefressen, sodass sie ihn krank gemacht, ihn geschwächt hatte. Lindsay schlang ihre Beine unterhalb seiner Flügel um seinen Leib und leckte die Regentropfen von seinem Hals und seinem Kinn. Dabei murmelte sie beruhigende Worte, um ihn zu trösten, so gut sie konnte.

»Lindsay.« Sein Mund suchte ihren, und er versiegelte ihre Lippen mit seinen. Er schmeckte salzig von seiner Trauer, denn seine Tränen vermengten sich mit dem Regen. Der Wind peitschte durch Lindsays Haar und ihren schweren, durchnässten Morgenmantel.

Sie stiegen höher und höher.

Lindsays Erwiderung des Kusses sollte tröstend gemeint sein, doch Adrian wollte mehr. Er brauchte mehr und nahm es sich. Seine Zunge drang tief in ihren Mund, und die Kleidung zwischen ihnen beiden verschwand, fortgezaubert von seiner unglaublichen Willenskraft. Eigentlich hätte Lindsay kalt sein müssen, aber Adrian war fiebrig heiß. Und als seine Hand ihre Brust umfing, nahm ihr Verlangen dieselbe Intensität an wie Adrians, angeheizt von ihrer Höhenangst und ihrem Schmerz wegen seiner Qualen.

Sie drehten sich, während sie weiter aufstiegen, wirbelten in der Luft. Adrians Brust hob und senkte sich unter der Wucht der Gefühle, die aus ihm herausströmten. Seine Lippen an Lindsays Hals waren verzweifelt und gierig. Er verlagerte Lindsay, hob sie leicht an und glitt in sie hinein. Sie schrie auf, weil das Wonnegefühl so heftig und unerwartet war. Sofort hörte der Regen auf. Adrian warf seinen Kopf in den Nacken, und ihr Aufstieg verlangsamte sich, bis sie für einen Moment im sanften Morgenlicht in der Luft schwebten und sich leicht drehten.

»*Sie ist mein!*«, brüllte Adrian in den Himmel hinauf. »Mein Herz. Meine Seele.«

Lindsays Augen brannten, und ihr verschwamm die Sicht. Dann wirbelte Adrian sie beide herum, und sie flogen gen Erde.

Sie stürzten.

Lindsay umklammerte ihn schreiend mit den Beinen.

Ihr Sturzflug fand in einem schwindelerregenden Tempo statt, sie drehten sich wie verrückt, und Adrians Flügel waren an seinen Rücken angelegt, sodass sie keinerlei Widerstand boten. Lindsays Oberkörper klebte an Adrians, und seine Umarmung machte es ihr unmöglich, sich zu rühren. Er hingegen bewegte sich sehr wohl. Er ließ seine Hüften kreisen, rieb sich an ihr und rammte seinen Schwanz in sie hinein.

Der Orgasmus überraschte Lindsay, durchfuhr sie von unten bis oben. »*Adrian!*«

Er stöhnte und kam tief in ihr, entlud seinen Schmerz und Kummer in heißen, reinigenden Ergüssen.

Er ist mein, dachte Lindsay voller Entschlossenheit, als sie in der intimsten aller Umarmungen gen Erde rauschten. *Mein Herz. Meine Seele. Ich lasse nicht zu, dass du ihn zerbrichst.*

Adrian breitete seine Flügel aus, und sie stiegen wieder auf.

»Grace. Es freut mich, von dir zu hören.« Syre lehnte sich auf dem extrem unbequemen Schreibtischstuhl des Motels zurück und lächelte in die Kamera seines iPads, auf dem die Ärztin zu sehen war, die ihm Bericht erstatten wollte. Es tat Syre leid, dass sie so müde und eingefallen aussah, zumal das bei einem Vampir äußerst selten vorkam.

»Diesmal könnte das sogar stimmen«, sagte sie mit einem kurzen Lächeln und fuhr sich mit der Hand durch das schlecht geschnittene blonde Haar. Syre vermutete, dass sie es sich ohne Spiegel geschnitten hatte, damit es ihr bei der Arbeit nicht ins Gesicht hing.

Durch ihre Kameralinse sah er die Reihen von Krankenhausbetten hinter ihr. »Gute Neuigkeiten weiß ich immer zu schätzen.«

»Tja, wie wäre es dann mit dieser? Das Blut, das du mir geschickt hast, ist ein Durchbruch.« Ihre bernsteinbraunen Augen leuchteten. Abgesehen vom Haarschnitt war sie eine attraktive Frau, zierlich und mit zarten Zügen. »Ich habe es mit Proben von virenverseuchtem Blut gemischt, und es trat eine kürzere Umkehrung auf.«

»Umkehrung?« Durch Lindsays Blut. Nein, korrigierte er sich. Durch Adrians Blut, gefiltert durch Lindsay.

»Vorübergehend«, schränkte sie ein. »Aber das ist der erste Lichtstrahl in der Dunkelheit. Wir könnten mehr gebrauchen – mehr Licht und mehr Blut. Wir hatten gerade genug, um ganz aus dem Häuschen zu geraten, aber nicht ansatzweise genug, um richtig zu testen.«

»Das könnte schwierig werden.«

»Dann überlasse ich es dir. Was uns hier angeht, geben wir alles, würden aber erheblich besser vorankommen, hätten wir einen Epidemiologen oder Virologen an Bord. Hast du zufällig irgendwo welche in petto?«

»Ich bin schon auf der Suche.«

Sie nickte. »Vash hat dich darauf angesetzt, oder?«

»Natürlich.« Es gab nur sehr wenig, was seiner kommandierenden Offizierin entging ... wenn sie denn richtig bei der Sache war. »Und das Lykanerblut?«

»Von dem habe ich zwölf Proben. Das ist übrigens genial, denn eine oder zwei hätten niemals gereicht.«

»Ich richte Vash deinen Dank aus.«

»Tu das. Sie ist blitzschnell, ein echter Gewinn für dich.«

»Ja, ist sie.« Er hatte sie gut ausgebildet, weil er von Anfang an ihre Anlagen erkannte hatte. Vash war klug, gründlich und voller rastloser Energie, die manche irrtümlich für Waghalsigkeit hielten. Doch unbesonnen war sie nie gewesen … bis der Alpha aufkreuzte.

Syre beobachtete die Situation mit Argusaugen. Er würde Vashs Auflehnung nicht lange hinnehmen. Einen oder zwei Tage noch, und falls der Lykaner bis dahin sein Verhalten ihr gegenüber nicht korrigiert hatte, würde Syre ihn töten. Er würde einen erstklassigen Jäger opfern, aber der Alpha war weniger wertvoll für ihn, wenn Vashti ihn nicht absolut im Griff hatte. Zudem bestand die Möglichkeit, dass sich die Lykaner, da sie jetzt in dem Lagerhaus wohnten und größtenteils im Außendienst waren, auf der Suche nach Führung und Schutz an Vampire wenden würden, sollten sie ihren Alpha verlieren. Wäre Vashtis emotionale Verwirrung nicht, könnte Elijah Reynolds Tod ideal sein …

»Die Mehrzahl der Proben hatte überhaupt gar keine Wirkung«, fuhr Grace fort. »Etwas ganz anderes war es allerdings bei Proband E. – Wessen Idee war es, die Proben zu anonymisieren? Vashtis?«

»Natürlich.« Er nahm sein iPhone und holte sich aus der Cloud das Dokument, das Spender und Probe einander zuordnete. Allerdings ahnte er schon, wer Proband E war, bevor er die Bestätigung hatte – der Alpha.

»Tja, Proband E heißt bei uns FUBAR, gemäß dem Army-Jargon für ›wir sind im Arsch‹. Wenn du die Infizierten für immer auslöschen willst, ist FUBAR der oder die Richtige. Sein oder ihr Blut hat eine Durchschlagskraft wie eine Atombombe. *Rumms*, und das Spiel ist aus.«

»Warum? Wie das?«

Grace lachte schnaubend. »Ich bin zwar gut, aber so gut nun auch wieder nicht. Ich habe diese Blutproben gestern Abend bekommen und hatte gerade mal etwas über vierzehn Stunden Zeit. Also kann ich dir die Wirkung beschreiben, aber an dem Rest muss ich länger arbeiten.«

»Vashti ist über einen Infizierten mit genug Hirnfunktion gestolpert, dass er zusammenhängend sprechen konnte. Anscheinend führte er eine Gruppe von anderen Infizierten an.«

»Was?« Sie wurde sehr ernst. »Alle Infizierten, die ich bisher gesehen habe, hatten nur Watte im Kopf.«

»Ich muss mehr darüber wissen, Grace.«

Sie rieb sich den Nacken. »Vielleicht war das Subjekt erst kürzlich infiziert worden, vor Stunden möglicherweise. Da reichte die Zeit noch nicht, um seine Synapsen zu grillen. Oder er war schon lange genug infiziert, um einen Teil seiner Gehirnzellen wieder zu aktivieren. Ich weiß es ehrlich nicht. So etwas wie das hier im Labor habe ich noch nie gesehen.«

»Zu viele Fragen, Grace.«

»Und zu wenige Antworten, ich weiß. Ich tue, was ich kann.«

»Halte mich auf dem Laufenden.«

»Sicher. Und falls du mir mehr von beiden Bluttypen besorgen kannst, wäre das sehr hilfreich. Die sind völlig entgegengesetzt. Das eine löscht aus, das andere heilt. Wie ich dich kenne, wirst du beide in deinem Arsenal haben wollen, solange du mit dieser Geschichte befasst bist, und ich habe hier einen Freund, den ich gern zurückhätte.«

Syre dachte an seine Schwiegertochter. Für Nikki war es zu spät, aber hoffentlich konnten andere gerettet werden. »Ich arbeite daran.«

»Und den Virologen bitte. Ich habe meine Fähigkeiten, aber dies hier liegt eigentlich außerhalb meines Fachgebiets.«

Mit einem Nicken beendete er das Gespräch und atmete kräftig aus.

»Was weißt du, Adrian?«, murmelte er leise vor sich hin. »Und was werde ich tun müssen, damit du es mir verrätst?«

Vash rannte schnell und im Zickzack zwischen den Bäumen hindurch. Ihr Herz und ihre Glieder arbeiteten kräftig. Ihr Körper war eine Maschine, gebaut für ein Dasein als Engel und geformt für ein Leben als Kriegerin. Obwohl sie die Sprünge und den lauten Atem des Lykaners dicht hinter sich hörte, blickte sie sich nicht um. Es war sinnlos, würde sie höchstens verlangsamen, und zu wissen, wo oder wie nahe er war, würde sie nicht schneller machen.

Noch nie hatte ein Lykaner sie eingeholt. Niemals. Sie war zu schnell, zu wendig.

Aber ihr war auch klar, dass Elijah anders war. Das hatte er auf dem Highway bewiesen, und noch während sie daran dachte, demonstrierte er es aufs Neue.

Sie sprang über einen umgekippten Baumstamm, doch Elijah schoss an ihr vorbei. Seine Vorderpfoten gruben sich in die Erde, und er wandte sich um, sodass sein Schwanz um 180 Grad herumpeitschte.

»Verdammt«, zischte Vash.

Konfrontiert mit einer wilden Bestie, die zu verletzen

Vash nicht übers Herz brachte, sprang sie mit einem Salto über ihn hinweg. Leider fanden ihre Füße im alten Laub auf dem Waldboden keinen festen Halt und rutschten weg. Vash schlug bäuchlings hin, schlitterte vorwärts, suchte mit den Fingern und Zehen Halt.

Innerhalb eines Sekundenbruchteils war er auf allen vieren über ihr und packte ihre Schulter mit den Zähnen. Sein heißer Atem ging schnell, und ein tiefes Knurren rumorte in seiner Brust. Als Vash versuchte, sich zu bewegen, schüttelte er sie sanft; seine Zähne waren zu spüren, verletzten ihre Haut jedoch nicht. Er knurrte warnend.

Vash verschmolz gehorsam mit dem Waldboden. Ihr Bauch begann zu beben, und allmählich hielt sie diese Reaktion für Entzücken. Oder zumindest Erleichterung.

Er hatte sie gejagt und gefangen.

Ihr Herzschlag ging schneller, genau wie ihre Atmung, was ihre körperliche Anstrengung nicht hatte bewirken können. Sie lag regungslos unter ihm, absorbierte seine Wärme und krallte die Finger rastlos in die Erde.

Es dauerte einige Momente, bis Elijah sie losließ. Als er es tat, warnte er sie abermals, sich nicht vom Fleck zu rühren. Er wartete kurz ab, ob sie auch gehorchte, dann stupste er ihre Wange mit seiner feuchten Nase an.

Bei der überraschend zärtlichen Geste hob Vash den Kopf und sah ihm in die Augen. »Elijah…«

Seine Lefzen kräuselten sich, und in seinen Augen brannte immer noch dieses urtümliche Licht.

»Okay, na gut.« Sie atmete aus und entspannte sich wieder, während ihr Verstand noch zu ergründen versuchte, warum sie sich so artig unterwarf. Das tat sie bei niemandem außer Syre, und auch bei ihm nur in gewissen Dingen. In vielen anderen war sie dominant. Ja, weil er es ihr erlaubte, aber dennoch ... Selbst Char war so klug gewesen, ihr stets die Führung zu überlassen.

Sie zuckte leicht zusammen, als Elijah sich vorsichtig auf sie legte, sodass sein Bauch an ihren Rücken geschmiegt war. Er belastete sie nicht mit seinem ganzen Gewicht, sondern gerade so, dass sie nach unten gedrückt wurde und nicht vergaß, dass er da war. Als wäre das möglich gewesen!

Vash konnte nicht sagen, wie lange sie so dalagen. Leise hechelte er über ihr, schnupperte zärtlich an ihr und stupste sie mit der Schnauze an. Sie konnte nicht sagen, warum das die Anspannung linderte, die sie schon umtrieb und innerlich an ihr zerrte, seit er sie gestern vor die Tür gesetzt hatte. Sie konnte nicht mal sagen, wann ihr bewusst wurde, dass diese Art von Anspannung sie schon seit Jahren plagte. Ihr war einzig bewusst, dass die Ausgeglichenheit, die sie mit Elijah im Wald fand, eine innere Qual offenbarte, derer sie gar nicht gewahr gewesen war. Wut und Rachedurst waren ihre ständigen Begleiter, aber der Schmerz war jenseits ihres Bewusstseins vergraben gewesen und wurde erst im Verschwinden offensichtlich.

Als Elijah die Gestalt wechselte, spürte Vash, welche Energie in diesen Vorgang floss und alles um sich herum zum Zittern brachte. Das warme, raue Fell wurde zu steinharten Muskeln und glühender Haut. Elijah rieb weiterhin seine Wange an ihr und keuchte, während er sich bis an seine Grenzen anstrengte.

Vashs Handflächen begannen zu schwitzen, denn sie

fühlte deutlich seine Erektion zwischen ihren Schenkeln.
»Elijah…?«

»Vashti.« Seine Stimme klang noch kehlig, rau und höllisch sexy. »Es ist nicht genug… Bedaure.«

Sie versteifte sich, und die Enttäuschung durchfuhr sie wie eine Klinge. Sie war nicht genug? Was sie hatten – was immer das war –, war nicht genug?

16

»Entspann dich«, keuchte Elijah und rieb seine Hüften an ihrem runden Hintern. »Wehr dich nicht. Lass mich ... dich haben. Es gutmachen ...«

Vash konnte nichts gegen den Schauer der Erregung tun, der sie überlief. »Du willst Sex? *Hier?*«

Allein der Gedanke machte sie feucht und hungrig. Die Vorstellung, dass er so scharf auf sie war, dass er nicht warten konnte, dass er sie wie ein brünstiges Tier auf dem Waldboden nehmen wollte ...

Er veränderte seine Position, sodass seine Schenkel ihre umklammerten. Dann richtete er sich auf und zog sie mit sich. Seine Hand glitt zwischen ihre Brüste, packte ihren Hals und drückte sie an ihn. Die andere griff nach dem Bund ihrer schwarzen Stretchhose und schob sie bis zu den Knien hinunter.

»Tut mir leid.« Seine Worte waren ein gequältes Stöhnen in ihrem Ohr. »Ich kann nicht aufhören. Lauf nicht weg ...«

Ihr Kopf fiel zurück an seine Schulter, als er sie mit zitternder Hand zwischen den Beinen berührte. Unwillkürlich bog sie ihm ihre Hüften entgegen.

Seine Stirn war an ihrer Schläfe. »Feucht. Gott sei Dank ...« Dann beugte er sie wieder nach vorn.

Vash streckte die Arme vor, um ihren Fall abzufangen. Als sie auf Händen und Knien war, griff Elijah zwischen sie, umfing seinen Schaft mit der Hand und strich mit der dicken Spitze seines Glieds durch ihre feuchte Scham... über ihre Klitoris. Sein Körper zitterte.

Jeder Muskel in Vash war zum Zerreißen angespannt, und Vash glaubte, dass sie gleich durchdrehen würde. Sie wollte dies hier. Ihr Hunger nach ihm war genauso ein Teil von ihr wie ihr Durst nach Blut.

»Ich brauche dich. *Jetzt*«, knurrte er, zog sie nach hinten und stieß in sie hinein.

Sie schrie auf, als er sie so tief einnahm und das Wohlgefühl so überwältigend war, dass ihr die Sicht verschwamm. Er ließ ihr keine Zeit, sich anzupassen oder zu wappnen, sondern stieß direkt wild zu, benutzte sie für seine Lust. Ein Dutzend Stöße war alles, was er brauchte. Sein Brüllen hallte durch den Wald, und Vögel stoben, panisch kreischend, aus den Bäumen auf. Elijah kam so heftig, dass Vash ihn in sich pulsieren fühlte. Ihre Schenkel waren feucht von ihm, als er sich wieder auf die Knie aufrichtete und Vash nach hinten zog, sodass sie vor ihm hockte.

Er spreizte ihre Schamlippen und rieb sie, noch bevor sie sich fangen oder zu Atem kommen konnte. Bebend vor Erregung erreichte sie ihren Höhepunkt mit einem gedehnten, erleichterten Stöhnen, während sich ihr Körper um seine Erektion herum anspannte.

Dann war sein Handgelenk an ihrem Mund und bot Vash die schnell pochende Ader an. Sie zitterte noch von ihrem Orgasmus, drehte aber den Kopf weg. »Nein...«

Elijah vergrub sein Gesicht in ihrem Haar. »Es tut mir leid.«

Sie wollte ehrlich antworten, doch ihre Synapsen waren durchgeschmort. Und er massierte immer noch ihre Klitoris, sodass sie heiß und verdammt bereit blieb, gleich wieder zu kommen oder überhaupt nicht mehr aufzuhören.

»Ich konnte mich nicht beherrschen.« Er knirschte mit den Zähnen. »Du bist weggelaufen, und ich konnte nicht klar denken ... Du musst wissen, dass ich mir eher einen Arm abschneiden würde, als dir wehzutun.«

Etwas wallte in ihr auf, sowie sie begriff, wofür er sich entschuldigte – dass er die Kontrolle verloren hatte. Sie sollte nicht froh sein, dass das Tier in ihm auf sie auf die animalischste Art überhaupt reagiert hatte, aber anscheinend war sie in dieser Beziehung irgendwie pervers. Ach, und wenn schon. Falls alle ihre Auseinandersetzungen damit endeten, dass er in ihr kam, könnte sie damit leben.

Allerdings mussten seine Schuldgefühle verschwinden.

Als er ihr wieder sein Handgelenk hinhielt, schob sie beleidigt seinen Arm weg. »Lass das.«

Elijah hob sie behutsam von seinem Schwanz, was sich nicht so einfach gestaltete, weil er immer noch hart und dick war. Vash ließ ihn. Sie ließ zu, dass er sich nach hinten auf das alte Laub warf, einen Arm über seinen Augen anwinkelte. Sie ließ ihn heiser davon reden, dass sie sich nähren müsse und er irgendeinen Weg finden würde, wie sie es könnte, wenn sie schon nicht von ihm trinken wolle ... nicht dass er es ihr verübeln könne ... er wäre außer Kontrolle, würde den Verstand verlieren ...

Während er vor sich hin murmelte, entledigte Vash sich

rasch und lautlos ihrer Stiefel und ihrer Kleidung. Schließlich war sie splitternackt. Im Wald. Mit einem Lykaner. Wie weit war es mit dieser Welt nur gekommen?

»Elijah«, schnurrte sie und kam über ihn. »Halt verdammt noch mal den Mund.«

Sie sah, wie ihm der Atem stockte, bevor er ihn ausstieß, weil Vash erneut auf ihn sank und die intime Verbindung wiederherstellte, nach der sie sich verzehrte. Sein Schwanz war besonders gleitfähig durch das Sperma und durch die Luft gekühlt, sodass er sich in ihr anfühlte wie kühler, harter Marmor. Er bäumte sich mit einem Knurren auf, und Vash schlang die Arme um seinen Hals und blickte ihm in die Augen.

»Wie ich sehe, ist Erschlaffen kein Problem für dich«, bemerkte sie trocken. Seine Augen glitzerten nach wie vor fiebrig. Er war auf eine wilde Art atemberaubend: seine Haut gerötet, sein Haar zerzaust, sein Körper glänzend vor Schweiß. Vash konnte das Tier an ihm riechen, und ihr Geschlecht spannte sich in primitiver Freude um ihn an. Dieser Duft ähnelte so sehr dem, den sie lange zutiefst verabscheut hatte, und dennoch hatte er nichts zu tun mit ihrer schmerzlichen Vergangenheit. Sie wollte nicht darüber nachdenken, sondern es einfach ... akzeptieren.

»Vashti, ich ...«

»Du hast mich beleidigt. Oh nein, nicht mit dem wilden, animalischen Sex«, versicherte sie ihm, als sie seinen gequälten Gesichtsausdruck bemerkte. »Sondern indem du mir dein Handgelenk angeboten hast. Das ist, falls du es nicht wusstest, die unpersönlichste Art, einem Vampir Blut zu geben. Ich würde mir gern einbilden, dass wir darüber hinaus sind. Sollten wir es nicht sein, müssen wir daran arbeiten.«

Seine Arme strafften sich um sie wie Stahlbänder. »Darüber hinauskommen, dass du mich abservierst, wenn du Angst kriegst? Darüber hinaus, uns für irgendwelchen blöden Quatsch zu entschuldigen statt für die echten Probleme?«

»Wow.« Sie tauchte ihre Finger in sein Haar, weil sie wusste, wie sehr es ihm gefiel. Und weil sie die Bestie beruhigen musste, damit sie die Dinge mit dem Mann klären konnte. »Du fängst dich ja schnell wieder. Ich glaube, zerknirscht mochte ich dich lieber.«

»Alles oder nichts.«

»Habe ich eine Wahl? Du würdest mich doch nur jagen, wenn ich weglaufe.«

Seine Augen verengten sich und musterten sie. Nach einer Weile blähten sich seine Nasenflügel. »Du *mochtest* es.«

»Ich habe nie das Gegenteil behauptet. Du hast mich vor die Tür gesetzt.«

»Und wer hatte angefangen?« Elijahs Stimme klang unheimlich ruhig.

Vash schluckte, und ihr Blick wanderte zu dem Puls an seinem muskulösen Hals.

»Vashti.« Er schüttelte sie leicht. »Rede mit mir. Was tun wir hier?«

Sie sah ihm wieder in die Augen und runzelte die Stirn. »Willst du mich verarschen?«

»Wenn Sex alles ist, was du willst, möchte ich darauf hinweisen, dass sich andere Optionen anbieten, die weit weniger nervig sind.«

»Wie Himeko?«

Sein Grinsen war träge und durch und durch männlich. »Machst du Besitzansprüche geltend?«

»Wie prima, dass du meine Verwirrung und mein Unglück genießt«, murrte sie. »Hör mal, ich habe das hier schon gründlich versaut, weil ich versucht habe, allein damit klarzukommen. Jetzt verrate mir, was du von mir willst, und dann kann ich dir sagen, ob ich es dir geben kann oder nicht.«

»Ich will etwas Verbindliches.«

Leichte Panik regte sich in ihr. »Inwiefern verbindlich?«

»Ich will mehr sein als ein Joystick, den du gerne reitest, wenn dir danach ist.«

»Meinetwegen.« Vash versuchte, sich zu konzentrieren, obwohl Elijahs »Joystick« in ihr zuckte, als er ihn erwähnte. »Aber du hast gut reden! Ich weiß, dass du bloß wegen meiner Titten auf mich stehst.«

»Machen wir einen Deal. Ich garantiere dir Exklusivität und freie Nutzung von allem, was ich habe, im Tausch gegen dasselbe von dir.«

»Das ist alles?«, fragte sie misstrauisch. Exklusivität und freie Nutzung konnten sich auf eine Menge Sachen beziehen oder auch nicht.

Sein Blick war vollkommen menschlich und extrem geduldig. »Womit kannst du sonst noch leben?«

»Nun ...« Sie fuhr sich mit einer Hand durchs Haar. »Ich kann *nicht* mit einer kalten Schulter leben. Das macht mich irre. Und gestern warst du so ein Arsch.«

»*Ich* war der Arsch?«

Sie seufzte. Ihr war klar, dass sie alles offen aussprechen

musste, oder sie riskierte, ihn zu verlieren. Das Tier in ihm mochte verknallt sein, aber der Mann ließ sich nicht einwickeln. »Ich will dich, und nicht nur wegen Sex, sondern um deinetwillen. Ich respektiere dich. Ich respektiere, wie du mit deinen Leuten bist, und genau deshalb kann ich dich nicht behalten. Und ich habe Angst, dass ich dich mehr wollen könnte. Ich fürchte mich davor, verletzt zu werden.«

Mit beiden Händen strich er ihr das Haar aus dem Gesicht. »Du denkst an meine Pflichten als Alpha.«

»Du etwa nicht?«, konterte sie. »Und falls nicht, dann solltest du es.«

»Momentan frage ich mich, ob es nicht ein beknacktes Missverständnis ist. Immerhin habe ich schon zum zweiten Mal deinetwegen die Fassung verloren.«

Vash stutzte. »Wann war das erste Mal?«

»Ist doch egal.« Sein strenger, wunderschöner Mund streifte ihren. »Die Jagd hat in dem Moment begonnen, in dem ich dich zum ersten Mal sah. Und sie wird nicht enden, ehe du zugibst, dass du mein bist, oder ich aufhöre zu atmen. Das ist es, was das Tier will und auch bekommen muss. Was den Mann angeht – ich bewundere deine Stärke und deinen Mut. Ich bin dankbar für deinen Rat, den du mir freiwillig gibst. Ich bin süchtig nach deinem Körper, aber ich genieße es auch, einfach mit dir zusammen zu sein. Du bringst genau das richtige Maß an Verrücktheit für mich mit. Mit dir ist es nie langweilig, Süße.«

Sie lehnte sich an ihn, und etwas in ihr öffnete sich bei seinen Worten. Sie umklammerte ihn.

Elijah knurrte leise. »Ich könnte schon so gleich wieder

kommen. Indem ich dich schlicht halte und von dir gehalten werde. Selbst wenn ich als Alpha weitermache, könnte ich jetzt nicht mehr vorgeben, eine Gefährtin zu suchen. Die Vorstellung, mit einer anderen intim zu sein, stößt mich ab.«

Vash schloss die Augen, als sie eine Welle von Erleichterung und Zärtlichkeit erfasste. »Für mich gab es nur Char und dann dich. Ich möchte, dass das hier funktioniert. Ich möchte *dazu beitragen*, dass es funktioniert.«

»Dann leg dich darauf fest, Vashti, mit mir zu schlafen, mit mir zu arbeiten und mit mir zusammenzubleiben. Nichts von dem geht irgendjemand anderen etwas an. Wir müssen nur miteinander reden und uns gegenseitig zur Priorität machen.«

»Es gibt keinen einzigen lebenden Lykaner, der mich nicht umbringen will, dich eingeschlossen ... manchmal.«

»Und es gibt nur sehr wenige Vampire, die mich nicht killen würden, wenn sie glaubten, dass sie damit davonkämen. In jeder Beziehung gibt es Probleme und feindselige Verwandte.«

»Ha! Du bist witzig.«

»Das, und ich bin dickköpfig und arrogant.« Er knabberte an ihrer Unterlippe. »Du gehörst zu mir, Vash, und es soll nur einer wagen, daran etwas zu ändern. Dich eingeschlossen.«

»Du bist furchtbar.« Ihr Mund kribbelte wunderbar, und sein Geschmack breitete sich auf ihrer Zunge aus. »Du wusstest, was du mir gestern und letzte Nacht angetan hast. Du wusstest, dass es mich fertigmachen würde, dich zu verlieren, und dass ich es nicht hinnehmen könnte.«

»Ich hatte es gehofft«, korrigierte er. »Und ich habe mich mit Zweifeln geplagt, weil ich eine Grenze gezogen hatte, von der ich nicht sicher sein konnte, ob du sie überschreiten würdest. Als ich dir letzte Nacht mein Zimmer anbot und du es nicht nahmst, hätte ich dich erwürgen können. Du hattest in rasender Eifersucht ein Motelzimmer gestürmt, warst aber nicht bereit, den einen Schritt weiterzugehen, den ich von dir sehen wollte. Ich dachte schon, dass ich dich unmöglich so haben könnte, wie ich es brauche. Und dann kamst du beim Frühstück zu mir, und ich hätte dir fast gesagt, dass ich alles nehmen würde, was ich kriegen kann.«

»Während ich dich fast angefleht hätte, mich nicht mehr zu bestrafen.« Ihr verschwamm die Sicht, und sie wandte sich ab. »Du hattest mich ausgesperrt. Das ... tat weh. Ich hasse es, Schmerzen zu haben. Es macht mich verrückt.«

Er atmete aus und lehnte sich an sie. »Du bist verflucht starrköpfig.«

Leider konnte sie das nicht leugnen. »Und du wirfst dich ohne viel Gegenwehr auf den Rücken und bietest deine Kehle an, Welpi.«

»Du warst schon mal an diesem Punkt mit Charron. Natürlich scheust du dich, wieder verwundbar zu sein. Für mich ist es neu. Ich hatte das noch nie, und ich will es. Ja, ich kann mir nicht vorstellen, es nicht zu haben. Dich nicht zu haben.«

Vash legte ihre Hand auf sein kräftig pochendes Herz. »Ist dir mal der Gedanke gekommen, dass ich dich verführen und so verliebt machen könnte, dass du mich nicht mehr töten kannst?«

Er legte seine Hand auf ihre. »Für was für ein Arschloch hältst du mich? Denkst du, ich könnte dich wie verrückt vögeln, um dich dann zu pfählen? Den Plan habe ich schon verworfen, bevor wir es im Lagerhaus miteinander getrieben haben. Micah ist tot. Was du mit ihm gemacht hast, war falsch. Aber du hast es nur getan, weil du dich geirrt hattest, was mich betraf, und ich kann nicht behaupten, dass ich mich an deiner Stelle anders verhalten hätte. Würde ich dich nun aus Rache für ihn töten, wäre das so, wie du mich aus Rache für Nikki hättest töten wollen. Es ist ein Teufelskreis, der keinen von ihnen wieder zum Leben erweckt, aber uns beide zerstört.«

Sie schmiegte das Gesicht an seinen Hals und atmete tief ein. »Manche werden mir dieses Motiv unterstellen. Und noch mehr werden sich Gedanken machen.«

»Fick die.«

»Oh nein«, gurrte sie und knabberte an seinem Ohr. »Wir haben einen Deal. Wir ficken niemanden außer einander.«

Elijahs Hände auf ihren Schulterblättern hielten sie dicht bei ihm. Dann neigte er seinen Kopf zur Seite, sodass er ihr die Halsschlagader anbot, durch die sein Blut floss. Welch eine unterwürfige Geste von einem so dominanten Mann – die ihn einiges kostete, wie Vash bewusst war. Und sie machte sie heiß. Die Jägerin in ihr streckte sich freudig, während die Frau dahinschmolz.

Mit perfekt bemessenen Zungenstrichen massierte Vash die Ader, bis sie anschwoll. Sie fühlte, wie Elijah angestrengt schluckte, und lächelte. »Hast du gewusst, dass ein Vampirbiss die süßeste sexuelle Ekstase bescheren kann?«

»Was glaubst du, warum ich nicht will, dass du dich an jemand anderem nährst?«

»Ich war viel zu weggetreten in Las Vegas, um für dein Vergnügen zu sorgen. Das tut mir leid. Jetzt möchte ich dich erfreuen, Elijah. Ich möchte dich glücklich machen.«

»Glaub mir, das hast du in Las Vegas.« Seine warmen, wunderbaren Hände glitten an ihrem Rücken hinab zu ihrem Hintern und wiegten sie auf seiner großen Erektion. »Und du erfreust mich immer, auf so vielfältige Weise. Aber falls du es wiedergutmachen willst, habe ich nichts dagegen.«

»Ach nein?« Als sie sachte mit ihren Reißzähnen über seinen Hals schabte, fühlte sie das leichte Zittern, das ihn durchfuhr. »Du bist ein Raubtier an der Spitze der Nahrungskette und im Begriff, zum Snack einer Gleichrangigen zu werden.«

»Ich bin ein Mann«, erwiderte er rau, »der im Begriff ist, sich zurückzulehnen, sich zu entspannen und es zu genießen, wie ihn seine Frau zu einem sensationellen Orgasmus reitet.«

»Alter Chauvi«, schalt sie ihn lachend. Allerdings erstarb ihr Lächeln, als sie den Kopf hob und ihn ansah. Seine Züge waren angespannt, und diese Smaragdaugen, die sie immer wieder durchschauten, glühten. Der Mann mochte scherzen, doch das Tier in ihm hatte Mühe damit, zum Futter eines anderen Wesens zu werden. Sie besänftigte ihn, indem sie ihm mit den Händen durchs Haar strich. »Du musst das nicht tun, Elijah. Ich kann mich auch am Handgelenk von jemand anderem nähren, schnell und sauber.«

»Nein.«

»Einer Frau, wenn dir das lieber ist. Wir könnten in einen Club gehen. Du könntest mich ficken, während ich mich nähre. Vielleicht törnt es dich an zuzusehen ...«

»Nein, verdammt!« Seine Stimme war tief, fast ein Grollen. Er legte die Hand in ihren Nacken und riss sie an seinen Hals. »Ich werde dir geben, was du brauchst. Mach schon.«

Sie schloss die Augen, holte zitternd tief Luft und konzentrierte sich. Sein Vergnügen hatte Vorrang vor ihrem Bedürfnis, sich zu nähren, denn sie wusste, wie sehr dieses Geschenk von ihm gegen alles ging, was das Raubtier in ihm ausmachte. Ein Alpha-Männchen tat sich schwer damit, dieser Form von Penetration etwas Sinnliches abzugewinnen; manche konnten es nie. Und Vash wollte auf keinen Fall, dass Elijah es bereute, sie genährt zu haben. Wenn sie ehrlich sein sollte, hoffte sie sogar, dass er es hinreichend genoss, um es wieder zu tun. Um sie zu *bitten*, dass sie es wiederholte.

Vash leckte sich die trockenen Lippen, öffnete den Mund und strich mit der Zunge zärtlich über seine Ader. Dann umfing sie seinen Oberkörper mit den Armen und lenkte ihn damit ab, dass sie ihren Busen an seine Brust drückte. Schließlich biss sie zu und versenkte ihre Reißzähne in dem wild pumpenden, berauschenden Blut.

Fluchend versteifte Elijah sich, bevor ihm das rhythmische Saugen im Takt mit den Bewegungen ihrer Scheidenmuskeln ein Stöhnen entlockte. Mit einem Arm in seinem Nacken hielt Vash seinen Kopf still, während sie mit der anderen Hand besänftigend über seinen steifen Rücken streichelte. Sie zog ihre Zähne wieder heraus, leckte die

Wunde zu und sog sanft an seiner Haut. Ihr Mund fuhr küssend und knabbernd über seinen Hals. Als Elijah sich entspannte, biss sie an einer anderen Stelle aufs Neue zu. Ihre Wangen wölbten sich nach innen, als er kam und sie einen langen Zug nahm.

Er zischte, drückte ihre Hüften auf seine und ergoss sich in sie.

Vash nahm die Erinnerungen wahr, die das Blut mit sich trug, und suchte selbstsüchtig nach seinen Gedanken an sie – dem Besitzanspruch, dem Vergnügen, dem Schmerz. Im Gegenzug flutete sie sein Denken mit ihren eigenen Gedanken. Sie zeigte ihm, wie er sich in ihr anfühlte, welches Feuer in ihr brannte, wenn sie ihn ansah, wie groß ihr Respekt und ihre Bewunderung für ihn waren, und welches Sehnen allein seine Leidenschaft stillen konnte.

»Vashti.« Er erbebte, als sie ihn zu einem zweiten Höhepunkt molk, und sein gesamter Körper wurde erschüttert, kaum dass Vash ihm folgte, wobei ihre inneren Muskeln ihn auf die intimste Weise umfingen. Rohe Wonnelaute drangen aus seiner Kehle und kündeten von einem Verlangen, das nie vollends gestillt wäre.

Vashs Durst war gelöscht. Sie zog ihre Reißzähne zurück, versiegelte die beiden Punktierungen und streichelte die Ader, in der sein Blut rauschte, mit ihrer Zunge. Dann stemmte sie beide Hände gegen seine Schultern und schob ihn zurück nach unten. Sie lächelte, als er sich unter ihr ausstreckte. Er keuchte, und seine Augen leuchteten. Vash beugte sich über ihn, glitt mit den Fingernägeln über seine Brust und hob und senkte ihre Hüften, um seine Erektion zu streicheln.

Diesmal fehlten ihr die Worte. Bei Char hatte sie noch Worte gehabt, als Engel auch. Aber jetzt, bei Elijah, steckten sie ihr brennend im Hals fest.

Das Schöne an Elijah war, dass er diese Worte nicht brauchte. Er *wusste* es ja. Er akzeptierte und wollte sie, wie sie war. Und er begriff, dass ihr Körper alles sagen konnte, was sie nicht laut auszusprechen vermochte. Ihr Vampirkörper, der so vollkommen verbunden war mit der ursprünglichen Sexualität ihres Lykaners.

»Nimm dir, was du brauchst«, sagte er heiser. »Was immer du brauchst. Und gib mir alles.«

Sie biss sich auf die Unterlippe, ritt ihn langsam und kostete Wonne und Schock aus, wann immer er sie vollständig ausfüllte. »Ich will, dass du wieder kommst. Ich muss dich in mir fühlen.«

»Ich bin ein Mann«, erklärte er eindeutig amüsiert. »Ich kann das hier nur eine begrenzte Anzahl von Malen tun, ohne mich zwischendurch zu erholen.«

Sie lächelte verzückt. »Du bist noch hart.«

»Du bist noch nackt und fickst mich.« Er umfing ihre Brüste und zog an ihren schmerzlich strammen Nippeln. »Keine Sorge um mich. Ich komme schon auf meine Kosten, wenn ich dir nur zusehe und fühle, wie du mich zusammendrückst. Ähnlich einer heißen, strammen, perfekten Faust. Ein Orgasmus ist nur ein Bonus, wenn der Ritt gut ist.«

Vash richtete sich auf und strich mit gespreizten Fingern über seine straffen Brust- und Bauchmuskeln. Piniennadeln piekten ihr in die Knie, doch das machte ihr nichts. Sie hatte ihn wieder exakt da, wo sie ihn brauchte – in ihr, verbunden mit ihr, nichts zwischen ihnen, was sie trennte. Kein Rang, keine Rollen, keine Halbwahrheiten, kein Ausweichen. Sie waren voreinander so entblößt, wie sie es nur sein konnten. Ausgeliefert. Er gehörte ihr; diesen Anspruch durfte sie nun erheben. Und sie war stolz darauf, ihm zu gehören.

»Noch mal«, lockte sie und bewegte die Hüften. »Für mich. Ich will noch einmal kommen, Elijah, aber ich kann es nicht ohne dich.«

Er kam mit dem Oberkörper hoch, umfing sie mit beiden Armen und rollte sie herum, sodass sie unter ihm war. Seine Unterarme polsterten ihre Schultern und den Rücken auf dem pieksigen Untergrund. Wieder mal zeigte er jene Aufmerksamkeit und Rücksicht, die Vash so bewunderte.

Sie war gefangen, aber auch gehalten, als er übernahm, aus ihr herausglitt und wieder hinein, und sich seine starken Muskeln wölbten. Seine Augen fixierten ihre, und dieser forschende Blick war noch intimer als die Bewegungen, mit denen er ihren Körper in Besitz nahm.

»Ich gehöre dir«, raunte er. »Sag es.«

Sie bog den Kopf nach hinten, da ihre Sinne überlastet waren. Sie konnte nichts mehr sehen, kaum etwas hören außer dem Rauschen ihres Bluts.

»Sag es, Vashti«, knurrte er finster. Seine Lippen waren an ihrem Hals, und sein Atem wehte heiß über ihre Haut. »Sag es, und ich komme für dich.«

»Mein«, hauchte sie und schlang die Beine um ihn. »Du bist mein.«

Geläutert und gestärkt sank Adrian mit der erschöpften, aber befriedigten Lindsay in den Armen in den Garten hinab. Zum ersten Mal seit Tagen dachte er wieder klar, und darüber war er froh, als er einen unbekannten Wagen in der Einfahrt bemerkte. »Es ist jemand hier.«

Lindsay hob den Kopf von seiner Brust. »Kannst du dieses Gedankenblitz-Dings machen und mir ein bisschen richtige Kleidung anzaubern?«

Er dachte an die Sachen, die sie für die Reise eingepackt hatte, und beschwor eine schwarze Hose und ein schulterfreies T-Shirt herbei. Für sich selbst wählte er eine Baumwollhose und ein weißes Hemd, das er lose über der Hose trug. Er krempelte die Ärmel auf, während er voranging, um Lindsay die Tür zu öffnen.

»Du hast meine Unterwäsche vergessen«, flüsterte sie streng, als sie in die Küche gingen.

Seine Mundwinkel hoben sich. »Nein, habe ich nicht.«

Ihr Gast wartete im Wohnzimmer und lachte mit den beiden Wachen über irgendwas. Die beiden Lykaner standen stramm, als Adrian das Zimmer betrat, wohingegen die reizende Asiatin, die sich mit ihnen unterhalten hatte, sehr viel gelassener aufstand. Sie trug einen Bleistiftrock mit Nadelstreifen, eine Seidenbluse und Louboutins: Raguel Gadaras Botschafterin war für ihr weltliches Leben gekleidet. In ihrem himmlischen zog sie alte Jeans und Doc Martens vor.

»Evangeline«, begrüßte Adrian sie, ergriff ihre ausgestreckten Hände und durchforstete über diese Verbindung ihre Gedanken, um alles zu erfahren, was er wissen musste. »Schön, dich zu sehen.«

Sie lächelte. »Du sagst das so nett, dass ich dir beinahe glauben könnte.«

Adrian wandte sich um und bezog Lindsay in das Gespräch mit ein. »Lindsay, darf ich dir Evangeline Hollis vorstellen? Eve ist gegenwärtig für die Inneneinrichtung des Mondego-Casinos zuständig. Eve, Lindsay war kurzzeitig Assistant Manager von Raguels Belladonna in Anaheim. Jetzt gehört sie mir.«

Eve schüttelte Lindsay die Hand. »Sei froh, dass der Kelch, für Gadara zu arbeiten, an dir vorübergezogen ist.«

Lindsay runzelte die Stirn. Die Bemerkung verwirrte sie, denn sie wusste noch nicht, dass Gadaras Untergebene zwangsrekrutiert wurden und nicht wie die Lykaner in den Dienst berufen. Adrian würde ihr das später erklären.

»Was führt dich her?«, fragte er Eve, weil er im Moment nicht näher darauf eingehen wollte.

Sie zeigte auf einen winzigen Kühlbehälter zu ihren Füßen. »Erzengelblut. Ich habe gesehen, wie Gadara es abgezapft und hineingestellt hat. Er meinte, mir würdest du glauben, dass er es nicht gepanscht oder gegen anderes ausgetauscht hat. Ich schätze, davon hast du dich bereits überzeugt, als du eben in meinem Verstand herumgestöbert hast.«

»Du kennst mich so gut.«

Eve lachte, aber ihr Blick blieb hart. »Es ist ein gewisser Trost, dass die meisten Engel berechenbar sind.«

Lindsay sah zu dem Kühlbehälter. »Warum hat Gadara uns das Blut nicht gegeben, als wir ihn gestern darum baten?«

»Kontrolle«, antworteten Eve und Adrian im Chor.

»Echt jetzt?«, murmelte Lindsay. »Das ist kein bescheuertes Spiel!«

»In gewisser Weise schon«, erklärte Eve. »Ein Spiel, von dem Gadara nicht will, dass Adrian es verliert, aber er soll es auch nicht ohne Gadaras Hilfe gewinnen. Ehrgeiz ist die Achillesferse der Erzengel. In diesem Fall wusste Gadara, dass er die Oberhand hatte, weil er sein Blut geben sollte … und er wollte sichergehen, dass Adrian das begreift und einsieht, dass er Gadara nun etwas schuldig ist. Es ist immer gut, wenn man einen Gefallen von einem Seraph einfordern kann.«

Lindsay sah Adrian an. »Ach du Schande.«

»Sei froh, *Neshama*«, scherzte er. »Du darfst sogar jederzeit den ganzen Seraph für dich einfordern.«

Sie knuffte ihn in die Schulter. »Wieso kommt er nicht selbst und reibt es dir unter die Nase?«

Eve verzog das Gesicht. »Weil er mich in meine Grenzen weisen und Adrian beleidigen will, indem er eine Gesandte aus den ganz niedrigen Rängen schickt. Zwei Fliegen mit einer Klappe. Darin ist er richtig gut.«

»Würde es ihn nicht ärgern«, murmelte Adrian, »wie erfreut ich stattdessen war?«

Eve sah zu den beiden Lykanern. »Es gibt Gerüchte. Ich habe gehört, dass ein Großteil deiner Mitarbeiter in den Streik getreten ist. Gadara hofft natürlich, dass er einspringen und dir aushelfen kann. Aber falls du seine übertriebene Einmischung meiden willst und es dir nichts ausmacht, mit Gegrunze unter dem Tisch zu arbeiten, kann ich dir einige Empfehlungen geben. Sag mir einfach Bescheid.«

Adrian dechiffrierte die Botschaft und war dankbar. Seine Hüter hingen ohne die Lykaner als »Mitarbeiter« nicht völlig in der Luft. Es war Hilfe verfügbar, falls er beschloss, dass sie welche brauchten. Ob er mit diesem Wissen etwas anfing oder nicht, war nebensächlich. Hauptsache war, dass er es wusste.

Eve bewegte sich zur Tür. »Ich habe deine Zeitung mit reingebracht«, sagte sie und wies auf die zusammengefaltete Zeitung in der taubenetzten Plastikhülle. »Und jemand hier sollte eure Mülltonnen vom Straßenrand holen. Ich schätze, über solche Dinge musst du dir in Angels' Point keine Gedanken machen, aber in manchen Vierteln werden Bußgelder verhängt, wenn man die Mülltonnen nach dem Abholtag draußen lässt. Das Leben der Sterblichen kann recht mühevoll sein.«

Adrian starrte zu der Zeitung, als die Tür hinter Eve ins Schloss fiel. Klimaanlage ... Zeitungen ... Müll ...

»Jemand hat hier gewohnt«, murmelte Lindsay. »Das hatten wir völlig verdrängt, weil Vashti aufgetaucht ist, aber ihr hätte die Hitze nichts ausgemacht, oder? Sie käme gar nicht auf die Idee, sich mit der Klimaanlage zu beschäftigen.«

»Nein.«

»Wer würde es wagen, sich so in einem fremden Haus einzunisten?«

»Vielleicht ging es weniger um Dreistigkeit als um Verzweiflung. Navajo Lake ist nur wenige Stunden Fahrt entfernt.«

»Oh.« Das Mitgefühl in ihren Augen traf ihn mitten in die Seele.

Er könnte bleiben und warten, ob diejenigen wiederkamen, aber wenn sie Vergeltungsmaßnahmen fürchteten, blieben sie womöglich weg. Sie brauchte eine andere Form von Ermutigung.

Adrian sah zu den beiden Lykanern. »Ben, Andrew, ich lasse euch zwei hier. Ihr habt die Situation im Griff. Und bringt diejenigen, die hier auftauchen, zurück nach Angels' Point, falls sie das möchten. Wenn nicht, sagt ihnen Bescheid, dass dieses Haus nächste Woche zum Verkauf angeboten wird.«

Die beiden Wachen schwiegen einen Moment. Dann nickte einer, und der andere lächelte. »Danke, Adrian.«

»Wofür?«

»Dass du uns vertraust«, sagte Ben.

»Und uns zurückgenommen hast«, ergänzte Andrew.

Adrian sah zu Lindsay, weil er nicht wusste, was er sagen sollte. Ihr aufmunterndes Lächeln half ihm auf die Sprünge. »Lass uns packen und zum Flughafen fahren. Wir müssen Siobhán diese Proben bringen.«

Sie nahm seine Hand und drückte sie. Er fragte sich, ob ihr bewusst war, wie viel ihm diese simple Geste bedeutete, wie viel Liebe und Rückhalt sie ihm vermittelte und wie schnell er davon abhängig geworden war. Abhängig von ihr.

Er war nach Las Vegas gekommen, um Blut zu besorgen, und nahm etwas weit Wertvolleres wieder mit zurück – eine noch tiefere Verbindung zu der Frau, der sein Herz gehörte. Im Chaos seines Lebens, angesichts entsetzlicher Widrigkeiten und noch beängstigenderer Entscheidungen, war Lindsay sein Licht in der Finsternis. Und zwar selbst dann, wenn er sie nicht sehen konnte.

17

»Verdammt unheimlich«, murmelte Raze, verschränkte die Arme und lehnte sich an Vashs Mietwagen. »Hier herrscht Totenstille.«

Elijah sah zu dem Vampir und nickte ernst. Auch er bekam hier eine Gänsehaut. Sie hatten sich aufgeteilt, die Wohnsiedlung mit den Wagen eingekreist und sich anschließend von außen nach innen vorgearbeitet auf der Suche nach Lebenszeichen. Und gefunden hatten sie nichts. Rein gar nichts.

»Wo sind die Zeitungen?«, fragte Vashti, die merklich unruhig war. »Die Post? Das zu hohe Gras in den Vorgärten? Es können doch nicht alle Bewohner einer Siedlung verschwinden, ohne dass es irgendeine Spur gibt, der man folgen kann.«

Syre öffnete die Heckklappe des Explorers und begann, Waffen auszuladen. »Was schlägst du vor, Vashti?«

»Zwei Vampire auf Beobachtungsposten – auf Dächern an entgegengesetzten Enden der Siedlung. Unten drei Teams; eins übernimmt die Häuser in der Mitte, während die anderen beiden jeweils eine Hälfte des äußeren Kreises übernehmen. Wir pflücken jedes Haus einzeln auseinander. Die Lykaner können nach Bewohnern suchen, während die Vampire nach Spuren suchen. Irgendwo muss sich ein Anhaltspunkt finden.«

»Gut.« Syre sah die beiden Vampire an, die er mitgebracht hatte. »Crash und Lyric, ihr zwei übernehmt die Beobachtungsposten. Falls irgendwas wegläuft: erledigen!«

Die beiden Minions wählten sich ihre Waffen und gingen. Ihre Körper waren von Gefallenenblut frisch gegen die Mittagssonne gestärkt.

Elijah wartete auf weitere Instruktionen und war froh, dass die dunkle Sonnenbrille verbarg, wie aufmerksam er Vashti beobachtete. Sie hatte ihr Haar zu einem Pferdeschwanz gebunden und war wie üblich in Schwarz – in der Hose, die er ihr vorhin über die Oberschenkel geschoben hatte, kombiniert mit einer Lederweste, deren Reißverschluss von ihrem Nabel bis zu ihrem Dekolleté reichte. Ihre cremeweiße Haut und die leuchtenden hellbraunen Augen bannten ihn wie alles an ihr. Seine Frau, so wunderschön und unsagbar tödlich. Eine Kriegerin, der andere Krieger fraglos in die Schlacht folgten. Elijah bewunderte und schätzte sie, obwohl sie ihn wahnsinnig machte.

Sie teilte die verbleibenden fünf Vampire in zwei Zweiergruppen ein, sodass einer allein übrig blieb. Dann wandte sie sich zu Elijah, damit er ihr sagte, wie die Lykaner zugeteilt werden sollten. Er wies Luke und Trey den Zweierteams zu und behielt Himeko bei sich. Zwar konnte sie recht gut auf sich selbst aufpassen, doch den Angriff in Las Vegas hatte er selbst nur sehr knapp überlebt. Sollte ihnen hier so etwas wieder blühen, wollte er derjenige sein, der ihr den Rücken frei hielt.

Er und die anderen Lykaner fingen an, sich auszuziehen.

Elijah zog sein Shirt über den Kopf und warf es in den Laderaum des Explorers. Dann streifte er seine Stiefel ab und öffnete den Knopf an seinem Hosenbund.

»Was machst du denn?«, fragte Vashti entgeistert, die mit dem Riemen für ihre Katanas in der Hand innehielt.

Er sah sie verwundert an. »Wir rüsten uns so wie ihr.«

Die anderen entkleideten sich weiter, während die Vampire sich ihre Waffen umschnallten. Allerdings entging Elijah nicht, wie neugierig alle dieser Unterhaltung lauschten.

Vashs Blick wanderte von Elijahs offener Hose zu Himeko, die mittlerweile in Slip und BH war, und dann wieder zurück zu Elijah. »Du ziehst dich hier nicht nackt aus.«

Himeko schnaubte und hakte ihren BH auf. »Nacktheit ist Teil von dem, was wir sind. Gewöhn dich dran, Blutsauger.«

»Unbedingt«, sagte Crash mit Blick auf ihre nackten Brüste. »Eine super Art, die Jagd zu starten.«

»Halt die Klappe!«, fuhr Vash ihn an und wandte sich wieder zu Himeko. »Und du auch. Du hast schon alles von ihm gesehen, was du in deinem Leben zu sehen kriegst!«

Himeko lächelte eisig. »Es wird andere geben. Frauen mit Fell statt mit Reißzähnen.«

Vash schwang eines ihrer Katanas in einem eleganten Bogen. »Willst du drauf wetten, Schlampe?«

»Vashti«, seufzte Elijah, dem die Stimmung etwas zu hoch schlug. Natürlich waren sie alle angesichts der bevorstehenden Jagd angespannt, aber die beiderseitigen Ressentiments verstärkten es noch. Feindseligkeit war allgegenwärtig in diesem bislang unerprobten Waffenstillstand zwischen Vampiren und Lykanern. Und die galt es jetzt zu bändigen, denn sie müssten sich gleich in einem Kampf auf Leben und Tod aufeinander verlassen können.

»Ich kann mich auch nackt ausziehen!«, sagte Vash. »Das wäre mal ein neuer Trend.«

»Es ist nicht dasselbe, und das weißt du auch.«

Sie sah ihn provozierend an und hob eine Hand an ihren Reißverschluss.

Er bedachte sie mit einem Blick, der Bände sprach, ging um den Explorer herum und kehrte als Wolf zurück, seine Jeans im Maul. Die warf er Vash vor die Füße.

»Danke.« Sie hob die Jeans auf und schleuderte sie zu den restlichen Sachen auf die Ladefläche. Dann schnallte sie sich ihre Schwerter um, nickte Syre zu, der eine Furcht einflößende Armbrust unter dem Arm hielt, und sie schwärmten von den Fahrzeugen aus, um mit der Jagd zu beginnen.

Elijah wunderte sich nicht, dass Vashti mit Himeko und ihm ging, auch wenn diese Konstellation alles andere als ideal war. Eine der zwei halsstarrigen Frauen im Auge zu behalten war schon schwierig genug, aber beide zusammen, die sich auch noch angifteten, das machte die Sache gefährlich.

Die Spannungen zwischen ihnen waren allerdings vergessen, sowie sie das erste Haus betraten. Das zweigeschossige Einfamilienhaus war gemütlich und einladend eingerichtet. Nirgends war etwas durcheinander; vielmehr hätte man glauben können, dass es sich um ein Modellhaus handelte, so wie alles exakt am richtigen Platz stand... einschließlich der Familienfotos auf dem Kaminsims. Jugendlich wirkende Eltern und drei Kinder, von denen das jüngste noch ein Säugling war.

Elijah sprang die Treppe hinauf und suchte die Zimmer oben ab. Dort fand er Alltagsspuren: ungemachte Betten, Kinderspielzeug auf dem Fußboden, überquellende Wäschekörbe. In dem Babyzimmer war ein Windeleimer mit einer schmutzigen Windel, und eine Flasche mit vergorener Babymilch lag halb voll in der Wiege.

Vash betrat das Zimmer hinter Elijah. »Es sind Nachrichten auf dem AB. Anrufe von seiner Firma, wo er bleibt. Und einer für sie wegen einer Fahrgemeinschaft; sie war mit Fahren dran und ist nicht aufgetaucht. Wie es aussieht, ist heute Tag vier nach ihrem Verschwinden.«

In den nächsten Häusern fanden sie ungefähr dasselbe vor. Beim achten beschloss Elijah, sich auch im Garten hinten umzusehen. Wie in den anderen Häusern zuvor war Vash wieder nach wenigen Minuten bei ihm. Er fühlte sich ein bisschen belagert.

Als er sie anknurrte, gab sie sich völlig cool. Trotzdem verriet ihre Körpersprache, dass sie nervös war. Sie hatte Angst, ihn seinen Job machen zu lassen.

Er wechselte die Gestalt und stellte sie zur Rede: »Hör auf, mich zu erdrücken.«

Sie runzelte die Stirn und stellte sich vor ihn, sodass er vom Haus aus nicht zu sehen war. »Zieh dein verdammtes Fell wieder an, ehe Himeko rauskommt.«

»Oh Mann, ernsthaft jetzt! Wenn ein Lykaner nackt ist, heißt das nicht automatisch, dass er Sex will.«

»Sie ist ein Weibchen. Falls es dir noch nicht aufgefallen ist, sabbern die schon alle, wenn du angezogen bist. So«, sie wies ungeduldig auf seinen Körper, »bettelst du praktisch darum, dass sie über dich herfallen.«

Seine Nasenflügel zuckten, als er eine vage Note von Erregung an ihr wahrnahm. »Schon wieder? Auf einer Jagd? Gott, du vögelst mich noch zu Tode!«

Sie wurde rot und trat von einem Fuß auf den anderen. »Wenn du nicht willst, dass ich heiß werde, lauf nicht nackt herum!«

Ihre Verlegenheit besänftigte ihn. Er verstand ja, wie hilflos sie beide gegenüber dieser gegenseitigen Anziehung waren. »Ich brauche keinen Bodyguard, Vashti. Geh du und mach dein Ding, und lass mich meines durchziehen.«

»Als wäre das so einfach! Diese Infizierten wollen dich noch dringender als die verdammten Weiber! Ich habe zugesehen, wie sie dich in Stücke gerissen haben, und das gebe ich mir nicht noch mal. Ich k-kann nicht.«

»Vash.« Ihm schnürte sich die Kehle zu, als er den Schmerz in ihrem Gesicht sah. »Süße ...«

»Lass es!« Sie funkelte ihn an. So streng, so stark und doch so zerbrechlich. »Du hast mich in diesen Schlamassel gebracht.«

»Welchen Schlamassel?« Aber er wusste, was sie meinte. Wären sie irgendwo anders, würde er sie jetzt besinnungslos küssen.

»*Diesen* Schlamassel!« Sie wedelte mit der Hand. »Zwischen dir und mir. Uns.«

»Uns?«

»Bist du jetzt ein Papagei? Ja, uns.«

»Zwischen uns, das ist ein Schlamassel?« Es fiel ihm sehr schwer, nicht zu grinsen.

»Jedenfalls letzte Nacht.« Sie sah ihn wieder von oben bis unten an und seufzte. »Aber jetzt ist es okay, solange du mir nicht erzählst, ich solle mir keine Sorgen um dich machen, oder deinen nackten Körper mit der ganzen Welt teilen willst.«

»Ich teile meinen Körper mit keinem außer dir, meine verrückte Vampirin. Gott, ich bete dich an.«

»Sie kommt!«, zischte Vash und trat näher zu ihm, um ihn abzuschirmen. »Wenn sie deine Kronjuwelen sieht, muss ich sie umbringen.«

»Du bist irre, weißt du das? Total wahnsinnig.« Und er war ebenfalls verrückt. Nach ihr. Er wechselte wieder die Gestalt und lief tiefer in den Garten.

Als Himeko aus dem Haus gestürmt kam, wies er sie an, die eine Seite des Gartens zu übernehmen, während er die andere absuchte. In der hinteren Ecke erschnüffelte er einen vergrabenen Hund, was ein kleiner Grabstein bestätigte, aber sonst konnte er nichts Außergewöhnliches finden. Himeko hingegen winselte und begann, in der Erde zu scharren.

Elijah lief zu ihr, und gemeinsam kratzten sie frische Grassoden weg und fanden Blumenerde über einer Schicht aus Ätzkalk. In einem Meter Tiefe entdeckten sie Überreste einer Kinderleiche, die nur an der Größe der Knochen zu erkennen war. Beide sprangen entsetzt zurück.

»Oh nein«, hauchte Vashti und hielt sich eine Hand vor Mund und Nase, als der Gestank durch den aufgewühlten Kalk drang. »Diese verfluchten Infizierten.«

Schwachsinnig, von wegen, dachte Elijah grimmig. Diese Beerdigung bewies Intelligenz und kalte Berechnung. Er sah zu Vashti. Es war frustrierend, dass sie nicht kommunizieren konnten, solange er in Wolfsgestalt war. Das könnten sie nur, wenn sie ein richtiges Paar wären.

Vash drehte sich weg und sagte, ohne die Stimme zu erheben: »Syre, Raze. Lasst die Lykaner in den Gärten suchen.«

Elijah konnte das Beben in ihrer Stimme hören und ihre Beunruhigung fühlen. Die Entdeckung hatte sie entsetzt und verstört, ja, erschüttert. Er ging zu ihr und streifte sanft ihre Hüfte, um sie zu trösten.

Gedankenverloren kraulte sie ihn hinterm Ohr. »Wie viele Infizierte wären nötig, um eine ganze Siedlung auszulöschen? Und wie lange würde das dauern? Denn wenn es mehr als einige Stunden dauerte, müssten sie schon sehr schlau sein, um sich nicht ertappen zu lassen. Und ich habe bisher erst einen Einzigen gesehen, der noch funktionierende Hirnzellen besaß.«

Raze' Fluch ertönte von einem weiter entfernten Grundstück, und Elijahs Ohren zuckten. »Wir haben eine Leiche im Garten. Verdammt ... das ist ein Kind!«

»Hier auch«, sagte Syre verbittert. »Keine Spur von der Mutter – alleinerziehend, den Fotos und der Post im Haus nach zu urteilen.«

Elijah kehrte zu dem Grab zurück und fing an, tiefer zu graben. Er knurrte, als Vashti ihm helfen wollte. Zwar konnte er sie nicht vor allem schützen, aber wenigstens diese scheußliche Aufgabe wollte er ihr ersparen.

Am Ende hatte er drei Leichen gefunden – alle drei Kinder.

»Wo sind die Erwachsenen?«, fragte Vashti und folgte

ihm zu dem aufgewickelten Gartenschlauch, wo sie das Wasser aufdrehte, um ihn abzusprühen.

Raze' Stimme erklang aus der Ferne. »Nichts auf dem Nachbargrundstück. In dem Haushalt lebten zwei männliche Erwachsene, keine Kinder. Keine Leiche im Garten.«

Elijah lief voraus durch das Haus und zurück auf die Straße. Er war auf dem Weg zum nächsten Haus, als er Syre hörte: »Ich habe eine Bewegung hinter einem Fenster hier in meinem Sektor gesehen. Die Vorhänge sind geschlossen, sodass ich drinnen nichts erkennen kann.«

Vash lief los. »Warte, bis wir bei dir sind.«

Raze traf sie vor dem Haus. Wortlos führte er sein Team zur seitlichen Gartenpforte, und sie eilten nach hinten.

Vom Gehweg aus beobachtete Elijah die oberen Fenster und sah, dass sich die Vorhänge leicht bewegten, wie in einem Luftzug, doch es war weder das leise Surren einer Klimaanlage noch ein Ventilator zu hören. Ebenso wenig konnte er Atemgeräusche oder Bewegungen ausmachen, sodass sich ihm die Nackenhaare sträubten. Womit zur Hölle hatten sie es hier zu tun?

»Mir gefällt das nicht«, murmelte Vash. »Ich würde sie lieber ausräuchern, als da reinzugehen. Aber die Flammen würden die Feuerwehr herlocken, und dann hätten wir Sterbliche im Kreuzfeuer.«

Syre blickte sich um. »Mein Team übernimmt die oberen Fenster. Deine Lykaner können im Erdgeschoss rein. Bereit?«

Vash nickte, sprang zur einen Seite des Hauses und kletterte an der Fassade hinauf wie eine Spinne. Syre machte es auf der anderen Seite des Hauses genauso. Elijah übernahm unten die eine Seite, Luke die andere. Himeko blieb vorn, während Thomas sich hinten in Stellung brachte.

»Auf drei«, flüsterte Raze, dessen Stimme der Wind zu den anderen trug. »Eins, zwei ...«

Elijah flog in einem Scherbenregen durchs Fenster ins Haus. Er hatte kaum wahrgenommen, dass er in einem kleinen Arbeitszimmer gelandet war, als er gegen die Tür eines Wandschranks knallte, weil er in irgendeiner schmierigen Substanz ausgerutscht war. Er rappelte sich auf, schüttelte sich und stellte fest, dass der Boden von jener schwarzen, öligen Pampe bedeckt war, die Infizierte zurückließen, wenn sie zerfielen.

Himekos wildes Bellen brachte Elijah wieder in Bewegung. Er rannte durch den Flur und schlitterte gegen eine Wand, bevor er Halt auf dem sauberen Teppichboden fand. Dann sprang er ins Fernsehzimmer, wo Himeko und Thomas von Infizierten bedeckt waren. Mit einem zornigen Heulen stürzte er sich ins Getümmel, packte einen Infizierten beim Genick und brach es ihm, ehe er den Körper wie eine Stoffpuppe beiseiteschleuderte.

Eine Serie von Schüssen donnerte durch den Raum, als einer der gesunden Vampire ein ganzes Magazin auf die sich windenden Körper am Rande abfeuerte. Raze kam durch die Glasschiebetür herein, riss die infizierten Vampire an den Haaren nach hinten und hieb ihnen die Köpfe mit seinem Schwert ab. Elijah wurde von der Seite angegriffen. Reißzähne wurden in seine Flanke gerammt. Knurrend trat er mit den Hinterläufen aus und zerfetzte dem Angreifer den Oberschenkel mit seinen Krallen. Der infizierte Vampir verlor den Halt und fiel zur Seite. Elijah drehte sich um und setzte zum Sprung an. Er zielte auf das Anker-Tattoo auf der milchig weißen Haut direkt über dem Herzen des Infizierten ...

»*Vashti!*«

Syres Schrei durchschnitt Elijah wie eine Silberkugel. Er ließ von seinem Angreifer ab und flitzte die Treppe hinauf. Im ersten Stock stieß er auf eine Wand von Infizierten, eine wimmelnde Masse von grauen Leibern, die den engen Flur verstopften. Ein Lichtblitz von einer geschwungenen Klinge lenkte seine Aufmerksamkeit nach oben. Dort hing Vash kopfüber an der Decke und hielt sich mit einer Hand fest. Mit der anderen schwang sie ihr Katana nach den gereckten Armen, die nach ihr griffen und sie hinunterziehen wollten.

Elijahs Angst um sie machte ihn rasend, sodass er über Schultern und Arme hinwegsprang, um zu Vash zu gelangen.

»Nicht so schnell, Alpha«, zischte eine Stimme. Sein Hinterbein wurde mit einem zangengleichen Griff gepackt, und er wurde jäh in ein Zimmer geschleudert, wo er, begleitet von dem scheußlichen Knackgeräusch von Knochen, landete.

Er heulte auf vor Schmerz, und sein Innerstes zog sich zusammen, als die Tür zugekickt wurde, sodass er von Vash getrennt war. Er schonte sein seltsam verformtes Bein und drehte sich zu seiner Angreiferin um. Sie warf sich das seidige feuerrote Haar über die Schulter und stemmte die Hände in ihre Hüften, die von schwarzem Leder verhüllt waren. Für einen winzigen Moment glaubte Elijah, Vashti gegenüberzustehen; dann bemerkte er, vor Schmerz halb benebelt, die Unterschiede. Die Frau war zu schmal, ihre Züge waren zu streng, weniger fein. Und ihre Augen funkelten krank und irrsinnig.

Sie zog eine Waffe aus dem Halfter an ihrem Schenkel und grinste, wobei sie ihre fiesen Reißzähne bleckte. »Byebye, Geliebter«, säuselte sie.

Da zerbarst die Tür hinter ihr mit einem lauten Krachen, und die groben Splitter flogen der Vampirin in den Rücken. Die Pistole ging los, und die Kugel traf ins Leere. Vash sprang im selben Moment durch die zerstörte Tür, in dem Elijah sich auf ihre Doppelgängerin stürzte, sie beim Arm packte und ihr die Knochen brach, sodass sie die Waffe fallen ließ.

Vash trat nach dem Angreifer, der hinter ihr ins Zimmer gestürmt kam, bevor sie die Vampirin bei den Haaren packte und zu sich herumriss. Für einen kurzen Moment war alles still, während die beiden Frauen einander ansahen.

»Wer zur Hölle bist du?«, schrie Vash.

Lachend grub die Vampirin ihre Fersen in den Teppich und machte einen Satz aus dem Fenster, während Vash mit einem Büschel Haare in der Hand zurückblieb. Elijah jagte ihrer Beute nach und heulte abermals, als er mit seinem gebrochenen Bein unten auf dem Rasen auftraf. Er hetzte der Vampirin auf drei Beinen hinterher und hatte sie beinahe beim Knöchel, als sie über den zweieinhalb Meter hohen Zaun hechtete, der den Garten umgab.

Schüsse krachten. Elijah hörte einen Ruf von einem der Dächer. Einer der Vampire schloss sich der Jagd an.

Da er in seiner Verfassung nicht so hoch springen

konnte, durchbrach Elijah kurzerhand den Holzzaun und gelangte in den benachbarten Garten. In der Ferne hörte er Vashti, die ihm nachrief, aber er wurde nicht langsamer und drehte sich auch nicht um. Ihn trieb das Bild der winzigen Kinderknochen an, an denen die Spuren von Reißzähnen zu sehen gewesen waren.

Die Vampirin sprang über ein Tor, um in den Vorgarten zu kommen, und Elijah rammte auch dieses Hindernis nieder. Er war so nahe, dass er sie beinahe schmecken konnte. Sein Maul öffnete sich, und seine Lefzen zogen sich zu einem Knurren zurück ...

Da sprang sie hoch und landete hinten auf einem Pickup, der mit laufendem Motor am Straßenrand stand. Der Wagen raste mit quietschenden Reifen los, hinterließ einen beißenden Gestank nach verbranntem Gummi. Vom Dach aus feuerte Crash weiter, zerschoss die Windschutzscheibe mit einer Gewehrsalve. Die Vampirin hielt sich am Überrollbügel fest, duckte sich und lachte.

Elijah jagte ihr weiter nach, obwohl das Laufen auf dem Asphalt erst recht eine Tortur war. An der nächsten Ecke wurde der Pick-up langsamer, und Elijah mobilisierte alles, was er noch an Kraft besaß, um schneller zu laufen.

Dann explodierte das Fahrzeug.

Die Druckwelle war so heftig, dass Elijah zurückgeschleudert wurde. Er landete auf einem Stück Rasen, heulte vor Frustration, und ihm klangen die Ohren. Vashti kam auf den Knien über das Gras geschlittert und zog ihn in ihre Arme.

»Was ...? Was ist passiert?«

Syre starrte den schlotternden Minion an, der in einer Lache aus Blut und Öl auf dem Wohnzimmerboden lag. Um ihn herum waren die Infizierten, die das Gemetzel überlebt hatten, mit silberlegierten Klingen in ihren Handflächen an den Boden geheftet. Sie waren alles andere als klar bei Verstand. Fauchend und zischend versuchten sie, sich zu befreien.

Vashti erschien an der zerborstenen Glasschiebetür, die in den Garten führte, und stützte ihren humpelnden Alpha, der wieder Menschengestalt angenommen und seine Jeans angezogen hatte.

»Was ist da eben passiert?«, knurrte Syre.

Elijah blieb abrupt stehen, sodass Vash stolperte und fluchte. Er zeigte auf den verwirrten, aber klaren Minion. »Dieser Scheißkerl hat mich gebissen. Er war einer der Infizierten!«

»Wer seid ihr?«, schluchzte der Minion. »Wo sind meine Sachen?«

Vashti sah zu Syre, bevor sie Elijah zu einem Stuhl half. »Mir platzt noch der Kopf, wenn hier nicht verdammt bald mal irgendwas einen Sinn ergibt.«

»Wo sind Raze und Crash?«, fragte Syre, der blitzschnell alle durchgezählt hatte.

»Sie löschen einen Autobrand auf der Straße, ehe er Aufmerksamkeit erregt.« Vash richtete sich auf. »Verflucht, ich wollte die Schlampe lebend.«

Syre zog fragend eine Braue hoch.

»Die Vampirin, die Lindsays Mutter ermordet hat«, erklärte Elijah. »Fest steht jedenfalls, dass sie sich absichtlich genauso gestylt hat wie du.«

»Ja«, pflichtete sie ihm bei. »Man konnte die Ansätze sehen.«

»Wie bitte?«

»Ihr Haar. Die Ansätze waren braun. Das fiel mir auf, als ich ihr ein Büschel ausriss. Und ich bin ziemlich sicher, dass ihre Titten aus Silikon waren.«

Unruhig ging Syre auf und ab, wie es normalerweise Vash tat. *Das Blut, das du mir geschickt hast, ist ein Durchbruch*, hatte Grace gesagt. *Ich habe es mit Proben von virenverseuchtem Blut gemischt, und es trat eine kurze Umkehrung auf.*

Adrians Blut, gefiltert durch Lindsay und auf Elijah übertragen, der gebissen wurde.

Syre zeigte auf den schluchzenden Mann, der sich wie ein Kind auf dem Boden wiegte. »Dieser Minion war ein Infizierter?«

»Als er mich biss, ja«, bestätigte der Alpha. »Ich erinnere mich an das Anker-Tattoo. Das wollte ich ihm mit den Zähnen herausreißen.«

»An das erinnere ich mich auch«, sagte Raze, der durch die Haustür hereinkam. »Ich habe es auf einem gerahmten Foto in einem der Häuser gesehen.«

»Verfluchter Mist.« Vash starrte die Infizierten an. »Dies hier sind die Bewohner? Mein Gott ... haben sie ihre eigenen Kinder gegessen?«

Der Minion begann zu schreien und sich die Haare auszureißen. Syre knallte ihm die Faust gegen die Schläfe.

»Ihr habt hier ein beschissenes Problem«, sagte Elijah. »Diese Möchtegern-Vashti war eine von euch, und sie war hier. Sie hat gewusst, was mit diesen Infizierten los war. Sie war komplett verrückt. Sie macht inzwischen seit Jahren zum Spaß Jagd auf Menschen. Ich bezweifle, dass Lindsays Mutter ihr erstes Opfer war, und ihr letztes war sie offensichtlich auch nicht.«

»*Syre.*«

Alle drehten sich zu Lyric um, der aus dem ersten Stock nach unten kam. »Da oben sind ein Dutzend Infizierte, die schon so lange ohne Nahrung sind, dass sie kaum noch blinzeln können.«

»Sie hat die genährt«, sagte Vash. »Sie hat sie infiziert und ihnen dann ihre eigenen Kinder zu fressen gegeben. Warum?«

»Da ist noch etwas«, fuhr Lyric fort. »Das werdet ihr euch selbst ansehen wollen.«

Syre bedeutete Vashti vorauszugehen, und sie folgten Lyric nach oben. Eilig stiegen sie über die teerähnlichen Pfützen, die das Ende eines Infiziertenlebens markierten. Lyric führte sie in ein Zimmer am Ende des Flurs: das verwüstete Elternschlafzimmer. Alle Möbel waren in eine Ecke geschoben worden, um Platz für einen Tisch und Stühle zu machen. An der Wand war handschriftlich der Infektionsverlauf über einen Zeitraum von zweiundsiebzig Stunden festgehalten worden. Funkgeräte steckten in Ladestationen. Reisetaschen und ein Koffer standen vor den geschlossenen Kleiderschranktüren.

»Hier.« Lyric zeigte zu dem offenen Koffer. Unter einem Haufen zerknüllter Kleidung lag ein Mitarbeiterausweis.

Syre bückte sich, hob den laminierten Ausweis auf und betrachtete das allzu bekannte Gesicht auf dem Foto. Ihm gefror das Blut in den Adern, als er über das geflügelte Logo von MITCHELL AERONAUTICS strich.

»Was ist das?«, fragte Vashti, die hinter ihm stand und folglich nichts sehen konnte.

Er reichte ihr den Ausweis über seine Schulter und durchsuchte den Rest des Kofferinhalts.

»Phineas«, sagte Vashti leise. »Aber er ist tot.«

»Ist er das?«

Das Gepäck gehörte ohne Zweifel Adrians einstigem Stellvertreter, wie man an den persönlichen Sachen erkannte, zu denen zwei angesengte Federn zählten. Syre sah das Blau an, das dem von Rotkehlchen-Gelegen entsprach. Genau diese Farbe hatten Phineas' Flügel gehabt. Engelsflügel hatten alle ihre ganz einzigartige Färbung. Daher war sicher, dass diese Federn einst Phineas geschmückt hatten.

Elijah brach das betretene Schweigen. »Sie waren Teil eines Experiments«, sagte er mit Blick auf die Schrift an der Wand. »Seht ihr, wie sie nach Gewicht und Geschlecht eingeteilt sind? Und dann noch mal in Untergruppen mit diesen Buchstaben, A, B und C.«

»Hier.« Raze betrat das Zimmer mit einer Art Kosmetikkoffer. Er stellte ihn auf den Tisch und klappte den Deckel hoch, sodass diverse Ampullen sichtbar wurden.

»Die müssen wir Grace bringen«, sagte Vash.

Syre richtete sich auf. »Grace braucht Hilfe.«

Vash ging zu Elijah und gab ihm Phineas' Dienstausweis. »Raze kennt eine Labortechnikerin in Chicago. Ich wette, sie kann uns helfen, die Besten auf dem Gebiet auszuwählen.«

»Das ist eine Sackgasse«, entgegnete Raze düster. »Ich

habe sie geknallt und bin verschwunden. Da wird sie wenig begeistert sein, wenn ich jetzt wieder aufkreuze und sie um Hilfe bitte.«

Syre verkniff sich die Bemerkung, dass Knallen und Abhauen doch Raze' Markenzeichen waren. Stattdessen sagte er: »Geh zu ihr und setz deinen Schwanz ein. Du weißt schon, wie du von ihr bekommst, was wir brauchen.«

»Nein, es muss einen anderen Weg geben«, beharrte der Captain. »Wir könnten einen Rundruf unter den Minions starten. Da muss es welche geben, die Verbindungen haben.«

Syre entging nicht, mit welcher Vehemenz sich Raze sträubte, doch dem wollte er jetzt nicht auf den Grund gehen. »Wir haben keine Zeit, im Dunkeln zu tappen, und eine Empfehlung von jemandem, den man persönlich näher kennt, ist nun mal verlässlicher als eine beknackte Google-Suche. Kümmere dich darum.«

Ein Muskel an Raze' Kiefer zuckte. »Ja, Commander.«

»Phineas«, flüsterte Elijah leise, der den Dienstausweis anstarrte. Er blickte auf und sah sich suchend um. »Was zur Hölle hat diese Vampirin getrieben? Sterbliche, Vampire, Hüter … für sie war nichts tabu.«

Syre verschränkte die Arme. »Wie stehen die Chancen, dass Phineas nicht tot ist?«

Elijah stieß ein verbittertes Lachen aus. »Ausgeschlossen! Er und Adrian waren beste Freunde.« Er sah zu dem Koffer. »Phineas war auf der Rückreise vom Außenposten Navajo Lake. Er hat in Hurricane in Utah haltgemacht, um seine Lykaner mit Nahrung zu versorgen, und wurde dort von Infizierten in einen Hinterhalt gelockt. Wer immer diese verfluchte Möchtegern-Vashti war, sie muss dort auch einen Stützpunkt gehabt haben. Und nachdem Phineas erledigt war, hat sie sich seinen Kram geschnappt und ist verschwunden.«

»Kann sein. Doch gegenwärtig dürfen wir noch gar nichts ausschließen.«

»Aber natürlich nicht«, sagte der Alpha mit versteinerter Miene. »Weil es glaubhafter ist, dass Hüter und Vampire zusammenarbeiten, als dass eine Gruppe Minions vom Teller dreht.«

Syre musste zugeben, dass Elijah zu Recht sarkastisch reagierte. Die Mehrheit der Minions verfiel irgendwann dem Wahnsinn, weil Sterbliche nicht dazu geschaffen waren, ohne ihre Seelen zu leben.

Ein gellender, unmenschlicher Schrei erschütterte die Stille. Alle stürmten nach unten, während aus dem Erdgeschoss bereits mehrere Schüsse zu hören waren.

Unten stand Crash vor dem zusammengesunkenen Infizierten, der zum Minion geworden war. Er hatte seine Waffe in der einen Hand und hielt die andere auf eine blutende Wunde an seinem Oberarm gepresst. »Er ist ausgerastet und hat mich angefallen.«

Der Minion, der für kurze Zeit wieder zu sich gekommen war, lag tot auf dem Boden, und seine Züge hatten wieder den gehetzten Ausdruck eines mit dem Virus Infizierten angenommen. Während sie hinsahen, löste sich der Mann in öligen Schlick auf.

Rasender Zorn wütete in Syre. Nun war ziemlich klar, warum Adrian Lindsay so aufs Spiel gesetzt hatte: Er konnte es sich nicht leisten, auch nur einen Tropfen seines eigenen Bluts zu geben, da alles darauf hindeutete, dass es ein Heilmittel gegen das Virus war.

Syre blickte zu dem Alpha. Lindsay war der Schlüssel zu Adrian, Elijah war der Schlüssel zu Lindsay, und Vashti war der Schlüssel zu Elijah. Die Mittel, die Syre brauchte, um seine Leute zu retten, waren zum Greifen nahe, und er hatte keinerlei Skrupel, sie zu nutzen.

18

Adrian stieg als Erster aus seinem Privatflugzeug und hielt Lindsay seine Hand hin, um ihr die kurze Treppe hinunter zu helfen.

»Wow«, sagte sie. »Hier in Ontario ist es eindeutig kühler.«

Bald würde sie solche Dinge nicht mehr wahrnehmen. Mit jedem Tag setzte sich der Vampirismus in ihrem Blut stärker durch. Und jeden Tag war Adrian froh zu sehen, dass ihre Seele rein und intakt blieb. Anscheinend war es ausreichend gewesen, Shadoes Seele zu opfern, damit Lindsay vom Fluch der Gefallenen unberührt blieb. Auch wenn Adrian bezweifelte, dass der Schöpfer noch auf ihn achtete, dankte er ihm stumm für dieses Wunder.

Er legte Lindsay seine Hand in den Rücken und führte sie zu dem Hangar von Mitchell Aeronautics, den Siobhán als ihre Zentrale nutzte. Sie betraten die Halle vorn durch das einen Spaltbreit offen stehende Tor und gingen direkt zur Treppe in den unterirdischen Lagerbereich. Die unheimliche Stille, der sie entgegenschritten, hatte nichts von der Atmosphäre, die bei Adrians letztem Besuch hier geherrscht hatte. Da waren die Schreie der wahnsinnigen Infizierten ohrenbetäubend gewesen. Seither hatte Adrian die

Räume unten schalldicht isolieren lassen, damit die hier arbeitenden Hüter nicht durchdrehten.

»Captain.«

Er drehte sich zu der Tür um, an der er eben vorbeigekommen war. »Siobhán, ich freue mich, dich zu sehen.«

Die zierliche Brünette lächelte beide an und nickte zur Begrüßung, dann fiel ihr Blick auf die Kühltasche in Adrians Hand. »Was bringst du mir?«

»Worum du gebeten hast.« Er reichte ihr den Behälter.

»Kommt mit«, sagte sie und fuhr sich mit einer Hand durch das kurze Haar, das noch feucht war und frisch duftete. Sie musste kürzlich geduscht haben. Wie üblich trug sie eine Tarnhose, Armeestiefel und ein schlichtes schwarzes T-Shirt. Doch nicht einmal diese Aufmachung schaffte es, sie tough wirken zu lassen. Vielmehr sah sie immer noch klein und zart aus, wodurch sich schon manch ein Gegner hatte täuschen lassen.

Adrian folgte ihr mit Lindsay den Flur hinunter in ein Labor mit der besten Ausrüstung, die für sehr viel Geld zu haben war. An den Wänden reihten sich Gefrier- und Kühlschränke mit gläsernen Türen, und die Metalltische in der Mitte waren bedeckt von Mikroskopen, Notizblöcken und Laptops.

Siobhán wischte eine Fläche auf dem nächsten Tisch frei und stellte den Kühlbehälter darauf. Lächelnd öffnete sie ihn und las das Etikett auf dem Blutbeutel. »Hätte ich doch dabei sein können, als Raguel das hier spendete! Ah, und ihr habt auch eine Probe von Vashti! Zu der will ich unbedingt die Geschichte hören.«

»Sicher, aber ich hoffe, du hast auch einige Informationen für mich.« Adrian zog einen Metallstuhl für Lindsay unter dem Tisch hervor und stellte sich hinter sie. »Wo sind die anderen alle?«

»Die sind auf der Krankenstation oder im Außendienst.« Die Hüterin ging zu einem Kühlschrank und legte die beiden Blutbeutel hinein. »Ich wollte, dass wir allein sind, wenn ich dir von meinen neuesten Entdeckungen berichte.«

»Aha?«

Lindsay griff nach Adrians Hand und verwob ihre Finger mit seinen.

Siobhán kehrte zurück und lehnte eine Hüfte an die Tischkante. Ihr Gesicht war gerötet, und ihre Augen leuchteten, ja, sie glühten beinahe. Adrian hatte sie noch nie so … glücklich gesehen. »Die letzten Tage habe ich Tests mit diversen Proben gemacht, die mir geschickt wurden. Lykanerblut hat größtenteils keine Wirkung.«

»Größtenteils?«

»Es gab eine Probe, die Anomalien aufwies. Als ich sie getestet habe, hat sie eine heftige Reaktion hervorgerufen. Bei einem lebenden Versuchsobjekt hätte sie zum Tod geführt.«

»Welche Probe war das?«

»Die von dem Alpha.«

Lindsays Hand umklammerte Adrians fester. »Elijahs? Warum?«

»Um das mit Bestimmtheit sagen zu können, muss ich noch mehr Tests machen, aber ich halte es für einen Hinweis darauf, dass das Virus mit seinem oder sehr ähnlichem Blut geschaffen wurde. Ich versuche noch herauszubekommen, ob Elijah eine einzigartige genetische Anomalie hat oder sie für Alphas generell typisch ist.« Siobhán verschränkte die Arme vor der Brust. »Leider bekomme ich Reese nicht zu fassen, um mehr Proben zu kriegen.«

Adrian dachte an das letzte Mal, dass er von Reese gehört hatte. Der Hüter war für die Alphas zuständig. Die dominanten Lykaner waren von den anderen getrennt worden, um Unruhen vorzubeugen, und sie wurden für Einsätze genutzt, bei denen ein besonders starker Einzelkämpfer gefragt war. »Ich habe schon seit ungefähr drei Monaten nicht mehr mit ihm gesprochen, aber er meldet sich regelmäßig und hat nichts von Schwierigkeiten erwähnt.«

»Siehst du seine Berichte persönlich durch?«

»Nein, das übernimmt mein Stellvertreter.«

»Also war es Phineas' Job, dann Jasons, und jetzt ist es Damiens?«

»Richtig.«

Sie nickte. »Ich würde vorschlagen, dass du direkt mit Reese sprichst, Captain. Ein Spender würde für einen Ausbruch von diesen Ausmaßen nicht ausreichen, es sei denn, sie können das entscheidende Protein synthetisch herstellen. Ansonsten brauchen sie eine Menge Alpha-Blut, und ich spreche hier von unzähligen Litern sowie einer sehr langen Forschungs- und Entwicklungsphase.«

»Das verstehe ich nicht«, sagte Lindsay. »Wenn es genetische Marker gibt, an denen man Alphas erkennt, warum wurde Elijah dann zunächst unter Beobachtung gestellt? Es hätte doch zweifelsfrei feststehen müssen, was er ist, wenn das schon eine simple Blutprobe zeigt.«

»Das ist alles neu für mich«, erklärte Adrian ruhig, auch

wenn es in ihm brodelte. Wie hatten sie so lange etwas derart Wesentliches übersehen können? Er befürchtete, dass sie es gar nicht übersehen hatten, was ihn allerdings zu weit finsteren Gedanken führte. Lindsay war von jemandem mit Flügeln aus Angels' Point entführt und zu Syre gebracht worden, der sie verwandelt hatte. Seitdem musste Adrian die Möglichkeit in Betracht ziehen, dass einer seiner Hüter zum Saboteur geworden war, aber dies ... *Dies* sprach von einer Verschwörung mit weitreichenden Konsequenzen. »Warst du schon mal in Alaska, *Neshama*?«

»Nein.«

»Na, das ändern wir morgen.«

»Captain?«

Er sah Siobhán an. »Ja?«

»Da ist noch etwas.« Sie holte tief Luft. »Ich habe mich in einen Vampir verliebt.«

Während die Hotelzimmertür hinter ihnen ins Schloss fiel, warf Vash ihre Tasche aufs Bett und sah besorgt zu Elijah. »Wie geht es mit deiner Heilung voran?«

»Alles bestens.« Er warf ihr ein entspanntes, atemberaubendes Lächeln zu. »Das Bein ist so gut wie neu.«

Sie nickte, obwohl ihr vor Sorge das Herz schwer war. Wie die meisten Lykaner hasste auch Elijah es, zu fliegen, und sein Unbehagen auf dem kurzen Flug nach West Virginia hatte an Vashs Nerven gezerrt. Sie hatte kaum auf Huntington geachtet, als sie auf dem Weg zu ihrer Unterkunft durch die Stadt fuhr. Ihre Gedanken waren ganz bei den Ereignissen des Tages gewesen und wie sehr ihre Stimmung inzwischen von Elijahs Wohlergehen abhing. Seit sie beschlossen hatten, diese Beziehung zu wollen, hatte sich alles verändert. Nun hatte sie etwas zu verlieren, dessen Verlust sie nicht ertragen könnte. Was sich zwischen ihnen entwickelte, war zu neu, zu selten und zu kostbar mit all seinen unzähligen Möglichkeiten, den Herausforderungen, den Freuden ...

»Vashti.« Er kam zu ihr, tauchte die Hände in ihr Haar und umfing ihren Kopf. »Es war ein Beinbruch. So was kommt vor.«

Sie hakte die Finger in seine Gürtelschlaufen und zog ihn näher zu sich. »Ich habe gesehen, wie du in das Zimmer gezerrt wurdest, und dann ging die Tür zu ... Ich wurde panisch. So etwas habe ich in meinem ganzen Leben noch nicht empfunden. Der blanke Horror. Ich musste mich zu dir durchkämpfen, und jede Sekunde fühlte sich wie eine Stunde an. Und als ich da war und die Waffe in ihrer Hand sah, stand alles still ... Ich konnte kaum denken ...«

»Schhh...« Er presste seine Lippen auf ihre Stirn. »Alles ist okay.«

»Nein. Nein, es ist verdammt noch mal nicht okay! Ich will mich nicht so fühlen. Das ist zu viel.«

»Ja, ist es. Höllisch beängstigend.«

»Du klingst nicht ängstlich«, erwiderte sie. »Du benimmst dich auch nicht so.«

»Ich strenge mich an, es im Zaum zu halten.« Seine Stimme war tief und beruhigend. »Ich wusste, was du bist ... wer du bist, als ich mich mit dir einließ. Wenn ich dich quasi an die Leine nehme, damit dir nichts passiert, verliere ich dich. Und weil ich dich nicht verlieren darf, gebe ich mir Mühe, damit fertigzuwerden.«

Dass seine Worte ihre eigenen Gedanken wiedergaben, tröstete sie zwar, war aber keine Lösung. Es änderte nichts an dem Schmerz in ihrer Brust. »Ich bin nicht so stark wie du. Ich will dich nicht aus den Augen lassen.«

Er schmiegte sich an sie, und sie lehnte sich gegen ihn. Seine Zärtlichkeit bewirkte, dass sie weiche Knie bekam. »Weil du schon mal jemanden aus den Augen gelassen und ihn verloren hast. Ich kann mir vorstellen, dass es schwer ist, dieses Wagnis wieder einzugehen.«

»Dies hier sollte nicht passieren. Ich sollte nie wieder so empfinden. Ich hatte meinen einen Versuch, hatte Char. Es sollte kein zweites Mal geben.«

Elijah lehnte sich ein wenig zurück und sah sie mit seinen grünen Jägeraugen an. Kühl und abschätzend. »Was sollte nicht passieren?«

»Du. Dies. Wir.« Sie kniff die Augen zu, weil sie es nicht aushielt, wie er sie ansah. Schmetterlinge flatterten in ihrem Bauch, und die Nervosität brachte sie um. »Mist. Warum kann Sex nicht genug sein? Warum muss der ganze andere Kram im Weg stehen?«

Elijah neigte ihren Kopf nach hinten und küsste sie. Die erste Begegnung ihrer Zungen machte Vash verrückt und lockte sie, sich auf die Zehenspitzen zu stellen und sanft zu saugen. Sein Stöhnen ließ sie erbeben und weckte ihren Hunger. Ihr Verlangen war immer da, jederzeit bereit, beim geringsten Anreiz zu explodieren.

Vash küsste ihn gierig und streichelte seine Zunge voller Inbrunst. Ihre Hände glitten unter sein Shirt, um seine warme, raue Satinhaut zu fühlen. Ihre Finger gruben sich in die Muskeln zu beiden Seiten seiner Wirbelsäule und drückten ihn fest an sie, sodass nichts mehr zwischen ihnen war außer ihrer Kleidung.

Sein tiefes Lachen vibrierte an ihren empfindlichen Brüsten. »Du versuchst eindeutig, mich zu Tode zu vögeln.«

»Ich will dich«, murmelte sie, während sie seine Wange, sein Kinn und seinen Hals küsste.

»Gut.«

Sie schob sein Shirt nach oben, vergrub ihr Gesicht in dem Haar auf seiner Brust, atmete seinen Duft tief ein. Ihre Zunge ertastete eine flache Brustwarze und neckte sie mit flatternden Bewegungen.

»Scheiße, fühlt sich das gut an«, sagte er heiser und hob seine Arme, um sein Shirt auszuziehen.

Vash sank auf die Knie und öffnete ungeduldig seine Hose.

»Hey.« Er warf sein T-Shirt zur Seite. »Wozu die Eile?«

Sie zerrte an seiner Jeans, doch er hielt sie auf, indem er ihr Kinn umfing und es leicht anhob.

»Vashti.« Seine Augen waren dunkel vor Sorge. »Rede mit mir.«

»Ich will nicht reden. Ich will dich.«

Er kniete sich zu ihr und strich ihr das Haar aus dem Gesicht. »Wir werden eine Menge heikler Situationen gemeinsam erleben. Es liegt in der Natur dessen, was wir sind.«

»Du hast leicht reden.« Sie schlug seine Hand weg. »Die Chancen, dass ich sterbe, sind gering bis nicht existent. Du stirbst jetzt bereits, mit jeder Minute.«

»Ah.« Elijah hockte sich auf seine Fersen. Ihm war überhaupt nicht bewusst, was für einen unglaublich sinnlichen

Anblick er bot – mit freiem Oberkörper und offener Hose, die gerade so weit aufklaffte, dass sie die seidige Haarlinie freigab, die zu den köstlichen Stellen weiter unten führte. So vital und männlich. Eine mächtige Naturgewalt. Und dennoch waren seine Tage auf dieser Erde gezählt. »Ich verstehe.«

»Das glaube ich nicht. Wie solltest du?«

Er legte die Hände auf seine Knie und stieß die Luft aus. »Für immer aneinandergebundene Lykaner leben länger.«

»Was? Was hast du gesagt?«

»Du hast mich gehört. Und du liebst mich so, dass es dich noch irrer macht, als du zu Anfang schon warst.«

Sie starrte ihn an. Dann stand sie auf und riss sich mit so viel Würde zusammen, wie sie aufbringen konnte. Hierüber würden sie nicht sprechen. Niemals. Es war schon hinreichend übel, ohne dass sie es laut sagten. »Geh duschen. Das wolltest du doch.«

Er ergriff ihr Handgelenk, als sie an ihm vorbeiging, und richtete sich auf. »Ich bin froh.«

»Freu dich nicht zu früh. Es könnte sein, dass es hier kein warmes Wasser gibt.«

»Ich bin froh, dass du mich liebst«, korrigierte er.

»Habe ich das gesagt? Ich glaube nicht, dass ich das gesagt habe.«

»Okay.« Sein Daumen streifte den wie wild pochenden Puls an ihrem Handgelenk. »Ich werde es auch nicht sagen. Wodurch es nicht weniger wahr wird.«

Der Schmerz in ihrer Brust wurde schlimmer, sodass sie zum Bett stolperte. Dort sackte sie sehr unelegant hin und starrte blind auf den Fernseher.

»Geh duschen«, wiederholte sie.

»Kommst du mit?«

Sie schüttelte den Kopf, während sie sich fragte, wie sie das ein zweites Mal überleben wollte. Denselben unsagbaren, vernichtenden Schmerz ein zweites Mal durchleiden. Andererseits war ihr schleierhaft, wie sie die beiden Männer, die sie liebte, überhaupt miteinander vergleichen konnte. Der eine war über Jahrtausende bei ihr gewesen, den anderen kannte sie erst seit einigen Tagen. Wie konnte sie so schnell so tief empfinden? Schlimmer noch: Es bestand kein Zweifel, dass ihre Zuneigung zu Elijah mit der Zeit weiterwachsen, immer wichtiger werden würde, bis sie ohne ihn nicht mal mehr atmen könnte.

Er hob ihre Hand an seine Lippen, küsste sie und ließ sie wieder los. Einen Moment später hörte sie die Dusche im Bad angehen. Und noch einen Moment später hörte sie Elijah singen.

Der Schmerz in ihrer Brust wurde zu einem süßen Sehnen. Elijah hatte eine wundervolle Tenorstimme, wie er mit einer Auswahl von Liedern bewies, die Vash nicht kannte. Von ihr aus hätte er aber auch scheußlich schief singen können. Es war nicht sein Talent, das sie verführte, sondern die Vertrautheit dieser Situation. Das Geschenk, ihn entspannt und sorglos zu erleben.

Für immer aneinandergebunden? Vash schüttelte den Kopf. Das bedeutete für einen Lykaner nicht dasselbe wie für einen Vampir. Als Charron starb, hatte Vash weitergemacht. Der Verlust hatte sie verändert, keine Frage, aber sie konnte trotzdem weiterleben. Wenn Elijah sich für immer an ein weibliches Wesen band, würde er leben, bis er an

Altersschwäche starb oder bis seine Gefährtin starb, je nachdem, was zuerst eintrat. Er könnte ihren Tod nicht überleben.

Vash dachte noch nach, als Elijah nackt und tropfnass aus dem Bad kam. Er schüttelte sein Haar aus, sodass die Tropfen nur so durch Zimmer flogen und auch Vash trafen.

»Hey!«, schimpfte sie. »Vorsichtig, Welpi.«

Er sah sie an, als er zur Kommode ging und auf sein Mobiltelefon sah. »Du bist hinreichend vorsichtig für uns beide, Puma. Übrigens begaffst du mich so, dass mir schon der Arsch brennt.«

»Ist ein sehr netter Arsch.« Sie erschrak, weil ihre Stimme kehlig klang. Natürlich war das seine Schuld. Diese Wirkung hatte er auf sie, seit sie ihn zum ersten Mal nackt und blutend in jener Höhle in Utah gesehen hatte.

Sie würde nicht an das Ende denken. Sie wollte sich auf das Hier und Jetzt konzentrieren, alles nehmen, was sie von ihm bekommen konnte, und ihm alles geben, was sie besaß. Sollte sein Leben mit der Geschwindigkeit eines Traums vorüberziehen, wollte sie sicherstellen, dass dieser so hell leuchtete wie die Sonne, damit sie mit ihm verglühen konnte, wenn es so weit war.

Sie zog den Reißverschluss ihrer Weste auf und sagte unmissverständlich besitzergreifend: »Mein.«

Elijah drehte sich zu ihr, und sein Blick fiel auf ihre entblößten Brüste. Ein tiefes Knurren entfuhr ihm. »Mein.«

Sie lockte ihn mit einem Finger zu sich. Er stellte sich vor sie, direkt zwischen ihre gespreizten Knie, sodass sein glänzender Schwanz für sie auf Augenhöhe war. Als er ihre

Schultern umfassen und sie nach hinten auf das Bett drücken wollte, ergriff sie seine Hände und hielt ihn zurück. Ihre Zunge schnellte vor und leckte seine harte Erektion von oben bis unten.

»Gott...« Sein Kopf fiel in den Nacken. »Ich habe in jener ersten Nacht im Bryce Canyon von deinem Mund auf mir geträumt.«

Um die Erinnerung an das erste Mal auszulöschen, als sie ihn mit dem Mund nahm, ließ Vash seine Hände los und umfasste seinen Schwanz. In ihren Ohren war sein Wonnelaut so schön wie sein Gesang. Als seine Finger in ihr Haar eintauchten und begannen, sie zu dirigieren, gab sie ihm nach und erlaubte ihm, das Tempo und die Intensität zu bestimmen. Dabei genoss sie das Selbstvertrauen, mit dem er sich nahm, was er von ihr brauchte. So war es mit Char nicht gewesen, hatte er doch zu große Ehrfurcht vor ihr gehabt. Elijah war eine viel erdverbundenere Kreatur. Er war ein Lykaner mit den primitiven Bedürfnissen des Tiers und ein Mann, der den Wunsch seiner Frau verstand, hin und wieder die Kontrolle abzugeben.

Sie umschloss ihn fester mit den Lippen und sog stärker, schwindlig vor Verlangen und Liebe. Ihn zu schmecken, so rein, aromatisch und absolut männlich, stieg ihr zu Kopfe. Ihr Geschlecht wurde weich und feucht, gierte nach ihm. Sie stöhnte an seiner Eichel, als ihn ein heftiger Schauer überlief.

Er keuchte, und seine Schenkel zitterten. »Du machst das so gut... Du bist so verdammt heiß...«

Sie hob den Kopf, nahm die Lippen von ihm und schob sein steifes Glied zwischen ihre Brüste. Dann presste sie die Arme fest zusammen, sodass seine pochende Erektion ganz von den Brüsten umfangen war, die er so gern mochte.

»Vashti!« Sein Blick war ihr Lohn, denn er signalisierte nichts als intimstes Verlangen. »Du machst mich fertig.«

»Dein«, sagte sie leise und benetzte ihre Lippen, als er ihre Schultern packte, um sie ruhig zu halten. Zunächst stieß er langsam und sanft zu, noch nicht ganz rhythmisch.

»Wunderschön«, raunte er heiser. »Du bist so verflucht schön.«

Er beugte die Knie leicht, beschleunigte seine Bewegungen und atmete schwerer. Seine Augen begannen fiebrig zu glänzen, seine Haut rötete sich, und ein dünner Schweißfilm bildete sich auf ihr.

Vash spürte, wie die Anspannung in ihm zunahm, wie sich seine Bauchmuskeln mit jedem Pumpen seiner Hüften wölbten und zusammenzogen. Er war kurz vorm Orgasmus, das fühlte sie ...

»Genug.« Er zog sich zurück, drehte Vash mühelos um, beugte sie übers Bett und zog ihre Hose hinunter. Eine Faust lose in ihrem Haar glitt er mit einem Stoß durch die weichen, geschwollenen Schamlippen und tief in sie hinein.

Wimmernd vor Freude schloss Vash die Augen. Sie verlor sich in dem Nebel von Wohlgefühl, der schlichten Schönheit von Elijahs ruhigen, gleichmäßigen Bewegungen. Er wiegte seine Hüften mit einer Fertigkeit und Selbstbeherrschung, die ihr den Atem raubten. Ja, er wusste genau, wie er sie zu nehmen hatte, wie tief er stoßen musste, wie weit er sich zurückziehen und wie viel Druck er ausüben musste, wenn er sich in ihr vergrub. Die Reinheit ihrer Verbindung, die so roh und zärtlich zugleich, so unglaublich vertraut war, trieb ihr die Tränen in die Augen.

Er zog ihr die lose Weste von der Schulter und flüsterte ihr ins Ohr: »Eines Tages, bald schon, wenn du bereit bist, werde ich dich auf diese Weise besteigen. Dann werde ich dich bumsen, während du mir deinen Nacken entgegenreckst. Ich werde dich mit meinen Zähnen markieren, dich ficken, mich mit dir *paaren*. Dann wirst du mein sein, Vashti, unwiderruflich. Jeder üppige, trotzige, gefährliche Millimeter von dir. *Mein.*«

Mit diesem Versprechen in ihrem Herzen erschauerte sie unter ihrem Höhepunkt. So unmöglich es war, es galt ihr. Ebenso, wie er ihr gehörte.

Elijah wachte aus einem tiefen, heilsamen Schlaf mitten in einem Gestaltwechsel auf. Als Mann fuhr er aus dem Bett und landete als Wolf auf dem Teppichboden. Knurrend drehte er sich um und suchte nach der Bedrohung, die das Tier in ihm geweckt hatte. Vashtis Wimmern ließ ihn erstarren.

»Nein!«, hauchte sie, und ihr Körper zuckte auf dem Bett. »Bitte, aufhören …«

Oh Gott! Er heulte gequält, und sein Innerstes krampfte sich zusammen. Mit Willenskraft beruhigte er seinen Herzschlag und zwang sich, klar zu denken, damit er wieder Menschengestalt annehmen und Vash aus ihrem Albtraum wecken könnte, ohne sie zu erschrecken. In der Gestalt, in der er sie halten und trösten könnte.

Die wenigen Momente, die es dauerte, sich unter Kontrolle zu bringen, erschienen ihm wie Tage. Vashti warf sich im Bett hin und her, ihr Leib zuckte unter dem erinnerten Schmerz, und Elijah konnte nichts gegen die Dämonen tun, die ihre Seele plagten. Er konnte sie nicht rächen. Noch nicht.

In dem Moment, in dem er wieder ein Mann war, stürmte er zum Bett, nahm sie in die Arme und umklammerte sie fest, als sie sich im Traum gegen ihn wehrte.

»Vashti!« Seine Kehle war eng vor Wut und Kummer. »Komm zurück zu mir, Süße. Wach auf.«

Sie krümmte sich an seiner Brust. Kalter Schweiß benetzte ihre Haut. »Elijah.«

»Ich bin hier. Ich habe dich.«

Sie erschauderte heftig und presste ihre kalte Nase an seine Haut. »Verdammt.«

»Schhh...« Er wiegte sie und berührte mit seinen Lippen ihren Kopf. »Es ist gut. Jetzt ist es vorbei.«

»Nein.« Sie schüttelte den Kopf, und ihre Nägel gruben sich in seinen Rücken, als sie ihn umfing. »Ich kann nicht schlafen, verdammt! Ich will nichts weiter, als neben dir liegen, wenn du dich ausruhst, mich an dich schmiegen und mit dir träumen. Das haben diese Schweine mir genommen.«

Elijah hielt sie ein wenig auf Abstand, um sie anzusehen, und strich ihr eine klamme Strähne aus dem Gesicht. Zu sehen, wie eine so starke Frau zu einem völlig verängstigten Wesen wurde, brach ihm das Herz und entfachte eine tödliche Wut in ihm, für die er kein Ventil hatte. Er konnte sie vor Gefahren von außen schützen, und das würde er auch, aber die Dunkelheit in ihr konnte er nur erreichen, wenn sie ihn ließ. »Nicht für immer. Wenn wir ein Paar sind ...«

»Wir werden uns nicht aneinanderbinden, verflucht!« Sie zappelte wild in seinen Armen wie ein verängstigtes Tier, und er ließ sie los, damit sie sich nicht verletzte. »Ich kann mich nicht fortpflanzen, Elijah. Ich kann dir keine niedlichen kleinen Welpen mit Reißzähnen schenken, über die du abends stolperst, nachdem du tagsüber als Alpha Rudel von Lykanern angeführt hast, die mich tot sehen wollen.«

»Und ich werde nicht ewig leben«, konterte er. »Wir sind nicht perfekt, aber wir sind alles, was wir haben. Und ich werde einen Teufel tun, dich leiden zu sehen, wenn ich dir helfen kann.«

»Da gibt es nichts zu helfen! Es ist längst vorbei.«

»Nicht in deinem Geist. Nicht in deinen Träumen. Wenn wir ein festes Paar sind ...« Er hielt eine Hand in die Höhe, bevor sie etwas sagen konnte. »Sei still und hör mir zu. Wenn wir Gefährten sind, kann ich solche Träume mit dir teilen. Ich werde imstande sein, die Dämonen zu bekämpfen, die dir wehtun. Wir werden miteinander reden, uns wortlos verständigen können.«

Entsetzt riss sie die Augen auf. »Ich will dich nicht in meinem Kopf!«

»Du hattest keine Probleme damit, in meinem herumzuwühlen.«

»Das war anders. Wir hatten Sex, und ich wollte, dass du dich gut fühlst.«

»Genau das will ich umgekehrt auch.« Er wurde ernst. »Du brauchst mich in deinem Kopf. Und *ich* muss da drin sein. Es bringt mich um zu sehen, wie du leidest, und deine Angst zu riechen.«

»Ich muss einfach nur wach bleiben.« Vash begann, im Zimmer auf und ab zu gehen, wobei ihr Haar um ihren nackten Oberkörper schwang. »Ich brauche keinen Schlaf, anders als du. Ich komme ohne aus.«

»Was für ein Scheiß.« Er stand auf. »Dein Körper mag keinen Schlaf brauchen, dein Verstand aber schon. Und dein Herz auch.«

»Du weißt nicht, was sie mit mir gemacht haben«, zischte sie. »Ich will nicht, dass du es erfährst. Und das wirst du auch nicht, weil ich es nicht zulasse.«

Elijah verschränkte die Arme. »Versuch mich aufzuhalten.«

»Das ist unnötig. Wir können es ausklammern.«

»Keine Deals, Süße. Denkst du, dass es etwas – *irgendetwas* – gibt, was mich dazu bringen könnte, dich nicht zu wollen? Meinst du nicht, ich hätte diesen Ausweg, wenn es ihn denn gegeben hätte, gefunden, bevor wir den Punkt erreicht haben, von dem es kein Zurück mehr gab? Du hast recht, ich weiß nicht, was dir angetan wurde. Aber ich habe eine ungefähre Vorstellung und eine richtig kranke, verkorkste Fantasie, also besteht durchaus die Möglichkeit, dass das Bild in meinem Kopf schlimmer ist als die Realität, aber das ist völlig unerheblich. Es ändert nichts an meinen Gefühlen für dich. Nichts könnte daran etwas ändern.«

»Das kannst du nicht wissen.« Sie griff mit beiden Händen in ihr Haar und ballte sie darin zu Fäusten. »Ich will nicht riskieren, das auf die fiese Art herauszufinden.«

Er fing sie ab, als sie wieder an ihm vorbeiging, und

brachte sie dazu, ihn anzusehen. »Das Einzige, was zwischen uns kommen kann, ist Untreue. In dem Fall allerdings müsstest du dir keine Sorgen machen, dass ich fortgehe, weil ihr beide tot wärt.«

Vash starrte ihn einen Moment lang verständnislos an; dann zuckten ihre Mundwinkel. »Und du nennst mich verrückt?«

»Ich werde dich glücklich machen.« Er zog sie näher. Der Eisklumpen in seinem Bauch schmolz, als ihn ihre schmalen Arme umfingen. »Ob es dir gefällt oder nicht. Ob du gegen mich kämpfst oder nicht.«

»Oh, ich werde gegen dich kämpfen«, versprach sie, und alle Schatten schwanden aus ihren Augen. »So ticke ich einfach.«

Er presste seine Lippen auf ihre Stirn. »Und anders würde ich dich nicht wollen.«

19

»Bleib dicht bei mir«, sagte Elijah, als Vashti auf der Beifahrerseite aus dem Mietwagen stieg, den Blick auf das riesige Eisentor gerichtet. Es war die Einfahrt zum Außenposten Huntington. »Sie werden wissen, dass du zu mir gehörst, sobald sie deinen Geruch wahrnehmen. Mich würde es wundern, sollte uns hier drinnen nicht mindestens eine Herausforderung erwarten, besonders von denjenigen, die den Laden hier seit der Revolte schmeißen.«

Sie setzte ihre Sonnenbrille auf und kam um die Kühlerhaube herum. »Ich halte dir den Rücken frei, Babe. Und deinen netten Arsch auch.«

Er konnte nicht umhin, zweimal hinzusehen und sie dann anzustarren. Sie trug einen dieser hautengen, ärmellosen schwarzen Catsuits, die wie nasse Farbe an ihrer Haut klebten. Die schwarzen Lederstiefel verhüllten sie von den Zehen bis zu den Knien, und ihr langes rotes Haar fiel ihr offen über den Rücken. Zum ersten Mal, seit er ihr begegnet war, trug sie Schmuck: eine atemberaubende Halskette, die sie morgens gekauft hatte, als sie losgefahren war, um ihm Kaffee von Starbucks zu besorgen. Die Tatsache, dass sie an sein Verlangen nach Koffein gedacht hatte, das sie ja nicht teilte, rührte ihn. Aber die Kette tat es noch mehr. Es handelte sich um eine elegant gearbeitete enge Kette aus Peridot; die Farbe, hatte sie gesagt, erinnere sie an seine Augen.

Die Lässigkeit, mit der sie das gesagt hatte, täuschte ihn keine Sekunde. Die Kette markierte einen Bruch mit ihrer strengen Trauerkleidung. Niemandem konnte entgehen, was Vash damit aussagen wollte, und sie hatte es auch noch auf eine Weise getan, die in direktem Zusammenhang mit ihm stand.

Sie hatte ihm auch erzählt, dass ihre Flügel einst von einer ganz ähnlichen Farbe gewesen waren, sodass ihm seither ein Bild von einem Engel mit rubinrotem Haar, Saphiraugen, Peridotflügeln und Perlmutthaut durch den Kopf geisterte. Unglaublich schön, hatte er gedacht und sich gewünscht, er hätte sie so sehen können. Dann hatte er sie an sich gezogen und geküsst, bis sie sich in seinen Armen entspannt und mit einem verträumten Lächeln ihre teuflisch scharfen Reißzähne gebleckt hatte. Der einstige Engel war Vergangenheit. Es war die Vampirin, der sein Herz gehörte, der gefallene Engel mit der Kriegerseele. Die Frau, die dämonische Brutalität erlitten hatte und gebrochen wurde, nur um stärker und unerbittlicher denn je zurückzukehren.

»Micah wird immer ein Problem sein, oder?«, fragte sie leise und rückte gedankenverloren die Katanas auf ihrem Rücken zurecht. »Oder besser gesagt, was ich ihm antat und was du meinetwegen mit seiner Gefährtin getan hast.«

Er leugnete es nicht, weil es sinnlos gewesen wäre.

»Es tut mir leid, El.« Sie nahm seine Hand. »Nicht, dass ich es getan habe, denn unter den Umständen und mit den

Informationen, die ich hatte, würde ich es wieder tun. Aber mir tut leid, dass es dich verletzt hat und dir jetzt Schwierigkeiten macht.«

Der Videobildschirm neben dem Tor flackerte, und ein strenges männliches Gesicht erschien. »Wer seid ihr, und was wollt ihr?«

Da die Kamera Vashti am nächsten war, näherte sie sich als Erste. »Euer Alpha ist hier, um nach dem Rechten zu sehen. Er erwartet eine herzliche Begrüßung. Ein bisschen Arschkriechen könnte nicht schaden.«

Elijah seufzte. »Vashti.«

»Was?« Sie schlenderte auf ihn zu.

Das neun Meter breite Tor glitt auf und gab den Blick auf ein halbes Dutzend bewaffneter Lykaner frei – fünf Männer und eine Frau. Vashti sah hinab auf die Vielzahl von roten Laserzielpunkten auf ihrer Brust, grinste teuflisch und bleckte ihre Reißzähne.

»Benimm dich«, warnte Elijah sie, bevor er vortrat. »Nehmt die Waffen runter. Sie gehört zu mir.«

»Sie ist ein Vampir«, sagte der große hellblonde Lykaner in der Mitte misstrauisch.

»Niedlich *und* aufmerksam«, schnurrte Vash. »Wie schade, dass ich meine Hundesnacks im Hotel vergessen habe.«

Der leuchtende Zielpunkt des Lykaners wanderte umgehend zu Vashs Stirn.

Elijah nahm seine Sonnenbrille ab. »Tja, offenbar stimmt mit seinem Gehör etwas nicht. Vielleicht muss ich ihn auslöschen.«

»Darf ich zugucken?«, fragte Vash süßlich.

Der dunkelhaarige Lykaner neben dem schießwütigen

steckte seine Waffe weg und trat vor. Seine Nasenflügel zuckten, und er zog eine Braue hoch, als er zwischen Elijah und Vashti hin und her sah. »Interessant.«

Vashs Grinsen wurde breiter. »Du ahnst ja nicht, wie.«

Der Lykaner streckte Elijah die Hand hin. »Ich bin Paul. Wir wussten nicht, dass es einen Alpha gibt.«

Vash kam näher. »Warum sollte er einen Boten schicken, wenn er sich selbst darum kümmern kann? Euer Alpha zieht den persönlichen Kontakt vor.«

»Wir haben hier eine klare Rangordnung«, sagte der Schießwütige verkniffen. »Die respektierst du, oder du suchst dir einen anderen Außenposten als Unterschlupf.«

Vash schüttelte den Kopf. »Nein, du hast definitiv kein Leckerli verdient.«

Er zielte.

In der Zeit, die Vash brauchte, um sich zur Seite zu drehen, hatte Elijah die Gestalt gewechselt und stürzte los. Mit einer einzigen fließenden Bewegung hatte er den Blonden am Boden und ihm die Kehle aufgebissen.

Schüsse krachten um sie herum. Elijah wandte sich knurrend um und machte sich zum erneuten Angriff bereit... um festzustellen, dass drei der Lykaner ihre blutenden Hände hielten und einer der Männer beide Hände in die Höhe reckte, den Blick starr zu Boden gerichtet. Vash hielt Pauls Waffe in der einen Hand und mit der anderen seinen Nacken umfasst, den Arm so ausgestreckt, dass er in die Knie gezwungen war.

Elijah wechselte die Gestalt wieder und ging zu seinen Sachen. Seine Bewunderung und sein Respekt für seine Frau machten ihn heiß.

Vash funkelte die Lykanerin an. »Augen zu, Schlampe. Hier wird nicht geglotzt. Falls du von deinem Alpha irgendwas anderes als sein Gesicht siehst, wirst du es bereuen.«

Elijah zog sich als Erstes seine Jeans an, um Vashs willen, dann das Shirt, mit dem er sich vorher das Blut vom Mund und von der Brust wischte. »Ich bin in vielen Dingen nachsichtig«, sagte er zu der ganzen Gruppe. »Aber ich dulde weder Ungehorsam noch Drohungen irgendwelcher Art gegen Vashti. Ist das klar?«

Zwei der Männer wechselten die Gestalt bei der Erwähnung, wer sie war, weil sie ihren Ärger nicht bändigen konnten. Elijahs Knurren bewirkte, dass sie sich hinhockten, auch wenn sie weiter rastlos zwischen Mann und Wolf changierten. »Lass Paul aufstehen.«

Vash ließ den Mann los, behielt die anderen aber im Auge.

Paul richtete sich auf und musterte Elijah. »Ich habe noch nie gesehen, dass ein Lykaner so schnell die Gestalt wechselt.«

»Ich wette, du hast auch noch nie einen Lykaner gesehen, der eine Vampirin nagelt«, sagte Vash, »und noch dazu keine Geringere als Syres rechte Hand. Wir leben in einer völlig neuen Welt.«

Elijah sah sie fragend an. »Hatte ich dir nicht gesagt, du sollst dich benehmen?«

»Ich nehme keine Befehle von dir entgegen, wenn ich nicht nackt bin.«

Er beschloss, ihr nicht noch mehr Munition zu geben. »Ich muss in euer Datencenter, Paul.«

»Ja, Alpha.« Paul wies zum Tor. »Ich zeige dir, wo es ist.«

Elijah war in die Daten vertieft, als Vashs Mobiltelefon klingelte. Sie entschuldigte sich, ging hinaus auf den Korridor und nahm das Gespräch an. Immerhin brachte sie ein Lächeln zustande, als Syres Gesicht auf dem Display ihres iPhones erschien.

»Vashti«, begrüßte er sie. »Wie läuft es in Huntington?«

»Weiß ich noch nicht. Sie suchen noch nach den Daten.«

»Was ist das an deinem Hals?« Er runzelte die Stirn. »Ist das … Schmuck?«

Sie wurde rot. »Ja. Was gibt's?«

»Haben sich die Wogen zwischen dir und deinem Lykaner geglättet?«

»Ich behalte ihn.« Das wollte sie lieber gleich klarstellen.

Bei Syres Lächeln zeigten sich seine Reißzähne. »Hervorragend.«

Vash ballte die Faust an ihrer Seite, denn im Geiste sah sie die Weggabelung vor sich. Bald würde sie gezwungen sein, sich zwischen den beiden wichtigsten Männern in ihrem Leben zu entscheiden.

»Kannst du ungestört sprechen?«, fragte er, und seine ruhige Stimme bewirkte, dass sich Vash die Haare im Nacken sträubten.

»Noch nicht.« Vash blickte zu einer der Lykanerwachen in dem Korridor. »Wo ist der nächste schalldichte Raum?«

Er sah sie frostig an und zeigte mit dem Daumen den Flur hinunter. »Die zweite Tür rechts, Blutsauger.«

»Danke, Fido.«

Sobald sie drinnen allein war, spitzte sie die Ohren, ob sie irgendetwas außer ihrem eigenen Atmen hörte. Sie trat gegen die Wände und lauschte auf das verräterische Geräusch eines Hohlraums, in dem eine Wanze versteckt sein könnte. Als sie sich vergewissert hatte, dass alles in Ordnung war, nickte sie. »Okay, alles gut. Was gibt's?«

»Ich bin mit Raze unterwegs nach Chicago, um seinen Kontakt dort zu treffen. Torque hält die Stellung, solange wir im Außendienst sind.« Syre lehnte sich auf seinem Stuhl zurück. »Was deinen Lykaner angeht ... Da ist etwas, was du wissen solltest.«

Ihr Herz setzte einen Schlag aus. »Aha?«

»Sein Blut hat aus einem bestimmten Grund eine Rückbildung bei dem Infizierten gestern bewirkt. Er hatte gerade Hüterblut, gefiltert durch Lindsay, erhalten. Als Grace Lindsays Blut aus den Kanülen getestet hat, die du so geistesgegenwärtig aufgehoben hattest, hat sie festgestellt, dass die Wirkung sogar noch stärker ist. Es ist höchstwahrscheinlich, dass reines Hüterblut – oder vielleicht alles Engelsblut – der Schlüssel zur Bekämpfung des Virus ist.«

Vash atmete aus und nickte ernst.

»Du hattest das schon vermutet«, bemerkte Syre.

»Ich wusste, dass es etwas Großes sein musste, wenn Adrian seine Frau mit mir kommen ließ.« Sie fuhr sich mit der Hand durchs Haar und ging auf und ab. »Oh Mann, das könnte erklären, warum er mir Blut abgezapft hat. Wahrscheinlich denkt er, dass wir immer noch sehr ähnliches Blut haben könnten.«

»Ich habe Grace einige Proben von mir, Raze und Salem geschickt. Warten wir ab, was sie herausfindet. Mit ein bisschen Glück ist diese Reise nach Chicago erfolgreich, und wir können ihr die Hilfe beschaffen, die sie braucht, um alles zu beschleunigen.« Er machte eine kurze Pause.

»Übrigens wurde ein Zünder in dem Wrack des Pick-ups gefunden. Er könnte über eine Fernbedienung ausgelöst worden sein.«

»Woher sollte die Person mit der Fernbedienung wissen, wann sie ihn aktivieren musste?« Sie überlegte. »Es sei denn, sie hat alles beobachtet.«

»Wir haben C4-Sprengstoff überall in dem Haus mit den Infizierten gefunden. Das war eine Falle.«

»Und warum ist das Haus nicht in die Luft geflogen? Wenn die gesehen haben, wie der Pick-up losfuhr, haben sie definitiv auch uns im Haus gesehen.«

»Wir wissen es nicht. Vielleicht hatte dein Double den Fernzünder für das Haus in dem Pick-up. Oder der Empfänger war defekt. Salem durchsucht das Haus gerade mit einem Team, und Torque verfolgt nach, woher der Sprengstoff kam. Hoffentlich haben wir bald einige Antworten.«

Vash rieb sich die schmerzende Brust. »Solange wir nicht mehr wissen, seid vorsichtig in Chicago. Und behalte Raze im Blick. Da ist etwas zwischen ihm und dieser Labortechnikerin.«

»Ja, habe ich schon mitbekommen. Halte mich auf dem Laufenden.«

Syres schönes, strenges Gesicht verblasste, und Vash atmete kräftig aus. Dann drehte sie sich um, weil hinter ihr die Tür geöffnet wurde.

Elijah stand in der offenen Tür, und die Furcht, die Vash für einen Moment gepackt hatte, verpuffte.

Er streckte die Hand nach ihr aus. »Wir haben gefunden, wonach du suchst.«

Vash drückte Elijahs Schulter, während sie die Angaben auf dem riesigen Monitor an der Wand las. »Drei Lykaner«, sagte sie. »Drei gegen Char und Ice. Sie hätten nicht imstande sein dürfen zu gewinnen.«

Er sah sie an und wünschte, er wüsste, mit wem sie telefoniert und was ihr derjenige erzählt hatte. Seit dem Telefonat wirkte sie so bedrückt, und das machte ihm Sorge. »Glaubst du die Anschuldigung, dass Charrons Zögling den Angriff provoziert hatte?«

»Möglich wär's.« Sie blickte zu ihm. »Ice war schwierig. Er kämpfte mit seiner Blutgier, und es mangelte ihm an Selbstbeherrschung. Ich war dafür, ihn auszulöschen, aber Char dachte, dass er den Jungen noch hinbekommt. Mich banden meine Pflichten so sehr ein. Deshalb fiel es mir schwer, ihm etwas abzuschlagen, was ihm etwas zu tun gab und ihm Freude machte.«

Elijah las zwischen den Zeilen. Sie waren nicht gleichgestellt gewesen, nicht so, wie Vash und er es waren. »Aber Ice überlebte den Angriff...«

»Nur um wenige Stunden. Er war zu übel von der Sonne verbrannt.«

»... während Charron brutal abgeschlachtet wurde.«

Sie nickte. »Es war außergewöhnlich grausam. Zuerst dachte ich sogar, dass Dämonen über ihn hergefallen waren, bevor ich dort eintraf. Aber die Leiche stank nach Lykanern, und die Wunden vom Ausweiden stammten von ihren Zähnen.«

Die Dämonen. Ein kalter Schauer überlief Elijah. Er zog Vash näher zu sich, legte die Lippen an ihr Ohr und fragte: »Wie bald nach Chars Tod wurdest du überfallen?«

Sie zuckte zurück. »Wer hat gesagt, dass ich ...« Dann runzelte sie die Stirn. »Eine Stunde. Ungefähr.«

»Eine Stunde ...« Er drückte sie so fest an sich, dass sie nach Luft rang und sich befreien wollte. »Ich werde einen Weg finden, sie aus der Hölle zu zerren und nochmals zu töten.«

»Elijah.« Sie schmiegte sich in seine Umarmung und presste die Lippen auf seine Wange. »Immerzu rächst du jemanden ... ausgenommen, ich komme dir in die Quere.«

Er wandte sich wieder zum Monitor, ließ allerdings einen Arm um ihre Taille gelegt. Dann sprach er den Lykaner namens Samuel an, der an der Tastatur saß. »Kannst du mal ihre Daten aufrufen und sie nebeneinanderstellen?«

Samuel tippte, und Elijah betrachtete das Ergebnis. »Alle drei im selben Monat desselben Jahres geboren.«

»Und alle drei starben im selben Jahr«, murmelte Vash. »Im Abstand von wenigen Monaten.«

»Derselbe Wurf, Samuel?«

Der Lykaner blickte stirnrunzelnd zum Monitor. »Wir haben nicht viele Drillingsgeburten, aber lass mich mal ihre Zuchttabellen aufrufen ... Hmm, da sind keine. Das ist seltsam.«

»Wir können ihr Blut überprüfen«, sagte Elijah. »Schick jemanden zur Kryokonservierung, ihre Proben holen.«

Samuel nahm das Telefon auf und gab den Befehl weiter.

Vashs Fingerspitzen gruben sich in Elijahs Hüfte. »Wäre es ungewöhnlich, dass Brüder zusammen jagen?«

»Kommt drauf an.« Sein Blick blieb auf den Monitor gerichtet. »Solange sie jung sind, nicht. Aber die hier waren ausgewachsen. Sie hätten schon auf unterschiedliche Außenposten verteilt sein müssen.«

»Um den Genpool zu erweitern«, ergänzte sie trocken. »Wie romantisch.«

»Es erklärt, warum die Informationen so ähnlich sind, aber nicht, warum sie starben. Samuel, warum gibt es keinen Vermerk zu den Todesursachen?«

Achselzuckend antwortete Samuel: »Das hing mit der Situation zu der Zeit und der mangelnden Sorgfalt der Zuständigen zusammen. Vergiss nicht, dass dieser Raum vor dem Aufstand nur Hütern zugänglich war, und die meisten von denen interessierte es einen Dreck, wie wir starben.«

Elijah holte sein klingelndes Mobiltelefon aus der Tasche, um es auszuschalten, als er Stephans Namen sah und doch ranging. »Was hast du?«

»Einige hundert Lykaner«, sagte sein Beta. »Ich bin wieder im Lagerhaus. Die Teams stoßen immer wieder auf heimatlose Lykaner und schicken sie her. Jemand muss rund um die Uhr hier sein, um sie alle aufzunehmen.«

»Gott sei Dank zeigst du Eigeninitiative.«

Stephan lachte. »Würde ich dich mit jeder Verwaltungssache belämmern, würdest du mir den Kopf abreißen, und das womöglich buchstäblich.«

»Nein, du bist zu wertvoll. Ich würde etwas anderes finden, womit ich dich quälen kann.«

»Hör mal, da ist noch etwas.«

Stephans plötzlicher Ernst machte Elijah hellhörig. »Was?«

»Himeko erzählt jedem, dass du und Syres Lieutenant inzwischen ein festes Paar seid.«

»Hm …« Er beobachtete, wie Vash sich stirnrunzelnd vor ihm aufbaute. Mit ihrem Vampirgehör verstand sie natürlich jedes Wort. Er strich sanft die steile Falte zwischen ihren Brauen mit dem Daumen glatt. »Noch nicht. Sie muss sich erst mit dem Gedanken anfreunden.«

Es entstand eine längere Pause. »Alpha, ich hasse es, auf das Offensichtliche hinzuweisen …«

»Dann lass es.«

»Vampire können sich nicht fortpflanzen.«

»Danke für die Info.«

Stephan war nicht amüsiert. »Es ist mein Job als dein Beta, dich über die Sorgen in den Rudeln zu informieren. Spotte nicht über mich, weil ich meiner Pflicht nachkomme.«

»Ich würde dich nie verspotten, denn ich achte dich viel zu sehr. Im Gegenzug bitte ich dich, nicht mit mir zu reden, als wäre ich ein Idiot. Ich tue alles, was ich kann, so gut ich kann. Mehr muss niemand wissen. Mein Privatleben geht nur mich etwas an. Falls das ein Problem ist, sag den anderen, sie sollen ihre Energien darauf konzentrieren, den Außenposten mit den Alphas zu finden. Dann halten wir eine demokratische Wahl ab, und alle können mitbestimmen.«

Vashtis Miene verfinsterte sich. *Nicht witzig*, sagte sie stumm.

Nein, war es nicht. Die einzige Art, wie ein anderer Alpha die Kontrolle über die Rudel übernehmen konnte, war die, Elijah zu töten. Ohne einen solchen Triumph gewänne niemand den Respekt, den er brauchte.

»Ich halte dich auf dem Laufenden«, sagte Stephan.

Elijah beendete das Gespräch und wandte sich wieder zum Bildschirm. »Also, wo waren wir?«

Wie aufs Stichwort klingelte das Telefon auf dem Schaltpult. Samuel nahm ab. »Hast du's gründlich überprüft? Ja, dann check das noch mal.«

Vashtis Augen verengten sich. »Wollen wir wetten, dass das Blut weg ist?«

»Nein, mir sind die Chancen zu schlecht«, antwortete Elijah und wunderte sich nicht, als Samuel Vashs Ahnung bestätigte. »Okay, dann hol ihre Bilder auf den Schirm.«

»Kein Problem. Mal sehen ... Ah, hier ist er. Peter Neil.«

Ein vertrautes Bild erschien, und Elijah stutzte. »Den kenne ich. Ich habe schon ein- oder zweimal mit ihm gearbeitet. Und sein Name ist nicht Peter.«

»Ein Bruder vielleicht?«, fragte Vash.

»Nein. Siehst du die Narbe an seiner Lippe? Das ist derselbe Typ.«

»Ich habe ihn noch nie gesehen.«

»Er ist tot«, sagte Elijah verdrossen. »Getötet vor ungefähr zwanzig Jahren, als ein Nest ausgehoben wurde. Ich war dabei. Hast du Fotos von den anderen?«

Leise pfeifend, tippte Samuel eine Reihe von Kommandos ein, und noch ein Bild erschien. »Hier ist Kevin Hayes.«

Vashti schnappte nach Luft.

Elijah verlor allmählich die Geduld. »Falsches Foto.«

»Dieses Foto wurde bei der Aufnahme gemacht«, beharrte Samuel.

»Trotzdem ist es falsch. Das ist Micah McKenna.«

»McKenna? Warte mal. Okay, es gibt einen Micah McKenna im System. Ja ... du hast recht. Er wurde am selben Tag aufgenommen wie Kevin. Vielleicht wurden die Fotos vertauscht oder falsch abgespeichert. Hier ist das Bild aus Micahs Akte.« Dasselbe Foto erschien. »Jemand hat das verbockt.«

Aber Elijah war schon auf die Daten konzentriert, die mit dem Foto auf dem Monitor erschienen waren. Er fand sämtliche Informationen, die er erwartet hatte – eingetragene Gefährtin, Versetzung und Tötungen, Zuchtregister.

»Er hat gelogen«, sagte Vashti. »Ich habe ihn nach seinem Alter gefragt, und er sagte …«

»… fünfzig.« Micahs Akte wies ihn als achtzig Jahre alt aus, womit durchaus möglich war, dass er Charron getötet hatte. Mit fünfzig hingegen wäre er zu jung gewesen – das perfekte Alibi. »Wo ist das Bild von dem dritten Lykaner?«

»Hier.« Samuel rief es auf. »Anthony Williams.«

Elijah ballte die Fäuste. »Sieh mal unter Trent Parry nach.«

»Gut … Ja, hier ist er.«

»Sieh dir das an«, murmelte Vash. »Dasselbe Foto wie bei Anthony.«

Elijahs Welt geriet aus den Fugen, als ihm klar wurde, dass die Männer, denen er vertraut hatte, ihn und alle anderen Lykaner betrogen hatten.

Vash lief wieder auf und ab. »Das ist eine beschissene Vertuschung. Sie haben sich Tarnidentitäten für die drei Lykaner ausgedacht, sodass den neuen offiziellen Angaben zufolge keiner von ihnen für Chars Tod verantwortlich sein konnte. Aber warum, verdammt? Warum haben die Hüter drei tollwütige Hunde geschützt?«

Elijah warf ihr einen warnenden Blick zu. »Samuel, zieh

mir Kopien von all diesen Dateien, sowohl auf einen Stick als auch auf CD. Such auch nach der Akte von Charles Tate und kopiere die. Er ist es, der sich als Peter Neil ausgegeben hat.«

Vash blieb direkt vor Elijah stehen. »Ist Trent auch tot, wie Micah und Charles? Habe ich vergeblich auf Rache gehofft?«

»Trent war bei mir in Phoenix, als Nikki Adrian angriff und wir Lindsay fanden.« Er drückte die Lippen auf ihre Stirn und murmelte: »Du musst eventuell mit ihr um ihn kämpfen, denn sie will ihn auch.«

»Warum?«

»Das erkläre ich dir später. Jetzt lass uns von hier verschwinden.«

20

Vash wurde erst klar, wie wütend Elijah war, als sie in ihrem Hotel ankamen und er begann, Sachen in seine Tasche zu stopfen.

»Elijah.« Sie griff nach ihm, als er an ihr vorbeistürmte.

»Pack deinen Kram. Ich will weg von hier, denn ich traue diesem Ort nicht. Ich traue keinem, der von dem Rudel noch übrig ist.«

»Elijah!«

»Wenn du es nicht machst, packe ich für dich«, knurrte er und raffte Sachen im Bad zusammen. »Aber dann zick mich nicht an, wenn ich irgendwas vergesse.«

Als er wieder aus dem Bad kam, stellte Vash sich ihm in den Weg. »Redest du jetzt mit mir, verdammt?«

»Was?«

»Du bist total verärgert.«

»Verflucht richtig, bin ich.« Er warf alles, was er in den Händen hatte, aufs Bett und knurrte. »Weißt du, was Rachel zu mir gesagt hat, bevor sie den Aufstand in Navajo Lake angezettelt hat? Sie sagte: ›Es hängt alles an dir.‹ Jetzt frage ich mich, ob ich manipuliert wurde, ohne es zu merken. Auf jeden Fall wollten sie, dass wir, du und ich, uns gegenseitig töten. Wären wir nicht direkt heiß geworden, als wir einander rochen, wäre einer von uns inzwischen tot.

Wir hätten nie die Zeit zusammen verbracht, die uns dahin geführt hat, wo wir jetzt stehen, und Syre wäre auf einem Rachefeldzug.«

»Denkst du, dass Micah dein Blut als Köder für mich ausgelegt hat?«

Er verschränkte die Arme, sodass die Ärmel des T-Shirts, das er sich geliehen hatte, weil seines blutverschmiert war, fast aus den Nähten platzten. »Du hast Micahs Jagdgefährten getötet, aber Micah am Leben gelassen, um ihn zu befragen. Warum nicht andersherum?«

»Er hatte eine große Klappe. Er hat mich provoziert und war insgesamt ein Arsch, da fiel die Wahl leicht.«

»Er hat sie dir leicht gemacht. Und ich denke, dass du seinen Geruch womöglich von dem Angriff auf Charron wiedererkannt hast, ohne dass es dir bewusst war. Vielleicht hattest du ihn sogar am Schauplatz von Nikkis Entführung unterbewusst wahrgenommen.«

»Der Geruch von Chars Mördern hat sich mir fest ins Gedächtnis eingebrannt. Den würde ich immer klar wiedererkennen.«

»Ich musste mal darum kämpfen, dass mir ein Jagderfolg zugeschrieben wurde, weil eine schwer verwundete Lykanerin überall auf die Leiche geblutet hatte. Die roch stärker nach ihr als nach mir, wegen ihres Bluts. Wenn Micah Zugriff auf mein Blut hatte, um mir etwas anzuhängen, konnte er sicher auch an anderes herankommen. Bedenkt man die Mühe, die sie sich gemacht haben, um sich neue Identitäten zu erschaffen, wäre das Verschütten von einigen Blutkonserven über Charrons Leiche vergleichsweise eine Kleinigkeit gewesen. Und wir wissen beide, wie es riecht, wenn jemand ausgeweidet wurde. Das könnte die Brutalität des Angriffs erklären – sie wollten, dass der Gestank ihre Identität verschleiert.«

Vash sank auf das Bett. »Warum?«

Elijah hockte sich vor sie. »Um dich zu brechen. Ich denke, das haben sie über Jahre versucht. Zuerst durch Charrons Ermordung, dann durch mich. Micah ist der rote Faden, und du kannst mir nicht erzählen, dass das ein Zufall ist. Das glaube ich nicht.«

»Nein. Ich glaube es auch nicht.«

»Und vergessen wir nicht den Angriff deiner Doppelgängerin auf Lindsays Mutter. Lindsay hat ihr Leben lang geplant, dich zu töten.«

»Sie können nicht gewusst haben, wer sie war. Dass sie Shadoes Seele in sich trug.«

»Doch. Genauso, wie sie gewusst haben, dass Adrian oder Syre sie finden würden und sie so auf dich stoßen würde. Das erklärt, warum sie nicht zusammen mit ihrer Mutter ermordet wurde. Meiner Erfahrung nach haben durchgeknallte Minions eigentlich eine Vorliebe für Kinderblut.«

»Ich habe gehört, dass es süßer sein soll«, murmelte sie nachdenklich und rieb sich die Brust. Der Gedanke, dass Char ihretwegen gestorben war ... »Ich bin nicht wichtig genug, dass jemand sich so viel Mühe macht.«

»Du bist Syre wichtig. Sehr sogar. Und das war Phineas Adrian auch.« Er ergriff ihre kalten Hände. »Wir haben es hier mit psychologischer Kriegsführung zu tun. Sie lähmen die Obersten, indem sie ihre direkten Untergebenen ausschalten. Micah hat sich wahrscheinlich freiwillig für die

Sache geopfert – und ich vermute, dass Rachel es auch tat. Sie wollten mich in einer ganz bestimmten Verfassung, um ihre Ziele zu erreichen.«

»Um dich und die Lykaner überlegen dastehen zu lassen? Geht es darum? Dass ihr zur dominanten Fraktion werdet?«

»Weiß ich nicht.« Er fuhr sich mit einer Hand übers Gesicht. »Das würde die gefälschten Angaben zu den Personen und das fehlende Blut nicht erklären. Ausschließlich Hüter hatten Zugriff auf die Datenbank und die Kryokonservierung. Und dein Double bringt auch noch die Vampire mit ins Spiel. Warum sollten die Vampire ausgerechnet Lykaner an der Spitze sehen wollen?«

»Lindsay wurde von Vampiren an Syre ausgeliefert … nachdem sie von einem Hüter aus Angels' Point entführt worden war.«

»Richtig. Wir haben es mit falschen Vampiren, Lykanern und Hütern zu tun. Die Frage ist nicht nur, wer Dreck am Stecken hat, sondern ob sie alle zusammenarbeiten.«

Vash löste ihre eine Hand aus seinen, berührte sanft Elijahs Wange und erzählte ihm von ihrem Telefonat mit Syre.

Fluchend richtete er sich auf. »Ich muss zurück. Und ich muss wieder zu Adrian.«

Sie stand ebenfalls auf. Ihr Herz klopfte wie wild. »*Was?*«

»Die Hüter sind in Gefahr. Sobald bekannt wird, dass ihr Blut das Heilmittel ist, werden sie zu einem leichten Ziel. Sie brauchen Hilfe, und ich muss wenigstens versuchen, ihnen meine Unterstützung anzubieten.«

»Sie können hundert Vampire pro Minute auslöschen, wenn sie wollen. Euch haben sie nie wirklich gebraucht.«

Sein Blick war finster... und entschlossen. »*Wir* brauchen *sie*. Bei all ihren Fehlern halten sie doch die Minions im Zaum.«

»Minions sterben, El!« Aber leider wusste sie, dass sie ihn nicht würde umstimmen können.

»Ich muss zurück, und sei es nur, weil die Verräter sich so verdammt viel Mühe gemacht haben, damit ich gezwungen war zu gehen. Dafür gibt es einen Grund, und ich werde nicht einfach weiter mitspielen.«

»Was ist mit mir? Ich brauche dich. Meine Leute brauchen dich.«

Elijah nahm sie in die Arme und küsste sie auf die Stirn. Er hielt sie eine ganze Weile so fest, und sein Herz schlug ein bisschen schneller, als es sollte. »Sie haben dich, Süße. Du bist allein schon eine Armee.«

Sie hakte die Finger in seine Gürtelschlaufen und hielt ihn fest. Ihre Brust und ihre Kehle brannten. »Verlang nicht von mir, diese Wahl zu treffen. Das ist nicht fair.«

Seine Finger tauchten in ihr Haar und strichen es nach hinten. Dann sah er sie mit solcher Zärtlichkeit an, dass sie kaum noch atmen konnte, so sehr schmerzte es. »Ich verlange gar nichts von dir, Vashti. Ich sage dir lediglich, was ich tun muss.«

Wie versteinert stand sie da, als er sich von ihr löste und ging. Sie beobachtete, wie er die Sachen vom Bett nahm, seinen Kram in seine Tasche packte und ihren in ihre. Getrennt.

»Fick dich, Lykaner.« Ihre Hände ballten sich zu Fäusten, und eine gewisse Genugtuung überkam sie, als er erschrocken innehielt. »Du kannst mich nicht dazu bringen, dich zu lieben, und dann einfach verschwinden!«

»Ich verschwinde nicht.« Er drehte sich zu ihr um. »Du bist mein, Vashti. Nichts kann daran etwas ändern. Wenn dir das immer noch nicht klar ist, haben wir weit größere Probleme als den Krieg, der jeden Moment auszubrechen droht.«

Die Faust um ihr Herz lockerte sich ein wenig. »Und was zur Hölle tust du?«

»Ich lasse dich sein, wer du sein musst. Ich lasse dich die Frau sein, die ich liebe, selbst wenn das bedeutet, dass du am anderen Ende der Welt bist, am anderen Ende der Leitung. Wenn ich dich zwinge, meinen Weg zu wählen, verliere ich dich. Das weiß ich, weil du mich verlieren würdest, solltest du mich zwingen wollen, deinen zu gehen.«

»So kann ich nicht leben, El.« Vor Angst wurde ihr übel, und sie begann zu frösteln, sodass sie wieder auf und ab ging. »Wir können nicht getrennt sein und gegeneinander arbeiten. Wir müssen einen Kompromiss finden, mit dem wir beide leben können.«

»Verrate mir, wie der aussehen soll«, sagte er leise. »Ich muss Lindsay anrufen und ihr erzählen, dass die Vampirin, die höchstwahrscheinlich am Tod ihrer Mutter schuld war, tot ist, was sie erleichtern dürfte und zugleich aber auch nicht, weil sie die Schuldige selbst umbringen wollte. Und dann muss ich ihr sagen, dass ich wahrscheinlich den Tod ihres Vaters mitverschuldet habe, weil ich die Lykaner ausgesucht hatte, die ihn bewachen sollten, und einer von ihnen Trent war. Danach muss ich Adrian informieren, dass Syre von der Heilkraft des Hüterbluts weiß, sodass es bald noch viel mehr Vampire erfahren dürften. Daher drängt die Zeit. Unterdessen kämpft Syre gegen Wahnsinnige, die seine Leute infizieren, und ich habe Lykaner, die absichtlich meine Beziehungen zu beiden Seiten sabotieren. Wo wäre der Mittelweg?«

»Die Schweiz.«

Er zog eine Braue hoch. »Willst du in die Schweiz fliehen? Ist das dein Plan?«

»Nein, wir können die Schweiz *sein*. Wir bilden die Schnittmenge zwischen Adrians Seite und Syres Seite. Wir überbrücken den Graben zwischen den beiden. Im Moment hat die Bekämpfung des Virus bei allen oberste Priorität. Wenn wir alle gegen denselben Feind kämpfen, ist es sinnvoll, die Kräfte zu bündeln.«

»Seit wann kann gesunder Menschenverstand einen Krieg verhindern?«

»Ich glaube nicht, dass Syre ohne mich in einen Krieg ziehen kann. Er würde es sich sicher zweimal überlegen, wenn ich dagegen bin. Wenn du Adrian überzeugen kannst, dass die Gefahr für die Hüter ohne dich zu groß ist, könnten wir sie vielleicht beide zurückhalten. Vor allem wenn sie erfahren, dass wir alle hereingelegt wurden. Diesen Verschwörern werden sie garantiert nicht weiter in die Hände spielen wollen. Einen Versuch ist es wert.«

»Okay.«

Vash blieb abrupt stehen. Dass er so leicht kapitulierte, erschreckte sie. »Einfach so?«

»Es ist chaotisch, kompliziert, ganz sicher wird sich die Geschichte dafür an uns rächen, und außerdem ist das Vampirvirus eigentlich kein Lykanerproblem ...«

»Abgesehen von der Tatsache, dass ihr für die Infizierten besonders lecker zu sein scheint«, fiel sie ihm ins Wort.

»Ja, das könnte wohl ein Argument sein.« Er packte weiter. »Aber wir werden unser Bestes geben.«

Vash war unendlich erleichtert. Vielleicht platzte sie deshalb heraus: »Und ich will mit dir ein festes Paar werden.«

Elijah erstarrte, den Reißverschluss seiner Tasche halb zugezogen. »*Vashti*.«

Sie sprach hastig, während ihr Herz raste und ihre Hände schwitzten. »Ich weiß, dass ich egoistisch bin. Falls es jemand wirklich auf mein Blut abgesehen hat und es schafft, mich zu schnappen, ziehe ich dich mit in den Abgrund. Ich weiß ja, dass Lykaner den Verlust ihrer Gefährten nicht lange überleben, aber ...«

Er drehte sich zu ihr, und sein Blick haute sie fast um. »Ich gehe so oder so unter, ob wir ein Paar sind oder nicht. Ich dachte, das weißt du. An dem Punkt bin ich längst, Vashti. Ich denke, ich bin schon da, seit du mir in der Höhle Mut zugesprochen hast.«

Vash stolperte geradewegs in seine Arme. »Du bist das Schlimmste, was mir jemals passiert ist. Du hast alles versaut.«

Er lachte, und bei dem Klang lösten sich aller Stress und alle Angst in ihr auf. »Und wir fangen eben erst an.«

»Wir werden dann wortlos kommunizieren können, nicht wahr? Den Vorteil hätten wir.«

»Unter anderem.« Er strich ihr das Haar aus dem Gesicht. »Als Einheit werden wir stärker sein ... und verwundbarer. Sie werden wissen, wie sie uns wehtun können.«

»Dann erzählen wir es keinem. Ich könnte dein heimliches Verhältnis mit den zu großen Zähnen sein, und du bist mein Lustknabe. Sollen ruhig alle, die es wollen, glauben, dass wir einander benutzen. Wir wissen es besser.«

»Du musst das nicht tun«, sagte er leise. »Ich kann warten, bis du bereit bist.«

»Ich bin mehr als bereit. Versuch mal, mich zu stoppen, Baby.«

Sie rief Syre an und teilte ihm mit, was sie über den Angriff auf Charron erfahren hatte. Währenddessen rief Elijah Lindsay an und erzählte ihr, dass er sie und Adrian dringend treffen müsste. Danach packten sie beide fertig und fuhren zum Huntington Jet Center, um auf eine von Adrians Privatmaschinen zu warten.

Sie hatten fast den Papierkram für die Rückgabe des Mietwagens hinter sich, als eine Agenturmitarbeiterin mit einem braunen Umschlag in der Hand hereingelaufen kam.

»Mr. Reynolds«, rief die hübsche Rotblonde mit einem solch gewinnenden Lächeln, dass Vash automatisch einen Schritt näher zu ihrem Mann trat. »Sie haben dies hier auf der Rückbank vergessen.«

»Der gehört mir nicht.« Elijah runzelte die Stirn, und Vash war sofort beruhigt, denn er schien überhaupt nicht wahrzunehmen, wie interessiert die junge Frau an ihm war.

»Es steht aber Ihr Name drauf.«

Er nahm den Umschlag, riss ihn auf und zog den Inhalt heraus. Fotos. Die Aufnahmen waren durch eine Fensterscheibe gemacht worden, so wie es ein Privatdetektiv tun würde, dessen Motive nicht ahnten, dass sie beobachtet wurden. Vash erkannte die Hüterin auf Anhieb.

»Helena«, murmelte sie. »Wow. Sie hatte 'nen Typen. Und was für einen!«

»Mark«, sagte Elijah ernst. »Ein Lykaner aus dem Navajo-Lake-Rudel.«

Was es bedeutete, dass eine Hüterin einen Lykaner bumste, wurde Vash erst allmählich bewusst. Ach was, wenn Hüter irgendwas vögelten, war das eine Sensation. »Na super.«

Elijah blätterte die Fotos schneller durch, sodass es beinahe wie ein Daumenkino anmutete. Das Paar umarmte sich leidenschaftlich, ihre Münder verschmolzen ... ihre Kleider verschwanden ...

Dann war eine maskierte Gestalt mit ihnen in dem Raum und stand in so bedrohlicher Pose vor dem Bett, dass sich die kleinen Härchen an Vashs Armen aufrichteten. Das nächste Bild zeigte das Fenster mit geschlossenen Vorhängen, gefolgt von mehreren Aufnahmen innen, die ein Blutbad von derart entsetzlichem Ausmaß zeigten, dass sich Vashs Magen verkrampfte – Helena mit blicklosen Augen, ihre wunderschönen Flügel aus dem Rücken gefetzt, ihr Geliebter bleich und blutleer auf dem Boden, mit zwei punktförmigen Wunden am Hals. Dem Zeitstempel in der unteren rechten Ecke nach waren die Aufnahmen vor fast einem Monat gemacht worden.

»Was ist das?«, flüsterte Vash entgeistert. »Wo kommen die her? Was zur Hölle sollen wir damit anfangen?«

Elijah stopfte den Umschlag in seine Tasche. »Jemand sendet uns eine Botschaft, die wir entschlüsseln müssen.«

Sie erledigten den Rest an dem Mietwagenschalter und gingen dann hinüber, um auf ihr Flugzeug zu warten. Die Stille zwischen ihnen hatte nichts Beklemmendes, obwohl sie in einem Gewirr von Lügen und Fragen gefangen waren.

Vash verschränkte ihre Finger mit Elijahs, als sie am Rande des Rollfelds standen. »Bist du sicher, dass du nach Alaska willst? Das ist ein langer Flug, El. Vielleicht wäre eine Videokonferenz besser. Oder wir warten, bis Lindsay und Adrian wieder zurück sind.«

Er sah sie an. »Hatte ich nicht erwähnt, dass Adrians Jets eine Schlafnische haben?«

»Aha?« Hitze durchströmte sie und brachte ihre eisige Furcht vor den nächsten Tagen zum Schmelzen. »Nein, ich glaube, den Teil hattest du vergessen.«

Er beugte sich vor und küsste sie auf die Schläfe. »Bei der Landung wirst du eine vermählte Frau sein.«

»Na dann.« Sie lehnte den Kopf an seine Schulter und erlaubte sich, dieses Geschenk zu genießen, dass sie jemanden zum Anlehnen hatte. »Vielleicht lernst du doch noch, gern zu fliegen.«

Dr. Karin Allardice war spät dran, wie üblich. Sie schnappte sich ihre Aktentasche vom Beifahrersitz ihres Mercedes-AMG, öffnete die Tür und stellte einen Fuß in einem Stiletto auf den Boden.

Der Morgen war kühl, weil die Sonne noch tief am Himmel stand. Vor ihr erstreckte sich die große Rasenfläche zwischen ihrem Parkplatz und dem Eingang zu ihrem Labor. Das Gras glänzte noch taufeucht, und der Parkplatz um sie herum war still und leer. In wenigen Stunden würde sie einen der prominentesten Philanthropen von Chicago umgarnen müssen. Eine Spende von mehreren Millionen würde ihr einen guten Start verschaffen, auch wenn das natürlich reines Wunschdenken war. Das

Höchste, worauf sie hoffen durfte, war eine Spendengala: noch ein endloser Abend mit überteuerten Speisen und Getränken, bei dem sie die Bettelrunde machen musste.

Als sie sich einen Ruck gab und aus dem Wagen stieg, stellte sie erschrocken fest, dass ein Mann neben ihrem Auto stand. Für einen Moment war sie verwirrt, weil er aus dem Nichts aufgetaucht war, doch sofort verflogen alle Fragen und Gedanken, denn es handelte sich um den atemberaubendsten Mann, den sie je gesehen hatte.

Er reichte ihr die Hand. »Dr. Allardice?«

Guter Gott, seine Stimme war genauso umwerfend wie der Rest von ihm, sonor und warm wie edler alter Whiskey.

»Ja? Ich bin Karin Allardice.« Kaum berührten ihre Finger seine, schoss ein wohliger Schauer ihren Arm hinauf. Erschrocken von der Wucht ihrer physischen Reaktion schloss sie die Wagentür und holte rasch tief Luft, um die Fassung wiederzufinden. »Kann ich Ihnen helfen?«

»Das hoffe ich sehr. Mir wurde gesagt, dass Sie eine herausragende Virologin sind. Ist das korrekt?«

»Sehr schmeichelhaft.« Sie strich sich das Haar aus dem Gesicht. »Aber es stimmt, dass Virologie mein Fachgebiet ist.«

Das sanfte Morgenlicht unterstrich den natürlichen Glanz seines dichten schwarzen Haars und die Schönheit seines Karamellteints. Seine Augen waren von einem ungewöhnlichen Bernsteinbraun, das durch die dichten dunklen Wimpern umso faszinierender wirkte. Sein Mund entsprach dem feuchten Traum eines jeden Sinnesmenschen – fest und wie gemeißelt; die Unterlippe war gerade voll genug, dass Karin an Sex denken musste, während die

Oberlippe schlicht sündhaft war. Er trug seinen Dreiteiler, als wäre er dafür geboren, und als sich seine Mundwinkel hoben, verschlug es ihr den Atem.

»Ich wurde unlängst auf einen neuen Virenstamm aufmerksam, Dr. Allardice, und zu dem würde ich sehr gern Ihre Meinung hören.«

»Ach ja?« Sie zwang ihr Gehirn, wieder seine Arbeit zu tun. »Nun, ich kann mir das mal ansehen, Mr. ...«

»Syre«, half er ihr aus. »Wunderbar. Ich hatte gehofft, dass Sie sich kooperativ zeigen.«

Das Aufblitzen unnatürlich langer Eckzähne war das Letzte, was sie wahrnahm, bevor ihr schwarz wurde vor Augen.

Lesen Sie auch:

Sylvia Day

Dunkler Kuss

Eine E-Book-Story aus der Welt von DARK NIGHTS

Glossar

GEFALLENE – in Ungnade gefallene *Wächter*. Ihnen wurden die Flügel und die Seele genommen, wodurch sie zu unsterblichen Bluttrinkern wurden, die sich nicht fortpflanzen können.

HÜTER – eine Eliteeinheit von *Seraphim*, deren Aufgabe die Bestrafung und Überwachung der *Wächter* ist.

LYKANER – eine Untergruppe der *Gefallenen*, denen der Vampirismus erspart blieb, weil sie sich bereit erklärten, den *Hütern* zu dienen. Ihnen wurde Dämonenblut übertragen, das ihre Seelen erhielt, sie jedoch sterblich machte. Sie können die Gestalt wechseln und sich fortpflanzen.

MINION – ein Sterblicher, der von einem *Gefallenen* in einen *Vampir* verwandelt wurde. Die meisten Sterblichen tun sich schwer mit der Anpassung und verrohen. Im Gegensatz zu den *Gefallenen* vertragen sie kein Sonnenlicht.

NAPHIL – Singular von *Nephalim*.

NEPHALIM – Kinder von Sterblichen mit *Wächtern*.

Dass sie Blut trinken, war mit ein Anlass für die Bestrafung der *Gefallenen* und Vorbild für deren Vampirismus.

(»Sie wandten sich gegen die Menschen, um sich von ihnen zu nähren«, BUCH HENOCH 7,13)
(»Sie werden keine feste Nahrung zu sich nehmen, sondern es wird sie ewig dürsten«, BUCH HENOCH 15,10)

SERAPH – Singular von *Seraphim*.

SERAPHIM – die höchsten Engel in der Engelshierarchie.

VAMPIRE – unter diesem Begriff werden die *Gefallenen* und deren *Minions* zusammengefasst.

VERWANDLUNG – der Prozess, den ein Sterblicher durchläuft, um zum Vampir zu werden.

WÄCHTER – zweihundert *Seraphim*, die zu Anbeginn der Zeit auf die Erde gesandt wurden, um die Sterblichen zu beobachten. Sie verstießen gegen das Gesetz, indem sie sich mit Sterblichen einließen, und wurden zu einem Dasein auf Erden als *Vampire* verdammt, ohne Aussicht auf Vergebung.

Danksagung

Wie immer schulde ich Danielle Perez, Claire Zion, Kara Welsh, Leslie Gelbman und allen bei NAL großen Dank, die so wunderbar zu dieser Reihe und zu mir sind.

Ich danke Robin Rue und Beth Miller, dass sie sich um die leidigen Details gekümmert haben.

Dank an die Illustratoren, die sich meinem Wunsch nach einem Tony-Mauro-Cover fügten ... mal wieder. Ich bin hin und weg!

Herzlichen Dank an Tony Mauro für noch ein umwerfendes Cover. Ich bin so ein Fan von ihm, dass mir ganz kribbelig ist, weil ich seine Kunst auf meinen Büchern habe.

Himeko, ich hatte dir ja gesagt, dass ich dich zu einer Lykanerin mache. Und das habe ich getan.

Und Dank an all die – männlichen wie weiblichen – Leser, Rezensenten, Blogger, Buchhändler und Bibliothekare, dass ihr über diese Reihe mit euren – männlichen wie weiblichen – Freunden, Kunden und Besuchern sprecht. Ich weiß euch alle sehr zu schätzen!

Werkverzeichnis der im Heyne Verlag erschienenen Titel von Sylvia Day

> Bonusmaterial

HEYNE<

Die Autorin

Die Nummer-1-Bestsellerautorin Sylvia Day stand mit ihrem Werk an der Spitze der *New-York-Times*-Bestsellerliste sowie 23 internationaler Listen. Sie hat über 20 preisgekrönte Romane geschrieben, die in mehr als 40 Sprachen übersetzt wurden. Weltweit werden ihre Romane millionenfach verkauft, die Serie *Crossfire* ist derzeit als TV-Verfilmung in Planung. Sylvia Day wurde nominiert für den *Goodreads Choice Award* in der Kategorie BESTER AUTOR.

»Die unangefochtene Königin des erotischen Liebesromans.«
Teresa Medeiros

»Wenn Sie noch nie ein Buch von Sylvia Day in Händen hatten, haben Sie was verpasst.« *Romance Junkies*

»Wenn es darum geht, prickelnde Sinnlichkeit zu erzeugen, können nur wenige Autoren Sylvia Day das Wasser reichen. *Stolz und Verlangen* ist die perfekte Melange aus betörenden Figuren, einer cleveren Geschichte und prickelnder Sinnlichkeit.« *Booklist*

»Eine wundervolle Geschichte. Dieser Roman wird Sie zum Lachen wie zum Weinen bringen.«
Love Romances über ›Eine Frage des Verlangens‹

»Diese brillante Kombination aus heißer Leidenschaft, Spannung und Intrigenspiel ergibt eine unglaublich ergreifende Geschichte.« *Romance Divas über ›Spiel der Leidenschaft‹*

Crossfire

Pressestimmen zu *Crossfire*

»Der Sex-Roman des Jahres« *Cosmopolitan*

»Sexuelle Spannung, heiße Liebesszenen und eine äußerst tiefgründige Liebesgeschichte sorgen für begeisterte Leser-Reaktionen.« *bild.de*

»Noch saftiger und mit besser gezeichneten Helden als *Shades of Grey*!« *Joy*

»Ich liebe ihren Stil, die sexuelle Spannung, die heißen Liebesszenen und die spannende Story.« *Carly Phillips*

»Unser absoluter Redaktionsliebling!« *Petra*

»Ein Stoff voll Schmerz, Hoffnung und Gefühlen.«
Abendzeitung

Crossfire – Versuchung

Die Uniabsolventin Eva Tramell tritt ihren ersten Job in einer New Yorker Werbeagentur an. In der Lobby des imposanten Crossfire-Buildings stößt sie mit Gideon Cross zusammen – dem Inhaber. Er ist mächtig, attraktiv und sehr dominant. Eva fühlt sich wie magisch von ihm angezogen, spürt aber instinktiv, dass sie von Gideon besser die Finger lassen sollte. Aber er will sie – ganz und gar und zu seinen Bedingungen. Eva kann nicht anders, als ihrem Verlangen nachzugeben. Sie lässt sich auf eine Liebe ein, die immer ernster wird, und entdeckt ihre dunkelsten Sehnsüchte und geheimsten Fantasien.

Crossfire – Offenbarung

Seit ein paar Wochen sind die junge attraktive Eva Tramell und der erfolgreiche Geschäftsmann Gideon Cross ein Paar. Eva liebt seine dominante Art. Noch nie konnte sie einem Mann so vertrauen. Doch dann verändert Gideon sich, er will sie immer stärker kontrollieren, und auch die Dämonen aus seiner Vergangenheit belasten sie. Eva weiß: Ihre Beziehung hat nur eine Zukunft, wenn es keine Geheimnisse und keine Tabus zwischen ihnen gibt ...

Crossfire – Erfüllung

Seit ihrer ersten Begegnung sind Eva Tramell und der faszinierende Geschäftsmann Gideon Cross einander verfallen. Nur Eva weiß, was Gideon für sie aufs Spiel gesetzt hat. Doch dieses Wissen wird immer mehr zur Bedrohung und ängstigt Eva, die sich nichts sehnlicher wünscht als eine vertrauensvolle Beziehung und eine dauerhafte Bindung. Zudem wird ihre Liebe immer wieder auf harte Proben gestellt, denn Neid und Missgunst machen ihnen das Leben schwer, und die Schatten der Vergangenheit lasten auf ihnen. Doch das Wissen um die Gehcimnisse des anderen verbindet Eva und Gideon unlösbar miteinander. Gemeinsam wollen sie sich ihren Dämonen stellen und ihre leidenschaftliche Liebe retten.

Crossfire – Hingabe

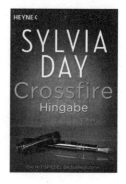

Eva und Gideon haben sich das Ja-Wort gegeben. Sie waren überzeugt, dass nichts sie mehr trennen kann. Doch seit der Hochzeit sind ihre Unsicherheiten und Ängste größer denn je. Eva spürt, dass Gideon ihr entgleitet und dass ihre Liebe in einer Weise auf die Probe gestellt wird, wie sie es niemals für möglich gehalten hätte. Plötzlich stehen die Liebenden vor ihrer schwersten Entscheidung: Wollen sie die Sicherheit ihres früheren Lebens wirklich gegen eine Zukunft eintauschen, die ihnen immer mehr wie ein ferner Traum erscheint?

Einzeltitel

Geliebter Fremder

Als Gerald Faulkner Isabel vor vier Jahren um ihre Hand bat, war er ein schöner und lebenslustiger Mann. Dann verschwand er spurlos. Nun, da er wieder auftaucht, ist er nicht mehr jung und sorglos, sondern eine gequälte Seele mit dunklen Geheimnissen. Er spricht nicht darüber, was in der Zwischenzeit geschehen ist, und verhält sich wild und hemmungslos. Allerdings ist da nun auch eine neue, glühende Leidenschaft zwischen ihnen. Hat Isabel genug Vertrauen, um sich diesem Fremden auszuliefern?

Sieben Jahre Sehnsucht

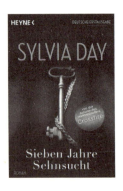

Lady Jessica Sheffield erwischt den attraktiven Alistair Caulfield dabei, wie er im Wald eine verheiratete Gräfin befriedigt. Seitdem herrscht eine verstörende Spannung zwischen ihnen, und sie vermeidet jede weitere Begegnung. Sieben Jahre später treffen die beiden wieder aufeinander und kommen sich näher. Das anfängliche Knistern lässt bald wilde Funken der Leidenschaft sprühen, und die beiden ergeben sich ihrem starken Verlangen …

Stolz und Verlangen

Eliza Martin ist eine reiche Erbin. Das hat nicht nur Vorteile. Heiratsschwindler und Kuppler belagern sie, und in letzter Zeit fühlt sie sich beobachtet. Aber Eliza lässt sich nicht einschüchtern und beschließt, jemanden zu engagieren, der sich unter ihr Gefolge mischt und den Schuldigen findet. Jemand, der nicht auffällt. Jasper Bond ist zu groß, zu gut aussehend, zu gefährlich. Doch Eliza reizt ihn. Und so ist es ihm ein Vergnügen, ihr zu beweisen, dass er genau der richtige Mann für diese Aufgabe ist …

Spiel der Leidenschaft

Lady Maria Winter ist jung, reich und schön. Trotzdem wird sie die »eiskalte Witwe« genannt, denn ihre beiden Ehemänner starben einst unter mysteriösen Umständen. Es hält sich das hartnäckige Gerücht, dass Lady Winter an ihrem Tod nicht ganz unschuldig ist. Tatsächlich treibt aber ihr Stiefvater Lord Welton ein perfides Spiel mit ihr. Als er Lady Winter auf den Piraten Christopher St. John ansetzt, der die Todesfälle undercover aufklären soll, stimmt sie widerwillig ein. Doch schon bei ihrer ersten Begegnung spürt sie ein nie gekanntes Verlangen …

Eine Frage des Verlangens

Lady Elizabeth Hawthorne und Marcus Ashford, Earl of Westfield, verbindet eine leidenschaftliche, aber auch leidvolle Vergangenheit. Sie waren einst verlobt, bis Elizabeth Marcus der Untreue verdächtigte und ihn verließ. Nun, vier Jahre später, kreuzen sich die Wege der beiden erneut. Marcus, der Agent im Dienste der Krone ist, soll Lady Elizabeth beschützen, da ein Unbekannter sie bedroht. Beide fühlen sich erneut magisch voneinander angezogen. Aber können sie die alten Verletzungen vergessen?

Ihm ergeben

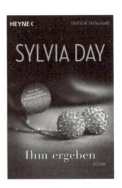

London, 1780. Die junge und schöne Amelia Benbridge ist verlobt mit Lord Ware. Auf einem festlichen Ball sieht sie einen Mann mit weißer Maske, der sie fasziniert, und wider besseren Wissens folgt sie ihm in den dunklen Park des Anwesens. Er stellt sich als Graf Montoya vor, und die Anziehung zwischen den beiden ist unmittelbar und überwältigend. Doch er scheint ein dunkles Geheimnis vor ihr zu verbergen. Und Amelia ist vergeben ...

Die Dream Guardians-Serie

Verlangen

Aidan ist ein Dream Guardian: Er verhindert, dass das Tor zwischen der Traumwelt und der Realität geöffnet wird. Er bewahrt seine Schützlinge vor Albträumen, indem er sie in ihrem Schlaf als Liebhaber besucht. Bei der schönen Lyssa erlebt er eine sexuelle Leidenschaft wie nie zuvor und er verliebt sich zum ersten Mal in seinem Leben. Muss er fürchten, dass Lyssa das Tor zwischen den Welten öffnet?

Begehren

Als Stacey Daniels dem attraktiven Bad Boy Connor begegnet, kann sie es kaum glauben: Noch nie hat sie einen so schönen Mann gesehen! Sie ahnt nicht, dass Connor ein Dream Guardian ist, der Frauen in ihren Träumen beglückt. Schnell findet Stacey heraus, dass Connor auch im wahren Leben ein Meister der sündigen Sinnesfreuden ist, und sie erlebt die aufregendste Zeit ihres Lebens. Doch Connor kommt aus einer gefährlichen Traumwelt, mit der nun auch Stacey in Berührung kommt …

Die Marked-Serie

Verbotene Frucht

Evangeline Hollis, genannt Eve, ist eine ganz normale junge Frau – bis ihr eines Tages ein heißer One-Night-Stand mit einem attraktiven Fremden zum Verhängnis wird: Eve wird mit dem Kainsmal gezeichnet und muss künftig auf Dämonenjagd gehen. Ihr neuer Boss, Reed Abel, ist unglaublich penibel und verboten sexy. Als wäre es noch nicht genug, dass Eve sich nun tagtäglich mit ihrem lästigen Chef und mordlustigen Dämonen herumschlagen muss, taucht auch der geheimnisvolle Alec Cain auf – Abels Bruder und der Mann, der einst Eves Herz gestohlen hat …

Geliebte Sünde

Nachdem Eve ihren ersten Einsatz als Dämonenjägerin überstanden hat, wird sie von ihren Vorgesetzten in eine Art Trainingscamp für Gezeichnete gesteckt. Doch dann geraten Eve und die anderen Gezeichneten in Schwierigkeiten. Und es scheint, als könnte Eve diesmal nicht mit der Hilfe von Cain und Abel rechnen …

Teuflisches Begehren

In Eves Privatleben geht es drunter und drüber: Abel ist verliebt in sie, doch ihr Herz gehört Cain, der - seit er zum Erzengel befördert wurde - für niemanden mehr Liebe empfinden kann außer für Gott. Zwar kann auch er der verführerischen Eve nicht widerstehen, doch sie will mehr als nur körperliche Leidenschaft. Als ob das noch nicht genug wäre, gerät Eve auch auf der Dämonenjagd in Turbulenzen …

Die Dark-Nights-Serie

Ewiges Begehren

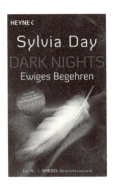

Adrian Mitchell ist ein Getriebener. Als Anführer einer Elite-Einheit von Seraphim jagt er Vampire und führt sie ihrer gerechten Strafe zu. Doch einst geriet Adrian selbst in Versuchung: Er verliebte sich leidenschaftlich in die schöne Shadoe, und wurde dazu verdammt, sie auf ewig zu begehren – nur um sie wieder und wieder zu verlieren. Als er eines Tages der hübschen Vampirjägerin Lindsay Gibson begegnet, weiß Adrian sofort, dass er in ihr Shadoe wiedergefunden hat. Und dieses Mal ist er nicht bereit, sie gehen zu lassen …

Gefährliche Liebe

Elijah Reynolds ist ein Werwolf wie er im Buche steht: dominant, aggressiv und loyal. Schon lange kämpft er an der Seite der Seraphim gegen die Vampire, ohne jemals Fragen zu stellen. Doch als er der Vampirin Vashti begegnet, wird seine Treue auf eine harte Probe gestellt: Vashtis Schönheit und Anmut verzaubern ihn vom ersten Augenblick an, und Elijah wird verzehrt von einem Feuer der Leidenschaft – einem Feuer, das alles verschlingt, was ihm einmal wichtig war …